平安人《へいあんびと》の心で「源氏物語」を読む

山本淳子

朝日新聞出版

はじめに

『源氏物語』。

誰もがその題名は知っていて、何度も現代語訳され映画や漫画にもなっている、日本の古典文学きっての名作です。が、その世界が私たちになじみ深いものかといえば、決してそうではありません。

例えば、「いづれの御時《おほむとき》にか、女御《にょうご》、更衣《かうい》あまた候ひたまひける中に、いとやむごとなき際《きは》にはあらぬが、すぐれて時めきたまふありけり」という冒頭部です。「どの帝《みかど》の御代《みよ》であったか。女御、更衣といったおきさき方が大勢居並ばれた中に、さして高い身分でもなくて帝のご寵愛を独占なさった方がいた」という内容は人口に膾炙《かいしゃ》したものですが、これがどれほど、物語成立当時の読者の度肝を抜いたことか。それは、「天皇にとって結婚は公務、権力者の家の娘とこそ頻繁に夜を過ごし皇子《みこ》を産ませるのが務め」という平安中期の摂関政治における常識を知らなくては、当然わからないことです。しかしさらにそのうえで、この帝ときさきの事件に酷似した未曽有の純愛悲劇が、『源氏物語』の書かれる直前、今上《きんじょう》・一条《いちじょう》天皇の後宮《こうきゅう》において実際に起きたということも知らなければ、当時の読者の感じた息をのむような驚きは、味わえないでしょう。
『源氏物語』をひもといた平安人《へいあんびと》たちは、誰もが平安時代の社会の意識と記憶とでもって、この物語を読んだはずです。千年の時が経った今、平安人ではない現代人の私たちがそれをそのまま彼らと共有することは、残念ながらできません。が、少しでも平安社会の意識と記憶を知り、その空気に身を浸しながら読めば、物語をもっとリアルに感じることができ、物語が示している意味をもっと深く読み取ることもできるのではないでしょうか。本書はその助けとなるために、平安人の世界を様々な角度からとらえ、そこに読者をいざなうことを目指して作りました。

取り上げた話題は、巻によっていろいろです。「桐壺《きりつぼ》」巻での、「後宮における天皇、きさきたちの愛し方」に始まり、男女の恋の在り方や結婚制度、また男性貴族の勤怠管理、女房《にょうぼう》の身の振り方などの話題は、彼らの現実の人生を垣間見させてくれるでしょう。平安人の日々の暮らしや風習は、この時代に始まったいわゆる「国風」の根源を彷彿《ほうふつ》させます。いっぽう仏教や神道、また物《もの》の怪《け》などの信仰も、彼らの精神世界を支えた大きな要素でした。『源氏物語』の光源氏というあだ名に込められた意味や、物語の末尾、一度は尼となった浮舟《うきふね》が果たして還俗《げんぞく》するのか、そして作者・紫式部《むらさきしきぶ》はそもそも何に突き動かされてこの長大な『源氏物語』を執筆したのかといった、深々とした問題も、本書では取り上げました。また時には、平安時代を飛び出して、『源氏物語』のその後の足跡をたどる話題も取り上げました。しかしおおむねは、『源氏物語』が作られた時期前後の平安時代に軸足を置いています。『平安人の心で「源氏物語」を読む』という書名は、それによっています。

本文中での資料や年齢の数え方、人名の扱いなどについて、少し触れておきます。

平安人の目と心に寄り添うために手がかりとした資料は、歴史資料、文学作品、そして歴史学や文学の研究者たちによる研究成果です。歴史資料については、その多くを貴族の日記に頼りました。平安貴族は忘備のために日記を残していました。先例主義の時代、特に儀式や政務の次第について書き留めておくことが、後日、または子孫のために後年、役に立ったのです。どれもみな独特の文体の漢文で記されていますが、本書の文中では書き下し文や現代語訳に直して掲げました。当時長く権力の頂点に君臨した藤原道長《ふじわらのみちなが》の『御《み》堂関白記《どうかんぱくき》』は、長徳《ちょうとく》四（九九八）年から治安《じあん》元（一〇二一）年の分が現存し、なかには彼の自筆本も伝わっています。一条天皇の側近《そっきん》・藤原行成《ゆきなり》の『権記《ごんき》』も、正暦《しょうりゃく》二（九九一）年から寛弘《かんこう》八（一〇一一）年までの分が伝わり、天皇の生の思いを今によみがえらせてくれます。九十歳の長寿を生きた藤原実資《さねすけ》の『小右記《しょうゆうき》』は、確認できるだけでも貞元《じょうげん》二（九七七）年から長久《ちょうきゅう》元（一〇四〇）年までの六十余年分にわたり、しかも基本的にほぼ毎日、実に詳細に記されています。文面には時折「甘心せず（甘い目で見るものか）」「奇怪なる事なり（おかしいぞ）」などの文言が差し挟まれ、政界の一言居士《いちげんこじ》であった彼の面目躍如《めんもくやくじょ》といったところです。

文学作品については、その事実性を中心に説明しましょう。最もしばしば引いた作品は、『栄華物語《えいがものがたり》』の正編と『大鏡《おおかがみ》』です。どちらも藤原氏、特に藤原道長の栄耀栄華に至る足跡を描き讃える歴史物語で、『栄華物語』正編は道長の死後間もなく女性の手によって記され、『大鏡』は数十年を経た院政《いんせい》期に男性によって記されたと考えられています。前者は人間関係や男女の愛情問題などにこまやかな目を注ぎ、後者は権力奪取のダイナミズムなどに深い関心を寄せています。どちらも史実を土台にしていますが、風聞を記すこともあり、時には演出が施されることもあるので、史実から明らかに外れる場合は、本文中にそう示しました。また『蜻蛉日記《かげろうにっき》』『紫式部日記』『枕草子《まくらのそうし》』などの日記・随筆文学は、個人の視点で書かれているため内容に偏りがあるものの、事実か否かという点では、おおむね史実と信じてよいものです。勅撰《ちょくせん》和歌集や個人の家集《かしゅう》などの歌集も、事実性については同様です。『今昔物語集《こんじゃくものがたりしゅう》』などの説話集は、風聞や風説に基づくので、内容をそのまま事実と信じることは危険ですが、平安期の人々の考え方や感じ方を活き活きと掬《すく》い取っている点で、時代像を見取るためには有効です。『伊勢物語《いせものがたり》』などの歌物語は、実在の人物が登場しますが、風聞や説話的な内容も含まれます。『うつほ物語』『落窪物語《おちくぼものがたり》』などの作り物語はもとより架空のものですが、中に記される人びとの暮らしや風習には、基本的に実際のものが反映されていると言ってよいでしょう。研究成果については、巻末の参考文献一覧をご参照ください。

本文中に記した人物の年齢は、近現代の人物を除いてはすべて数え年で計算しています。満年齢では、誕生した時は零歳と数え、誕生日を迎えるごとに各人がそれぞれ年を取ります。が、数え年は誕生した時すでに一歳と数えるため、確実に満年齢よりは一歳高い年齢となります。また、誕生日ではなく元旦に、誰もがみな年をとります。現在の小中学校における学年が、入学した時すでに一年生とされ、翌四月には年度途中からの転入生も含めてみなが次の学年に進むのと同じです。満年齢が個人個人の生きてきた時間を振り返って数えるのとは年齢に対する概念が違い、年を刻む主体はあくまでも自然の運行で、人はその上に乗っていると考えるのです。

最後に、文中で扱った人名について、触れておきます。人名は、男性の場合には一般に通行する読み方を記しました。しかし女性の本名については、この時代には「明子」を「あきらけいこ」と読むなど現代の訓では推測のつかないものが多いため、正しい読み方の判明しているもの以外は便宜的に音読みとし、例えば「定子」は「ていし」と読んでいます。しかし実際には定子も必ずや「〜こ」と呼ばれていたはずです。

また、『源氏物語』の天皇名については、おおむね通行する呼び名によりました。ただ「朱雀帝」と「冷泉帝」とは、彼らが退位後に入った「後院《ごいん》」と言われる隠居所がそれぞれ「朱雀院」と「冷泉院」であったため、後にそう呼ばれるようになったものです。正しくは「朱雀院のみかど」「冷泉院のみかど」と呼ぶべきなのですが、在位中の彼らを「院」と呼んでは分かりにくいので、通行の「朱雀帝」「冷泉帝」を用い、便宜上の読みかたという意味で、音読みで「すざくてい」「れいぜいてい」とルビを振りました。

本書ではそれぞれの巻ごとに「あらすじ」を入れ、物語の筋のままに最初から読んでも、関心にしたがって話題だけを読んでも楽しめるように構成しました。平安人の目と心を通して、今も昔も同じ、人という存在に思いを致していただきたいと思います。遥かな時空を超えて、光源氏の体温や紫式部の筆の気配を、どうぞすぐそばに感じてください。

平安人の心で「源氏物語」を読む／目次

第二章　光源氏の晩年　137

第三章　光源氏の没後　183

第四章　宇治十帖　197

第五章　番外編　深く味はふ『源氏物語』　251

本書は、二〇一一年から二〇一三年にかけて刊行された『週刊　絵巻で楽しむ源氏物語五十四帖』（朝日新聞出版）に連載した「御簾の内がたり」を核としています。単行本化にあたって、各帖のあらすじといくつかの項目を書きおろしました。

平安人《へいあんびと》の心で「源氏物語」を読む

山本淳子

第一章　光源氏の前半生

一　平安人の心で「桐壺」巻を読む

後宮《こうきゅう》における天皇、きさきたちの愛し方

一帖「桐壺《きりつぼ》」のあらすじ

どの帝《みかど》の御代《みよ》の事であったか。後宮にひしめくきさきたちの中で、低い家柄のうえ父も亡くした更衣《こうい》が帝の寵愛《ちょうあい》を独り占めしたのが、物語の発端であった。娘を後宮に入れて家の繁栄を願った貴族たちにとっても、その家の意志を受けて後宮に入ったきさきたちにとっても、それは掟破りの事態だった。彼女は後宮の外れ・桐壺《きりつぼ》に住まいを与えられ、朝夕帝のもとに通うにつけきさきたちの心を苛立たせた。

やがて玉のような皇子《みこ》が生まれるが、周囲の嫉妬と憎悪に心神を衰弱させ、皇子三歳の時に更衣は亡くなる。遺された帝は、何も手につかないほどの悲嘆と絶望に打ちひしがれつつも、この皇子に愛を注ぐ。皇子は賢さと美貌と、見る者すべてをほほ笑ませる不思議な力を持っていた。帝は考え抜いた結果、皇子の将来を思い「源《みなもと》」の姓を与えて皇族から彼を切り放す。年月が過ぎ、帝は皇族出身で桐壺更衣によく似た新しいきさきを迎える。亡き先帝《せんだい》を父とするこの藤壺 女御《ふじつぼのにょうご》は皇子より僅か五歳の年長で、二人はそれぞれに帝の愛を受けて世の人から「輝《かかや》く日の宮」「光る君」と呼ばれる。光る君は十二歳で元服《げんぷく》し、左大臣《さだいじん》の娘を妻とする。しかし彼の心の中には、いつしか義母・藤壺への秘めた恋が宿っていた。

平安時代の天皇は一夫多妻制である。これを私たちは「英雄色を好む」と受け取りやすい。権力があるから次々ときさきたちを娶《めと》って、よりどりみどりで相手をさせているのだろうと。

確かに平安時代、特にその初頭には、きさきの数は非常に多かった。例えば大同《だいどう》四（八〇九）年から弘仁《こうにん》十四（八二三）年にかけて天皇の位にあり、譲位後は嵯峨野《さがの》で高雅《こうが》な上皇《じょうこう》生活を送った嵯峨天皇（七八六〜八四二）には、名前が判明するだけで二十九人ものきさきがいた。これを聞くと「平安時代の天皇になってみたい」と、ひそかに思う男性もいるかもしれない。しかし、それは思い違いだ。平安時代の天皇の結婚は、欲望を満たすのが目的ではない。確実に跡継ぎを残すこと、一夫多妻制はそのための制度だった。嵯峨天皇もさすがに子だくさんで、男子二十二人女子二十七人を数える。子どもの名前が覚えきれたのだろうかと、冗談のような心配さえ浮かんでしまう。

だが、子だくさんなだけでは天皇として不合格だ。跡継ぎとは次代の天皇になる存在なのだから、どんなきさきの子でもよいというわけではない。即位の暁には貴族たちの合意を得て円滑に政治を執り行うことができる、そんな子どもをつくらなくてはならない。それはどんな子か。一言で言えば、貴族の中に強力な後見を持つ子どもである。ならば天皇は、第一にそうした跡継ぎをつくれる女性を重んじなくてはならない。個人的な愛情よりも、きさきの実家の権力を優先させることが、当時の天皇の常識だった。

こうなると、天皇が「よりどりみどり」という訳にもいかないことも、推測がつくだろう。貴族たちは、天皇がしかるべき子どもをつくることを期待している。それはしかるべき家から送り込まれた、しかるべききさきと、しかるべき度合いで夜を過ごすことを期待し、見守っているということだ。摂政《せっしょう》・関白《かんぱく》、大臣、大納言《だいなごん》。天皇はきさきの実家を頭に浮かべ、その地位の順に尊重しなければならない。つまり、その順で愛さなくてはならない。天皇にとって愛や性は天皇個人のものではなかった。最も大切な政治的行為だったのだ。

こうした当時の常識に照らせば、桐壺帝が「いとやむごとなき際《きは》にはあらぬ」更衣に没頭したことは、掟破りともいうべき許しがたい事件だった。皇子誕生は政界の権力構造に係わる。実家の繁栄を賭けて入内《じゅだい》したきさきたちが怒るのは当然のこと、「上達部《かんだちめ》、上人《うへびと》」など政官界の上層部が動揺したのも、これが自分たちの権力を揺るがしかねない政治問題だったからだ。

さて、『源氏物語』が書かれる直前、時の一条《いちじょう》天皇（九八〇〜一〇一一）には心から愛する中《ちゅう》宮定子《ぐうていし》がいた。『枕草子《まくらのそうし》』の作者・清少納言《せいしょうなごん》が仕えた、明るく知的な中宮である。だがその家は没落していた。そこに入内してきたのが、時の最高権力者・藤原道長《ふじわらのみちなが》の娘で、やがては紫式部《むらさきしきぶ》が仕えることになる彰子《しょうし》である。定子は二十三歳、天皇は二十歳、そして彰子自身はまだ十二歳。年の差もあって気が進まない天皇だが、道長や貴族たちの手前、定子よりも彰子を重く扱わなくてはならない。その苦しい胸の内は貴族たちの日記や『栄華物語《えいがものがたり》』『枕草子』などから知ることができる。結局定子は翌年、皇子を遺して亡くなった。辞世《じせい》は「知る人もなき別れ路《ぢ》に今はとて　心細くも急ぎたつかな（知る人もいない世界への旅立ち。この世と別れて今はもう、心細いけれど急いで行かなくてはなりません）」。一条天皇は悲しみにくれた。

『源氏物語』の執筆が開始されたのは、この出来事のわずか数年後だ。いうまでもなく、桐壺帝は一条天皇に、桐壺更衣は定子に酷似している。更衣の辞世「限りとて別るる路《みち》の悲しきに　いかまほしきは命なりけり（もうおしまい。悲しいけれど、この世と別れて旅立たなくてはなりません。私が行きたいのはこんな死出の道ではない、生きたいのは命なのに）」は定子の辞世と言葉が通う。また遺児の光源氏を天皇が溺愛し後継にしたいと願ったことも、定子の遺した息子・敦康親王《あつやすしんのう》に対して一条天皇が抱いていた願いと同じだ。

物語を書き始めた時、紫式部はまだ彰子に仕えていない。一個人の立場から、ドラマチックな史実を効果的に掬《すく》いあげて、この物語を構成したのだ。だがそれは面白さを狙っただけではない。一条天皇の苦しみは、一人の男性として抱く愛情と、天皇として守るべき立場とに挟まれての人間的葛藤だった。紫式部の描く桐壺帝も、実に人間的だ。人間を見据え、天皇という存在までもリアルに描く。それが『源氏物語』だといえるだろう。

こうした『源氏物語』は、定子を悼み天皇の心を癒やす力をも持っていた。当の一条天皇がやがて『源氏物語』の愛読者となったこと、これは紫式部自身が『紫式部日記』に記している。

二　平安人の心で「帚木」巻を読む

十七歳の光源氏、人妻を盗む

二帖「帚木《ははきぎ》」のあらすじ

「光る源氏」。そう主人公の名を掲げて「帚木」の巻は語りだされる。名前だけは輝かしいが、その実、彼には恋の失敗も多いのだという。軽い男との世評を恐れて本人がひた隠しにしていることまで言い伝えてしまう、人の物言いさがなさよ。そう言いながら、実はこの語り手こそが、光源氏の秘められた恋の所業をこれから読者に語って聞かせようという張本人である。

この巻の光源氏は十七歳。左大臣《さだいじん》の娘で四歳年上の葵《あおい》の上《うえ》と結婚して五年になるものの夫婦仲は疎遠で、内裏《だいり》の住まいで過ごすことが多い。そんな彼の部屋に、梅雨の長雨の夜、左大臣の息子で光源氏とは義兄弟にあたる頭中将《とうのちゅうじょう》、恋の経験豊富な左馬頭《ひだりのうまのかみ》、藤式部丞《とうしきぶのじょう》が集まって、話題はひとしきり女の品定めとなる。「中流の女性こそ魅力的」という結論に、上流の世界しか知らぬ光源氏は興味を抱く。

折しも陰陽道《おんようどう》で方角が悪く、別の場所に泊まって方角を変える「方違《かたたが》え」で訪れた中流貴族・紀伊守《きのかみ》の邸《やしき》には、その年若い継母・空蟬《うつせみ》も逗留《とうりゅう》していた。光源氏は寝室に忍び込んで彼女を盗み出す。遊びのつもりの恋だったが、思慮深く人としての矜恃《きょうじ》を保つ彼女に光源氏は心惹かれる。しかし彼女は身分差を思い、一夜の契り以後は光源氏の誘いに応じない。焦《じ》れた光源氏は空蟬の幼い弟・小君《こぎみ》を使いに再びの逢瀬《おうせ》を図るが、企てを察した空蟬は姿を隠し、光源氏の恋心は募るばかりであった。

光源氏十七歳、最初の恋の冒険談。それは人妻・空蟬を盗む話である。『源氏物語』は全五十四帖の中で男女の密通を幾つも描く。光源氏と義母・藤壺女御《ふじつぼのにょうご》との密通、光源氏と兄の想い人・朧月夜《おぼろづきよ》との密通、光源氏が四十歳で娶《めと》った若妻・女三《おんなさん》の宮《みや》と柏木《かしわぎ》との密通、そして宇治十《うじじゅう》帖《じょう》では、浮舟《うきふね》と匂宮《におうみや》との密通。この物語が密通を大きなテーマの一つとしていることは間違いない。その意味でも、光源氏の華やかな恋愛譚《たん》が空蟬との密通から始まっていることは見逃せない。

それにしても、平安時代、人妻と密通することは罪ではなかったのだろうか。光源氏は空蟬を彼女の寝所《しんじょ》から抱き上げ、自分の寝所に運ぼうとするところで、空蟬の女房《にょうぼう》・中将《ちゅうじょう》の君《きみ》に気づかれている。彼の纏《まと》う薫物《たきもの》の香りが辺りに満ちて、暗闇の中でもはっきりと彼の存在を示したのだ。だが光源氏はたじろぎもせず、中将の君の鼻先で襖障子《ふすましょうじ》（現在の襖にあたる）を閉め、「暁《あかつき》に御迎へにものせよ（明け方暗いうちに奥様をお迎えに参れ）」と言い放った。この堂々たる盗み方はどうだろう。いくら光源氏が超人的な恋愛力の持ち主だとしても、十七歳でこれではちょっと図々しすぎるのではないか。

実は、平安時代にもいわゆる「姦通《かんつう》罪」が存在した。当時の刑法にあたる『養老律《ようろうりつ》』には、夫ある女性との姦通には懲役二年の刑を加えると記されている。とはいえ、この法律がどこまで実効性を持っていたかは、わからない。女性が后妃《こうひ》だったり、天皇の名代《みょうだい》で未婚の清らかな女性として伊勢神宮《いせじんぐう》に仕えた斎宮《さいぐう》だったりという特別な場合を除き、特に男女合意の上でのいわゆる「不倫」については、処罰された実例が見つからないのだ。女性の合意がないのに力ずくで関係を持とうとした場合には、未遂でも逮捕された例が見える。しかしそうした事件で処罰されるのは内裏の門番など、身分のごく低い者たちだった。光源氏のような高貴な身分で、一般の人妻との姦通により法律的に罰せられた例は見えない。空蝉の例でも、光源氏の仕業と気づきながら女房・中将の君は声もあげられない。彼が並の身分ではないからだ。平安社会の姦通罪は貴公子の女性関係には厳格でないと、とりあえずは言えそうだ。

いっぽうで、人妻自身が「密通して子どもをつくった」と公にした例もある。紫式部《むらさきしきぶ》の女房仲間で『栄華物語《えいがものがたり》』の作者とされる歌人、赤染衛門《あかぞめえもん》の出生《しゅっしょう》がそれだ。彼女の母は平兼盛《たいらのかねもり》の妻だったが、離婚後すぐに娘を出産。兼盛が「私の子だろう」と親権を求めて裁判を起こすと、母は「いや、赤染時用《ときもち》と通じて産んだ子だ」と主張し、結果、娘は赤染の子と認められた。真実はと言えば、やはり赤染衛門は間違いなく平兼盛の子なのだろう。兼盛は歌人で、小倉百人一首にも歌が採られる。「忍ぶれど色に出でにけり我が恋は　ものや思ふと人の問ふまで（こらえても顔に出てしまったな、僕の恋は。悩み事でもあるのかと人に聞かれるくらいに）」をご存じの方も多いのではないだろうか。赤染衛門も歌人。兼盛の遺伝子を受け継いでいると見るのが自然だ。赤染衛門の家集《かしゅう》によれば、赤染衛門本人も兼盛を実の父と慕っていたと思しい。ちなみに小倉百人一首には、赤染衛門の歌「やすらはで寝なましものを小夜《さよ》更けて　傾《かたぶ》くまでの月を見しかな（来ないと分かっていたら、ためらわずに眠ったのに。あなたを待って、夜が更けて月が傾くまで見ていたの）」もあり、父娘揃《そろ》って入れられていることになる。

ところで、赤染衛門といえば夫の大江匡衡《おおえのまさひら》とおしどり夫婦で、『紫式部日記』には藤原道長《ふじわらのみちなが》たちから「匡衡衛門」というあだ名で呼ばれていたとも記されている。だが家集の研究からは、以前からの恋人・大江為基《ためもと》との交際が、匡衡との結婚後も続いていたことが明らかになっている。しかもその思い出を記した『赤染衛門集』は、彼女自身が編纂して時の関白《かんぱく》・藤原頼通《よりみち》に提出したものだ。夫の死後に公開したものとはいえ、「不倫」への意識が現代とは随分違っていたと分かる。

実は、人妻の「不倫」が厳しく罰せられるのは、武家社会に入って以後のこと。父の財産を子が相続する制度では、妻が婚外子を産むと家系が乱れ、家に不利益となったからだ。だが平安時代は婿取り婚で、家付き娘である妻が産んだ子は、父親が誰であろうとも、その家の子であることに変わりない。おおらかさの理由は、結局そうしたところにあったのだ。私たち現代人の倫理観は、近世の武家社会に根をもち、西洋近代のキリスト教社会から影響を受けている。私たちは、ある意味で日本史上最も厳格な恋愛観の持ち主なのだ。

とはいえ、ここまでは世間の話だ。社会の通念と当事者の心はまた別。空蟬は光源氏との関係に深く苦しんだ。恋に寛大な時代の物語だからこそ、この苦悩は決して見逃してはならない。

秘密が筒抜けの豪邸…寝殿造《しんでんづくり》

三帖「空蟬《うつせみ》」のあらすじ

女に拒まれたことのない光源氏は、どうしても空蟬への想いを断ち切ることができない。紀伊守《きのかみ》が留守の夕刻、彼は小君《こぎみ》の手引きで、三たび紀伊守邸を訪れた。折しも空蟬は夫・伊予介《いよのすけ》の先妻の娘・軒端《のきばの》荻《おぎ》と碁を打っている最中だった。光源氏は簾《すだれ》と格子《こうし》の間からその様子を覗き、自分が恋している彼女の容姿を初めて明るい光の中で見る。彼女は十人並みとは言えぬ顔立ちのうえ、たいそう痩《や》せていた。しかしその身のこなしに奥深い心遣いが見て取れて、光源氏は幻滅するどころかますます想いを強くする。夜になり、光源氏は空蟬の寝所《しんじょ》に忍び込む。ところが彼女はその日、軒端荻と二人で眠っていた。そして光源氏の気配を察するや、継娘をおいて一人、寝間着姿で部屋から滑り出た。光源氏は部屋に残った軒端荻を空蟬と思い込んで近づくが、その豊満さや眠りから覚めぬだらしなさに、人違いと気づく。だが引くに引けず、それなりに彼女に魅力も感じて契ってしまう。

去り際、光源氏は空蟬の脱ぎ残した薄衣《うすごろも》を持ち出した。そして自邸の二条院《にじょういん》に戻ると、それを眺めて彼女をしのぶ。脱ぎ捨てられた蟬の脱け殻（空蟬）のような衣を見るにつけ、やはり彼女の人柄が慕わしいと、光源氏は和歌を詠む。小君からその和歌を受け取り、空蟬は抑えていた光源氏への想いを募らせる。が、老いた受領《ずりょう》の後妻というわが身の程を考えれば、やはり人知れず泣くしかないのだった。

高級ホテルの大宴会場で日常生活を送る。いわばそれが、寝殿造様式の豪邸での平安貴族たちの毎日だ。

例えば「年中行事絵巻《ねんじゅうぎょうじえまき》」に描かれる邸宅「東三条殿《ひがしさんじょうどの》」。藤原兼家《ふじわらのかねいえ》やその息子・藤原道長《みちなが》も住んだ藤原氏長者歴代の豪邸だが、その中心部分である母屋《もや》はワンルームだ。広さは、この寝殿の場合で南北約六メートル、東西十八メートル。母屋を取り巻く廂《ひさし》の間《ま》は、東・南・西側は幅三メートル、北側は孫廂《まごびさし》も合わせて幅六メートル。合わせれば南北十五メートル、東西二十四メートルと、体育館級の面積になる。そのスペースの間仕切りを取り払って、大臣任官を祝ったり正月ごとに客を招いたりの大宴会「大饗《だいきょう》」が華やかに催された。宴会時には外との仕切りである「蔀戸《しとみど》」を開け放つ。御簾《みす》を通して、庭の池に浮かべた竜頭鷁首《りょうとうげきしゅ》の船の雅楽《ががく》隊が奏でる音楽が、寝殿の中に流れ込む。こうした、行事中心の絢爛たる貴族生活のために欠かせない装置が、寝殿造の豪邸だった。

とはいえこのワンルーム、宴会にはぴったりだが毎日の生活には広すぎる。そこで普段は、主人は母屋、女房《にょうぼう》は廂の間など居場所を分け、間《あいだ》を仕切って暮らすことになる。想像してみてほしい。大宴会場を模様替えして個室ホテルに仕立てた部屋。しかしその間仕切りは、近づけば向こうが透けて見える御簾、現代の布製カーテンにあたる「壁代《かべしろ》」、最も分厚い間仕切りでも、せいぜいが襖障子《ふすましょうじ》だ。プライバシーをめぐる攻防戦がここから始まる。室内に几帳《きちょう》や屏風《びょうぶ》を立て、姿を見られたくない女主人や女房はその陰に隠れる。いっぽう男たちは、妻戸《つまど》の背後や御簾の隙間から目を凝らす。なかには恋に胸をときめかせ、忍びこむ好機をうかがう者たちもいるのだ。夜になって蔀戸を下ろすや、外界の光が遮断され闇の世界になってしまうことも、秘密の攻防に拍車をかける。

ところで、女房たちはこうした空間に局《つぼね》を与えられ、主人たちと共に暮らした。多くの場合は、母屋を取り囲む廂の間を御簾などで仕切って局とした。縦横約三《メー》トル、六畳弱の広さだ。恋人を招き入れることもある。その逢瀬《おうせ》に聞き耳をたてる隣室の女房もいる。清少納言《せいしょうなごん》は『枕草子《まくらのそうし》』の「心にくきもの（いい感じのもの）」の中に、寝殿内で聞く物音を挙げた。夜中にふと目を覚まし、耳をそばだてると、女房が男と話している。内容は聞き取れないが、忍びやかに笑う気配。ああ、何を言っているか知りたい……。別の段「嬉しきもの」には「人の破り捨てた手紙を継いで見たら、何行もつながって読めたのが嬉しい」なども記されている。文面からは、清少納言のじれったい気分、思わずほころぶ笑顔が浮かぶ。

隣室の男女の会話、捨てられた手紙。人の秘密に興味津々の女房が、それを漏らすとどうなるか。いわゆる風聞、噂話が、やがて書き留められれば説話となり物語となる。『源氏物語』「帚木《ははきぎ》」巻の冒頭は、いかにも老いた女房らしき人物を語り手に仕立て「これは光源氏様の恋の失敗の暴露話」と始められている。もちろんこれは紫式部《むらさきしきぶ》の設定した架空《かくう》の語り手だが、現実においても寝殿造邸宅を舞台に、秘密を知る女房、漏らす女房、語り伝える人々が連鎖して、世間に周知の「世語り」ができてゆく。いわゆるゴシップ、スキャンダルだ。女房とはある意味で、「世語り」の標的である貴人の身辺と世間とをつなぐ、噂のパイプといってもよいかもしれない。だからこそ、貴人たち、特に女主人たちは女房を警戒する。

その様子は『源氏物語』にも窺える。「帚木」巻で、光源氏に抱き上げられ、連れ去られるところを女房・中将《ちゅうじょう》の君《きみ》に知られてしまった空蝉は「どう思われたか」と死ぬほどに気をもむ。光源氏も「空蝉」巻で軒端荻と契った帰り、老女房に見とがめられ、騙しおおせたものの冷や汗を流す。「若紫《わかむらさき》」巻で、光源氏との一夜の後、藤壺女御《ふじつぼのにょうご》は「世間の語り草になるのでは」と思い乱れ、光源氏を連れ込んだ女房・王命婦《おうみょうぶ》を、以後は遠ざける。対照的に、「若菜下《わかなのげ》」巻で柏木《かしわぎ》に踏み込まれた女三《おんなさん》の宮《みや》は、密通を仲介した女房・小侍従《こじじゅう》を、思慮のないことにその後もそばに置く。案の定、不義の子・薫《かおる》はやがて「橋姫《はしひめ》」巻で、この女房の筋から出生《しゅっしょう》の秘密を知ることになる。

強固な作りのようでいて、住まう者の秘密は守れない寝殿造。腹心の部下のようでいて、時には裏切り口さがない女房たち。平安貴族の、とにかく世間を気にする感覚の一端は、こうした環境によるものと言ってよい。優雅に見える生活だが、実は常に緊張を強いられていたのだ。

平安京ミステリーゾーン

四帖「夕顔《ゆうがお》」のあらすじ

光源氏は、十七歳の夏、庶民の住む五条界隈《ごじょうかいわい》で、謎の女・夕顔に出会った。彼女は夕顔が咲く家に仮暮らしをしており、花を所望した光源氏に彼女が和歌を書き留めた扇《おうぎ》を渡したことから付き合いが始まった。光源氏は自分の正体を隠し、夕顔も名を語らないままに二人は深い仲となり、逢瀬《おうせ》を重ねた。その頃光源氏は、高貴で教養あふれる女性・六条《ろくじょうの》御息所《みやすどころ》と既に長い付き合いとなっていたが、彼よりかなりの年かさで世間体を気にする一方、激しく彼に執着する御息所をもてあまし気味であった。そんな彼にとって、はかなげでほとんど自己主張をしない夕顔は可愛く思えてならない。

秋、光源氏は彼女を近くの「某《なにがし》の院《いん》」に連れ出し、二人だけの耽溺《たんでき》の時間を過ごした。ところがその夜更け、まどろむ光源氏の枕元に変化《へんげ》の女が現れたと思うや、夕顔は意識を失い死んでしまう。遺体は秘密裏に荼毘《だび》に付したものの、光源氏は恐怖と悲しみに打ちひしがれた。夕顔の侍女《じじょ》・右近《うこん》によれば、夕顔は光源氏の悪友にして義兄弟でもある頭中将《とうのちゅうじょう》の元愛人で、子もなしていたが、頭中将の妻の仕打ちを逃れて仮住まいをしていたのだった。年齢は十九歳だったという。光源氏は右近を引き取り、夕顔の法要を営む。いっぽう空蟬《うつせみ》は、夫に随《したが》い伊予《いよ》に下るという。光源氏は一夜彼女の寝所《しんじょ》から持ち帰った小袿《こうちぎ》を返し、夏から秋にかけて空蟬と夕顔と交わした二つの恋を、しみじみと思い返した。

人工都市、平安京。大路小路《おおじこうじ》は東西南北に整然と交差し、牛車《ぎつしや》や馬が賑やかに行き交う都。だがそのあちこちには、「鬼」が息をひそめている場所があった。

「鬼」といえば、現代人は角をはやした赤鬼青鬼などを考えがちだ。が、そうした想像上の怪物は「鬼」の一部に過ぎない。基本的に鬼とは、超自然的存在で目に見えぬものをいう。「おに」の語源からして姿を「隠している」意味の「隠（オン）」がなまったものと考えられており、その代表格は死霊《しりよう》である。生きている人間は自然を超えることができないが、死んで霊となれば不可能なことはなくなると、当時の人々は考えていた。強い怨念を抱いた人間が死ねば、その霊は恨みを抱かせた相手に祟《たた》る。逆に愛情を抱いた死霊は守護霊となる。そしてある場所に執着する死霊は、いわゆる「地縛霊《じばくれい》」となる。そうした霊の住《す》み処《か》が、都に点在していたのだ。

平安時代後期、西暦一一二〇年頃に成立したと考えられる『今昔物語集《こんじやくものがたりしゆう》』をひもといてみよう。霊鬼譚《れいきたん》を集めた第二十七巻には、その冒頭の一話から地縛霊の憑《つ》く悪所が登場する。名前もずばり「鬼殿《おにどの》」だ。鬼殿は三条《さんじよう》大路と東洞院《ひがしのとういん》大路の辻の北東角にあり、いまだこの地が平安京となる前に落雷を受けて死んだ男の霊が住みついているという。雷に打たれ、一瞬にして命を喪《うしな》ったその場所から離れず、辺りが都になり家が建っても居座り続けて、たびたび不吉な仕業をしてみせた。平安遷都《せんと》から『今昔物語集』成立までざっと三百三十年、なんと長く憑き続けたものだろうか。

同じ東洞院大路を二条《にじよう》大路まで上がれば、「僧都殿《そうずどの》」なる悪所もある。空き家に霊が住みついているらしく、たそがれ時には赤い単衣《ひとえぎぬ》がひとりでに宙を舞って、西北隅の榎《えのき》の枝に掛かるのだという。血気にはやって射落とした男がその夜のうちに死んだというから、よほど強い怨念を秘めた地縛霊らしい。また、左大臣《さだいじん》・源《みなもとの》高明《たかあきら》が住んでいた「桃園邸《ももぞのてい》」。一条《いちじょう》大路を挟んで大内裏《だいだいり》の北向かいにあった邸宅だが、ここの寝殿《しんでん》では真夜中になると、母屋《もや》の柱から小さな子どもの手が突き出して「おいでおいで」をしたという。「小さき児（ちご）の手」というところが恐怖を誘う。いずれの鬼も、何をしたいのか意図が読めないところに、妙な現実味がある。人々は驚き怪しみ、恐れて世に語り伝えた。

だが、悪所多しといえども「河原院《かわらのいん》」ほど多くの資料に記される場所はあるまい。『源氏物語』「夕顔」の巻で光源氏が夕顔と宿った「某の院」のモデルとされるこの邸宅は、『今昔物語集』始め、ほぼ同時期に成立した『江談抄《ごうだんしょう》』にも、鎌倉時代初期の『古事談《こじだん》』『続古事談』にも怪異譚が載る。この院に住む霊鬼は、邸宅の創建者、源《みなもとの》融《とおる》（八二二〜八九五）だ。邸宅への執心のあまり亡霊となって、彼の死後持ち主となった宇多法皇《うだほうおう》（八六七〜九三一）の前に姿を現す。

実は、この説話には根拠がある。宇多法皇は、傍《そば》仕えの女官に融の霊が憑くという体験を実際にしているのだ。融の死の約三十年後のことだ。女官は融の言葉で、地獄の責め苦に遭っていること、その合間を縫いながらも河原院に憩いに来ていることを言い、鎮魂のため七箇寺での読経《どきょう》を乞うた。歴史書『扶桑略記《ふそうりやっき》』がこの読経の事実を記し、美文集『本朝文粋《ほんちょうもんずい》』に諷誦文《ふじゅもん》（法事の趣旨を記した文）が載る。

源融といえば、光源氏のモデルの一人ともされる人物だ。嵯峨《さが》天皇（七八六〜八四二）の皇子《みこ》でありながら母の身分が低く、「源」の姓を賜《たまわ》って臣籍《しんせき》に降《くだ》った。藤原基経《ふじわらのもとつね》と拮抗しながら左大臣にまで昇り詰めたが、基経が関白太政大臣《かんぱくだいじょうだいじん》となって融の地位を超えてからは政治的な発言力を失った。彼は失意の中、広大な邸宅「河原院」を造営し、賀茂《かも》川から水を引き入れて海を模し、岸辺に陸奥《むつ》の名所・塩竈《しおがま》を再現した。現実には天皇になれなかった融だが、河原院という仮想空間では、日本の名所の所有者となったのである。その思いが死後まで続く妄執《もうしゅう》となったと思うと切ない。

融はかつて、陽成《ようぜい》天皇（八六八〜九四九）が廃された折、次の天皇に自らを推薦したという。だが基経から、一旦姓を賜った以上即位はできぬと却下され、引き下がった（『大鏡《おおかがみ》』「基経」）。ところが三年後、次の光孝《こうこう》天皇（八三〇〜八八七）の重病を受け帝《みかど》となったのは、一度は「源定省《さだみ》」の名で臣下となりながら、姓を返上した宇多天皇だった。その即位の時、融はまだ在世中。理不尽を感じつつも、河原院に耽溺して心を癒やしたと思しい。宇多法皇は、その融の、その河原院を譲られたのだ。内心思うところがあったに違いない。

罪悪感のことを「心の鬼」と呼ぶことがある。研究者は融の霊を、宇多法皇の罪悪感が見させた心の鬼だと言う。ならば『源氏物語』「某の院」の霊は何だったのだろうか。

五　平安人の心で「若紫」巻を読む

そもそも、源氏とは何者か？

五帖「若紫《わかむらさき》」のあらすじ

光源氏は十八歳の春、瘧病《わらわやみ》の治療のため赴《おもむ》いた北山《きたやま》で、祖母の尼君《あまぎみ》と暮らす十歳の少女・若紫を見初める。飼っていた雀《すずめ》が逃げたと泣くいたいけな若紫は、光源氏が密かに激しく恋い慕う義母・藤壺《ふじつぼ》女御《にょうご》に面影が似ていた。調べると若紫は藤壺の兄・兵部《ひょうぶ》卿宮《きょうのみや》の隠し子で、藤壺の姪にあたる。光源氏は藤壺にかよう若紫を思いのままに育てたいと願い、尼君に若紫の養育を申し出るが、拒まれる。

その頃、藤壺は病のため内裏《だいり》を出て実家に戻っていた。光源氏は藤壺の女房《にょうぼう》・王命婦《おうみょうぶ》に懇願《こんがん》して忍び込み、藤壺との密通を果たした。このまま夢の中に消えたいと嘆く光源氏。しかし藤壺にとってそれは夢としても悪夢であり、もとより過酷な現実であった。果たして彼女は懐妊し、世には桐壺帝《きりつぼのみかど》の子と偽った月数を公表する。光源氏は夢でわが子だと察するが、藤壺は彼を拒否し連絡を絶つ。

藤壺との関係が絶望的となった光源氏は、京に戻っていた若紫の邸《やしき》を訪ね、再び養育を願い出る。光源氏の意図を知らぬ祖母・尼君は断り続けるが、病のため亡くなる。若紫に母はなく、父の兵部卿宮に引き取られることになるが、そこには意地の悪い継母がいる。光源氏は宮の来る直前に若紫宅を訪れ、乳母《めのと》と共に強引に二条院《にじょういん》に連れ帰る。数日は勤めも休み、自ら絵や字を教えて、光源氏は若紫の養育に入れ込む。こうして藤壺ゆかりの彼女を慈しむことで、藤壺への恋心をなだめる彼なのだった。

『源氏物語』と『平家物語』。名前だけを見れば、まるで双子のように似ている。日本文学史をひもといたことがなければ、『源氏物語』は『平家物語』の姉妹編で、源《みなもとのよりとも》頼朝やら義経《よしつね》やらが大活躍する話と思ってしまいそうだ。いや、これは笑い話ではない。そもそも光源氏の「源氏」とは何なのか？　源頼朝の「源」と同じなのか、違うのか？　そこには『源氏物語』の本質が見てとれるとさえ言ってよい。それはつまり「血の論理」ということだ。

「源」は、「藤原《ふじわら》」などと同じ一つの姓である。だから「源氏」とは「源」の姓を持つ一族を言う。「藤原氏」と違うのは、その祖先が天皇であることだ。始まりは平安時代初期の嵯峨《さが》天皇（七八六～八四二）。この天皇は政治的にも文化的にも強大な力を持ち、それゆえにというべきか、子沢山《だくさん》だった。その数や、男子だけでも二十二人に上る。さて、皇族は現代と同様に国家から支給を受けて生活していた。二十二人の皇子《みこ》がさらに子孫を増やし、さらにそのまた子孫へと下ってゆけば、皇室費用は文字通り鼠算《ねずみざん》式に増えて、国の財政を逼迫《ひっぱく》させる。それを避けるため、天皇は皇子を三種類に分けた。一つは天皇を継ぐ東宮《とうぐう》（皇太子）。もう一つは控えの皇太子要員といえる親王《しんのう》。そして最後が源氏である。

こうして「源」の姓を賜《たまわ》った者たちは、天皇の血をひきながら皇族とは切り離されて臣下に降《くだ》り、他の氏族《しぞく》の者と同様に自ら生計を立てた。血の「源」流は天皇家。文字からしてそれを示す誇り高い姓ではあるが、逆に言えば天皇家の血をひきながら皇位継承の道を閉ざされた氏族だ。

それまでにも、天皇の血を受けた氏族、つまり「王氏《おうし》」はいた。たとえば在原業平《ありわらのなりひら》の「在原」

一族がそうだ。業平は祖父が平城《へいぜい》天皇（七七四〜八二四）、父は阿保《あぼ》親王である。また『平家物語』の「平」氏も、桓武《かんむ》天皇（七三七〜八〇六）の孫が姓を賜って始まった。源氏との違いはどこか。それは、初代の人間の、天皇との近さである。平氏など従来の王氏は、おおかた天皇の孫か曽《そう》孫《そん》、もしくはそれ以下が初代だった。いっぽう源氏の場合は、嵯峨帝の例のように、天皇の子でも姓を賜り初代となった。だから「源」は、王氏の中でも最も貴い姓なのだ。嵯峨天皇以後、醍醐《だいご》天皇（八八五〜九三〇）や村上《むらかみ》天皇（九二六〜九六七）など聖帝《せいてい》と呼ばれた天皇たちも、皇子を臣下にくだし源姓を名乗らせた。彼らはそれぞれ、「嵯峨源氏《さがげんじ》」「村上《むらかみ》源氏」などと、源流となった帝《みかど》の名を冠して呼ばれている。

ここで、最初の問題に戻ろう。光源氏と源頼朝の関係である。二者は源氏であることは同じだ。が、始祖天皇が違う。また、天皇から何代降るかが違う。光源氏の場合、架空《かくう》の物語ながら始祖の桐壺帝は世の信望厚い聖帝であった。光源氏はその子で、天皇から一代、つまり「一世《いっせい》源氏」である。史実では、権威ある嵯峨天皇や村上天皇の一世源氏は、何人もの大臣が輩出している。いっぽう頼朝の始祖・清和《せいわ》天皇（八五〇〜八八〇）は、藤原氏に全権を渡したともいえる影の薄い天皇だった。加えて頼朝まで十代。光源氏が都の政治家として公卿《くぎょう》中最高位である太政大臣《だいじょうだいじん》にまで昇り詰めるのと、頼朝の父・義朝《よしとも》が貴族の番犬のように扱われる武者であったこととは、この違いによる。

しかし、そうした頼朝においてさえ「源」の血の威光は絶大だった。頼朝は平清盛《たいらのきよもり》によって一旦は人質として伊豆に流されながら、かの地で武士団を結成できた。それは彼が貴種《きしゅ》だったからにほかならない。貴種と言えば、平清盛はもとより桓武平氏だが、実は法皇《ほうおう》の「ご落胤《らくいん》」との噂がある。『平家物語』が記すことだ。賀茂《かも》川の水と賽《さい》の目と延暦《えんりやく》寺以外はすべて思うがままにできたという白河《しらかわ》法皇（一〇五三～一一二九）が、懐妊した愛人を平忠盛《ただもり》に与え、生まれたのが清盛だという。DNA検査などない当時だ。清盛は落胤の噂をおそらく最大限に利用して、高貴な皇子のオーラをちらつかせ、田舎武者平氏の息子から出世への道を駆け上がった。藤原摂関《せっかん》家始め貴族たちも、「落胤かもしれない」という思いゆえに清盛には一目置いた。「血の論理」は、噂ですらかくも強力だったのだ。

ところで、嵯峨天皇などそれぞれの源氏の始祖の帝は、どのような基準で皇族に残る皇子と源氏となる息子たちを分けたのか。それは母の出自であった。母の家柄が低ければ、皇族に残さず源氏とする。ここにまた「血の論理」がある。一世源氏とは、父帝の至高《しこう》の血という優越性と、帝位には不相応な母の血という劣等性とを、共に受け継ぐ者だった。自らの血を自負すればいいのか、卑下すればいいのか。その葛藤は想像に余りある。光源氏は、桐壺帝の十人の皇子でただ一人臣籍《しんせき》に降された。『源氏物語』というタイトルは、主人公が身分社会の敗者であることを示していたのだ。

六　平安人の心で「末摘花」巻を読む

恋の〝燃え度〟を確かめ合う、後朝《きぬぎぬ》の文《ふみ》

六帖「末摘花《すえつむはな》」のあらすじ

十八歳の光源氏は、前年喪《うしな》った夕顔《ゆうがお》を惜しみ続けていた。四歳年上の正妻・葵《あおい》の上《うえ》も愛人の六条《ろくじょうの》御息所《みやすどころ》も、気品はあるが気難しい。夕顔のような可愛い女が、またいないものか。そこへ乳母子《めのとご》の大《たい》輔命婦《ふのみょうぶ》から、常陸宮《ひたちのみや》の箱入り娘が、父亡き後、琴《きん》を友に寂しく暮らしていると聞く。心の動いた光源氏は命婦の手引きで常陸宮邸を訪れ、件《くだん》の女性の弾く琴の音をかすかに聴く。「荒れた家に高貴な女性が、寂しくも雅びに暮らしている」。物語めいた妄想に、光源氏のこころは逸《はや》った。その様子に悪友の頭中将《とうのちゅうじょう》も影響され、共に文をおくるなど、二人は恋のさや当てを展開する。しかし当の姫からは何の反応もないまま、光源氏は晩春には瘧病《わらわやみ》を患い、次いで心に物思いも加わって、季節が過ぎた。

秋になり、光源氏は久しぶりに常陸宮邸を訪れ、勢いで初めての契りを交わした。だがどうも合点がいかない。夕方ようやくおくった後朝の文への返歌もちぐはぐで、幼い若紫《わかむらさき》の世話も重なり、ますます姫から心が離れた。が、顔を見れば想いが盛り返すこともあろうかと、冬の日、姫の邸《やしき》を訪れる。ところが翌朝、雪明かりで初めて見た彼女の容姿はすさまじく、象のように長く先の赤い鼻が目を引くばかりだった。幻滅しながらも、「自分以外に彼女を世話する男はいまい」と思い直す光源氏。鼻の赤さから彼女を紅花の異名「末摘花」と呼び、「何の因果で出会ったものか」と手習いの歌を詠むのだった。

「きぬぎぬ」とは、「衣衣」のことだ。愛の一夜を共に過ごした男と女の、めいめいの衣をいう。褥《しとね》にいる間、衣は二人の体を覆っている。だが愛の時間が終われば、二人はまたそれぞれに衣をまとう。だから「きぬぎぬ」は、逢瀬《おうせ》の翌朝、二人きりの時間の終わる時をも指すことになった。

「しののめのほがらほがらと明け行けば　おのが衣衣なるぞ悲しき（東の空が晴れやかに明けてゆくと、もうそれぞれの衣を着る時間だ、悲しいこと）」という和歌がある（『古今和歌集《こきんわかしゅう》』恋三　詠み人知らず）。「ほがら」は現代語では明朗な性格をいうが、古語では晴れ渡った空の明るさをいう。この歌の作者は、おそらく男だろう。いまだ恋の名残を残した心は別れの悲しみに曇るのに、空はどんどん明るさを増す。あまり明るくなっては、女のもとを去るのに人目について恥ずかしい。つれない空に泣きたいような気持ちなのだ。

この「きぬぎぬ」の時間に相手におくる恋文が「後朝の文」。現代のカップルの、デート終了後に交わすメールとよく似ている。駅で手を振って別れたら、電車に乗る前にもうメール。ラブラブな二人なら当然ですよね。平安時代も全く同じで、後朝の文が早く来るのは恋心の強さの証拠。男たちは女と別れて家路につくや否や、その道中からもう和歌を考え始める。恋とは結構忙しいものでもあるのだ。

『源氏物語』と同時代の『和泉式部日記《いずみしきぶにっき》』は、歌人和泉式部と敦道親王《あつみちしんのう》の恋の経緯を描く作品だ。二人の交わした和歌をふんだんに織り交ぜながら、大人同士の恋を綴る。二人にはそれぞれ夫と妻がいる。加えて和泉式部は、親王の死んだ兄ともかつて所謂《いわゆる》不倫関係にあった「恋多き女」である。敦道親王はもとより高い身分に加え、次期皇太子とも噂される政治的局面にあって、それでも、見事な歌才《かさい》を持つ彼女に強く惹かれてしまう。

初めて契った翌朝、彼は帰宅後即座に文をおくった。

「今こうしている間も、君がどうしているか気にかかる。不思議なほど恋しい」。彼が詠んだ歌はこうだ。

恋といへば世の常のとや思ふらん　今朝の心は類《たぐ》ひだに無し（恋と言えば、あなたはどこにでもあるものとお思いでしょう。でも僕の今朝の想いは、他のどんな恋とも比べ物にならないものなのです）

親王は和泉式部より少し年下で、恋に慣れていない。それでも彼女のこれまで体験した恋とこの恋とを、天秤にかけてほしくない。少なくとも自分にとっては、どんな恋より激しい恋なのだ。これに和泉式部が返したのが次の歌だ。

世の常のことともさらに思ほえず　初めてものを思ふ朝《あした》は（どこにでもあるものだなんて、絶対に思えませんわ。こんな気持ちは今までなかったこと。初めてここまで恋に悩む、今朝なのです）

恋多き女に正面から挑む男、「これこそ初めての恋」と受けて立つ女。危うい恋と知りつつ踏み出す、真剣勝負の後朝の贈答だ。

このように、後朝の文は男と女がそれぞれの「燃え度」を伝え合うものだった。だから後朝の文が遅ければ、それは「愛情が浅い」という信号だった。光源氏は末摘花との逢瀬の翌日、夕刻まで後朝の文をおくらない。おまけにその歌も「夕霧の」で始まる。「夕」では「後朝」の文にならないではないか。読者にはそう突っ込んでほしい。

後朝の文が届かないことに女が絶望し、尼になるという物語がある。『伊勢物語《いせものがたり》』と並ぶ平安時代の歌物語『平中物語《へいちゅうものがたり》』（三十八段）に記されるエピソードの一つだ。男は歌人で色好みの平定文《たいらのさだふん》。いっぽう女はまだ娘で、初めての恋だった。男に市《いち》で見初められ、やがて逢瀬を迎えるが、翌朝来るはずの手紙が来ない。晩になれば男が自ら訪れると思ったが、来もしない。使いさえ来ない。そのまま四、五日が過ぎ、女は棄てられたと悲しんで髪を切ってしまった。

後朝の文が来なかったのは、男の仕事のせいだった。朝方自宅で歌を詠み、使いに託そうとしていると、勤務先の長官から「遠出する。同行せよ」との急な命令。男はそのまま連れていかれた。仕事を終えようやく帰ろうとした道すがら、今度は上皇《じょうこう》の召使がやって来て、嵐山《あらしやま》は大堰《おおい》川への御幸《ごこう》のお供。男はひどく酔っぱらい、前後不覚のまま二、三日を過ごした。さらに「今夜こそは」と思い立った夜には方角が塞がっていて、遠方まで方違《かたたが》えしなくてはならない。「せめて手紙を」と紙に向かった折しも、女の出家の知らせを聞いた。なんとバッドタイミング。だが「仕事でデートのドタキャン連続」は、現代でもありそうな話ではないか。恋に不慣れな女は、純真さゆえに失恋と勘違いして人生を失った。ならば恋には、時にタフであることも必要なのだった。

七　平安人の心で「紅葉賀」巻を読む

暗躍する女房《にようぼう》たち

七帖「紅葉賀《もみじのが》」のあらすじ

光源氏十八歳の十月、朱雀院《すざくいん》への行幸《ぎようこう》を前に、清涼殿《せいりようでん》で試楽《しがく》が催された。行幸に同行しない藤壺《ふじつぼの》女御《にようご》に舞楽を見せたいという桐壺帝《きりつぼのみかど》のはからいである。光源氏は頭中将《とうのちゆうじよう》と二人で青海波《せいがいは》を舞い、見る者たちの絶賛を浴びた。しかし藤壺は、光源氏の過激な恋心を疎み、何も知らず称賛する桐壺帝に対して言葉少なにしか応対できない。同じ頃、光源氏は二条院《にじよういん》で若紫《わかむらさき》を慈しみつつ、その純真さに癒やされていた。正妻の葵《あおい》の上《うえ》は相変わらず冷淡で、若紫を新しい愛人と思い込み、光源氏との溝を深める。

藤壺は翌年二月に、世間に公表した月数では懐妊十二カ月で出産。生まれた男児は光源氏にそっくりだった。この第十皇子《おうじ》を桐壺帝は溺愛し、光源氏に見せる。「おまえによく似ている」という言葉に光源氏は青くなるいっぽう、初めて見るわが子に胸がいっぱいになり、父という自覚が心に芽生える。

この頃光源氏は、年のころ五十七、八歳で有能ながら好色《こうしよく》ぶりを隠さない内裏《だいり》女房・源典侍《げんのないしのすけ》に好奇心を抱き、男女の仲となっていた。噂を聞きつけ、光源氏に対抗心を抱く頭中将はまたも恋のライバルの名乗りを上げる。ある時は、光源氏と源典侍との寝所《しんじよ》に忍び込んで脅し、光源氏と立ち回りとなるが、光源氏はすぐに頭中将と気づき、二人は互いに袖を裂き帯を奪って戯《たわむ》れ合う。

藤壺は七月に中宮《ちゆうぐう》となる。ますます遠くなる彼女に、光源氏の想いは切なさを増すばかりだった。

古典文学、特に和歌や物語文学には、「女房」と呼ばれる人々がしょっちゅう登場する。現在は「妻」の意味になる「女房」だが、古典文学では違う。この人たち、いったい何者なのだろうか。

女房の「房」は、冷房・暖房・厨房などの「房」。つまり部屋という意味だ。女房は主人の邸宅に「局《つぼね》」と呼ばれる部屋を与えられ、住み込みで働いた侍女《じじょ》である。ただし仕事内容は、下女《げじょ》があたった肉体労働とは全く違う。

国宝「源氏物語絵巻」の「東屋《あずまや》（一）」には、宇治《うじ》十帖《じゅうじょう》のヒロインである浮舟《うきふね》とその異母姉の中《なか》の君《きみ》が、女房らと共に描かれている。浮舟は冊子《さつし》を開いており、その紙面には絵が描かれている。いっぽう女房が開いている冊子には、字が書かれている。女房は主人格の浮舟に物語を読んで聞かせ、浮舟はその物語を絵で楽しんでいるのだ。また、中の君は長い髪を洗い終えたばかりである。まだ濡れているその髪を、女房が櫛《くし》で梳《す》いている。このように女房たちは、主人の教養のお相手や家庭教師役、身だしなみの世話などを日常的にこなした。また主人宅で儀式や行事があれば、装《しょう》束《ぞく》に身を固め華やかに奉仕した。いわば主人を彩る知的・美的スタッフである。

女房を雇う主人を「主家《しゅか》」という。一般の貴族、後宮《こうきゅう》の后妃《こうひ》たち、天皇など、どんな主家に勤めるかで、女房は暮らしも仕事内容も違う。とりあえずここでは、女房の中で最も大きな割合を占めた一般貴族邸の女房について紹介しよう。

例えば『落窪物語《おちくぼものがたり》』に登場する「あこぎ」は、中納言《ちゅうなごん》家の女房だ。母の代から中納言の想い人を主人とし、あこぎも童女で侍女デビューしていたが、その女主人は亡くなってしまった。それで遺された姫「落窪の君」を世話している。その働きたるや、自分の彼氏と計画して落窪の君と貴公子を引き合わせ、奮闘の末に縁結び。継母に虐待されていた姫に結婚という幸福をプレゼントする。

このように、一般貴族の姫君に仕える女房の場合は、姫の恋の手引きや姫に来た恋文の品定め、恋文に返す和歌の代作などが仕事になることも、実際に多かった。

『蜻蛉日記《かげろうにっき》』は、作者・藤原道綱母《ふじわらのみちつなのはは》が大物政治家・藤原兼家《かねいえ》との二十年にわたる結婚生活を赤裸々に綴った手記だが、その中には彼女に仕える女房の姿が見え隠れする。まだ結婚して一年半の春、夫はすでに浮気癖を隠しもせず、道綱母は常にお冠《かんむり》状態。三月三日の桃の節句にも、浮気相手宅に行っているのか、それとも前からの妻の家にいるのか、道綱母宅ではせっかく桃の花や何やと用意していたのに、すっぽかされてしまった。ところが兼家は四日の早朝にやってきた。昨夜から待ち暮らしていた女房たちは、健気にも「一日遅れですが、何もないよりいいでしょう」と、節句の品々を再び奥から取り出して並べる。不機嫌な女主人を盛り上げようと必死なのだ。別の年には、元旦の願掛けで道綱母が冗談に「夫がひと月に三十夜訪れてくれますように」と言うと、女房たちは「それを書いて殿に送りましょう」とけしかける。兼家からは、正月行事の忙しいなか、ちゃんと返事が来た。

このように、女房は主人の様子をきちんと把握して、事態に応じて気の利いたケアを行った。国宝「源氏物語絵巻」の「夕霧《ゆうぎり》」図にもそんな女房が描かれる。この巻のストーリーは、光源氏の息子の夕霧が、三十歳を前にして本気の浮気に陥ってしまうというもの。画面左には手紙に見入る夕霧の姿が描かれ、その背後から忍び寄るのは彼の年来の妻、雲居雁《くもいのかり》である。彼女は次の瞬間には夫の手からその手紙を奪い取ってしまうのだ。型通りの「引目鉤鼻《ひきめかぎばな》」ながら、その表情は緊張に満ちている。

さて、女房はその画面の右下に二人。襖障子《ふすましょうじ》に耳を当てて、室内の夫婦のやりとりを聞こうとしている。興味本位の盗み聞きのように見えるが、おそらくそうではない。夫婦の緊迫した状況を察知し、情報を収集して、事あらばすかさず対応しようとしているのだ。つまりこれもお仕事の内。『源氏物語』本文と合わせれば、二人のうち一人は雲居雁の乳母《めのと》とおぼしい。子どものころから育てた姫君のピンチに、はらはらしつつ耳をそばだてているのだ。

ちなみに夕霧の浮気相手の落葉《おちば》の宮《みや》にも、もちろん女房がいて、こちらは女主人を焚《た》きつける。落葉の宮が夕霧の妻となれば自分たちの生活が安泰だからだ。落葉の宮は決して夕霧に惹かれておらず、むしろ結婚などしたくないと思っているのに。結局夕霧は、女房の手引きによって落葉の宮と結ばれる。自分たちの利益のためには、時には集団で主人を裏切りもする。女房とは主家にとって、決して侮れない存在だったといえよう。

八　平安人の心で「花宴」巻を読む

顔を見ない恋

八帖「花宴《はなのえん》」のあらすじ

光源氏二十歳の春、内裏《だいり》では二月二十日過ぎに紫宸殿《ししんでん》の桜の宴《えん》が執《と》り行われた。詩会や舞楽が行われ、光源氏はどちらにも際立った才を見せ賛嘆される。藤壺中宮《ふじつぼのちゅうぐう》はその様子に「ただ傍《そば》で見ているだけだったならば、何のわだかまりもなく愛《め》でられるものを」と、心の内で和歌を詠むのだった。

宴《うたげ》の終わった後、ほろ酔い加減の光源氏は藤壺の殿舎《でんしゃ》の辺りで様子を窺うが、戸締まりが厳重で忍び込めない。心の火照りがおさまらず弘徽殿《こきでん》を見ると、戸が開いている。光源氏は忍び込み、暗がりのなか「朧月夜《おぼろづきよ》に似るものぞなき」と口ずさみながらやってきた女をとらえて、そのまま一夜の契りを交わす。

女は弘徽殿女御《こきでんのにょうご》の家族と思しいが、はっきりしない。去り際に交換した扇《おうぎ》だけが手がかりのまま一カ月が過ぎた頃、光源氏は弘徽殿女御の父・右大臣《うだいじん》の邸《やしき》での藤《ふじ》の宴《えん》に招かれる。実は、あの朧月夜の女は右大臣の六女で、四月には東宮《とうぐう》に入内《じゅだい》と決まりつつも、光源氏に心を奪われ、思い乱れていた。藤の宴で、光源氏は酔ったふりをして女をさがす。そして「扇」という合言葉にため息で応えた女の手をとらえる。政敵の娘にして兄の婚約者でもある朧月夜との、激しくも危険な恋の始まりだった。

「逢坂の関《あふさかせき》」という言葉がある。字義通り逢坂山にあった関所のことだが、平安時代、これは男女の一線を意味する言葉でもあった。男と女が「逢ふ」ことが、単に対面するだけではなく、契ること、つまり性的関係を持つことを意味したための洒落《しやれ》である。同じように「見る」という言葉も、一つには男女が契ることを意味した。「逢ひ見てののちの心に比ぶれば　昔はものを思はざりけり（男女の間柄になってからのせつなさに比べれば、こうなる前の気持ちなど、恋の悩みのうちにも入らなかったなあ）」。小倉百人一首に入る藤原敦忠《ふじわらのあつただ》のこの歌は、実はかなりセクシーな内容のものだったのだ。

さて、敦忠の歌は「昔はものを思はざりけり」と言っている。「逢ひ見る」、つまり契りを交わすより前のことだ。その時にも、もちろん恋はしっかり始まっている。平安時代の和歌の聖典ともいえる『古今和歌集《こきんわかしゆう》』は三百六十首もの恋の歌を載せているが、うち百首以上は「逢はざる恋」、まだ契りを結ばない段階の恋歌だ。ときめく恋の予感、秘めた想い、胸きゅんの片想いなどは、昔と今とを問わない恋の王道だろう。だが平安時代が現代と大きく違うのは、こうした「逢はざる恋」が、文字通りほぼ「顔を見ていない」状態を意味したということである。

平安の恋は噂話から始まる。どこぞに美人の姫君がいる、琴《こと》の上手な女君がいる。噂をばらまく役は、大方女房《にようぼう》が務める。聞きつけて心をそそられた殿方はせっせと和歌を詠み女房に託す。これが「逢はざる恋」の歌だ。顔を見なくても想いはどんどん募る。やがて家族や女房からOKが出れば、縁《えん》に上がることが許され、御簾《みす》などを隔てた「物越《ものご》し」の対面。かすかな衣擦《きぬず》れの音や、うまくいって声などが聞こえでもすれば、テンションはますます上がる。頃合いをみて、御簾の下から手を握る。御簾から半身だけ体を入れる。するりと中に入って、ようやく対面、つまり逢瀬《おうせ》である。

　だが、実はここに至っても、恋人たちが互いの顔をまじまじと見合ったかといえば、必ずしもそうでないことも多い。平安の夜は暗い。室内に灯りがなく月の光も届かなければ、ほぼ漆黒の闇。手探りの触覚、声や息遣いの聴覚、薫《た》き染《し》めた香を感じ取る嗅覚が頼りだ。もちろん顔の美醜《びしゅう》は恋において大きなウエートを占めていたのだが、いかんせん照明事情が今とは違いすぎること、また逢瀬が基本的に深夜のものであることが、密着しているのに顔が見えない、深い関係なのに顔を知らないという不思議な状況をつくってしまう。

『源氏物語』には、こうした状況が幾度も描かれている。例えば「帚木《ははきぎ》」の巻。光源氏が忍び込んだ空蟬《うつせみ》の寝所《しんじょ》にはほの暗い灯がともるだけで、空蟬について彼が認識できたのは、ただとても小柄だということだけだった。だから後日、彼女の弟に手引きを頼んで、灯の下で碁を打つ彼女を見て初めて「あの人か」と顔を知る。まぶたが少し重たく鼻筋も通らない……と細かくチェックできたのは、むしろそれが逢瀬の場ではなかったからこそだ。

　また、よく知られているのは「末摘花《すえつむはな》」。初めての逢瀬で光源氏が抱いた彼女の印象は、「手探りのたどたどしきに、あやしう心得ぬこともあるにや（闇の中、おぼつかない手探りだったせいで、妙に納得しかねる点があるのかな）」。そのひっかかりが「顔を見たい」という思いを抱かせた。ならば、恋人の顔とは、見たいと思わなければ見ないままですますことも出来たものだったということではないか。彼が後日、末摘花の顔をはっきりと見るのは、開けた格子《こうし》から漏れる雪明かりによってである。それも彼女が光源氏に呼ばれて彼の隣ににじり寄らなければ、その驚きの容貌が明らかになることはなかった。つまり末摘花が自分の欠点を知っていて、それを隠そうとするほどに頭の回る人だったならば、長く伸びて先の少し垂れた赤鼻を知られることはなく、それにちなんで「末摘花（紅花、紅鼻）」と光源氏から呼ばれることもなかった訳だ。顔を見せるか見せないかは、恋の力量でもあったのだ。

ところで、月の光さえ差せば、平安の夜もそう暗くはなかった。当時は太陰暦《たいいんれき》なので、日付はそのまま月齢となり、月の出や月の入りの時刻、晴れていればどれだけの明るさが望めるかが、おおむね分かる。では計算してみよう。例えば光源氏と朧月夜の一夜の契りの巻「花宴」の舞台は二月の二十日余り。下弦《かげん》の月が、午後十時頃、東の空に昇る。南中時刻は午前四時だ。つまりその間、建物の東側には直接に光が当たる。しかし紫《むらさき》式部《しきぶ》が設定した、二人の出逢いの場は、弘徽殿の細《ほそ》殿《どの》。建物西側だ。ここならば、月光は明け方まで差しこまない。大胆な逢瀬は、このようにお膳立てされたのだ。

復讐に燃える、父と娘の怨霊タッグ

九帖「葵《あおい》」のあらすじ

桐壺帝《きりつぼのみかど》が退位し、光源氏の兄・朱雀帝《すざくてい》が即位。その外祖父・右大臣《うだいじん》の一派が権力を握る。そんななか、六条《ろくじょうの》御息所《みやすどころ》の娘が伊勢斎宮《いせのさいぐう》となる。光源氏との関係を清算して、伊勢に同行しようか。御息所は悩みながらも、やはり愛執《あいしゅう》の想いを断ち切れない。いっぽう左大臣《さだいじん》家では、光源氏の正妻・葵《あおい》の上《うえ》が懐妊し、喜びに沸く。折しも、新しい賀茂斎院《かものさいいん》を迎えて賀茂祭が行われ、祭りの前の御禊《ごけい》には光源氏も随行《ずいこう》する。六条御息所は光源氏の姿を一目見ようと網代車《あじろぐるま》に身をやつしてやってきたが、後から来た葵の上一行《いっこう》により、公衆の前で愛人の立場を暴露されたばかりか、車を壊され屈辱を味わうのだった。

葵の上は出産が迫り物《もの》の怪《け》に苦しめられる。世はそれを六条御息所の生霊《いきりょう》と噂し、六条御息所自身も、まどろみの中で葵の上を打ち据える夢を見るようになる。そして光源氏も、妻が臨月の床でほかならぬ六条御息所にかわり、恨みの歌を詠むのを見て驚愕する。葵の上は男子を出産、光源氏はじめ一同は安堵し喜ぶが、数日後、物の怪により急逝《きゅうせい》する。光源氏は激しい喪失感に苛まれつつ、嘆く左大臣夫婦に子どもの養育を任せ、婿として十年を過ごした左大臣邸を出る。

二条院《にじょういん》に戻った光源氏は、引き取って四年、成長した若紫《わかむらさき》を初めて抱く。初めて知る男女のことに衝撃を隠せない若紫だったが、光源氏は三日《みか》の夜《よ》の餅《もちい》など結婚の儀式を整え、心からの誠実さを見せた。

父と娘が手を携えて、人に祟《たた》る。あるいは、父が娘のために祟る。平安時代の古記録や歴史物語に現れる物の怪には、こうした父娘ペアが幾組かいる。

最もよく知られるのは、藤原元方《ふじわらのもとかた》と祐姫《すけひめ》の父娘ペアだろう。詳しく経緯を語るのは、歴史物語の『栄華物語《えいがものがたり》』また『大鏡《おおかがみ》』だ。藤原元方（八八八〜九五三）は、藤原氏でも傍流《ぼうりゅう》の南家《なんけ》出身。身分も大臣に至らなかったが、娘の祐姫は村上《むらかみ》天皇（九二六〜九六七）の更衣《こうい》となり、第一皇子《おうじ》の広平親王《ひろひらしんのう》を産んだ。位の低い更衣の子のこと、帝位を継ぐ可能性などほぼないが、もしも帝《みかど》の皇子《みこ》がこの子だけならば、話は違う。元方は一縷《いちる》の望みに縋《すが》った。だが時に藤原北家《ほっけ》のホープ師輔《もろすけ》の娘である女御《にょうご》・安子《あんし》も懐妊中で、出産を数カ月後に控えていた。

そんなある夜、内裏《だいり》で「守庚申《しゅこうしん》」が行われた。庚申の夜に、寝ないで一晩を明かす風習だ。眠ると人の体内にすむ三尸《さんし》虫《ちゅう》が外に出、その者の罪科を天帝に報告するという、道教《どうきょう》の信仰による。暇つぶしに双六《すごろく》を打つうちに、師輔が言った。「もし我が娘の産む子が男子ならば、賽《さい》の目そろって六出よ」。するとまさに一振りで六の目が二つ出た。これが当たれば元方の望みは失せる。蒼白《そうはく》となった彼は、その夜即座に師輔の人形《ひとがた》を作り、胸に釘を打ち込んだという。

賽の目のお告げどおり安子が産んだ第二皇子は、生まれてたった二カ月で東宮《とうぐう》に立てられた。のちの冷泉《れいぜい》天皇（九五〇〜一〇一一）である。半年で夢の潰えた元方は食事が喉を通らなくなり三年後に死亡。『栄華物語』（巻一）によれば娘の祐姫も相次いで亡くなった。ところがそれと相前後して、東宮に持病があることが分かる。数カ月にもわたる発作を伴う、重い心の病だ。世は強い衝撃を受けた。外戚《がいせき》の夢、国母《こくも》の夢をあっけなく絶たれた元方と祐姫の祟り。当然のようにそう信じられて、以後二人は安子、村上天皇、冷泉天皇の弟で帝位を継いだ円融《えんゆう》天皇（九五九〜九九一）に次々取り憑《つ》き、重い病を引き起こし、時には死に至らしめたと伝えられる。

史実としては、祐姫は康保《こうほう》四（九六七）年、村上天皇が崩御《ほうぎょ》した年に出家している。つまりそれまでは生きていたので、それ以前の東宮の発病にも、安子の死にも、死霊《しりょう》として関わることはありえない。だが元方は、世から疑いなく悪霊と恐れられていた。祐姫は国母になれなかっただけではなく、「悪霊の娘」として後半生を送ったのだ。それが彼女自身が祟ったという話に転じ、祐姫といえば父と二人連れの物の怪という伝説が定着するに至ったのは、やはり外戚政治という当時の権力のあり方ゆえに違いない。娘は実家の繁栄を賭けて入内《じゅだい》し次代の天皇を産み、父は外戚として権力を握る。そこでは父と娘とは、まさにタッグを組んで戦っている。敗れた時の恨みも、父娘一体と考えられたのだ。

とはいえ、父が娘を思うのは権力がらみの場合だけに限らない。父が娘の身を案じ、嫁げば夫婦仲を案じ、幸福であってほしいと願ったことは、平成の父とそう変わらない。ただ、今と違うのは、女性の立場の不安定さだ。たとえ公卿《くぎょう》の娘でも、父が亡くなり後見を失えば、女房《にょうぼう》にまで身を落とすことが珍しくなかった時代だ。高貴な父たちは自分の亡き後も、というか亡き後こそ、娘を思って気を揉《も》み、時に亡霊となる。

その代表が、『栄華物語』（巻十二）の描く具平親王《ともひらしんのう》（九六四〜一〇〇九）だ。彼は娘の隆姫《たかひめ》を藤原道長《みちなが》の息子・頼通《よりみち》に嫁がせていた。ところが彼の死の六年後、頼通に新しい縁談がもたらされる。相手は今上《きんじよう》・三条《さんじよう》天皇（九七六〜一〇一七）の内親王《ないしんのう》。結婚が成れば、押しも押されもしない高貴な新妻に、隆姫が圧倒されることは間違いない。加えて隆姫には子もなく立場が弱い。夫の頼通は乗り気でなかったが、道長は「男が妻を一人しか持たぬとは痴《しれ》の様」と冷たく言い放ち、縁談を進めた。

そんななか、頼通が重病に倒れ、彼に取り憑いた物の怪の一人として、具平親王が名乗りをあげるのだ。霊は道長をそばに呼んで、泣きながらこんこんとかきくどく。死後も娘が心配で、片時もそばを離れず見守り続けてきたこと。頼通の縁談という危機に、いても立ってもいられず出てきたこと。平に謝る道長に、霊は何度も「どうだ、子どもが可愛いか、可愛いか」と言う。親として子を思う気持ちは同じはず、頼通の命が惜しければ縁談をやめよというのだ。道長にしてみれば背筋も凍るような言葉。だが隆姫にとっては、死後もここまで案じてくれる、怖いほど愛に満ちた親心だった。果たしてこの縁談は沙汰止《や》みとなる。

『源氏物語』で葵の上が臨月を迎えた時、取り憑いた数々の物の怪の中には、六条御息所の故父大臣の霊もいると噂された。葵の上の父左大臣との、政治がらみの恨みなのか。それとも光源氏をめぐり、御息所を守ろうと現れたのか。物の怪に聞けるものなら聞いてみたい。

十　平安人の心で「賢木」巻を読む

祖先はセレブだった紫式部《むらさきしきぶ》

十帖「賢木《さかき》」のあらすじ

光源氏、二十三歳の秋。葵《あおい》の上《うえ》の死後、光源氏からの音沙汰がなくなり見限られたことを悟った六《ろく》条《じょうの》御息所《みやすどころ》は、光源氏との訣別を決め、娘と共に伊勢《いせ》に下ろうとしていた。御息所が潔斎《けっさい》のために籠《こも》る野宮《ののみや》を光源氏は訪《おとな》う。二人は長年の愛執《あいしゅう》を振り返り、涙を流し和歌を詠み合って別れる。

その冬、光源氏を常に愛息子として慈しんでくれた父・桐壺院《きりつぼいん》が崩御《ほうぎょ》した。光源氏は精神的にも政治的にも後ろ盾を喪《うしな》い、悲しみに暮れる。いっぽう未亡人となった藤壺《ふじつぼ》への想いはやまず、光源氏は実家に帰った彼女のもとに忍び込む。だが想いを遂げることはできず、むしろ藤壺の心を遠ざける結果を招いてしまう。光源氏との間の不義の子である東宮《とうぐう》（のちの冷泉帝《れいぜいてい》）の安全だけを願い、世の噂を危ぶむ彼女は、桐壺院の一周忌を終えて出家する。少年の日からの義母への恋は、ここに永遠に終止符を打たれたのだった。

喪失感の反動のように、光源氏は朧月夜《おぼろづきよ》との危険な恋にのめり込む。彼女は朝廷の女官長・尚侍《ないしのかみ》として朱雀帝《すざくてい》に仕える身となっていたが、内裏《だいり》でも、また彼女の実家の右大臣邸《うだいじんてい》でも、二人は逢瀬《おうせ》を繰り返した。そしてそれはついに、朧月夜の父・右大臣と、姉で朱雀帝の母でもある弘徽殿大后《こきでんのおおきさき》の知るところとなる。「このついでに光源氏を失脚させるよい機会」。彼を憎悪する大后はそう策略をめぐらせる。

『源氏物語』の作者、紫式部。彼女は貴族の中でも「受領《ずりょう》階級」という階級に属するといわれることがある。それは正しいが、すべてではない。「受領」とは地方に下った国守《こくしゅ》のことで、確かに彼女の父親は越前守《えちぜんのかみ》や越後守《えちごのかみ》だった。だが三代前、紫式部の曽祖父《そうそふ》までさかのぼれば、何と彼らは公卿《くぎょう》。現代の内閣閣僚にあたる人々だ。紫式部の祖先は立派なセレブだったのだ。

国司《こくし》は朝廷から派遣されて地方の各国に赴《おもむ》き、その国を治める。赴任先では権力の頂点にいるといってよい。だが朝廷全体における地位を示す位階《いかい》は、治める国にもよるが、六位《ろくい》からせいぜい四《し》位《い》程度だ。「ここから上が貴族」という五位《ごい》のラインを挟んで上下に位置し、決して上流貴族とはいえない。だからこそ、特有の自由な気風や上昇志向を持ち、成り金的ないっぽう、多少の哀愁も漂う。

平安の才女たちは、多くがこの階級に属していた。清少納言《せいしょうなごん》の父・清原元輔《きよはらのもとすけ》は周防守《すおうのかみ》や肥後守《ひごのかみ》だったし、和泉式部《いずみしきぶ》の「和泉」という名は夫が和泉守だったことによる。紫式部の父の藤原為時《ふじわらのためとき》は、彼女が二十歳の頃、越前守となった。実はこの役職以前、彼には十年間、決まったポストがなかった。その末にようやく就《つ》いた国守の座だ。『今昔物語集《こんじゃくものがたりしゅう》』（巻二十四第三十話）によれば、除目《じもく》（人事異動）での失意を詠んだ漢詩が藤原道長《みちなが》の心を動かしたらしい。紫式部の青春時代は父の失業時代とちょうど重なる。婚期が遅くなったのはそのせいともいう。華やかな貴族社会や恋に憧れつつ、満たされなかった紫式部の娘心を想像してしまう。

受領の世界ですら、うだつの上がらない父。加えてそこに「世が世なら私も」の思いがあったらどうだろう。紫式部の直系の曽祖父である藤原兼輔《かねすけ》は、中納言《ちゅうなごん》だった。また父の母の父で、紫式部には同じく曽祖父にあたる藤原定方《さだかた》は、何と右大臣だった。その時左大臣《さだいじん》の座にいたのは藤原忠平《ただひら》。彼の直系の曽孫《そうそん》が、藤原道長である。紫式部は、道長一家の繁栄を目にするにつけ、過去の栄光と今の落魄《らくはく》を痛感したのではなかったか。家や血統が今よりも格段に重視された時代、この「三代前」は決して遥か遠い過去のことではなかった。

紫式部の二人の曽祖父は仲が良かった。互いの家で宴《うたげ》を開き、歌を詠む。また、名の知られた歌人たちを呼んで歌を作らせ、褒美を与える。彼らは雅びの世界を支えるパトロンだったのだ。例えば『古今和歌集《こきんわかしゅう》』の撰者《せんじゃ》で知られる紀貫之《きのつらゆき》は、二人の宴の常連だった。清少納言の祖父、一説に曽祖父とも言われる清原深養父《ふかやぶ》も、召されて琴《こと》など弾いている。しかもそうしたことは、『古今和歌集』や『後撰和歌集《ごせんわかしゅう》』に記されているのだ。これらの和歌集は、紫式部当時、貴族社会で教養の聖典のような存在だった。娘時代の紫式部も、これらの和歌集をひもとき、ご祖先様のきらびやかさにきっと胸をときめかせていたに違いない。

二人の曽祖父は、『源氏物語』にも影響を与えているようだ。『源氏物語』の桐壺帝の時代は、紫式部から数十年をさかのぼる、実在の醍醐《だいご》天皇（八八五〜九三〇）の時代に設定されていると言われる。この醍醐天皇の時代が、二人の曽祖父、兼輔と定方が活躍した時代なのだ。醍醐天皇は、定方の姉の胤子《いんし》が宇多《うだ》天皇（八六七〜九三一）との間に産んだ子だから、定方にとって甥だった。また兼輔は、娘の桑子《そうし》を醍醐天皇に入内《じゅだい》させている。曽祖父たちにとって醍醐天皇は身内の天皇といってよい。醍醐天皇は歴史的にも聖帝《せいてい》とあがめられる天皇だが、紫式部にとってはそれ以上に、懐かしい「一族の帝《みかど》」だったのだ。

兼輔は、入内した娘・桑子が帝に愛されるかどうかが心配で、歌を詠んで帝に奉《たてまつ》ったという。「人の親の心は闇にあらねども　子を思ふ道に惑ひぬるかな（子を持つ親の心ときたら、暗くもないのに迷ってばかり。子を思うがゆえに、分別をなくしてしまうのです。で、娘をご寵愛《ちょうあい》いただけますか？）」（『後撰和歌集』雑一）。紫式部はこの歌を、『源氏物語』の中で幾度も引用している。そのこと一つをとっても、紫式部がご先祖様や醍醐天皇の時代に心を寄せていたことがはっきりと見て取れる。

少し前まで華やかだったのに、今は没落して受領階級となった家の娘。『源氏物語』を読むとき、作者のこの「負け組」感覚を忘れてはならない。それは東宮はおろか親王《しんのう》にさえなれなかった皇子《みこ》である光源氏のリベンジにつながり、政争に負けた桐壺・明石《あかし》一族のお家復活劇につながるのだ。ほかにも、物語中には数々の没落者がひしめく。父に先立たれた末摘花《すえつむはな》、六条御息所、空蟬《うつせみ》、そして宇治《うじ》の女君たち。中でも空蟬は、実家の昔への矜持《きょうじ》と今属する受領階級への引け目とを二つながら心に抱く点、紫式部自身の分身ともいえる。彼らへの、紫式部の悲しくも温かいまなざしに注目したい。

十一　平安人の心で「花散里」巻を読む

巻名は誰がつけた？

十一帖「花散里《はなちるさと》」のあらすじ

　光源氏二十五歳の夏のこと。世情《せじよう》は彼にとって芳しくなく、すべてが厭《いと》わしいと思えてならない。そんなある日、彼は故桐壺院《きりつぼいん》の女御《にようご》であった麗景殿《れいけいでん》の邸《やしき》へと出向いた。女御の妹の三《さん》の君《きみ》・花散里とは、かつては宮中で、かりそめの想いを交わした間柄だった。もう表立った恋人という訳ではないが、その名残で今でも姉ともども光源氏が援助しており、思い立てばこうしてふらりと訪ねることのできる相手である。

　途中、中川《なかがわ》の辺りに、昔通った女の家があった。琴《こと》の音に引き寄せられ、光源氏は和歌をおくる。だが女は「人違いでは」ととぼける。さては新しい男でも通っているのか。心変わりももっともだが、男女の仲とは世知辛いものだと、彼は感じさせられる。

　振られた光源氏の心は、もとよりの目当てだった花散里によって癒やされる。久しぶりの光源氏の来訪を、彼女は温かい情で迎えてくれた。橘《たちばな》の香りのなか、女たちそれぞれの、変わる心もあり変わらぬ心もあることを思い、光源氏は感慨にふけるのだった。

「空蟬《うつせみ》」「若紫《わかむらさき》」「花散里」……。『源氏物語』の五十四の巻々には、どれもうっとりするほど美しい名前がついている。しかしこの巻名は、いったい誰がつけたのだろうか。作者の紫《むらさき》式部《しきぶ》自身だろうか、それとも後の世の読者なのだろうか。

『更級日記《さらしなにっき》』には、作者の菅原孝標女《すがわらのたかすえのむすめ》が『源氏物語』を読んで胸をときめかせたことが記されている。治安《じあん》元（一〇二一）年の記事だから、『源氏物語』の誕生からまだ二十年も離れない時期だ。ところがそこには、巻名が出てこない。「紫のゆかり」を見て続きを読みたくなったと言っているのは、紫《むらさき》の上《うえ》が登場する一連の巻々のことだろうけれど、はっきり「若紫」の巻を読んだとは言っていない。続きがなかなか手に入らず、仏様に「一の巻よりしてみな見せ給へ」と祈ったとは書いているが、「桐壺の巻から」とは書いていない。そんなことから、物語が作られた当初は巻名がなかったとの説も、一部にはあった。だが考えてみれば、「紫の上関係の巻」とか「第一巻から」などという言い方は、巻名を知っている現代の私たちでも、することがある。『更級日記』のあいまいな表現を根拠にして、巻名がなかったと考えるのはせっかちすぎる。

では巻名は、いつ誰がつけたのか。この素朴で深い疑問に答えてくれるのが、清水婦久子氏の説（『源氏物語の真相』角川学芸出版）だ。巻名には、和歌の世界でよく使われる言葉、「歌ことば」であるものが多い。またその巻の内容も、その歌ことばが詠みこまれ人々が慣れ親しんできた古歌に深くかかわっている。そんなことから、紫式部は古歌から美しい歌ことばを取り出し、それをいわば「お題」としてそれぞれの巻を書いた、と考えるのである。つまり、巻名が最初にあって、それから物語が作られたというわけだ。

たとえば、光源氏が初めて恋の冒険を知る「帚木《ははきぎ》」の巻。この帚木という木は、平安時代にはよく知られていた伝説上の木だ。信濃国《しなののくに》の「園原《そのはら》」という地にその木は生えている。遠くから見ればば確かにあって、帚《ほうき》を立てたような形もわかる。だが近づくと、不思議なことに姿を消してしまうのだという。その伝説をもとにして、歌が詠まれ世に広まった。『源氏物語』の九十年ほど前のことだ。「園原やふせ屋に生《お》ふる帚木の　ありとて行けど逢はぬ君かな（園原のふせ屋に生えている伝説の帚木。それはあるように見えて、近づくと消えてしまうのだという。君はその木と同じだ、目には見えているのに会えない、逢瀬《おうせ》を許してくれない、つれない人だね）」（『古今和歌六帖《こきんわかろくじょう》』巻五）。紫式部はこの歌をヒントに、「帚木」をお題として「帚木」巻を書いた。果たしてストーリーは、光源氏の前に一度だけ姿を現した人妻が、その後は決して会ってくれないというものだ。光源氏が追えば追うほど、女は彼を避けて姿をくらましてしまう。まさに伝説の「帚木」のように。

その同じ人妻は、次の巻「空蟬」では、光源氏に心惹かれながらも、薄衣《うすごろも》一つを置いて寝所《しんじょ》から去る。「空蟬」は蟬の脱け殻だが、『万葉集《まんようしゅう》』時代からの歌ことばである「現身（うつせみ）」に通じ、むなしいもの、はかないものを意味した。ところがそんな「空蟬」を詠んだ、これもまた『源氏物語』より七、八十年ほど前の歌の中に、別れた恋人にその装束《しょうぞく》を返すというやり取りがある。そこで「空蟬」は相手の衣を意味している。「今はとてこずゑにかかる空蟬の　殻を見むとは思はざりしを（『さようなら』と言って来なくなったあなた。手元に残った衣はまるで、梢《こずえ》にとまる蟬の脱け殻のよう。まさかこんな別れが来るなんて)」。この贈答では、女がこう詠んで男に衣を返した。男の返歌は「忘らるる身を空蟬のから衣　返すはつらき心なりけり(君に忘れられた憂いの我が身。その脱け殻のような衣を返すとは、なんて冷たい人なんだ)」(『後撰和歌集《ごせんわかしゅう》』恋四)。紫式部はまさにこれを下敷きに男女の設定を入れ替えて、はかない恋、衣一つを脱け殻のように残して去る女というストーリーを思いついたに違いない。

このように巻名は、美しい歌ことばであるとともに、その巻全体を象徴する言葉といえる。したがって、その巻の女主人公のキャラクター設定にも大きく関わる。巻名で呼ばれる女君が多いのはそのためだ。例えば「玉鬘《たまかずら》」。もとは美しいつる草のことで、和歌では「長く伸びる」特徴を詠まれることが多い。そこから、光源氏のかつての愛人・夕顔《ゆうがお》の娘で、「長い歳月」を経て光源氏と巡り合うという設定が生まれる。加えてこの娘自身が、都から九州へ下ってまた帰ってきた、「長距離」を逞しく生き延びた娘だというキャラクター設定もなされた。

では、「花散里」はどうか。和歌の世界では、橘の花が散る家として詠まれる。そこにホトトギスが来て鳴くという歌も多い。また橘には、「その花の香りを嗅ぐと昔を思い出す」という歌もある。さて、この巻のストーリーは、ホトトギスならぬ光源氏が昔の思い出を語りに橘の香る花散里の館にやって来るというもの。そしてその後も彼女は、光源氏にとって「昔なじみの癒やし系」的な存在として、物語の中で静かな存在感を発揮し続ける。『源氏物語』と和歌の世界は、かくも深くつながっているのだ。

十二　平安人の心で「須磨」巻を読む

流された人々の憂愁《ゆうしゅう》

十二帖「須磨《すま》」のあらすじ

光源氏は二十六歳の春、都を出て須磨に蟄居《ちっきょ》することを決意した。政敵・弘徽殿大后《こきでんのおおぎさき》の謀略により、官位を剝奪《はくだつ》されたためである。花散里《はなちるさと》、藤壺《ふじつぼ》、朧月夜《おぼろづきよ》、故葵《あおい》の上《うえ》の一家の人々などに別れを告げ、亡父・桐壺院《きりつぼいん》の山陵《さんりょう》に参り、愛妻・紫《むらさき》の上《うえ》に資産や使用人の一切を託して、彼は三月二十日過ぎに都を出た。

須磨では、かつて在原行平《ありわらのゆきひら》が流謫《るたく》されたという地の近くにわび住まいを営んだ。寂しいことこの上なく、こころの支えは都との文通ばかり。秋、荒涼とした夜長に光源氏は涙を流す。しかし、腹心の側《そっ》近《きん》である惟光《これみつ》、良清《よしきよ》はじめ従者《じゅうしゃ》たちもそれぞれに都を恋しがり泣く様子を見て、光源氏は気を取り直す。従者たちは自分のためについて来てくれた。その彼らを不安にさせてはならないのだ。それからの彼は、手習いの和歌や絵といった風流に寂寥《せきりょう》を紛らわせた。

それが都に伝わると、弘徽殿大后は激怒。面倒を避けたい貴族たちは光源氏との交渉を絶つ。そんななか、一人光源氏を訪《おとな》ったのは悪友にして義兄弟でもあった、三位中将《さんみのちゅうじょう》（かつての頭中将《とうのちゅうじょう》）だった。親交を温めた二人だが、彼が帰ると須磨はまた寂しくなる。三月初めの巳《み》の日、光源氏は海に出て厄払いの「上巳《じょうし》の祓《はらえ》」を行った。すると凪《な》いでいた海が一転し、空はかき曇り、暴風雨と雷が彼を襲う。そのうえ夢に変化《へんげ》のものまで現れて、光源氏は須磨を耐え難く思うようになった。

光源氏の須磨退去。古来『源氏物語』の注釈書には、そのモデルとして十人以上もの名が挙げられてきた。歴史上流罪《るざい》に遭ったあの人この人、中には中国は楚《そ》の国の政治家にして詩人だった屈原《くつげん》や、同じく周《しゅう》の国の政治家だった周公旦《しゅうこうたん》を挙げるものもある。

ここでは、二人の人物に注目したい。一人は「帝《みかど》の皇子《みこ》にして源氏」という境遇が光源氏と重なり、その造型自体のモデルとも言われる源高明《みなもとのたかあきら》。もう一人は「学問の神様」として知られる菅原道真《すがわらのみちざね》だ。二人はどちらも大宰府《だざいふ》に流された。死刑が実施されなかった当時、大宰府への流罪は最高刑。国家転覆罪並みの大罪に適用された、重罰だった。

醍醐《だいご》天皇（八八五～九三〇）の皇子で、左大臣《さだいじん》という要職にも就《つ》いていた源高明が流されたのは、安和《あんな》二（九六九）年だ。世に言う「安和の変」の首謀者とされてのことである。紫式部《むらさきしきぶ》はこの時まだ生まれる前だろうから、実際に見知ってはいない。だが光源氏の須磨行きに高明の史実が重ねられていることは、二人が京を出た日付からも明らかだ。『源氏物語』では、光源氏の離京は三月二十日余り。いっぽう高明の配流《はいる》は三月二十五、六日のことで、ほぼ重なる。

実はこの日付を記すのは、平安女流文学として『源氏物語』の先達《せんだつ》でもある『蜻蛉日記《かげろうにっき》』である。「安和の変」は、真相としては藤原《ふじわら》氏による他氏排斥《はいせき》の陰謀だったと考えられており、高明はその被害者なので、藤原兼家《かねいえ》の妻である『蜻蛉日記』の作者・藤原道綱母《みちつなのはは》は加害者一族にあたる。それでも、敵味方の別とは関わりなく、道綱母は高明に同情し、この事件のことを日記に書きとどめた。その文面には、高明の逮捕劇を見ようと都中の人々が御殿《ごてん》に押しかけ、同情に袖を濡らしたとある。また、高明は出家までしたが許されなかったとも記されている。『源氏物語』の時代、この高明の事件は、まだ世間の記憶に新しかったろう。帝の皇子、しかも博識で有能な政治家であっても、陰謀に足をすくわれれば瞬時にしてみじめな目を見る。その後、高明は三年ほどで大宰府から戻されたが、政治的復権はならなかった。そんな高明の一件をよく知るからこそ、彼のようになる前に光源氏が須磨に退去したことに、読者たちは胸をなでおろしたに違いない。

いっぽう、菅原道真が配流されたのは、延喜元《えんぎ》（九〇一）年。代々の学者の家に生まれながら、宇多《うだ》天皇（八六七〜九三一）・醍醐天皇に重用されて右大臣《うだいじん》にまで昇った彼だったが、「醍醐天皇を廃しようと企てている」との讒言《ざんげん》が帝の逆鱗《げきりん》に触れた。裏で左大臣・藤原時平《ときひら》が動いていたことは間違いない。やはりこれも、藤原氏による他氏排斥の陰謀だった。

逮捕され流された道真は、道中でも配流先の大宰府でも、いくつもの漢詩を詠んでいる。都を出て明石《あかし》の駅家《うまや》を通過した時、同情する駅長に与えた詩の一節が「駅長驚くことなかれ、時の変改《へんがい》一栄一落《いっえいいちらく》、これ春秋」（『大鏡《おおかがみ》』「時平」）。駅長よ驚くな、時勢の移り変わりを。春にひとたび花咲けば、秋には落葉するもの。それは人もまた同じだ。観念した口調が、あまりにも悲しい。また大宰府で、去年の今月今夜に列席した内裏《だいり》の宴《うたげ》を思い出して「恩賜《おんし》の御衣《ぎょい》は今ここにあり（あの時帝から頂いた衣は、今ここにある）」（『菅家後集《かんけこうしゅう》』「九月十日」）と詠んだ一節もよく知られる。讒言を信じ込み、道真を遠い地に追いやった帝を、しかし道真は憎んではいなかった。この句は、『源氏物語』に場面ごと引用されている。須磨のわび住まいで、光源氏はかつての内裏での一夜を思いだす。そして、母・弘徽殿大后に盾突《たてつ》けず光源氏を守ってくれなかった兄・朱雀帝《すざくてい》のことを、それでも恋しく思いながら、この句を口ずさむのだ。しかも詩句どおり、朱雀帝から賜《たまわ》った御衣を傍らに置いて。

道真の詩で、『源氏物語』と関わりはないがぜひ知っていただきたいものに「慰少男女詩（幼い子どもたちを慰める詩）」（『菅家後集』）がある。道真は配所に幼い娘と息子を伴って来ていた。名を紅姫《べにひめ》と隈麿《くままろ》という。逮捕の時、父を慕って泣くので、朝廷も引き離すことができなかったのだ。配所で身を寄せ合いながら、道真は子らに詠んだ。「姉さんたちは家にとどまり、兄さんたちは流罪で散り散りとなった。お前たち二人だけが父さんとともに来て、こうしてお話ができるのだ。昼にはご飯を一緒に食べ、夜も一つ所で眠れるのだよ」。父と来た子どもたちは、都の母を思って泣いたのではなかったか。その子らをなだめ慈しみながら、むしろ子に支えられている道真が目に浮かぶ。隈麿は翌年夭折《ようせつ》した。道真も次の年に配所で死んだ。紅姫のその後は、わからない。

零落《れいらく》して果てた源高明。都に戻れなかった菅原道真。不吉な先例を胸に抱きながら、光源氏はさぞ憂愁の日々を過ごしたことだろう。「須磨」の巻は、そんな史実と虚構の入り交じった想像さえ掻き立てる。実際、須磨にはいまだに、光源氏が植えたという「若木の桜」にちなむ地名も残っているのだ。

十三　平安人の心で「明石」巻を読む

紫式部《むらさきしきぶ》はニックネーム？

十三帖「明石《あかし》」のあらすじ

嵐は何日も続いた。紫《むらさき》の上《うえ》の文《ふみ》を持ってきた使いによると、都でも天変地異が起きているという。須《す》磨《ま》では高潮が起き、光源氏の住まいは落雷にまで遭う。避難し疲労困憊《こんぱい》してうたた寝する光源氏。ところがその夢に父・桐壺院《きりつぼいん》の亡霊が現れ、この浦から去れという。また翌日にはやはり夢のお告げを得たという明石入道《あかしのにゅうどう》が小舟でやって来て、光源氏を明石に迎えたいという。光源氏はその申し出を受けた。

移り住んだ明石入道の邸《やしき》は都と紛《まが》う華やかさで、光源氏は心慰められる。初夏のある夜、明石入道は鍾愛《しょうあい》する娘・明石《あかし》の君《きみ》のことを語り、光源氏に差し出したいと言う。光源氏は彼女と文を通わせ、高貴ともいえる優美さに驚き惹かれていく。一方そのころ、都では凶事が相次いでいた。夢で父・桐壺院に睨まれた朱雀帝《すざくてい》は眼病を患い、帝《みかど》を弱気とたしなめた弘徽殿大后《こきでんのおおきさき》も病み、その父大臣は薨去《こうきょ》してしまう。

光源氏は明石の君を女房《にょうぼう》として召そうと考えるが、自尊心の高い明石の君はそれに応じない。八月、ついに光源氏は根負けして明石入道宅を訪れ、初めて明石の君を抱き、六条御息所《ろくじょうのみやすどころ》に似た彼女を愛するようになる。しかし翌年彼女が身ごもった頃、都から光源氏召還《しょうかん》の勅命《ちょくめい》が下る。再会を約束して光源氏は明石を去る。都では、朱雀帝が権大納言《ごんだいなごん》の地位を用意して彼を待っていた。

『源氏物語』の作者、紫式部。この名は、本名ではない。また、本来は彼女の女房名でもない。だいたい、「紫」とは何なのか？　どう考えても、『源氏物語』と無関係ということはあるまい。ならば紫式部は、自分が書いた作品にちなんだ名で呼ばれていることになる。では『蜻蛉《かげろう》日記《にっき》』を書いた藤原道綱母《ふじわらのみちつなのはは》を、「蜻蛉」と呼ぶだろうか？　『枕草子《まくらのそうし》』を書いた清少納言《せいしょうなごん》は枕少納言などと呼ばれているだろうか。それは全くない。平安時代の女流文芸作家は少なくないが、紫式部のように個人名が作品と一体化している人物はほかにいない。現代の私たちは彼女を最初から「紫式部」であったように思いがちだが、紫式部が「紫式部」という名で世に認められているということは、実に稀有《けう》なことなのだ。

紫式部が「紫式部」と呼ばれるようになっていく経緯をたどってみよう。

当然のことだが、紫式部にも本名があった。だが本名は、公文書に記す際など、ごく限られた場合にしか使われない。女性が家で家族や召使から呼ばれる場合には「君」や「上」などと呼ばれたし、女房となれば女房名で呼ばれるのが普通だった。女房勤めに出なかった道綱母が、名を伝えられずただ「藤原道綱の母親」と呼ばれるしかなく、宮仕《みやづか》えに出た清少納言が、その女房名「清少納言」で世に知られるのも、このためだ。

さて、女房名には大方の決まりがある。父や兄など身内の男性の官職名を使うのだ。例えば父が伊勢守《いせのかみ》だったなら、その国名を取って「伊勢」という具合だ。紫式部は、中宮彰子《ちゅうぐうしょうし》のもとに仕え始めた時、「式部」と呼んでほしいと申し出たらしい。父の藤原為時《ためとき》が、かつて式部省《しきぶしょう》に勤めていたからだ。しかしそこで困ったことが起きた。彰子の周りの女房には、もう既に二人も「式部」がいたのだ。朝廷の官庁名には限りがあるから、こうした事態はしばしば起こる。そんな場合は、姓から一文字を取って前につける。「清少納言」の名も、身内男性の官職名「少納言」に姓の「清《きよ》原《はら》」の一字を取ってつけた名だ。こうして紫式部の場合は、「藤原」から一字を取って「式部」の頭につけ、他の二人と区別した。「藤式部」、訓《よ》み方は「とうしきぶ」。これが紫式部のもともとの女房名だ。既に評判だった『源氏物語』を引っ提げて宮仕えを始めた彼女だったが、最初から「紫式部」と呼ばれはしなかったのだ。

ところが彼女は、それとは全く違う名前で呼ばれもした。自ら記す『紫式部日記』の一場面。寛《かん》弘《こう》五（一〇〇八）年十一月一日、中宮彰子の産んだ皇子《みこ》の誕生五十日《いか》の宴《うたげ》でのことだ。和歌・漢詩・管絃《かんげん》と、文化の世界では何でもござれの重鎮《じゅうちん》である藤原公任《きんとう》が、紫式部にこう呼びかけた。

「あなかしこ。このわたりにわかむらさきやさぶらふ（失礼。この辺りに若紫《わかむらさき》さんはお控えかな）」

公任は、『源氏物語』の女主人公「若紫」の名で、作者の藤式部を呼んだのだ。現代に置き換えるなら、宮崎駿氏を「トトロ」と呼ぶようなもの。ちなみに当時の物語は現代のアニメ並みのサブカルチャーだったから、権威の公任にこう呼ばせたことは『源氏物語』の快挙だ。作品が既に世に出回り、しかも高く評価されていたからこそ。そのためこの一節は、当の一〇〇八年からちょうど千年にあたる二〇〇八年に「源氏物語千年紀」が挙行《きょこう》される拠《よ》り所《どころ》ともなった。

公任が「藤式部」を「若紫」と呼んだのは、その場限りの座興《ざきょう》だったかもしれない。だがやがて、彼女は「紫」と呼ばれるようになっていく。公任の戯《たわむ》れをきっかけにしてか、あるいはまた、『源氏物語』における「桐壺更衣《こうい》」から「藤壺中宮《ふじつぼのちゅうぐう》」そして「紫の上」につながる重要な設定「紫のゆかり」にちなんで、読者が作者に与えたリスペクトニックネームか。この「紫」と、もともとの女房名「藤式部」を合体させたのが、「紫式部」だ。藤原道長《みちなが》の栄耀栄華を描く歴史物語『栄華物語《えいがものがたり》』正編には、紫式部は「藤式部」と「紫」と「紫式部」、三種類の名で登場する。『栄華物語』正編の成立は一〇三〇年ごろ。つまりその当時、紫式部の名はまだ一つに定まってはいなかったのだ。

だが、ほどなく世は彼女を、女房名の「藤式部」でもなく、あだ名の「紫」でもなく、「紫式部」とだけ呼ぶようになる。白河《しらかわ》天皇（一〇五三〜一一二九）の命を受けて応徳《おうとく》三（一〇八六）年に作られた勅撰《ちょくせん》集『後拾遺和歌集《ごしゅういわかしゅう》』が、作者名「紫式部」として彼女の歌を入れたのだ。『源氏物語』と一体化したこの名が、国家のお墨付きを得たということだ。残念ながら紫式部自身がこの歌集を見ることはなかったが、知ればどれだけ誉れに思っただろうか。そんな意味でも、「紫式部」は文学史上に屹立《きつりつ》する名前なのだ。

十四　平安人の心で「澪標」巻を読む

哀切の斎宮《さいぐう》、典雅《てんが》の斎院《さいいん》

十四帖「澪標《みおつくし》」のあらすじ

光源氏が明石《あかし》から帰京した翌年、朱雀帝《すざくてい》は退位し、見かけ上は彼らの末弟だが実は光源氏の子である十一歳の東宮《とうぐう》が、即位して帝《みかど》（冷泉帝《れいぜいてい》）となった。二十九歳の光源氏は、内大臣《ないだいじん》となり新帝《しんてい》を支える。光源氏の岳父《がくふ》で朱雀帝時代に一時引退した元左大臣《さだいじん》も摂政太政大臣《せっしょうだいじょうだいじん》となり、一家は勢いを盛り返した。

いっぽう明石からは、女子誕生の知らせが届く。光源氏は以前に宿曜《すくよう》（占星術）で「子は三人、それぞれ帝・后《きさき》・太政大臣となる」と予言されたことを思い出し、自ら乳母《めのと》を選んで明石に遣わす。また誕生五十日《いか》の祝いには、上京を誘う手紙を明石《あかし》の君《きみ》におくる。紫《むらさき》の上《うえ》は光源氏から明石の君と娘のことを明かされ嫉妬するが、そのすねた様子も可愛いと思う光源氏であった。

秋、光源氏は住吉大社《すみよしたいしゃ》にお礼参りを行う。偶然にもその時、明石の君も例年の住吉参りにやって来ていた。光源氏一行《いっこう》の威光を遠くから見て、明石の君は身分違いを痛感し泣く。後にそれを知った光源氏は「二人の縁は深い」と和歌をおくり、彼女を慰める。

天皇の代替わりで伊勢斎宮《いせのさいぐう》も交代となり、六条《ろくじょうの》御息所《みやすどころ》は娘と共に帰京した。しかし重病にかかり出家した後、二十歳の娘の後見を光源氏に頼んで、息を引き取る。光源氏は藤壺《ふじつぼ》と会見し、この娘を冷泉帝に入内《じゅだい》させようと画策する。

伊勢斎宮と賀茂斎院《かものさいいん》。どちらも、神に仕える未婚の皇女《こうじょ》だ。正しくはどちらも「斎王《さいおう》」と呼ばれ、伊勢神宮の神に仕える「伊勢斎王」と、平安京郊外の上賀茂《かみがも》・下鴨神社《しもがもじんじゃ》の神に仕える「賀茂斎王」の二人である。だが同じ呼び名では紛らわしいので、各々の斎王の住まいの名によって、通称「斎宮」と「斎院」となった。「斎王」といえば、現在、上賀茂・下鴨両神社の大祭《たいさい》である葵祭《あおいまつり》で主役を務める女性を「斎王代《さいおうだい》さん」と呼ぶことを思い出す方もおられよう。それはその役が、「賀茂斎王」さんの「代理」であるからだ。

歴史は、伊勢斎宮がずっと古い。制度が整えられたのは天武《てんむ》天皇（?～六八六）の時代というから、奈良時代よりもっと前の飛鳥《あすか》時代、七世紀のことである。天武天皇は政権をめぐって甥の大友《おおとも》皇子《おうじ》と戦った。「壬申《じんしん》の乱」である。その際、伊勢神宮に戦勝を祈願し、勝利を収めると、御利益《ごりやく》の返礼に娘の大来皇女《おおくのおうじょ》を伊勢神宮に差し出した。それが制度としての「伊勢斎宮」の始まりと伝えられている。伊勢に下向《げこう》したとき、大来皇女は十四歳。都を離れ、家族とも離れて伊勢国に遣わされ、天皇の代わりに神に仕えた。つまり、斎宮のイメージの核は「聖性」に加えこの「遠さ」、そしてそれゆえの「哀切」だ。大来皇女が斎宮に着任してから十三年後、弟の大津皇子《おおつのおうじ》が密かに姉を訪ねてやって来た。翌朝、彼を送り出すと、大来皇女はこう詠んだ。「我が背子《せこ》を大和《やまと》へやるとさ夜更《よふ》けて　あかとき露に我が立ち濡れし」（『万葉集《まんようしゅう》』巻二相聞《そうもん》）。愛するあなたを大和へ送り出し、無事を祈るうち夜が更けて、明け方の露に濡れるまで私は立ち尽くした、と。大津皇子はこの後、謀反《むほん》の罪で自害させられた。彼は自分の運命を知っていたのだろう。だが姉にだけは伝えたいことがあって、覚悟の上ではるばる会いに行ったのだろう。姉の歌にも、弟への切々とした思いが感じられる。遠く離れた姉弟の、強くて悲しい絆だ。

都が平安京に遷《うつ》れば、伊勢はさらに遠くなる。『伊勢物語《いせものがたり》』では、作品名のもととなった章段で、都から「昔男」の来訪を受けた斎宮は、彼と一夜だけの恋に落ちる。だがもちろん、斎宮は神に仕える身、これは禁断の恋である。男と女は泣く泣く別れざるを得なかった。ここにもやはり斎宮の、孤独ゆえの深い情というドラマがある。また、物語はこれを在原業平《ありわらのなりひら》と斎宮・恬子《てんし》の実話とのみ付記するが、やがてはさらに、斎宮は懐妊し、生まれた子は高階《たかしな》一族に引き取られたという噂さえ囁《ささや》かれた。聖なる斎宮は、聖なるがゆえに醜聞《しゅうぶん》とも結びつけられやすいのだ。

その斎宮に比べ、斎院のイメージは「典雅」である。居所が平安京のすぐ郊外なので、孤独や哀切さは少ないのだ。成り立ちは斎宮に似て、嵯峨《さが》天皇（七八六～八四二）が「薬子《くすこ》の変」の平定を賀茂社に祈って御利益を得、お礼にと娘の有智子内親王《うちこないしんのう》を捧げたことに始まった。この有智子内親王は女性ながら漢詩の名手で、勅撰《ちょくせん》漢詩集の一つ『経国集《けいこくしゅう》』にいくつも作品が載る。中には、十七歳の時、父帝《ちちみかど》の斎院への行幸《ぎょうこう》を受けて作詩し、帝を感嘆させたというものもある。身はあくまで高貴な内親王や女王《にょおう》、しかも神に仕える神聖な女性。俗事に惑わされないので、自然と文雅《ぶんが》に長《た》けてくる。そんな斎院のあり方を、有智子内親王は初代にして示したといってよい。

斎院で最も知られているのは、村上《むらかみ》天皇（九二六～九六七）の皇女・選子《せんし》内親王（九六四～一〇三五）だろう。彼女は円融《えんゆう》天皇から後一条《ごいちじょう》天皇までの五代、五十七年間にわたり斎院を務めて

「大斎院《だいさいいん》」と呼ばれた。斎宮の任期は天皇一代限りだが、斎院には任期が定まっていなかったのだ。野趣《やしゅ》あふれる紫野《むらさきの》の斎院は風流の地として知られ、貴族たちもしばしば足を運んだ。大斎院はありあまる時間を雅びと文芸に注ぎ、女房《にょうぼう》たちにも「歌の司《つかさ》」「物語の司」と名づけた係まで設けて創作させた。紫式部《むらさきしきぶ》の弟・藤原惟規《ふじわらののぶのり》は大斎院に仕える女房と恋人同士だった。夜な夜な斎院に忍び込み、彼女の局《つぼね》で逢瀬《おうせ》を繰り返していたが、ある時警備の侍《さむらい》たちに見つけられ、名を名乗らなかったために怪しい者と疑われて、院内に閉じ込められてしまった。だが彼女が選子に泣きつくと、選子は許し、戸を開けてくれたという（『今昔物語集《こんじやくものがたりしゅう》』巻二十四第五十七話）。自らは男性を近づけないが、女房の恋には寛容。そんな懐《ふところ》の広さもまた、大斎院の雅びの証しであった。

　哀切の斎宮と、典雅の斎院。『源氏物語』は前者に寄せて六条御息所と光源氏の別れを描き、後者に関わっては、凛《りん》として最後まで光源氏の懸想《けそう》に折れない朝顔《あさがお》の姫君《ひめぎみ》を描いた。二つの斎王は、やはりうまく物語に活かされているのだ。なお、斎院は十三世紀初頭にはその役割を終え、斎宮も百年後の十四世紀には南北朝の動乱の中で廃絶した。天皇家の賀茂社・伊勢神宮への信仰は続いたが、一族の女性を神に捧げるという形はひとまず幕を下ろしたという訳だ。だが「斎王」は、葵祭で一般女性から選ばれる「斎王代」として一九五六年に復活。伊勢斎宮も三重県多気《たき》郡の斎宮跡地が七九年に国の史跡に指定され、現在でも発掘調査が続けられている。跡地の一角に建てられた斎宮歴史博物館も、お勧めだ。斎王が都から下向する旅「斎王群行《ぐんこう》」を再現した珠玉《しゅぎょく》の短編映画が見られ、十歳の良子《ながこ》斎王の健気さと成長を描いて、心にしみる。

十五　平安人の心で「蓬生」巻を読む

待ち続ける女

十五帖「蓬生《よもぎう》」のあらすじ

光源氏が須磨《すま》に退去し京を留守にしていた間、末摘花《すえつむはな》はただひたすら彼を待ち続けていた。光源氏からは文《ふみ》の一つとてなく、彼に頼っていた暮らし向きはすぐさま悪くなり、女房《にょうぼう》たちも去ってゆく。それでも末摘花は、父・常陸宮《ひたちのみや》遺愛の荒れ果てた住まいを離れず、自ら骨董品のように日々を過ごしていた。

そんななか、末摘花の叔母が受領《ずりょう》である夫と大宰府《だざいふ》に下向《げこう》することが決まり、末摘花に同行をもちかける。叔母は以前から、自分が受領階級に身を落としたため常陸宮家から見下されたと恨んでおり、これを機会に末摘花を娘たちの女房として雇い、長年の劣等感を帳消しにしようと謀ったのだ。しかし末摘花は頑《がん》として応じない。やがて光源氏は帰京したが、末摘花のことははなから忘れて訪ねない。それでも待ち続ける末摘花に、叔母はあきれ、毒づきながら九州に去る。孤独な末摘花の周りを、季節だけが通り過ぎてゆく。

光源氏は、帰京の翌年の四月、偶然常陸宮邸辺りを通りかかって、ようやく末摘花を思い出す。まず惟光《これみつ》に邸内を探らせ、次いで光源氏が庭の蓬をかき分けて入ると、そこには心なしか以前より成長した末摘花がいた。末摘花の巌《いわお》のような不動の心に、光源氏は感動する。前世からの運命でもあろう、以後彼は、こまやかに末摘花の生活の面倒を見、後には自らの別邸・二条東院《にじょうひがしのいん》へと引き取るのだった。

「あなたを待って三年三月《みつき》」。そんな演歌が昔あった。阿久悠《あくゆう》作詞、昭和五十年に森昌子《もりまさこ》が歌ってヒットした。末摘花が光源氏を待ったのは三年とひと月。演歌と平安文学の世界とは、男女の間柄をめぐっては相通じるものが多くて、今も昔も女はとかく待つものとされる。

平安時代の女が待つ理由は、二つある。一つには、万葉《まんよう》時代には貴族でも恋人同士が山野でデートすることがあったのに、そうしたアウトドア派が消え、貴族階級の逢瀬《おうせ》は女の家で行うものと決まってしまったことだ。彼とどこかで落ち合うとか、彼の家に行くとかではなくて、恋をすれば女は待たなくてはならない。使いが彼の文（手紙）を持ってくるのを待ち、彼が訪れるのを待つ。ひたすら家で待つ、それが平安の貴族女性の恋の基本的な形なのだ。

もう一つは、結婚のありかたがいわゆる「妻訪婚《つまどいこん》」、夫が妻を訪ねる形だったことだ。具体的には、サザエさん一家を想像していただきたい。両親と暮らす妻のもとに夫がやって来る、婿入り婚。だが夫の姓は結婚前と変わらない。磯野《いその》一家と暮らしながらマスオさんの姓が実家の姓「フグ田」のままであるのと同じだ。違う点を言うなら、平安貴族は夫婦別姓なので、サザエさんは「磯野サザエ」でなくてはならない。さらに、マスオさんは毎日帰ってくるが、平安の夫は実家と婚家を行ったり来たりして、そう毎日やってこない。光源氏など、内裏《だいり》の桐壺《きりつぼ》や母から相続した二条院《にじょういん》にばかりいて、正妻・葵《あおい》の上《うえ》のいる三条《さんじょう》の邸宅には、気が向いたときに帰るといった体《てい》だ。

こうして女は、恋人としても待ち、妻となっても待つ。男を待つ心は、大方の女たちに共通の心情となる。それを描く歌や物語は、いきおい膨大《ぼうだい》な数にのぼる。「来《く》や来やと待つ夕暮れと今はと

て　帰る朝《あした》といづれまされり」（『後撰和歌集《ごせんわかしゅう》』恋二）。元良親王《もとよししんのう》（八九〇～九四三）が恋人に問いかけた歌だ。「彼が来るか来るかと思って待つ夕方と、じゃあねと帰ってしまう朝方と、女心ってどちらが切ないものなのかな」。恋人の答えは「朝の方がつらいわ」。夕方には、期待する心がある。だからたとえ空振りに終わっても慰められる。でも朝には、別れに意気消沈する気持ちしかない、というのだ。彼は他の女にも聞きまわっていて、「待つ方が苦しい」という答えもあった。待たせる側《がわ》の男が、しゃあしゃあと聞いたものである。ちなみにこの元良親王は、平安時代でも指折りの色好みで知られ、「一夜めぐりの君」と呼ばれた。「一夜めぐり」とは陰陽道《おんようどう》の太白神《たいはくじん》のことで、金星の精だ。一夜ごとに居場所を変え、十日でひとめぐりして十一日目にもとに戻る。親王も恋人があちこちにいて忙しく、次に逢うまで随分待たなくてはならないという、多情《たじょう》をからかったあだ名である。

　待たされた女が反撃に出ることもある。自分を待たせた男がようやくやって来た時に、家に入れず、逆に待たせるのだ。「待つ女」の代表ともいえる、『蜻蛉日記《かげろうにっき》』の作者・藤原道綱母《ふじわらのみちつなのはは》のエピソードが名高い。新しい女をつくり自分から足の遠のいた夫・兼家《かねいえ》が、暁《あかつき》に戸を叩いた。「あの人だ」と分かったが、腹が立つので開けさせず、夜が明けてから歌をおくりつけた。「嘆きつつ一人《ひとり》寝《ぬ》る夜の明くる間は　いかに久しきものとかは知る（来ないあなたを思って一人泣きながら寝る夜が、明けるまでどんなに長いものか、あなたにはわかりますまい）」。ただ、こうした高飛車《たかびしゃ》な反撃に出られるのは、それなりの自信か保証のある女だけだ。道綱母は決して夫の愛情を喪《うしな》ってはいなかった。『源氏物語』の葵の上も、光源氏に待たされながら、ようやっとやってきた彼を拒絶すること度々なのは、正妻にして左大臣《さだいじん》の娘という安心材料があるからこそ取れた態度だ。その点、父親を喪っている末摘花には生活の面倒を見てくれる人がいない。光源氏なくしては、蓬に埋もれた屋敷の中、召使もろとも痩《や》せ衰えるしかない。経済的後ろ盾のない女性は、恋人や夫婦の関係をそのまま生きるすべとしたため、男にすがらざるを得なかったのだ。

そんな女にもできることがある。新しい男への寝返りだ。中には前の男に心を残したままという例もあって、『伊勢物語《いせものがたり》』に哀しい話が載る。田舎から宮仕《みやづか》えに出た夫が三年たっても帰って来ず、女は待ち続けたがついに別の男の求愛に折れた。その結婚当日、元の夫が帰宅。「あらたまの年の三年《みとせ》を待ちわびて　ただ今宵こそ新枕《にひまくら》すれ（三年間、待ちわびました。でもまさに今日、他の方に嫁ぎます）」。恋情をこらえて女が詠むと、元夫は祝福して立ち去る。その後を追いかけて、女は絶望し死んでしまうのだ。三年は、当時の法律『養老令《ようろうりよう》』が決める、夫に連絡を絶たれた妻が次に結婚するまでに待つべき期間だった。阿久悠の「三年三月」の意味はわからないが、『源氏物語』で末摘花が三年を超えて心変わりせず待ち続けた設定には、必ずやこの法が関わっていよう。もっとも末摘花その人は、時間などけっして数えてはいなかっただろうが。

十六　平安人の心で「関屋」巻を読む

『源氏物語』は石山寺《いしやまでら》で書かれたのか？

十六帖「関屋《せきや》」のあらすじ

光源氏と、彼が十七歳の時に一夜ばかりの契りを交わした女・空蟬《うつせみ》とのその後を描く巻である。桐壺院《きりつぼいん》が崩御《ほうぎょ》した翌年、空蟬の夫が常陸介《ひたちのすけ》となり、空蟬は伴われて東国《とうごく》に下向《げこう》した。光源氏の須磨《すま》退去の噂も耳にしながら、もとよりかりそめの関係に加え遠い地のこと、文《ふみ》を遣わすこともなく時が過ぎて、やがて光源氏は都に呼び戻された。

その翌年、彼は石山寺に参詣《さんけい》。ところがそれは偶然にも、任期の果てた常陸介一行《いっこう》が上京し、逢坂《おうさか》の関《せき》を越える当日であった。復権して今は内大臣《ないだいじん》に出世した光源氏一行を、常陸介たちは路肩に車を寄せて見送る。すれ違いがてら、光源氏の胸に若き日の恋が蘇る。彼は、空蟬の弟で昔は小君《こぎみ》といった右衛《うえ》門佐《もんのすけ》を呼んで空蟬に言葉を託した。また、石山寺からの帰りがてらにも右衛門佐を呼び、空蟬への文を託した。受け取った空蟬も恋心を抑えきれずに歌を返し、二人の巡り合いを夢のように思うのだった。

やがて、空蟬の夫の常陸介が亡くなった。彼女とは生《な》さぬ仲の子どもたちは、父の常陸介の遺言にもかかわらず冷淡だった。なかには彼女に言い寄る者さえいて、嘆きの末、空蟬は密かに出家したのだった。なお、この六年後を描く「玉鬘《たまかずら》」巻では、空蟬は光源氏の二条東院《にじょうひがしのいん》に住み、彼の庇護《ひご》を受けている。一夜の女にも、かくも長き心を注ぐ彼であった。

『源氏物語のおこり』と題された、一冊の古写本《こしゃほん》がある。達筆とも、そうでないとも言える、だが実に力強い筆跡。所々には誤字もあるこの写本を写したのは、誰あろう太閤秀吉《たいこうひでよし》だ。つまり秀吉は、『源氏物語』を学ぶべく『源氏物語のおこり』なる親本《おやほん》を自ら写して、この本を作ったのだ。もと蜂須賀《はちすか》家の所蔵で、現在は専修大学図書館蔵となり影印本《えいいんぼん》（写真版）も刊行されて、比較的容易に見ることが出来る。

書名の通り、中には『源氏物語』誕生にかかわる伝説が記されている。それによれば、ある時、中宮彰子《ちゅうぐうしょうし》は選子内親王《せんしないしんのう》から手紙で「春の日のつれづれを紛らわすのによい物語はないかしら」と乞《こ》われた。中宮が女房《にょうぼう》の紫式部《むらさきしきぶ》に相談すると、式部は「旧作では新鮮味がございません。新作を作ってお目にかけてはいかがでしょう」。中宮は「ならば作りなさい」と命じ、式部は物語を作らなくてはいけないことになった。式部が「もしや石山寺に詣《もう》でれば作れるか」と参詣したところ、時も八月十五日、満月が湖の水面にくっきりと浮かぶのを見て心が澄み渡り、即座に源氏物語五十四帖を作ったのであった、という。

同じ説話は、『石山寺縁起《いしやまでらえんぎ》』にも記されている。また『源氏物語』の注釈書『河海抄《かかいしょう》』にも類似のことが説かれている。説話を信じれば、彰子に物語制作を命ぜられて紫式部は途方に暮れ、石山寺に籠《こも》ったことになる。まるで現代の小説家がホテルに「缶詰め」になるようなもの。これがもととなって石山寺は『源氏物語』誕生の寺ということになり、今や「源氏の間」なる一室が設けられて、紫式部に見立てた人形が鎮座《ちんざ》する。暗くて狭い部屋に置かれたちょっと怖い感じの人形や、紫式部愛用と伝えられる硯《すずり》をご覧になった方も多いのではないか。

いったい『源氏物語』は、真実石山寺で書かれたのだろうか。それは誰もが抱く素朴な疑問だろう。

実はこの説話の前半の『源氏物語』が彰子の下命《かめい》によって書かれたという内容は、随分早くから『源氏物語』読者の間で話題になっていた。『石山寺縁起』の該当の巻が書かれたのは鎌倉末期。『河海抄』も南北朝期の成立だが、彰子下命という風聞はもっとずっと早く、おそらく平安時代後期には流布《るふ》していたと考えられる。そんななかで、これに「本当だろうか」と疑問を呈《てい》したのは鎌倉初期、正治《しょうじ》二（一二〇〇）年から建仁《けんにん》元（一二〇一）年にかけて書かれたとされる『無名草子《むみょうぞうし》』だ。女性たちの問答形式で書かれ、物語や歴史上の人物について批評する。その、紫式部について語るくだりである。一人がこの、彰子が命じたという『源氏物語』誕生秘話を口にし、すると別の一人が「でも紫式部は宮仕《みやづか》え前に『源氏物語』を書いたから、スカウトされて中宮女房になったんでしょう」と異論を示す。女房になる前に『源氏物語』が書かれていたのならば、女房になってから書いたという説話は順番が違うという指摘だ。結局『無名草子』自身は判断を下さず、「いづれかまことにて侍《はべ》らむ（真相はどちらでしょうね）」とコメントしている。

現代の研究者は、これには答えることが出来る。『源氏物語』はおそらく、紫式部の宮仕え前に書き始められた。しかし宮仕え後も続けて執筆された。だから、女房となってから中宮の下命を受けたとしても、そこに全く矛盾はないのだ。ただそれで紫式部が石山寺に籠ったかどうかというと、その点はやはり不明だ。『無名草子』も、石山寺には触れていない。事実とも説話の創作とも、どちらとも言えないのである。

ただ石山寺は、当時大きな信仰を集めた寺であった。本尊は観音菩薩《かんのんぼさつ》。同じ仏でも、阿弥陀《あみだ》様が極楽往生《ごくらくおうじょう》を叶えてくれるのに対して、こちらは現世利益《げんせりやく》担当である。縁結び、子授け、待ち人。人それぞれの願いに合わせて、観音様は様々の姿に変化《へんげ》して、思いを叶え、人を救済してくれると信じられた。『蜻蛉日記《かげろうにっき》』の作者・道綱母《みちつなのはは》は夫の愛を取り戻すことを願って石山寺に籠ったし、『和泉式部日記《いずみしきぶにっき》』も和泉式部が親王《しんのう》との恋に迷って籠ったことを記す。苦しい時の石山寺頼み。「だから、紫式部だって」として説話が生まれるだけのことは、確かにあったと言える。

かくして説話は生まれ広まった。そしてやがて、冒頭のような書物が作られ、秀吉までが書き写すに至った訳だ。写本の書写年代は、奥書《おくがき》によれば天正《てんしょう》十五（一五八七）年から文禄《ぶんろく》二（一五九三）年の間。刀狩《かたながり》やら北野《きたの》の大茶会やら、彼が天下人《てんかびと》として最も忙しかった時期だ。秀吉の「雅び」習得の意欲おそるべし。中田武司氏の解説によれば、秀吉はこの親本を北政所《きたのまんどころ》おねの侍女《じじょ》が持っていたのを、局《つぼね》から盗み出して写したのだという。その姿までが、目に浮かんでくるようではないか。

十七　平安人の心で「絵合」巻を読む

平安のサブカル、「ものがたり」

十七帖「絵合《えあわせ》」のあらすじ

故六条御息所《ろくじょうのみやすどころ》の娘の前斎宮《さきのさいぐう》は、藤壺入道宮《ふじつぼのにゅうどうのみや》の後押しで、二十二歳で冷泉帝《れいぜいてい》に入内《じゅだい》し、梅壺女《うめつぼのにょう》御《ご》と呼ばれた。天皇はまだ十三歳だが、後宮《こうきゅう》にはすでに権中納言《ごんちゅうなごん》（かつての頭中将《とうのちゅうじょう》）の娘で十四歳になる弘徽殿女御《こきでんのにょうご》がいて、慣れ親しんでいた。しかし梅壺女御が絵の上手と知ると、ことのほか絵を好む冷泉帝は忽《たちま》ち彼女に心惹かれた。危機感を抱いた弘徽殿側が自分たちも絵を集めだすと、光源氏も梅壺女御の後見人として対抗。後宮二勢力による絵画収集競争は過熱し、内裏女房《だいりにょうぼう》たちの間では絵の批評が流行した。

三月、この騒動でとかく勤行《ごんぎょう》も怠りがちになっていた藤壺が内裏に居合わせた御前《ごぜん》で、双方の物語絵の優劣を競う遊びが行われた。梅壺女御方からは『竹取物語《たけとりものがたり》』と『伊勢物語《いせものがたり》』、弘徽殿女御方からは『うつほ物語』と『正三位物語《じょうさんみものがたり》』の絵が出され、心得のある内裏女房が優劣批評を闘わせるが、決着がつかない。光源氏の発案で、改めて帝《みかど》の御前で大がかりな「絵合」の会を行うことになった。

会は殿上人《てんじょうびと》たちも参加して豪華に開催された。勝敗は伯仲したが、最後に光源氏が須磨蟄居《すまちっきょ》中に描いた絵日記を出すと、誰もが感動し、梅壺女御方の圧倒的勝利となった。こうして、冷泉帝の御代《みよ》はますます文化の香りも高く栄えてゆく。後見する光源氏も、我が世の盛りを実感していた。

『源氏物語』「絵合」の巻は、当時の物語ファンにとってたまらない巻だったことだろう。日常、自分たちが現実の世界で楽しんでいる物語が、『源氏物語』の中に登場して、喧々囂々《けんけんごうごう》と論じられるのだ。しかも舞台は内裏である。きっかけは冷泉帝の絵画好きだ。帝をめぐり対抗する女御たちは、あるいは自ら描き、あるいは絵師に描かせて、絵で帝を釣りあげようと競い合う。何が手段であれ、きさきが天皇の寵愛《ちょうあい》を得ることはその実家の政治権力に結びつくから、女御たちの戦いはそのまま実家同士の戦いとなる。かたや養女の梅壺女御（前斎宮）を擁する内大臣《ないだいじん》・光源氏、かたや弘徽殿女御を擁する権中納言は、それぞれに絵画をめぐりしのぎを削る。こうした後宮の戦い自体はよくあることなのだが、この巻の場合、絵は絵でもまずは物語絵が主戦場になるところがポイントだ。つまり、実質競い合わされるのは、絵よりも物語のほうなのだ。

『源氏物語』の時代、物語は文芸の中でも格下のジャンルだった。最も品格が高いのは漢詩。次は和歌で、さらに日記作品など実録である。物語は、絵空事《えそらごと》を内容とするがゆえに、最も低い格に位置づけられた。今で言うならば漫画やアニメーションなどのサブカルチャーがそれにあたる。想像してみてほしい。アニメで帝の気を惹こうとやっきになる女御たち。また、大金を投じて名作アニメを集めたり、新作を作らせたりする政治家たち。さらにそれをめぐって帝の母・藤壺、つまり姑までが乗りだし、自らアニメ評合戦を催し仕切るという展開である。藤壺は出家の身だが、仏教のお勤めも怠けがちなほど気もそぞろとなるあたり、やはり現代のアニメおたくののめり込み方に似ている。時空を問わず、サブカルチャーこそが最も人の心をとらえ、熱狂させるものということなのだろう。現実の宮廷での「物語合《ものがたりあわせ》」は、紫式部《むらさきしきぶ》の時代にはまだ行われていない。だが紫式部は自作の中でそれを先取りし、物語というジャンルに市民権を与えてみせたのだ。なお、二度目に帝の御前で開催される絵合は、物語というより四季絵などが中心の正統派である。ここには村上朝《むらかみちょう》で実際に行われた「天徳内裏歌合《てんとくだいりうたあわせ》」を思わせる描写があり、催しの後は光源氏の才芸論になっている。同じ絵でもサブカル寄りとそうでないものを、作者は描き分けているのだ。

ところで『源氏物語』には、『源氏物語』以前の作品が、「絵合」のように作品として明示されるのではなく、ぼんやりと透かし見えることが、時にある。先行する作品が『源氏物語』に影響を与えているということだ。最もその影が顕著なのが『伊勢物語』、実在の歌人・在原業平《ありわらのなりひら》を中心に据え、恋や友情や家族愛の小話を和歌とともに描く歌物語である。例えば主人公が、清和《せいわ》天皇（八五〇～八八〇）の后《きさき》・藤原高子《ふじわらのたかいこ》と密通するエピソードや、伊勢斎宮と禁忌《きんき》を犯して愛し合うエピソードは、『源氏物語』では光源氏と藤壺の秘め事へと換骨奪胎《かんこつだったい》された。だからこそ、その藤壺が「絵合」の巻で『伊勢物語』の肩を持つシーンは、読者をにんまりさせ、またはらはらさせる。物語作りの視点に立って、「藤壺は『伊勢物語』に味方して当然。彼女はこの物語から生まれたようなものですものね」とほほ笑むのが、「にんまり」。いっぽうで物語世界に浸り切り、「いけない藤壺、『伊勢物語』に加勢しすぎたら、光源氏とのことがばれちゃう」と気を揉《も》むのが、「はらはら」だ。

『源氏物語』に影響したといえば、『竹取物語』もそうだ。結婚を拒否し、帝に迫られるとふっと影になって姿を消してしまうというかぐや姫の造型は、宇治《うじ》十帖《じゆうじよう》の宇治の大君《おおいぎみ》などに見て取ることができる。また、かぐや姫を喪《うしな》って悲しみ、彼女が遺した不死の薬を焼いて天上の世界に想いを伝える帝は、紫《むらさき》の上《うえ》を喪った光源氏が、泣きながら形見の手紙を焼く「幻《まぼろし》」巻の場面にはっきり表れる。読者たちは『源氏物語』を読みながら『伊勢物語』を思い出し『竹取物語』を思い出し、物語を二重にも三重にも楽しんだのだ。

『源氏物語』が世に流布《るふ》していたと、『紫式部日記』の記述からはっきり知られるのが寛弘《かんこう》五（一〇〇八）年。それから十三年後の治安《じあん》元（一〇二一）年、後に『更級日記《さらしなにつき》』作者となる菅原孝標《すがわらのたかすえの》女《むすめ》は、おばから木箱入りの『源氏の物語』五十余巻を贈られた。太秦広隆寺《うずまさこうりゆうじ》に願掛けしてまで読みたかったものだ。几帳《きちよう》の内に一人で伏し、第一巻から次々引っ張り出して読む心地ときたら、これに比べたら后の位も何になろうという最高の気分だ。物語に心を奪われて、思うのはただそのことばかり。没頭のあまり、気がつけば文章を暗記してしまっている。昼は日がな一日、夜は目の開いている限り、灯りを近く点《とも》して読みふける。

さて、この姿、誰かに似ていないだろうか。そう、読書好きが読書する様は、昔も今もそっくり。私たちも、孝標女に連なる後輩なのだ。

平安貴族の遠足スポット、嵯峨《さが》野《の》・嵐山《あらしやま》

十八帖「松風《まつかぜ》」のあらすじ

光源氏は二条東院《にじょうひがしのいん》を新築し、花散里《はなちるさと》など縁ある女たちを集める。その東《ひがし》の対《たい》には明石《あかし》の君《きみ》を招く予定だったが、彼女は上京すれば我が身の卑しさが目立って姫君の瑕《きず》になると恐れて応じない。とはいえこのまま明石に居続けては、これもまた姫君の育ちに差し障る。明石入道《あかしのにゅうどう》は熟考の末、明石の尼君《あまぎみ》が祖父・中務宮《なかつかさのみや》から相続した京の郊外、大覚寺《だいかくじ》の南にある大堰《おおい》川畔《ほとり》の邸宅を修築し、とりあえずの住まいとすることにした。邸宅は荒れて横領されかけていたが、明石入道が光源氏の威光をちらつかせると事が進んだ。こうして明石の君は、明石入道と別れ、母尼君と三歳になった姫君と共に上京し、大堰の邸《やしき》に移り住む。明石の浜に似た松陰《まつかげ》の閑寂《かんじゃく》な御殿《ごてん》で、光源氏の訪れを待つ暮らしが始まった。

光源氏は桂《かつら》の別邸や嵯峨野の御堂《みどう》への用事にかこつけて紫の上《むらさきのうえ》をとりなし、大堰を訪れる。数日の滞在ではあったが、かわいく成長した姫君に会い、尼君をねぎらい、明石の君と愛を交わす光源氏に、明石の君の想いはひとしおであった。しかし彼は、彼の大堰滞在を知った公卿《くぎょう》たちに連れ去られるように邸を発ち、桂で華やかな宴《うたげ》を開くいっぽう、明石の君へは後朝《きぬぎぬ》の文《ふみ》もおくれない。

二条院《にじょういん》では紫の上がご機嫌斜めで待っていたが、光源氏は率直に、紫の上に姫君の養育をもちかけた。子ども好きな紫の上は乗り気だが、さて姫君をどう迎え取るか。光源氏は思案を巡らせる。

嵯峨野・嵐山地区は、平安の昔から貴族たちの遠足スポットである。

京都盆地は、人工都市平安京の内側こそ雅びやかで喧騒に満ちているものの、京域を一歩出れば三方が「野」と呼ばれる自然の地だ。東には東山《ひがしやま》の麓《ふもと》、清水寺《きよみずでら》一帯に広がる鳥辺野《とりべの》。西は小塩山《おしおやま》の麓、藤原《ふじわら》氏の氏神《うじがみ》・大原野神社《おおはらのじんじゃ》が鎮座《ちんざ》する大原野。そして北には北野と紫野《むらさきの》、さらにその北西に遥々《はるばる》と広がるのが、嵯峨野だ。内裏《だいり》から直線距離で約四・五キロ。牛車《ぎっしゃ》を小一時《いっとき》走らせば着く、郊外のお手軽な名勝地だった。

嵯峨野は、はや平安遷都《せんと》直後から名勝地となった。嵯峨天皇（七八六〜八四二）がこの地をこよなく愛したのだ。実は彼の「嵯峨天皇」という名前自体、この地による。彼は東宮《とうぐう》だった西暦八〇〇年代初頭、嵯峨野に別荘を建て、即位後も遊猟《ゆうりょう》のたびに立ち寄っては宴や漢詩の集いを楽しんだ。それが離宮「嵯峨院」である。その敷地の広さたるや、東西は一キロ、南北は少なくとも七百五十メートルに及び、現在の大覚寺・清凉寺《せいりょうじ》・観空寺《かんくうじ》がすっぽりとおさまる規模だったと推測されている。

嵯峨帝の崩御《ほうぎょ》から百五十年余が過ぎたある日、藤原公任《ふじわらのきんとう》は藤原道長《みちなが》らとともに嵯峨野に紅葉狩りに来て、現在の大沢池《おおさわのいけ》の畔、「嵯峨の滝殿《たきどの》」で歌を詠んだ。「滝の音は絶えて久しくなりぬれど名こそ流れてなほ聞こえけれ（かつて名所だった滝は干上がって、その水音は絶えて久しい。だが名所としての名は絶えるどころか、まだまだ流れ続け、伝えられていることよ）」。小倉百人一首にも採られ、よく知られている歌だ。その滝と遣水《やりみず》は、遺構が発掘されて今も往時をしのばせる。滝は消えても名は残る状態が、嵯峨天皇の千二百年後の現在までも続いているのだ。

光源氏のモデルの一人とされる源融《みなもとのとおる》は、この嵯峨天皇の子だ。融といえば左京《さきょう》の六条《ろくじょう》に河原《かわらの》院《いん》を造営したことで知られるが、彼は嵯峨野にも「棲霞観《せいかかん》」なる山荘を建てた。その一角に阿弥陀《あみだ》堂《どう》を置いたのが、現在の嵯峨清涼寺阿弥陀堂の最初である。六条の河原院は、海に見立てた広大な池を持ち、その畔に陸奥塩竈《むつしおがま》の風景を再現するなど、プチ日本テーマパークの観を呈《てい》していたという。それは、帝《みかど》の子ながら母の身分が低いため親王《しんのう》にもなれなかった彼が、バーチャルで帝気分を楽しむためだった。だがそんな夢も、死後には持っていけない。煩悩《ぼんのう》を捨て、極楽《ごくらく》に救いを求めなくてはならない。そのための御堂が、嵯峨野棲霞観の阿弥陀堂だった。

光源氏も、更衣《こうい》の子のため親王にはならず、源の姓を与えられて臣下となり、実力で貴族の最高位に昇った。栄達の後は六条に広大な邸宅を営み、女性たちを集めて帝さながらの生活を楽しんだ。このあたり、光源氏の人生は融のそれをしっかりなぞっている。そしてやはり、彼も嵯峨野に御堂を建てる。「松風」の巻でのこと、「大覚寺の南」という場所までがそっくりだ。ただ、建てた時の年齢が違う。融は人生の最晩年、政治を離れ風流に没頭するなかで棲霞観を営んだ。いっぽう「松風」の巻の光源氏は三十一歳。須磨《すま》・明石から帰り、これから政界にリベンジをかける時期だ。結局はその二十年後、彼も出家してこの御堂に籠《こも》ることになるのだが、この頃はまだまだ欲と元気でいっぱいの壮年だった。彼は御堂建立を、家を数日空ける口実に使う。「嵯峨野の御堂で、仏様の飾りつけをしなきゃいけないから、二、三日かかるよ」。その実、会いに行くのは仏像ならぬ、上京してきた明石の君なのだ。紫の上はピンときて、「二、三日なんて言って、きっと斧の柄が朽ちるほど長居なさるんでしょう」。

何とか妻の機嫌を取って、ようやく光源氏が向かうのが、嵯峨野の先の大堰である。嵐山の急斜面が保津《ほづ》川になだれ込み、桜よし紅葉よし月もよしの、これまた景勝の地だ。桓武《かんむ》天皇（七三七〜八〇六）以来歴代の天皇が行幸《ぎょうこう》し、遊覧を楽しんだ。そしてここにもまた、先の藤原公任の逸話がある。『大鏡《おおかがみ》』「頼忠《よりただ》」によれば、藤原道長は大堰川に漢文の船・管絃《かんげん》の船・和歌の船を浮かべ、貴族たちをそれぞれ得意の船に分乗させて、芸を競わせた。公任は諸芸万能。「どれに乗る？」と問われて、和歌の船を選び、詠んだ。「小倉山《をぐらやま》嵐の風の寒ければ　紅葉の錦《にしき》着ぬ人ぞ無き（小倉山からの山おろしで散った紅葉をまとって、みな錦の衣を着ているようだ。嵐山の嵐が寒いから、衣を着こんでいるのだな）」。歌も見事だったが、本人はそれよりも、道長から乗る船を問われて鼻が高かったという。実はこれ、史実に依《よ》れば道長ではなくその父・兼家《かねいえ》が摂政《せっしょう》だった、寛和《かんな》二（九八六）年に催した遊覧のことらしい。ならば公任はまだ二十一歳だ。政界の大立者《おおだてもの》に認められて頬を染める若者、といったところではないか。

歴史を超えて、嵯峨野と嵐山は風流人たちに愛されてきた。西行《さいぎょう》が草庵《そうあん》を編み、藤原定家《ていか》が小倉山荘を営んだ。都の至近《しきん》にありながら、野原を見はるかし山を見上げて、自然に抱かれる心地が格別だったのだろう。現在は温泉も湧いて、四季折々観光客が引きもきらない。平成二十五年秋には水害に遭ったが、無事復興した。京の旅には、ぜひどうぞ。

十九　平安人の心で「薄雲」巻を読む

ドラマチック物語《ストーリー》、出生《しゅっしょう》の秘密

十九帖「薄雲《うすぐも》」のあらすじ

光源氏は三十一歳の冬、明石《あかし》の君《きみ》に、姫君を紫《むらさき》の上《うえ》の養女とすることを切り出した。明石の君は悩むが、娘の将来を思い涙ながらに決断。三歳の姫君は母と別れ、紫の上のもとで慈しみ育てられる。

年が明け、故葵《あおい》の上《うえ》の父で政界の重鎮《じゅうちん》であった太政大臣《だいじょうだいじん》が亡くなる。さらに三月、三十七歳の大厄を迎えていた藤壺《ふじつぼ》が、重い病に倒れた。彼女は病床で、中宮《ちゅうぐう》という栄華と光源氏との密事という闇とを抱えたわが人生を振り返り、最期は光源氏に冷泉帝《れいぜいてい》への献身を感謝して、灯火の消えるように亡くなった。

四十九日が過ぎた頃、十四歳の冷泉帝は、夜居《よい》の僧から自分の出生の秘密を告げられる。実の両親・藤壺と光源氏は、藤壺が彼を懐妊して以来即位するまでずっと、彼のために秘密裏に祈禱《きとう》していたという。冷泉帝は、故桐壺院《きりつぼいん》に思いを致すと同時に、実父・光源氏を臣下扱いしてきたことを親不孝と悔いた。また自らの帝《みかど》としての正統性にも不安を感じ、内外の文献を調べると、中国には王の血統が乱れた例があるが、日本の史書には書かれていない。ともあれ光源氏が帝位に就《つ》けば父子関係も皇統も整うと考えた彼は、光源氏に即位を要請。光源氏は頑《がん》として拒むいっぽう、冷泉帝が真実を知ったと感づく。

秋、光源氏は梅壺女御《うめつぼのにょうご》を訪ね恋情をほのめかすが拒絶されて、自分の若く向こう見ずな時代は終わったと実感する。機会を見つけては明石の君の大堰邸《おおいてい》を訪《おとな》い、しみじみとした時を過ごす彼であった。

出生の秘密。古今東西を通じて、〝ドラマチック物語〟の王道といえば先《ま》ずこれだ。『源氏物語』の冷泉帝は、母の藤壺を喪《うしな》ったのち、自らの秘密を知る。帝の御体《ごたい》を護持する夜居の僧から、こう告げられるのだ。

「我が君、故母宮はあなた様をご懐妊の折、密かに私に祈りをお命じになりました。源氏の君が須《す》磨《ま》に流されると、重ねて祈りを命ぜられ、また源氏の君もかの地から祈りをお命じになり、それはあなた様がご即位なさるまで続けられたのです。その詳しい内容は……」。老僧の口からしわがれた声で語られる驚きの事実。聞かされる冷泉帝にとってはもちろん寝耳に水のことだ。しかも彼は、思春期のただ中、十四歳という最も感じやすい年齢でそれを知らされたのだ。

ぐれちゃうぞ。そんな気持ちになって当然ではないか。ちゃぶ台をひっくり返すとか、どしゃぶりのなか盛り場をうろついて肩の触れた相手と喧嘩するとかは、平安の世の帝には無理だろうが、彼の受けた精神的衝撃を思えば、それなりのぐれ方をしてもおかしくないはずだ。しかし冷泉帝は、ぐれない。深く悩み、苦しみはするが、すねないのである。なぜなのだろう。これは大きな疑問だ。

目を転じて、歴史上に実在した人物で、出生の秘密を持っていた人々を見てみよう。『源氏物語』には、中国の史書には為政《いせい》者の血統の乱れが数々記されていると書かれている。冷泉帝は、様々の史書を調べて、それを知るのである。彼がそこに見いだしたであろう、中国の歴史上最もスキャンダラスな出生の秘事《ひじ》とは、おそらく秦《しん》の始皇帝《しこうてい》のものだろう。秦王である子楚《しそ》の子として王位を継ぎ、やがては中国全土を統一して秦帝国の最初の皇帝となった彼の父は、実は王の子楚ではなかった。一商人の呂不韋《りょふい》であった。子楚が一目《ひとめ》で恋に落ちた女性が呂不韋の愛人で、胎内にその子を宿していたのである。やがて彼女が子楚に嫁し、生まれたのが政《せい》、すなわち後の始皇帝であるという。司馬遷《しばせん》の『史記《しき》』が記すことだ。

では始皇帝は、ぐれたのだろうか。司馬遷の文章は淡々と出来事を記すだけで、皇帝の感情には触れていない。だが、やがて実父・呂不韋は、年少で王となった我が子から「仲父《ちゅうほ》」と呼ばれ、権力を得た。しかし密かに続いていた元愛人、つまり王の母との関係や、それを隠ぺいするための爛《ただ》れた策略により、失脚の末、自殺に追い込まれる。始皇帝は、少なくとも母と呂不韋との仲を知った時点で、自らの出生の秘密をも知ったはずである。彼は呂不韋を実父と知りつつ、その罪をかばわなかった。冷厳に処罰したのだ。

日本ではどうか。史実として歴史書に載るわけではないが、天皇家の秘事が噂として囁《ささや》かれたことはあった。『源氏物語』を百数十年さかのぼる頃、陽成《ようぜい》天皇（八六八～九四九）をめぐっての風聞だ。

陽成天皇は清和《せいわ》天皇（八五〇～八八〇）の長男だが、母の藤原高子《ふじわらのたかいこ》は入内《じゆだい》の前に在原業平《ありわらのなりひら》と恋仲だったといわれる。『伊勢物語《いせものがたり》』によれば二人は駆け落ちを図ったが、高子は兄弟により連れ戻された。美しい悲恋の物語だが、ここから陽成天皇は清和天皇の子ではなく業平の子だという噂が流れた。それが陽成天皇自身の耳に入ったこともあったかもしれない。

陽成天皇は成長につれて乱暴になり、即位後は「物狂帝《ものぐるいのみかど》」とまで言われるようになる。挙げ句には十七歳の時に、帝の位から降ろされてしまう。その背後には権力者たちの様々な思惑があったのだろうが、天皇自身のやりきれなさも、粗暴の一因だったのではないだろうか。そう思うと、あることないこと囁かれて悶々《もんもん》と悩み、果てにぐれてしまった陽成天皇の暗い目さえ想像できてしまう。

さて、しかし『源氏物語』の冷泉帝は、ぐれることがない。それはなぜか。最も真っ当な答えは、彼が天皇にふさわしい「孝」の心を持った人物だったから、ということである。彼は秘密を知った時、養父・桐壺帝の心を思ういっぽう、光源氏にもすまなく思った。実の父なのに臣下として扱ってきたことを、子として申し訳なく感じたのだ。何よりも親を大切にしたい、孝行息子。それが冷泉帝のキャラクターなのだ。

だが、もう一つ。冷泉帝が秘密を知った、あの僧の言葉にも理由があるのではないだろうか。僧は、藤壺と光源氏から祈禱を依頼されたと言った。そしてそれは、冷泉帝の即位まで続いたと。母と実父が、自分を案じて祈ってくれていた。近くにいても遠くにいても見守ってくれていたのだと、冷泉帝は知らされた。彼にとって出生の秘密を知るとは、実父母の不倫よりも、光源氏から注がれていた父性愛に気づくということだったのだ。実の父の愛を知った。だから子の心にも、ひたすらな愛が生まれた。冷泉帝がぐれなかったのはそのためだと思いたい。『源氏物語』はやはり、何よりも愛を描く物語なのだ。

二十　平安人の心で「朝顔」巻を読む

三途《さんず》の川で「初開《しょかい》の男」を待つ

二十帖「朝顔《あさがお》」のあらすじ

光源氏は三十二歳の秋、思い立って桃園邸《ももぞのてい》を訪れた。故桐壺院《きりつぼいん》の弟・式部卿宮《しきぶきょうのみや》が亡くなり、娘の朝《あさ》顔《がお》の姫君《ひめぎみ》が斎院《さいいん》を辞して、この実家に戻っていたからである。彼女は光源氏にとって従姉妹《いとこ》だが、十代から長く言い寄り続けてきた相手でもあった。だが朝顔の姫君はそっけなく、彼を近づけない。それでも光源氏は帰宅後も和歌を交わすなど、姫君への想いを消すことができないのだった。

世間は光源氏と朝顔の関係を噂し、紫の上《むらさきのうえ》は不安定な自分の立場を実感して、危機感を抱く。光源氏は中年には不似合いな恋の病に取り憑《つ》かれ、再び桃園邸へ。だがそこで、十数年前に関係した老女・源《げんの》典侍《ないしのすけ》に出くわす。相変わらずのあだっぽい仕草に辟易《へきえき》しつつも過ぎゆく時の無常を思い、いたわしくも感じる彼だった。いっぽう朝顔の姫君は、光源氏の求愛を一蹴《いっしゅう》。その本心は、彼の妻や恋人の一人として埋もれるよりも仏道にいそしみたいというものであった。光源氏はそうした彼女の思いを察することもなくいらつくが、拗《す》ねる紫の上をなだめることで傷ついた自尊心を紛らわせた。

ある夜、光源氏が紫の上に過去の女のことを語りながら眠ると、夢枕に藤壺《ふじつぼ》が現れて、光源氏を恨む。藤壺は成仏していなかったのだ。光源氏は泣きながら目をさまし、藤壺に代わって自分が地獄の苦患《くげん》を受けたいと願う。三途の川の畔《ほとり》まで、そこにもう彼女がいなくてもいい、行きたいと思う彼だった。

「初開の男」という言葉がある。女性が初めて体を許した相手のことだ。文字面《づら》からしてあられもなく、何やら淫猥《いんわい》な小説のタイトルにでもなりそうなのだが、実はこの言葉、典拠《てんきょ》は経典《きょうてん》なのである。

この世とあの世の間には、三途の川が流れている。死者はこの川を渡り、冥界《めいかい》の王の裁きを受けて、極楽《ごくらく》に往生《おうじょう》するか地獄に堕ちるかを決められる。仏教ではこうした考え方を「十王《じゅうおう》思想」という。「十王」とは閻魔《えんま》大王はじめ冥界の王たちのことで、もともと大陸では王が十人いると考えられていたので、こう呼んでいるのだ。

くだんの「初開の男」が登場するのは、その十王思想に則《のっと》って作られた『仏説《ぶっせつ》地蔵《じぞう》菩薩《ぼさつ》発心《ほっしん》因縁《いんねん》十王経《じゅうおうきょう》』である。この経典によれば、三途の川には渡し場があり、そこには奪衣婆《だつえば》と懸衣翁《けんえおう》がいて、亡者を川向こうに追い立てる。その際、「初開の男」を尋ねて、女人亡者を背負わせる。牛頭《ごず》が鉄棒で二人の肩を挟み疾瀬《はやせ》を急がせて、向こう岸に着くと奪衣婆が衣服を剝《は》ぎ、懸衣翁がそれを木の枝に懸けて罪の重さを測るのだという。

即座に様々の疑問が頭をもたげる。「初開の男」がいない、つまり生涯処女であった女性はどうなるのか。「初開の男」がまだ生きている場合には、女人は彼の死を待たなくてはならないのか。複数の女人の「初開の男」となった場合は、何度も駆り出されるのだろうか。ならば忙しくて仕方のない男性もいるのではないか。そして、そもそもどうして「初開の男」なのか。

つまりこれは、処女性の問題なのだ。実はこの言葉が見える『仏説地蔵菩薩発心因縁十王経』は、インドで作られた由来正しき経典ではない。中国で原型が作られ、しかし内容が盛りだくさんになったのはさらに日本に伝来してからという、いわゆる「偽経《ぎきょう》」である。「偽経」などというと途端に印象が胡散《うさん》臭くなるが、こうした経が生まれ、広く信じられる土壌が、当時の日本にはあったのである。

ただ、この「当時」が、実は大いに揺れている。『源氏物語』「朝顔」巻で、光源氏は今は亡き藤壺を慕って三途の川を歌に詠む。「亡き人を慕ふ心に任せても　影見ぬみつの瀬にや惑はむ（藤壺様を求める心に身を任せ、私がたとえ三途の川の岸辺まで行ったとしても、そこにはもう彼女の影も形も見えず、ただ途方にくれるしかないのだな）」。藤壺の「初開の男」は桐壺帝であるから、光源氏はお呼びでない。彼が追いかけていった時にはもう、彼女は桐壺帝に背負われて向こう岸に渡ってしまっており、源氏はひとり惑うしかない。この歌は『仏説地蔵菩薩発心因縁十王経』にしたがってこのように解釈されてきた。だが近年になって、『仏説地蔵菩薩発心因縁十王経』は『源氏物語』が作られた二百年後、鎌倉時代に入ってからようやく今のような文章となり流布《るふ》したものという見方が広まっている。

ならば光源氏の歌は、どのように考えればよいのだろうか。また『源氏物語』以前にも、男と女の三途の川は『蜻蛉日記《かげろうにっき》』や『平中物語《へいちゅうものがたり》』などで詠まれているから、それらも同様だ。経典の形をとらないまでも処女にこだわる思いはもう生まれていて、人々の心の中には「初開の男」の俗信が腰を据えていたのか。それともそうではなくて、平安時代の人々はまだ処女性にこだわっておらず、源氏の歌は例えば、彼女の夫ではないから置いてけぼりを食うという意味なのだろうか。

というのは、夫婦が極楽で再会するという考え方は、『源氏物語』には確実にあったからである。いわゆる夫婦の「一蓮托生《いちれんたくしょう》」、後世に言う「夫婦は二世」だ。極楽浄土《じょうど》では、夫婦は一つ蓮華《れんげ》の上に暮らすと考えられていた。先に死んだ者は、連れ合いのために蓮華の座の半分を空けて待っているのだ。光源氏は藤壺への歌を「同じ蓮《はちす》に」と思いながら詠んだ。それは「一つ蓮華に住みたい、でもそれは無理だ」ということだ。とすればやはり光源氏の心には、処女を捧げられたか否かではなく運命に結ばれた夫婦なのかどうか、つまり「最初の男」ではなく「最後の男」への熱望があったのではないだろうか。

とはいえ光源氏、この極楽の蓮華の台を持ち出す相手は藤壺だけではない。紫の上にも女三《おんなさん》の宮《みや》にも「極楽では同じ蓮の花の上で暮らそうね」と、歌に詠んだり約束したりしているのだ。あの世でも六条院《ろくじょういん》のように巨大な蓮華台座《だいざ》を営もうというのだろうか。それを考えれば、やれやれ極楽も心安らかではいられない所のようである。

二十一　平安人の心で「少女」巻を読む

平安社会は非・学歴主義

二十一帖「少女《おとめ》」のあらすじ

光源氏三十三歳の年、故葵《あおい》の上《うえ》の遺児で光源氏には表向き長男にあたる夕霧《ゆうぎり》が、十二歳で元服《げんぷく》した。官位は、父・光源氏の血統や権勢からすれば四位《しい》が順当だったが、光源氏は夕霧を六位《ろくい》とした。またしばらくは職に就《つ》かせず、大学で勉強させることとした。自分の亡き後に政治家として独り立ちできるよう、敢えて厳しい方針を取ったのだ。光源氏は二条東院《にじょうひがしのいん》で、夕霧に字《あざな》をつける儀式を大々的に行い、そのまま自分の監督下で学ばせた。夕霧は父を恨めしくも思うが、生来《せいらい》のまじめさから勉学に励み、文章道《もんじょうどう》の試験を次々と突破。これに刺激されて、世では漢学始め諸道が尊重されるようになった。

光源氏は太政大臣《だいじょうだいじん》、かつての頭中将《とうのちゅうじょう》は内大臣《ないだいじん》となった。その娘で十四歳の雲居雁《くもいのかり》と夕霧は、祖母・大宮《おおみや》のもと同じ三条宮《さんじょうのみや》で育ち幼い恋を育んでいた。だがそれを知った内大臣は激怒し、雲居雁を自邸に引き取る。別れの時、二人は涙ながらに心を確かめ合う。しかし雲居雁をさがしに来た乳母《めのと》の「六位・ふぜい」との言葉に冷や水を浴びせられ、夕霧は出世して恋を実らせると決意、努力し始める。

翌々年八月、光源氏は豪壮な六条院《ろくじょういん》を完成させた。通常の四倍の広さの御殿《ごてん》は四季の風情に分かれ、東北の夏の町には花散里《はなちるさと》、東南の春の町には光源氏と紫《むらさき》の上《うえ》、西南の秋の町には冷泉帝《れいぜいてい》の中宮《ちゅうぐう》となった梅壺《うめつぼ》が入った。十月には明石《あかし》の君《きみ》も西北の冬の町に合流。栄華の極みの六条院世界がここに始動した。

京都は平安神宮の近くにある藤井有鄰館《ふじいゆうりんかん》は、驚きの美術館だ。中国の美術品や遺物の、それも目をみはるようなコレクションが、全くさりげなく並べられている。中でも特に息をのむのが、「科挙《かきょ》カンニング下着」である。一見ただの白い衣だが、よく見るとルーペがなければ読めないほど細かい字で、びっしりと『論語《ろんご》』など四書五経《ししょごきょう》が記されているのだ。

中国の官界への登竜門「科挙」は、厳正な試験による人材登用制度だった。合格するのに十年以上の歳月がかかったという例も珍しくない。そのため、合格したい一心からこうしたカンニンググッズを作った輩《やから》も、中にはいたのである。科挙には、不正防止のため牢獄のような個室での受験が課せられる。その個室にこのカンニング下着をつけて入り、試験に臨んだというわけだ。それにしても、実際には役に立ったのだろうか。背中の真ん中に書いた一節などは、上衣も下着も脱がなくては見られなかっただろうに。

科挙の制度はなぜ作られたのか。それはもちろん、有能な人材を抜擢するためだ。無能な者が、賄賂や縁故だけで高い地位に就くことを阻止するためだ。

日本は、官僚制度を中国のそれに倣った。だが科挙は取り入れなかった。逆に日本は、まさに「親の七光り」ともいえるような制度を敷いた。その名も「蔭位《おんい》の制」。貴族の親を持つ子が親の位に応じて優遇される制度である。学力より血統。それが当時の日本の考え方だった。藤原道長《ふじわらのみちなが》の息子の頼通《よりみち》などは、蔭位の典型といえる。十二歳で元服し、即座に五位《ごい》の位を得て貴族となった。三年後には十五歳で三位《さんみ》に昇り、公卿《くぎょう》の仲間入りをした。この年で、現在でいう内閣閣僚の地位に就いたのだ。その後、彼は摂政《せっしょう》・関白《かんぱく》を五十年以上務める。

日本の朝廷にも、人材登用のための制度はあり、それが大学だった。人気が集中したのは、中国の歴史と文学を学ぶ「文章道」だ。朝廷の文書はすべて漢文で記されており、漢学が官人として必須の知識だったからだ。だが高位の貴族のお坊ちゃまは、勉学に励まずとも親の縁故で出世できる。いきおい、大学で学ぶのはコネのない貧乏人ばかりとなった。「迫りたる大学の衆」。人々は大学の学生《がくしょう》をこう呼んだ。「貧乏学生」ということだ。こうした非・学歴社会のなか、大学出身で大臣に昇った人物といえば、せいぜい菅原道真《すがわらのみちざね》が右大臣《うだいじん》になった特例辺りしか見当たらない。

『源氏物語』以前の長編物語『うつほ物語』には、壮絶な貧乏学生が登場する。名は藤原季英《すえふさ》、字《あざな》（通り名）は藤英《とうえい》。七歳で大学に入学して三十五歳になるまで、夏は蛍の光、冬は窓の雪を集めて日夜勉学に励んだが、有力な縁故がないので官職にありつけない。七夕の日の詩会に現れた姿は、冠《かんむり》も衣も破れ、なんと袴《はかま》を穿《は》いていない。袴の下に穿く下袴《したばかま》もつけていなかったというから、装束《しょうぞく》の上衣から足がむき出しと思しい。その貧しさで、しかし作った詩は素晴らしく、ようやく世に見いだされる。さて、彼はその場で「大学の博士たちに賄賂が払えず、就職の順序を飛ばされた」と告発した。装束の貧しさは『うつほ物語』ならではの誇張だが、博士への不満はおそらく実態を反映している。この時代、博士はほぼ菅原家か大江《おおえ》家出身の、いわゆる「門閥文人《もんばつぶんじん》」に限られていた。学問の世界にも血統主義が横行して家による格差が生まれており、博士たちが権力を笠に着て振る舞うことがあったのだ。『うつほ物語』の作者は学問を修めた漢学者と考えられており、ここには門閥への作者からの批判が込められているといえる。

紫式部《むらさきしきぶ》の父も、漢学者で、門閥出身ではなかった。そのためか、『源氏物語』には博士の姿をことさら滑稽に描いた場面がいくつかある。例えば「少女」巻で夕霧に字を授ける儀式の博士だ。サイズの合わない借り物の装束を着て、公卿らセレブを前に内心縮み上がりながらも、表面は平気を装う。セレブたちが馴染みのない作法に失笑すると、身分も弁《わきま》えず叱りつける。「なんと失礼な。有名な私を知らないのか、愚か者め」。井の中の蛙《かわず》でプライドだけは高いのだ。皆がわっと笑うと「うるさい！　静かに！　無礼者は出て行きなさい」とは、平安も今も教師の台詞はそう変わらない。いっぽう夕霧の家庭教師は門閥でない学者で、夕霧を大学に合格させ、光源氏の庇護《ひご》を得てこれから出世間違いなし……とは、父の背中を見つつ育った娘心が作らせた話だろう。実際には、紫式部の父は一条《いちじょうちょう》朝の文士十傑に入ると言われながら十年も官職を得られないなど、出世できない哀しい文人だった。

ところで、『うつほ物語』にも『源氏物語』にも登場した「字《あざな》」とは、本名以外の名を日常の通り名とする中国の風習を取り入れて、文人たちが自らにつけたものだ。ロックバンドのメンバーが西洋風の名であるのと同じ。まず名前から入るのだ。つけ方にはいろいろあるが、簡単なものを紹介しよう。本名の姓から一文字、名から一文字か二文字を拾って、音読みにする。藤原季英は藤英《とうえい》。紫式部の父・藤原為時《ためとき》は藤為時《とうゐじ》だ。山本淳子ならさしずめ山淳《さんじゅん》。さあ、あなたも字をつけて、今日から平安文人気分になってみてはいかが？

二十二　平安人の心で「玉鬘」巻を読む

現世の「神頼み」は、観音様《かんのんさま》に

二十二帖「玉鬘《たまかずら》」のあらすじ

光源氏が十七歳の時、某《なにがし》の院《いん》ではかなく命を落とした恋人・夕顔《ゆうがお》。彼女には、葵《あおい》の上《うえ》の兄弟である頭《とうの》中将《ちゅうじょう》との間に、女児・玉鬘がいた。玉鬘は、母が行方《ゆくえ》知れずになった後、母の乳母《めのと》に大切に育てられる。そして四歳の時には乳母の夫が大宰少弐《だざいのしょうに》となったのに伴い筑紫《つくし》へ下向《げこう》し、二十歳の頃には母以上の器量よしに成長していた。だがそのため、肥後《ひご》の豪族・大夫監《たいふのげん》から脅迫まがいの求婚を受けるはめとなった。いっそ死にたいと悩む玉鬘に、乳母は逃亡を計画。大夫監の味方となった次男三男や筑紫で縁づいた長女と別れ、長男の豊後介《ぶんごのすけ》や郎等《ろうどう》と共に決死の早舟《はやふね》で筑紫を脱出し、上京したのだった。

都に着き、知り合いの家に仮住まいしたものの、生活は逼迫《ひっぱく》してゆく。ここは神仏頼みと、一行《いっこう》は石《いわ》清水八幡宮《しみずはちまんぐう》、ついで長谷寺《はせでら》に参詣《さんけい》した。御利益《ごりやく》を願い徒歩で向かって四日目、疲れ果てて辿り着いた宿で隣り合ったのが、誰あろう夕顔と某の院に同行し今は紫《むらさき》の上《うえ》に仕える女房《にょうぼう》・右近《うこん》だった。玉鬘との再会を願ってたびたび長谷寺に参っていた右近は運命の巡り合わせと喜び、早速光源氏に報告した。

光源氏は夕顔を想い続けていた。彼は玉鬘が美しいと聞くや、実父の現内大臣《ないだいじん》に秘して彼女を引き取ろうと決め、表向きは自分の娘として六条院《ろくじょういん》に入れ、花散里《はなちるさと》に後見を任せた。田舎育ちにしては知性も美貌もある玉鬘に心弾ませ、彼女を始め女たちの正月装束《しょうぞく》をいそいそと準備する光源氏なのだった。

西国《さいごく》三十三箇所《さんじゅうさんかしょ》の観音霊場。現代もお遍路《へんろ》さんと呼ばれる巡礼は、実は平安時代末にはもう行われていた。『源氏物語』が成立した時期はその少し前。三十三箇所に先駆けて、清水寺《きよみずでら》、石山寺《いしやまでら》、そして長谷寺などいくつかの寺がホットな信仰の対象となっていた時期である。朝廷から貴族、庶民の下々にいたるまでが、観音様の功徳《くどく》を求めて、これらの寺々に詰めかけていた。さてこの「観音様」とは、いったい何者なのか。

縁起でもない話だが、命を落とすことを「おだぶつ」という。仏教で、いまわの際に「南無阿弥《なむあみ》陀仏《だぶつ》」と唱えて極楽往生《ごくらくおうじょう》を願うことからだ。また、物が壊れることを「おしゃか」になるという。隠語《いんご》で遺体は「ほとけ」という。とかく仏教用語は死の世界に近いようだ。だがそれは阿弥陀《あみだ》様やお釈迦《しゃか》様が悟りを開いた「仏様」であって、人間界ではなく死後の世界、極楽浄土《じょうど》の住人であるからだ。こうした存在を仏教では「如来《にょらい》」という。仏像を見れば、阿弥陀如来や大日《だいにち》如来など、如来像はほとんど裸同然で、いかにもこの世の飾りを脱ぎ捨てた、シンプルなお姿だ。

その点、同じようにお寺の本尊などになってはいても、「菩薩《ぼさつ》」は違う。菩薩像は、美しい襞《ひだ》をなした薄物の衣装を全身に纏《まと》い、あれこれ飾りを付けている。実は菩薩は、まだ仏になっていない、修行中の身なのだ。極楽浄土ではなくこの世にいて、人間に寄り添い、教えに導いてくれる。それが菩薩だ。

その菩薩の中で最も人気があるのが、観音菩薩だ。正式名は観世音《かんぜおん》菩薩、また観自在《かんじざい》菩薩ともいう。「観」とは完璧に見て取ることで、世の中の音、つまり人々の声を自在に看取《かんしゅ》し、あらゆる手段でもって人々を助けてくれる菩薩ということだ。千手《せんじゅ》観音には千本も手があって、それぞれの手に目が付いており、いろいろな道具を持っている。また十一面《じゅういちめん》観音には大小十一もの顔があって、みな違う表情をしている。観音様は様々な姿に変化《へんげ》して、人間に功徳を与えてくれるのだ。功徳といえば気高いようだが、要するに「御利益」だ。例えば尋ね人。また、縁結びや子授け。目や腰の病気を治してくれる観音様もいる。観音様の持ち場はこの世だから、人間の現世での生を豊かにしてくれるのだ。そうとくれば、実にありがたい人の世の応援団ではないか。民衆の熱い視線を浴びないはずがない。

こうして、願い事のある人々は観音霊場に出かけ、そこに籠《こも》って祈った。人気の寺にはいくつもの「観音霊験譚《れいげんたん》」が生まれた。『今昔物語集《こんじゃくものがたりしゅう》』（巻十六）からいくつかの話を拾ってみよう。例えば、現在も京都府宮津《みやづ》市にある成相寺《なりあいじ》。豪雪のなか食べ物の尽きた僧は、本尊の観音に祈って猪《いのしし》の肉を得た。だが助けが来た後で本尊を見ると、股《もも》の部分がえぐれている。猪の肉とは、観音様が僧を生かすために成り代わってくれたものだったのだ。また、清水寺の話もある。年来清水の観音を信仰していた女が、父無し子を妊娠し産む場所に困っていたが、たまたま一緒に清水寺に参った隣人が黄金《こがね》三両を拾い、霊夢《れいむ》を見る。「その金は隣の妊娠した女に与えよ」。女はそれで家を買い子どもを産み、余った黄金をもとに生計をたてることができた。

『源氏物語』「玉鬘」巻で、都に出てきた玉鬘一行は、わざわざ都から遠い長谷寺に参って祈る。それも徒歩で、四泊五日もかけて参詣するのだ。長谷寺が唐土《もろこし》でも有名な霊験の寺だからだという。

長谷寺の観音譚を集めた『長谷寺験記《はせでらげんき》』には、確かに中国大陸の話が載る。唐《とう》の皇帝の妻の馬頭夫人《めずぶにん》は、名前のとおり馬面《うまづら》だったが気立てがよく皇帝の寵愛《ちょうあい》を受けていた。妬んだほかの后妃《こうひ》たちは彼女を宴《うたげ》に呼び馬面を笑いものにしようと企てる。馬頭夫人は仙人に相談して長谷寺の観音の霊験を聞き祈り、夢の中で顔に香水《こうずい》を注がれて、目が覚めると美しい顔立ちになっていたという。その香水とは何なのか。恥ずかしながら本気で心が動かされる。

『長谷寺験記』には新羅《しらぎ》の后《きさき》の話もある。臣下と密通し王の逆鱗《げきりん》に触れて、結髪《ゆいがみ》を枝に掛けて木に吊るされるという罰をうける。足は地面から四、五尺《しゃく》も離れている。だがその場で僧から長谷寺のことを聞き、真心を込めて祈るとあら不思議。童子《どうじ》が現れ足の下に踏み台を置いてくれたという。密通した人間をも助けてくれるとは、観音様とは何と寛容なのだろうか。密通ばかりではない、これは奈良の僧の話だが、自分が勤める大安寺《だいあんじ》の金を使い込みし、返済できずに困っていたところ、長谷寺の観音に祈って無事用立てることができたという霊験譚もある。信じて祈る者にはどこまでも優しい。それが観音様なのだ。

さて、これら特殊な霊験は別として、観音霊場に縁結びの御利益があったのは事実で、理由もある。霊場に足を運ぶ多くの人々の中には、同じように縁を求めて来る男女が少なくない。つまり霊場は格好の出会いの場だったというわけだ。観音様が婚活の強力な応援団だったことは、確かと言ってよいだろう。

二十三　平安人の心で「初音」巻を読む

新春寿《ことほ》ぐ〝尻叩き〟

二十三帖「初音《はつね》」のあらすじ

光源氏三十六歳の正月、六条院《ろくじょういん》は初めての春を迎えた。紫《むらさき》の上《うえ》が住む春の町は生ける仏の国さながらの素晴らしさで、女房《にょうぼう》どもも「歯固《はがた》め」の祝いに興じた。その夕べ、光源氏は女たちのもとを回る。まずは紫の上と、夫婦仲を寿ぐ歌を交わした。次いで八歳となった明石《あかし》の姫君《ひめぎみ》の部屋へ。庭前で女童《めのわらわ》たちが小松を引くなか、実母・明石の君からの贈り物と文《ふみ》を目にする。不憫《ふびん》に思った光源氏は自ら硯《すずり》を用意させ、姫に返事を書かせた。夏の町の花散里《はなちるさと》は、彼女らしい上品な暮らしぶりである。もう男女の仲ではないが、不器量な彼女と縁が続いていることを、光源氏は自分の変わらぬ愛情と彼女の思慮深さの証拠と思う。その西《にし》の対《たい》には玉鬘《たまかずら》が住み、光源氏の贈った山吹《やまぶき》の装束《しょうぞく》も華やかで、彼の心をときめかせた。暮れ方、冬の町の明石の君を訪ねると、思いつくままに書き付けた歌が置かれていた。その中に娘から文の返事をもらった喜びを詠んだ一首を見つけて、彼は彼女の胸中を思う。自らが贈った白い装束の映える優雅さにも心惹かれ、紫の上の焼きもちを承知で、光源氏は元日の夜を冬の町で過ごした。

二日、臨時客《りんじきゃく》の日には公卿《くぎょう》や親王《しんのう》たちが六条院を訪れ、管絃《かんげん》の演奏も行われた。若い公卿には玉鬘めあての者たちもいる。また数日後、光源氏は末摘花《すえつむはな》や空蝉《うつせみ》のいる二条東院《にじょうひがしのいん》を訪《おとな》い、二人以外の女たちにも皆、声をかけて回った。普《あまね》く優しい光源氏のもとには、彼を頼りに生きている女が大勢いるのだった。

年賀状に書く「新春」「初春」という言葉。変だと感じたことはなかったろうか。京都の場合、一月は底冷えがして、平均気温も一年中で一番低い。元日はそんな寒い月の幕開けなのに、それを「春」だとは。

実は、日本で元日がこの寒い時節になったのは、ほんの百四十年ほど前の一八七三年のことだ。それまで日本は、旧暦を使っていた。それを西洋に合わせて、明治五（一八七二）年を十二月二日で終え、あとは端折って翌日を元日とした。一カ月ほどの前倒しとなったのだ。

だから昔ながらの行事が言う「お正月」とは、現在の二月初旬前後に当たる。「旧正月」と呼んでこの時期に新年を祝う習慣も、アジアの国々にはまだ多い。寒さは残っているけれど、もうじき梅が咲き、鶯《うぐいす》が鳴く。そんな季節がお正月だったとしてみれば、冬の暗さ寒さからようやく脱したワクワク感がどれほどだったかは、容易に想像がつく。「あらたまの年たちかへる朝《あした》より　待たるるものは鶯の声」（『拾遺和歌集《しゅういわかしゅう》』春　素性法師《そせいほうし》）。元日からは鶯の初鳴きが心待ちにされるという この歌には、平安人の実感が込められているのだ。

さて、そんな初春、平安人は大いにお正月行事を楽しんだ。まずお屠蘇《とそ》。実はただのお酒ではない。宮廷では元日から三日間、特別に調合された薬を帝《みかど》が飲む儀式「御薬《みくすり》を供《くう》ず」が行われた。お屠蘇はその「薬」として飲むもので、桂心《けいしん》・大黄《だいおう》・桔梗《ききょう》などの漢方薬を温かいお酒に溶かし込んだ、延命長寿・病《やまい》退散・無病息災の効果があるとされた薬酒だ。この儀式は宮廷だけではなく一般にも行われていて、『土佐日記《とさにっき》』では紀貫之《きのつらゆき》が国の医師《くすし》から屠蘇の差し入れを受けている。

現在のおせち料理にあたるものといえば、「歯固め」になるだろう。もとは中国の元旦に硬い飴《あめ》を食べる風習で、日本でもそれに倣って硬いものを食べ、歯の根を鍛えようと図ったものだ。現代でも歯は長寿の基本という。昔ながらの行事も結構科学的だったのだ。歯固めで食べたのは、大根・瓜《うり》・猪《いのしし》や鹿の肉・押し鮎《あゆ》などだ。『枕草子《まくらのそうし》』「えせものの所得る折（大したこともないものが偉そうになる時）」には「正月の大根」とある。いつもはありふれた野菜である大根が、この日ばかりは有り難がられる。平安人のぽりぽり齧《かじ》る音まで聞こえてきそうだ。

鏡餅も飾られた。これは日本古来のもので、鏡には神が宿るという考えに依《よ》っている。鏡が神社の御神体だったり、神殿に置かれていたりするのは、現在でもよく目にする。平安人は正月に各家で鏡の形の餅を作り、神に捧げたのだ。また別の儀式で「戴餅《いただきもちい》」なるものもある。五歳以下の子どもが主役だ。正月の吉日を選び、子どもの額の上に餅をいただかせ、長寿や幸福を祈る。「官位高かれ　命幸固かれ」など呪文を唱えながら、餅を三度あてがうのだ。『紫式部《むらさきしきぶ》日記《にっき》』では、中《ちゅう》宮彰子《ぐうしょうし》の二人の息子に、父である一条《いちじょう》天皇（九八〇～一〇一一）が餅を戴かせている。息子たちは三歳と二歳。やがては二人とも天皇となる幼子たちの、豪勢な戴餅だ。あやかって、平成にも復活させてみてはどうだろう。

「初音」巻で明石の姫君の庭前でも女童たちが興じている場面があるが、文学作品によく現れるのは、「子《ね》の日」の遊びだ。正月最初の「子」の日に、宮廷では若菜《わかな》を食し、宴《うたげ》を催した。また貴族たちは野に出て若菜を摘んだり、小松の根を引いてその長さを競ったりした。「子の日」と「根延《ねの》び」で洒落たものだが、松は長寿のしるしで縁起物でもある。地中から抜いたのを持ち帰って貴族らが庭に植えたのが、門松《かどまつ》の起源かともされている。「引き連れて今日は子の日の松にまた　いま千年《ちとせ》をそのべに出でつる」（『後拾遺和歌集《ごしゅういわかしゅう》』春上　和泉式部《いずみしきぶ》）。皆で連れだって、今日は子の日の松でまた、もう千年寿命を延べに、野辺《のべ》に出てきたことですわ……とは、何とも楽しげなことだ。雪と寒さがようやく緩む喜びが、人を野辺へと誘ったのだ。

また、「粥杖《かゆづえ》」も面白い。正月十五日には宮中をはじめとして、小豆《あずき》・粟《あわ》・黍《きび》などを米に混ぜた七種粥《ななくさのかゆ》の儀式が行われた。その粥を炊いた薪《たきぎ》の燃え残りを削ったものが「粥杖」である。貴族の家では、これで女性のお尻を叩くとめでたく男の子が生まれるとされ、こぞってお尻叩きに興じた。『枕草子』「正月一日は」には、隙あらば叩こうとする人々の様子が描かれてほほ笑ましい。叩かれるのは恥ずかしいので、大方の女は用心して、始終お尻に注意を払っている。だが抜け目ない女房は、「ここにある物を取りましょう」などとそしらぬ顔で言いながら、新婚の姫君に近づく。油断しているところをぱしっと打って逃げると、辺りは大笑いだ。婿君もほほ笑み、姫君は頬をほんのり染めているとは、男子か女子かは知らぬが本当に子どもが生まれそうではないか。

正月行事はどの行事も、新しい一年への期待と祈りに満ちている。その心は、新年が私たちに与えてくれる、いつも変わることのない贈り物なのではないだろうか。

二十四　平安人の心で「胡蝶」巻を読む

歌のあんちょこ

二十四帖「胡蝶《こちょう》」のあらすじ

光源氏三十六歳の晩春、六条院《ろくじょういん》の春の町では新調の船に雅楽寮《ががくりょう》の楽人《がくにん》を乗せて船楽《ふながく》が催された。折しも、昨秋紫《むらさき》の上《うえ》と春秋優劣を話題に和歌を交わした梅壺《うめつぼ》（秋好中宮《あきこのむちゅうぐう》）が隣の秋の町に里帰りしていたが、高貴な中宮自らに春の町訪問を請うことはできない。そこで光源氏は、代わりに中宮付きの女房《にょうぼう》を春の町に招き、見物させた。唐風の竜頭鷁首《りょうとうげきしゅ》の船、唐風の装いの童たちなど異国情緒にあふれた趣向や庭の花鳥の美しさに、中宮付き女房たちは時を忘れて過ごした。遊宴への客の中には玉鬘《たまかずら》目当ての男性も多く、親となって求婚者たちを挑み合わせたいという光源氏の策略は早くも実現に向けて動き出した。翌日は西南の町で中宮の季《き》の御読経《みどきょう》が行われた。紫の上が女童《めのわらわ》たちに持たせて贈った春の花・桜と山吹《やまぶき》の美しさに、春秋論争は春の勝ちとなり、華やかな彩りのなかでひとまず終結した。

いっぽう玉鬘をめぐる男たちの争いは、水面下で激しくなってくる。彼女には母・夕顔《ゆうがお》の面影に才覚さえ加わり、光源氏をも魅了せずにおかない。求婚者には光源氏の異母弟の蛍兵部卿宮《ほたるひょうぶきょうのみや》、まじめで無骨な鬚黒大将《ひげくろのたいしょう》、内大臣《ないだいじん》の長男で、玉鬘が腹違いの姉だと知らずに想いを寄せている柏木《かしわぎ》などがいた。光源氏は父親顔を装って恋文への返事の指南をしていたが、ついに抑えきれなくなり、玉鬘に想いを告白。実父には会えず養父には迫られるという思いも寄らない展開に、玉鬘は困り果てる。

平安貴族社会において、歌は必需品だった。恋文でも宴《うたげ》でも、日常の挨拶でも歌を交わす。歌の詠みぶりで相手の人柄を測ることもよくある。例えば、光源氏が夕顔に惹かれたのは、出会いの時に彼女が扇《おうぎ》に書いてよこした一首がきっかけだった。またその娘の玉鬘を引き取ろうという時も、光源氏はまず歌を詠みおくって、それへの返歌で玉鬘の知性を確かめた。歌の贈答とは、スリリングな試験でもあったのだ。

とはいえ、誰もが歌を上手に詠めたかといえば、もちろんそうではない。『枕草子《まくらのそうし》』によれば、清少納言《せいしょうなごん》の元夫・橘則光《たちばなののりみつ》は歌を嫌い、「歌などおくってくる女は恋人でなく仇敵《あだかたき》」というのが口癖だった。歌の力が重要視されたから、苦手な者はほとほと困ってしまって、こんな言葉を吐かずにいられなかったのだろう。だがその橘則光でさえ、実は勅撰集《ちょくせんしゅう》にも歌が載る歌人なのだ。本当に歌の下手な者の苦手意識はいかばかりかと想像される。

そんな彼らにとってありがたい味方だったのが、歌づくりの手引書である。代表的な一冊は『古今和歌六帖《こきんわかろくじょう》』。四千五百首近くもの歌を収め、テーマごとに整然と分類した、いわば歌の見本帳だ。例えば第五帖の「雑の思《ざふ》ひ」は、様々な恋の物思いを大テーマとして、恋の進展の順に小テーマを並べる。最初が「知らぬ人」、つまりまだ見知らぬ相手へのほのかな恋の歌。次が「言ひ始む」、初めて想いを口にする、告白の歌。「年経て言ふ」は、長年の恋だと口説く歌。「初めて会へる」は、念願かなない初めて逢瀬《おうせ》を迎えた時の歌。各項目のもとにはだいたい十首前後の歌が並べられていて、あたかも歌のカタログのようである。もちろんこれでは終わらない。恋の初めから破局まで、小項目は六十以上にものぼるうえ、「心変はる」「人妻」「形見」など様々な恋のバリエーションをも網羅する。恋ばかりではない、ほかの巻には四季や天候、山・川・木・虫などの項目も並べられていて、何でもござれだ。

どのように使うか。その実例が『源氏物語』にある。「若紫《わかむらさき》」巻で、光源氏は若紫を見初め、引き取りたいと祖母の尼君《あまぎみ》に申し出た。だが若紫はまだ幼く、尼君は「〈難波津《なにわづ》〉さえまだちゃんと書けないのですから」と断る。〈難波津〉とは『古今和歌集』の「仮名序《かなじょ》」に載る手習い歌、「難波津に咲くやこの花冬籠《ごも》り　今は春べと咲くやこの花（難波津に咲いたよ、この花。冬の間は埋もれて、今こそ春だと咲いたよ、この花）」のことだ。初心者や子どもたちはこの歌で習字の勉強をした。よく知られた歌で、実際にこの歌の書きつけられた木簡《もつかん》なども発掘されている。ここで光源氏の目線は手習い歌モードにセットされる。大人向けの歌は難しいが、手習い歌レベルならば若紫にも見てもらえるかもしれない、と。

ところで『古今和歌集』の「仮名序」には、〈難波津〉と対でもう一つ手習い歌とされる歌がある。〈あさか山〉の歌だ。この歌は『古今和歌六帖』（巻二）の「山の井」項目のトップにも載っている。「あさか山影さへ見ゆる山の井の　浅くは人を思ふものかは（浅香山の井戸は覗き込めば水面に影が映る浅い井戸。でも私の想いはそんなに浅いものですか）」。そこで光源氏は、これを下敷きにして若紫への歌を詠んだ。「あさか山浅くも人を思はぬに　など山の井のかけ離るらむ（浅香山の名のように浅くも想っていないのに、どうして山の井戸の遠い水面のように、二人は遠く隔てられているのでしょう)」。光源氏は歌が苦手だった訳ではない。若紫のレベルに合わせて、わざわざ手習い歌を使って、それをもじったのだ。

だが、無垢《むく》な若紫に下心のわからない光源氏の歌を見せるのは、さすがにためらわれたのだろう、返ってきた歌は尼君のものだった。そして光源氏の目線をしっかり汲み取り、真っ向から応えるものだった。「汲み初《そ》めてくやしと聞きし山の井の　浅きながらや影をみるべき（汲んでみて後悔すると歌に聞く山の井の水。あなたも浅い心なのでしょう？　そのままでは、どうして孫の姿が見られましょう)」。この歌は、彼が依《よ》ったと同じ『古今和歌六帖』の、「あさか山」の間近に置かれた一首「くやしくぞ汲み初めてける浅ければ　袖のみ濡るる山の井の水（くやしくも掬《すく》ってしまったこと。浅くて水が飲めず、ただ袖ばかりが濡れる山の井の水を……くやしくも会ってしまったこと。浅い心で私の袖が濡れるばかりのあなたに)」を下敷きにしている。相手が『古今和歌六帖』で来るならこちらもと応じたのだ。片や若紫がほしい光源氏、片や孫を守りたい尼君。『古今和歌六帖』を間にしての、知性と情を総動員した丁々発止《ちょうちょうはっし》だった。

一家に一冊、『古今和歌六帖』。いや、平安貴族にとっては、一人に一冊の『古今和歌六帖』だったかもしれない。雅びとはかくも骨の折れるものなのだ。

二十五　平安人の心で「蛍」巻を読む

平安の色男、華麗なる遍歴

二十五帖「蛍《ほたる》」のあらすじ

玉鬘《たまかずら》に慕情《ぼじよう》を告白して以来、光源氏はしばしば彼女のもとに足を運んでは、人のいない隙に想いをほのめかすようになった。素知らぬふりであしらう玉鬘だが、その美貌は光源氏の心を捕らえて離さない。

求婚者のなかで特に真剣な様子なのは、光源氏の異母弟の蛍兵部卿宮《ほたるひようぶきようのみや》だった。光源氏は宮から玉鬘への恋文の返事を女房《にようぼう》に代筆させ、彼を呼び出すと玉鬘の側《そば》に控え、用意していた蛍を放した。ほのかな光が玉鬘の姿を照らし出し、光源氏のもくろみどおり、彼はますます恋心を募らせた。

梅雨の長雨の時期、六条院《ろくじよういん》の女君たちは物語につれづれを慰めた。ことに玉鬘は、自分の数奇な人生を重ねつつ読みふけった。光源氏は彼女の部屋を訪れて物語談議に花を咲かせ、それにかこつけても玉鬘に言い寄る。だが春の町に戻ると、恋物語は明石《あかし》の姫君《ひめぎみ》に読ませるなと指図する。姫の継母・紫《むらさき》の上《うえ》を慮《おもんぱか》り、継母物の物語も読ませない。養女ならぬ実の娘の教育にはかくも細かい注意を払う彼だった。

夕霧《ゆうぎり》は雲居雁《くもいのかり》を想い続け、本人にだけは情を伝えていたが、二人を冷酷に引き離した雲居雁の父・内《ない》大臣《だいじん》の仕打ちを忘れず、意地のため平静を装っていた。その内大臣は、かつて恋人・夕顔《ゆうがお》との間にもうけて行方《ゆくえ》知れずとなった娘が思いきれず、夢占いなどをさせていた。ほかならぬ玉鬘のことである。占師の答えは「人の養女になっている」。しかし内大臣には見当もつかないのだった。

平安時代の色男といえば、まずは在原業平《ありわらのなりひら》の名が浮かぶだろう。確かに、その美男と奔放ぶりが「体貌閑麗《たいぼうかんれい》・放縦《はうしよう》拘《かか》はらず」と正史『日本三代実録《にほんさんだいじつろく》』にまで記された業平は、伝説的な色男だったに違いない。だが恋多き色男は、決して業平ひとりではない。例えば、陽成《ようぜい》天皇（八六八～九四九）の一の皇子《みこ》・元良親王《もとよししんのう》（八九〇～九四三）も、数々の逸話を遺す人物である。陽成天皇といえばその母親の藤原高子《ふじわらのたかいこ》と業平の駆け落ちが『伊勢物語《いせものがたり》』に記されて、実は業平の子ではないかと囁《ささや》かれた天皇だ。その皇子とあれば、元良親王は業平の孫である可能性もある。今回はその親王の華麗なる恋を、詠み交わされた和歌をたどりつつ紹介しよう。

「わびぬればいまはた同じ難波《なには》なる　身を尽くしても逢はむとぞ思ふ」。小倉百人一首にも入ってよく知られたこの歌が、彼の代表作である。意味は「困り果てたことになってしまったからには、今はもう同じこと。難波潟の澪標《みおつくし》の名のように、身を尽くし、破滅してでも君に逢いたいと思うよ」。激しい詠みぶりは、歌が詠まれた状況による。宇多法皇《うだほうおう》（八六七～九三一）の御息所《みやすどころ》・褒子《ほうし》との秘密の恋が世に漏れて、にっちもさっちもいかなくなった中で詠んだ歌なのだ。業平は清和《せいわ》天皇（八五〇～八八〇）に入内《じゅだい》する直前の高子と恋に落ちたが、元良親王の恋はさらに過激だった。同じDNAのなすわざかと、ますます疑惑が深まってしまう。

親王には家集《かしゅう》『元良親王集』があり、褒子に関わる歌が他にも載る。その詞書《ことばがき》には「京極の御息所を、まだ亭子院《ていじのゐん》におはしける時、懸想《けさう》し給ひて（京極御息所・褒子が宇多法皇のご寵愛《ちょうあい》を受けて亭子院にお住まいだった頃、親王が彼女に懸想なさって）」とあり、さらには「夢のごと（夢のように）逢ひ給ひて」ともあって、二人の関係は明らかだ。しかし御息所は法皇の想い人である。法皇は元良親王より二十三歳も年上で時に五十代ながら、出家後も後宮《こうきゅう》に数多《あまた》の女性を置く艶福《えんぷく》家《か》だった。なかでも褒子は法皇のお気に入りで、三人の子を産み、河原院《かわらのいん》にも伴われた。親王の想いは褒子に届いたが、逢瀬《おうせ》はままならず、親王の心はいやましに燃え上がる。そんな時、親王に仕える男が滑稽な歌を詠む。「麓《ふもと》さへ熱くぞありける富士の山　峰に思ひの燃ゆる時には（お膝元《ひざもと》の私までが、もう熱いこと。富士山の峰ならぬ親王様の心に、恋の炎が燃えている時にはね）」。身近に使う彼に、親王はたぎる胸の内を明かしていたのだろう。光源氏とお供の惟光《これみつ》のやりとりを思い出してしまう。実は光源氏は『源氏物語』の中で、住吉大社参詣《すみよしたいしゃさんけい》の折に想い人・明石の君が偶然にも近くにいたと聞き、無意識のうちに元良親王の「わびぬれば」の歌を口ずさんでもいる（「澪標」巻）。恋と歌との雅びにおいて、親王は光源氏の手本でもあったのだ。

そもそも『元良親王集』は、親王を冒頭から「いみじき色好み」と紹介する。いい女と聞けば、恋の目があろうがあるまいがお構いなしに恋文をおくり、歌を詠みおくったというのだ。夜ごとに違う女を訪ねることから、夜ごとに動いて空を一巡りする太白星《たいはくせい》（金星）になぞらえて「一夜巡りの君」と呼ばれたともある。実際、たった百七十一首を収めるだけの『元良親王集』だが、宮が関わった女は名が記されるだけでも二十四人にのぼる。その中には「浮かれ女」と呼ばれる女から、人妻である叔母まで。もちろん、名を挙げずただ「女」と記すだけの例はさらに多い。先の紹介は、『伊勢物語』が業平を、恋情の有無にかかわらず差別なく女と契ったと記すのと似ている。業平がところまで、この二人は同じなのだ。「九十九髪《つくもがみ》」の老婆まで相手にしたことを記す章段に見える一文だ。全方位型の色好みとされると

だが親王の場合、彼の足をすくったのもその多情だった。褒子は結局彼のもとを去ることになる。それは宇多法皇への気の咎《とが》めばかりではない、親王の心の浅さのせいだった。「思ふてふこと世に浅くなりぬなり　我うくばかり深きことせじ（あなたの『恋しい』という言葉は、すっかり底の浅いものになってしまったわね。私はもう、悩むほど深い関係を、あなたとは持たないわ）」。危険な恋を犯しながら、いっぽうで親王には縁談も持ち上がり、別の女との関係も絶えなかった。褒子は、世の噂と親王の身勝手の両方に苦しめられて、自ら身を引いたのだ。「吹く風にあへでこそ散れ梅の花　あだに匂へる我が身となり見そ（吹く風に耐えかねて散る、梅の花。そう、世の風当たりに耐えかねて、私の恋も散るのです。いい加減な気持ちで恋した女だとは、どうぞ見ないで）」

二人の恋は終わった。自ら恋を終える時、平安人はそれまでにおくった恋文を返し合う。「破《や》れば惜し破らねば人に見えぬべし　泣く泣くもなほ返すまされり（恋が終わっても、あなたの手紙を破るのは惜しい。でも破らなければ、きっと誰かに見られてしまう。泣く泣くでも、やはり返すほうがいいのでしょうね）」。別れの折のこの歌は、家集では褒子、『後撰和歌集《ごせんわかしゅう》』では親王の作とされている。二人のどちらの歌としても未練たっぷり。平安の色男の恋は、悲劇をも糧にして尽きるところがない。

二十六　平安人の心で「常夏」巻を読む

ご落胤《らくいん》、それぞれの行方《ゆくえ》

二十六帖「常夏《とこなつ》」のあらすじ

猛暑の折、光源氏は十五歳になる息子の夕霧《ゆうぎり》や内大臣《ないだいじん》の次男・三男など若者たちと、六条院《ろくじょういん》の釣殿《つりどの》で涼む。やがて話題が、内大臣の落胤である娘が見つかったことに及び、「昔から女性関係の華やかな人だったからね」と光源氏は冷笑する。それは彼が、内大臣が娘の雲居雁《くもいのかり》と夕霧との仲を引き裂いたことを、腹に据えかねているせいだった。とはいえ思いは玉鬘《たまかずら》という内大臣のもう一人の落胤に及ばざるを得ず、内大臣と彼女を引き合わせようかどうか、光源氏の心は揺れる。

光源氏は玉鬘のもとを訪れる。雑談に、内大臣が和琴《わごん》の名手であること、かつて玉鬘について口にしていたことなどを語ると、玉鬘は実父恋しさに涙をこぼす。その可憐さに光源氏はますます心を奪われ、もはや苦しいほどである。自分と結ばれても玉鬘にとって幸福ではあるまい、いっそ蛍兵部卿宮《ほたるひょうぶきょうのみや》か鬚《ひげ》黒大将《くろのたいしょう》に与えようか。最近では光源氏に慣れて嫌がりもしない玉鬘に、彼は悶々《もんもん》とするばかりだった。

いっぽう内大臣は、例の落胤である近江《おうみ》の君《きみ》に手を焼いていた。彼女は、悪気はないが双六《すごろく》に興じ下品な早口でまくしたてる、とんでもない娘だったのだ。教育がてら、異母姉妹である弘徽殿女御《こきでんのにょうご》への宮仕《みやづか》えを勧めると、近江の君は「便器掃除係でも良いから仕えたい」と言いだし、さっそく滅茶苦茶な和歌を作って女御におくりつける始末である。困ったご落胤に周囲はあきれ、笑い者にするのだった。

『源氏物語』「蛍《ほたる》」の巻で、内大臣は光源氏が玉鬘を養育するのに触発されて、長く忘れていた夕顔《ゆうがお》の娘のことを思い出す。そして玉鬘こそがその娘だとは知りもせず、息子たちに自らの「落胤探し」を命ずる。すると次の「常夏」の巻では早速名乗り出る女があって、発見されたのが近江の君だ。かつて頭中将《とうのちゅうじょう》と呼ばれ、光源氏の親友として女性関係も華やかだった彼には、玉鬘と近江の君という二人のご落胤がいたことになる。光源氏は「あちこち忍び歩いていたようだからね」と苦笑するが、さてこの時代を調べてみれば、「ご落胤」とは決して珍しい存在ではなかった。

手元の辞書では、「落胤」の意味は「高貴な男性と、正式な妻ではない女性との間の子ども」とある。平安時代の「正式な妻」をどの範囲と考えるかは微妙だが、例えばいわゆる不倫関係は、明らかに「非正式」だ。ならば、高貴な男性が身分下の女性と不倫スキャンダルを起こした場合、生まれた子どもは「ご落胤」となる。例えば冷泉《れいぜい》天皇（九五〇～一〇一一）の第四皇子《おうじ》・敦道親王《あつみちしんのう》は和泉式部《いずみしきぶ》と愛し合い、二人の間には男子が生まれた。和泉式部がまだ中宮彰子《ちゅうぐうしょうし》の女房《にょうぼう》として宮仕えを始める前の話だ。親王は和泉式部を「妻」と呼んだが、和泉式部は身分違いのうえ、実は夫のある身だった。だからこの男の子は、親王のご落胤である。名は「岩蔵宮永覚《いわくらのみやえいかく》」。彼が生まれて間もなく父の親王は亡くなり、彼は岩倉の寺に身を寄せ僧になる道を歩んだ。『和泉式部集』には、離れて暮らす息子に粽《ちまき》や草餅《くさもち》を贈って案ずる母心の歌が幾つも記されている。

また、貴公子が女房に産ませた子どもも、典型的なご落胤である。和泉式部の娘の小式部内侍《こしきぶのないし》は、母に似た恋愛体質の持ち主だったのだろう、貴公子との華麗な恋を繰り返した。藤原道長《ふじわらのみちなが》の息子・教通《のりみち》との恋では、男の子が生まれた。そのとき道長が詠んだ歌が「嫁の子の子鼠いかがなりぬらん　あなうつくしと思ほゆるかな（嫁の赤ん坊の子ネズミさんの様子はどうだ？　心から愛しく思えてね）」である。「子鼠」と呼ぶからといって見下しているのではない。正式な嫁でない小式部を「嫁」とまで呼び、その子を孫と認めて可愛く思っているのだ。この子もやがて僧となり、静《じよう》円《えん》と名乗った。

紫 式部《むらさきしきぶ》の娘・賢子《けんし》も、女房仕えの中で多くの恋を体験し、藤原兼隆《かねたか》との間には女の子が生まれた。賢子が二十六歳の頃である。兼隆は道長の兄で一時は関白《かんぱく》にもなった道兼《みちかね》の子で、賢子と関係のあった当時は既に四十一歳の中 納言《ちゆうなごん》だったから、これは貴公子というより中年セレブとキャリアウーマンの婚外恋愛である。しかも宮廷では周知の関係で、やがて時の東宮《とうぐう》に皇子《みこ》が生まれたとき、「紫式部の娘がちょうど兼隆様の御子を産んだので」と賢子は乳母《めのと》に抜擢された。皇子はやがて即位して後冷泉《ごれいぜい》天皇（一〇二五～一〇六八）となり、賢子は乳母を務めた功績で女性ながら三位《さんみ》の位を与えられたのだから、振り返ってみればご落胤を産んだことが賢子の人生を大きく飛躍させたことになる。女房にとってセレブとの恋は自分の人生を賭けた華麗な勝負ともいえ、ご落胤を産むことは恥ではなかった。いっぽうセレブにとっても、妻の手前、多少気まずいことではあったものの、女房との雅びな恋の結果であるご落胤は、ひた隠しにするような子でもなかった。もちろん正妻との間の正式な子どもたちとは扱いに大きな差があるものの、女房との恋の子はそれなりに子として認められたのである。

だが気の毒なのは、宮廷女房ではないなど、生計を立てることのできない女がご落胤を産み、しかもその恋が途絶えてしまったケースである。『蜻蛉日記《かげろうにっき》』（下巻）にその話がある。産ませたのはもちろん、作者の夫で艶福家《えんぷくか》の藤原兼家《かねいえ》だ。とある宰相《さいしょう》が亡くなった折、その娘の生活の面倒を見るだけのつもりで、兼家は近づいたのだという。だが彼のことだから当然のごとく、娘との関係はなるようになっていった。その恋がかりそめに終わった時、娘は妊娠していて、のちに女の子が生まれた。兼家の愛情は失せ、もう頼れない。長く消息も絶えたまま十二、三年も経った頃、『蜻蛉日記』の作者で兼家の妻の一人である道綱母《みちつなのはは》が、二人の消息を耳にする。都を離れ琵琶《びわ》湖の畔《ほとり》で細々と生きてきたが、生活に行き詰まっているという。母親は尼になろうと思いつつ子どもをおいてもいけず、すっかり途方に暮れていた。ちょうど養女がほしいと思っていた道綱母は、その子を引き取ろうと決心する。そして珍しくやってきた兼家に、その子を引き合わせる。「今まで見知らずにいたことよ」と兼家は泣き、子どもも泣く。昔物語のような展開に周りの皆ももらい泣きして、小さなご落胤は父に愛される家族の一員となった。

おおらかな兼家は、ご落胤を受け入れた。『源氏物語』の内大臣は、たぶん兼家タイプの人だったと思しい。だが同じ『源氏物語』でも、のちの宇治十《うじじゆうじよう》帖に登場する八《はち》の宮《みや》はそうではなかった。亡き妻の姪との間にご落胤・浮舟《うきふね》が生まれるや、八の宮は二人を嫌悪し、父としての役割を放棄した。『源氏物語』は虚構だが、世にはおそらくこうしたご落胤も多かったに違いない。高貴な父の、様々な出来事の落とし胤《だね》。それぞれの人生に、思いが尽きない。

二十七　平安人の心で「篝火」巻を読む

内裏女房《だいりにょうぼう》の出世物語

二十七帖「篝火《かがりび》」のあらすじ

内大臣《ないだいじん》の落胤《らくいん》である近江《おうみ》の君《きみ》の行状は、今や世間の噂の種である。光源氏は、内大臣が深い思慮もなく近江の君を探し出して引き取り、自分のめがねに適《かな》わないと分かるや、弘徽殿女御《こきでんのにょうご》の女房として出仕《しゅっし》させたことを、強く批判する。それは玉鬘《たまかずら》にとって戒めとなった。父の気性も知らず唐突に名乗り出たりしていれば、自分も近江の君同様に扱われていたかもしれないのだ。光源氏が強引に彼女をわがものにしようとせず、包容力のあることも手伝い、玉鬘は次第に光源氏に心を許すようになる。

季節が変わり、秋風に恋情を抑えかねて、光源氏は足しげく玉鬘を訪ねる。日がな二人で過ごし、内大臣にちなむ和琴《わごん》を玉鬘に教えたりもする。夕闇の中、二人は琴《こと》を枕にして夜更けまで横たわった。男女の間柄へと、一線を越えるまでわずかである。だが光源氏は、女房たちの目を気にして自制する。去ろうとしながら、供人《ともびと》に命じて焚《た》かせた庭先の篝火に、玉鬘の姿が照らされて美しい。光源氏は篝火の煙のように狂おしく燃え立つ想いを歌に詠んだが、玉鬘の返歌はそれをうまくはぐらかすものだった。

そこへ夕霧《ゆうぎり》と内大臣の息子たちの奏でる楽《がく》の音が聞こえてくる。光源氏は彼ら若者を呼び、玉鬘の御《ご》殿《てん》の前で演奏させる。光源氏の温かいはからいで柏木《かしわぎ》ら実の弟たちの演奏を間近に聴くことができた玉鬘は、しみじみと耳を傾けるのだった。

光源氏の養女、玉鬘。彼女はやがて時の冷泉帝《れいぜいてい》のもとに、朝廷の内侍司《ないしのつかさ》の長官である「尚侍《ないしのかみ》」として出仕することになる。この尚侍に率いられる、総勢百人を超える女官たちのうち、上級にあたる者を「内裏女房」と呼ぶ。いわば女性国家公務員の幹部である。ここでは、自立して上を目指す女たちの憧れの職であった、この内裏女房について見てみよう。

『枕草子《まくらのそうし》』「女は」の段には「女は典侍《ないしのすけ》。内侍《ないし》」とある。「女が就《つ》く仕事なら、典侍か内侍ね」ということだ。典侍とは、玉鬘が就いた尚侍のすぐ下の職、内侍司の次官である。また内侍とは、掌侍《ないしのじょう》ともいい、典侍の下の三等官だ。当時の行政法の一つである「後宮職員令《ごくしきいんりょう》」によれば、内侍司には尚侍が二人、典侍が四人、掌侍が四人と定められていた。だが尚侍は多くの場合一人しかおらず、しかも『枕草子』や『源氏物語』の少し前の時期からは、純粋な女官というよりも天皇のきさきの一人という立場に傾きつつあって、叩き上げの女官がたどり着けるのは典侍か掌侍となっていた。朧月夜《おぼろづきよ》はこうした状況の中で落下傘《らっかさん》的に后妃《こうひ》待遇の尚侍になったので、実はその下にいた源典侍《げんのないしのすけ》こそが、実務女官のトップだったことになる。そんな役職だから、清少納言《せいしょうなごん》も「自分にも手が届くかもしれない職」と胸をふくらませたのだ。『枕草子』には別の段にも、「内侍に推薦してやろう」と言われたことを嬉しげに記す記事がある（「二月つごもりごろに」）。さて典侍と掌侍の下には命婦《みょうぶ》と呼ばれる中級の女官が多数いて、ここまでが憧れの内裏女房である。彼女たちの主な仕事は、まず常に帝《みかど》の近くに待機する「常侍《じょうじ》」、帝の言葉を公卿《くぎょう》や殿上人《てんじょうびと》に伝える「宣伝《せんでん》」、また逆に天皇に貴族たちの言葉を伝える「奏請《そうせい》」である。男性の秘書官を「蔵人《くろうど》」と呼んだが、内侍司の女房たちはまさに天皇の女性秘書官だったと言ってよい。

秘書官であるからには、他にも仕事はいろいろあった。『紫式部日記《むらさきしきぶにっき》』によれば、紫式部が仕えた中宮彰子《ちゅうぐうしょうし》の御産の折には、内裏女房たちも分娩室《ぶんべん》近くに控えた。貴族とは違って妻の出産に立ち会えない天皇が、名代《みょうだい》として遣わしたのだ。めでたく皇子《みこ》が生まれた後にも、内裏女房たちは大勢で祝いにやって来た。「藤三位《とうさんみ》を始めにて、侍従《じじゅう》の命婦・藤少将《とうせうしやう》の命婦・馬《むま》の命婦・左近《さこん》の命婦……」と、紫式部は一人一人の名を書きとめている。彼女たちが車で乗りつけると、応対に出たのは邸宅の主で彰子の父でもある藤原道長《ふじわらのみちなが》である。内裏女房は貴族の最高権力者からも一目置かれる存在だったのだ。それは彼女たちがきわめて天皇に近いうえ、宮廷の政治や人事や、その裏事情にも通じていたからだ。つまり内裏女房は、それぞれの地位や仕事の軽重以上に、隠然たる力を持っていたのである。

ことに、道長邸を訪れた女房たちの中で紫式部が筆頭に挙げている「藤三位」はそうした人物であった。本名は藤原繁子《はんし》。道長の祖父である藤原師輔《もろすけ》の娘だが、母は不明で、日の当たらない女性の産んだ子であることが匂う。姫君ではなく、人に仕える女房の道を歩んだのはそのためであろう。しかも女主人は姪で、円融《えんゆう》天皇（九五九～九九一）の女御の詮子《せんし》である。詮子が皇子を産むと繁子はその乳母《めのと》となった。その後、血筋で言えば甥にあたる道兼《みちかね》との間に娘を一人産んだが、結婚は正式なものでなく、すぐ破局を迎えた。道兼は繁子の娘を何とも思わず、逆に正妻との間に娘がいないことをしきりに悔しがった。おそらくこのあたりから、繁子の心に火が点《つ》いたのではないか。乳を与えた皇子が一条《いちじょう》天皇（九八〇～一〇一一）として即位し、自らは典侍となって従三位《じゅさんみ》の位まで与えられると、数年後、繁子は自分の娘・尊子《そんし》を天皇に入内《じゅだい》させた。父親に見捨てられた娘を、女手ひとつで育て上げ、何と女御にまでしたのである。もちろん、そこに持ち込むために天皇の乳母という稀有《けう》な縁故を利用したことは、想像に難くない。尊子が入内した時には道兼はもう亡くなっていたが、繁子は女の意地を貫いてリベンジを遂げたのだ。

そしてもうひとり、一条天皇の時代に藤三位と肩を並べる典侍だったのが、「橘　三位《たちばなのさんみ》」と呼ばれる橘徳子《とくし》である。彼女もまた一条天皇の乳母で、天皇の即位に伴って典侍となり従三位を与えられた女官だ。その彼女に、四十代半ばの漢学者・藤原有国《ありくに》が結婚を申し込んだ。処世に長《た》けた彼は、徳子の力を利用して出世をもくろんだのだ。いっぽう徳子も、有国とのタッグを受け入れた。徳子の夫となった有国は狙い通り一条天皇の秘書官長・蔵人頭《くろうどのとう》に就任。藤原道長にも懇《ねんご》ろに仕え、やがて公卿にまでなった。文人仲間は彼の抜け目なさを非難したが、それはあたるまい。なぜなら有国も徳子も、抜け目なさ以上によく働いたからだ。シングルマザーと貧乏官人ながら共に有能な二人は、手を組んで自分たちなりの繁栄を目指した。『紫式部日記』には、一条天皇の皇子の誕生時に乳付《ちつけ》役を務める堂々たる徳子と、彼女に推挙されたのだろう、産湯の儀式で漢籍を読む大役に抜擢された、有国の先妻の息子の姿が記されている。

平安女性の生き方は閉塞していたとされるが、内裏女房はそうではない。そこには、実力と運次第で人生を切り拓ける道があったのだ。

二十八　平安人の心で「野分」巻を読む

千年前の、自然災害を見る目

二十八帖「野《の》分《わき》」のあらすじ

六条院《ろくじょういん》を野分が襲った。日暮れるにつれ風が激しくなって、庭の萩《はぎ》が気になった紫《むらさき》の上《うえ》は端近《はしぢか》に出た。が、偶然にも強風で妻戸《つまど》が開き屏風《びょうぶ》も畳んであったため、その姿を夕霧《ゆうぎり》に覗かれた。初めて見る紫の上の美しさに心を奪われる夕霧。そこへ光源氏が来て、夕霧は慌てて取り繕うが、父は息子の垣間《かいま》見《み》に感づく。その間にも風はますます危うさを増し、夕霧は祖母・大宮《おおみや》を守るため三条宮《さんじょうのみや》に戻った。

台風は老いた大宮さえ「生まれて初めて」と言うほどの激しさで荒れ狂った。が、その風と同様に、夕霧の心は紫の上への恋で一夜ざわめき続けた。明け方にはざっと雨が降り出し、「六条院で建物倒壊」との情報に、夕霧は三条宮を飛び出す。六条院では木の枝が折れ、屋根をふく檜皮《ひわだ》や瓦《かわら》に被害が出ていた。光源氏に文《ふみ》を託され、夕霧は秋の町の秋好中宮《あきこのむちゅうぐう》を見舞うものの、戻って中宮からの返事を父に告げるにつけても、御簾《みす》の中の紫の上の気配が気にかかる。光源氏は息子の想いを鋭く察する。

光源氏は六条院の各所を回り、玉鬘《たまかずら》には見舞いがてら例によって彼女を口説く。夕霧はその父を目撃し、実の父娘らしからぬ様子に不審感を抱く。あちこち回って気疲れした果てに、夕霧は離れて想い合う雲居雁《くもいのかり》に文を書く。「風が騒ぎ雲の行き交う間にも君が忘れられない」。その歌に嘘はなかったが、彼の心はそれだけではなかった。野分に揉《も》まれ、多感な男心を芽生えさせた夕霧十五歳の秋だった。

災害はいつの世も容赦なく人々を襲う。雅びな『源氏物語』「野分」の巻を読んでいてさえも、つくづくと感じるのはそのことだ。そこには台風という災害が、あまりにもありのままに記されているのである。

この台風は、まず風から始まった。「野分例の年よりもおどろおどろしく、空の色変りて吹き出づ」。例年にない強力な台風が、空をかき曇らせ大風をもたらしたのだ。日が暮れるにつれ、「物も見えず吹き迷はして」と風は強さを増す。庭の萩を気にかけて格子《こうし》を下ろさずにいた紫の上の居室では御簾が吹き上げられ、女房《にようぼう》たちがあわてて押さえる。その様子を夕霧が垣間見ていた渡殿《わたどの》では、重い格子が風にあおられて外れる。現在気象庁では最大風速がおよそ一七メートル/秒以上のものを台風と呼んでいるが、雨戸が吹き飛ばされる風力はおよそ三〇メートル/秒だ。六条院の下仕《しもづか》えたちは、風は北東から吹いていると言い、強風を正面から受ける馬場《ばば》や釣殿《つりどの》の補強にかかる。夕霧が三条の祖母のもとに走る道ではさらに風が強まり、「いりもみする風」となる。体を揉むように荒れ狂う風だ。体を四五度傾けないと歩けない風とすれば、風速四〇メートル/秒。三条の御殿《ごてん》では大木の枝が折れ、瓦が吹き散らされる。なお、京都地方気象台のデータによれば、近代以降では一九六一年の第二室戸《むろと》台風が、東北東の風で最大瞬間風速三四・三メートル/秒を記録している。一九三四年の室戸台風では、南の風四二・一メートル/秒だ。

暴風が終夜続いた後、「暁《あかつきがた》方に風少ししめりて、むら雨《さめ》のやうに降り出づ」。夜明け前に風が少しおさまったかと思うと、ざっと雨が降り出した。「六条院には、離れたる屋ども倒れたり」。光源氏邸宅の建物倒壊との知らせを受け、再び夕霧は飛びだす。その途次《とじ》は「横さま雨いと冷《ひや》やかに」と、横なぐりに降りつける雨。しかも冷たい。明らかに、大気が寒気へと入れ替わったということだ。六条院に着けば、庭には折れた木の枝や、家屋の屋根をふく檜皮や瓦、垣根などが散乱している。その時、雲間《くもま》から僅《わず》かに夜明けの光が兆す。雨がまだ霧のように立ちこめるなか、緊張が解けたか、夕霧ははらはらと涙をこぼした。光源氏が花散里《はなちるさと》の御殿を訪《おとな》うと、今朝から急に冷え込んだからと、彼女は女房たちに指図して秋冬の装束《しょうぞく》の準備に余念がない。人々は日常の営みを再開したのだ。

このように、「野分」は台風災害の一部始終を、刻々の変化とともにリアルに記す。また同じ『源氏物語』の「明石《あかし》」の巻は、高潮を描く。強風が吹き潮が高く満ちて、波の音は荒々しく、巌《いわお》も山も残らず流されそうな威力であった。さらに直後には落雷が仮住まいを襲い、廊《ろう》が炎上して、光源氏たちは避難を余儀なくされる。

光源氏でさえも、自然の脅威の前には被害を免れない。こうした描き方の背景には、作者はじめ当時の人々が繰り返し災害を体験していたという事実があるだろう。例えば水害である。当時の鴨《かも》川《がわ》は、日ごろの水量は現在より少なく、川底が浅かった。そのため大雨が降るとたちまち暴れ川となり、堤《つつみ》は決壊した。藤原行成《ふじわらのゆきなり》は長保《ちょうほう》二（一〇〇〇）年八月十六日の日記にこう記す。「夜来《やらい》大雨。鴨河の堤絶え、河水入洛《かはみづじゆらく》す」。彼によれば、東京極大路《ひがしきょうごくおおじ》の西側の平安京左京《さきょう》地区では、多くの住宅が流された。なかでも藤原道長《みちなが》の豪邸・土御門殿《つちみかどどの》では、庭の池があふれて一面海のようになった。また他家でも公卿《くぎょう》たちが馬に乗ったり人に背負われたりして避難したという。どのような栄華も繁栄も災害には勝てない。それは都人が常に目の当たりにしてきたことだったのだ。

さて、紫式部《むらさきしきぶ》が住んでいたと思われる堤中納言邸《つつみちゅうなごんてい》は、その名のとおり鴨川の堤にある。道長邸では床下浸水で人々のすねのあたりまでが水に浸かった。もっと川に近かった紫式部宅では、被害はさらに大きかったはずだ。長保二年当時といえば、紫式部が結婚していわゆる専業主婦であった時期である。娘の賢子《けんし》を、ちょうど懐妊していた頃かもしれない。あるいは既に産んで、乳を飲ませていた頃かもしれない。そうした一人の市井《しせい》の人として、紫式部もこの水害を体験したのだ。

『枕草子《まくらのそうし》』の「野分のまたの日こそ」では、風に終夜眠りを妨げられ、朝も遅くなってようやく目覚めた女が、まだ吹き残る風に髪を乱しながら、「むべ山風《やまかぜ》を」と歌の一節を口ずさむ。本歌は「吹くからに秋の草木の萎《しを》るれば　むべ山風を嵐といふらむ」。『古今和歌集《こきんわかしゅう》』に載り小倉百人一首にも採られている、文屋康秀《ふんやのやすひで》の歌だ。「これが吹いて秋の草木を萎れさせるから、なるほど山風を嵐（荒らし）というのだな」。「山」+「風」=「嵐」という漢字クイズの歌だが、嵐の威力を、物を「荒らす」暴力として改めて納得する歌でもある。

もともと「嵐（あらし）」という語は、「荒き風」を意味するのだという。「荒」とは手もつけられない激しさ、猛烈さをいう言葉である。ならば嵐のすさまじさは、その言葉ができて以来分かっていたことのはずだ。だが人は、災害についていつも、それが起こって改めて思い知るものなのかもしれない。

二十九　平安人の心で「行幸」巻を読む

ヒゲ面《づら》はもてなかった

二十九帖「行幸《みゆき》」のあらすじ

光源氏が玉鬘《たまかずら》の処遇を思いあぐねていたその年の十二月、折しも冷泉帝《れいぜいてい》が大原野《おおはらの》に行幸《ぎょうこう》することとなり、六条院《ろくじょういん》の女君たちはその見物にでかけた。玉鬘も見物し、光源氏にそっくりの冷泉帝に胸をときめかせた。帝《みかど》に比べれば、初めて見る実父・内大臣《ないだいじん》は見劣りがする。まして求婚者の一人である右大《う だい》将《しょう》など、色黒の鬚《ひげ》だらけで問題外である。玉鬘の心は、かねて光源氏から示唆されていた冷泉帝への出仕《しゅっし》に傾く。翌日玉鬘の意向を察した光源氏は、彼女の尚　侍《ないしのかみ》就任を実現させようと動き出す。

まずは、玉鬘の正式な成人式・裳着《もぎ》を行わなくてはならない。光源氏は、その儀式の重要な役割である「腰結《こしゆい》」を内大臣に頼み、これを機会に彼に玉鬘の所在を知らせようと企てた。そこで姑である大宮《おおみや》を仲介として内大臣と会見し、かつては親友でありながら、それぞれが源氏と藤原《ふじわら》氏の筆頭となってからは対抗する立場ゆえに疎遠になったことを、自らわびた。内大臣の頑《かたく》なな心は氷解し、二人は涙のうちに和解した。かくして玉鬘のことを打ち明けると、内大臣の玉鬘の裳着は華やかに執り行われた。

玉鬘が光源氏ではなく内大臣の実娘だったと知り、人々はそれぞれに内心で思いを交錯させた。そんななかで一人、内大臣の別の落胤《らくいん》である近江《おうみ》の君《きみ》だけは、露骨に反応した。対抗心を燃やし「自分も尚侍になりたかった」というのである。そんな彼女は父・内大臣からもからかわれ笑い者にされる始末だった。

歌とダンスのエンターテインメント・グループ、EXILE《エグザイル》のメンバーはハンサム揃《ぞろ》いだが、一時はそのうち十一人がヒゲを生やしていた。平成のいま、若い男性にとってヒゲはおしゃれで、女子にアピールするモテ要素でもある。だが、『源氏物語』の時代には、違った。

ヒゲと一口に言っても形も呼び方もいろいろあって、鼻の下に蓄えるのが「髭《くちひげ》」、あごの下に生やすのが「鬚《あごひげ》」、もみあげから頰にかけてのものが「髯《ほおひげ》」。だが古典作品では特に使い分けていない場合も多いので、一まとめにして見ていくことにしよう。平安貴族にとって、当然のことだが、ヒゲは第一にいわゆる「男性性」を意味した。かわいい坊やも大人になればヒゲがはえる、ということだ。『栄華物語《えいがものがたり》』（巻十三）は、三条《さんじょう》天皇（九七六〜一〇一七）の皇子《みこ》で御年二十四歳の敦明《あつあきら》親王《しんのう》の顔かたちを、「盛りにめでたう、髭なども少し気配づかせ給へる（男盛りで素敵で、髭なども少し生えかけている）」と言い、「あなあらまほし、めでたや（ああ理想的、素敵だわ）」と繰り返している。これによれば、うっすらと生えたヒゲは、決して悪くなかったのだ。だが『枕草《まくらのそう》子《し》』「松の木立高き所の」には、法師《ほうし》の付き人の童子《どうじ》を「おほきなるが、髭は生ひたれど、思はずに髪うるはしき（背が大きくて、髭が生えているけれど、意外に髪がきれい）」とする記述がある。ヒゲは生えている「けれど、意外に」髪がきれいというのは、清少納言《せいしょうなごん》の感覚では、ヒゲ面にはきれいな髪は期待できないということだ。

現存する最古の絵巻で、十二世紀前半の作とされる国宝「源氏物語絵巻」を見ると、光源氏にも夕霧《ゆうぎり》にも匂宮《におうみや》にも、鼻の下や唇の下に薄く口髭が描き込まれている。十二世紀後半の作と考えられる「年中行事絵巻《ねんじゆうぎようじえまき》」にも、ヒゲを蓄えた公卿《くぎよう》たちが見える。同じ図の中には車副《くるまぞい》や馬丁《ばてい》などでヒゲ面の者もいるが、彼らのヒゲにはもじゃもじゃしたものが多いのに対し、公卿たちのそれはすっきりと整えられている。ヒゲはあくまで薄く、きちんと手入れさえすれば、おしゃれだったのだ。別の例では、古記録を見れば藤原行成《ふじわらのゆきなり》の『権記《ごんき》』に、寛弘《かんこう》八（一〇一一）年、一条上皇《いちじようじようこう》（九八〇〜一〇一一）が病床で出家した時のヒゲの一件が記されている。僧が最初に髪を剃ってしまったので、出家の上皇は、病気のため伸びていたヒゲが禿頭《とくとう》に比べて異様に目立った。側近だった行成はその顔を、「外道《げどう》の体《てい》に似たり（邪神のようではないか）」と言って悔しがり、作法を弁《わきま》えない僧に憤った。現代でも変わらないことだが、ヒゲはある程度伸びた段階から、「ワイルド系」か「無精《ぶしよう》系」になる。平安時代、ワイルド系は粗野《そや》や無教養、無精系はやつれや貧しさを感じさせ、どちらも美しいとは言えなかった。ワイルドでも無精でもない段階でとどめなくてはならない。どうやらそれが、王朝時代のヒゲ心得だったと思われる。

さて、「鬚黒大将《ひげくろのたいしよう》」である。これは後世の人がつけた呼び名で、『源氏物語』「行幸」巻の本文が彼を描く言葉は「色黒く鬚がち」、地黒の顔がヒゲだらけというものだ。玉鬘はそれを、「いと心づきなし（絶対受け付けない）」と感じた。おそらく生理的な感覚であろう。玉鬘の目には、彼は度を越して毛深かったのだ。

『源氏物語』には、この「ヒゲがち」という言葉が使われる人物が、他に二人いる。一人は「松風《まつかぜ》」の巻の、大堰《おおい》の宿守《やどもり》だ。明石入道《あかしのにゆうどう》夫婦が、娘の都での住まいにと大堰の持ち家を修繕するくだりに現れる。管理を任されたのをいいことに、長年そこに住んでちゃっかり田畑まで作っていた、狡猾《こうかつ》な田舎者である。もう一人は宇治十帖《うじじゅうじょう》の、八《はち》の宮邸《みやてい》の宿直人《とのいびと》。最初は「橋姫《はしひめ》」の巻で薫《かおる》を八の宮邸に案内し、その後もたびたび登場する。「鬘鬚《かづらひげ》」の持ち主と記されていて、ふさふさした毛が顔の下半分をぐるりと覆うようなヒゲ面だ。その顔つきに薫が抱く「心づきなく」という感覚は、玉鬘が鬚黒大将に抱いたのと同じだ。つまり鬚黒大将は、右大臣《うだいじん》の息子で自身も公卿という雅びな身分にありながら、京を離れた嵐山《あらしやま》や宇治の田舎人と同じ野卑《やひ》な印象を与える容貌の持ち主だったのだ。

『栄華物語』（巻三十四）にも、この言葉は使われている。藤原道長《みちなが》の息子・教通《のりみち》が娘の生子《せいし》を後《ご》朱雀《すざく》天皇（一〇〇九～一〇四五）に入内《じゅだい》させた場面だ。生子は母を早くに亡くしていたが、教養高く育てられていた。それを見て天皇が、「『髯がち』な大臣が、母なき娘をよく育て上げたことよ」と感心するのだ。「ヒゲがち」はここでは、娘を優雅に育て上げることと不似合いな、無骨さのイメージで語られている。いずれにせよ、洗練や繊細、雅びやかの対極にあるのが「ヒゲがち」だった。ちなみに『今昔物語集《こんじゃくものがたりしゅう》』になると、ヒゲは盗賊や武者の御定まりとなる。彼らの場合は、無精の末のヒゲが、相手を威嚇《いかく》する武器にもなっていた。

時は下り、明治の元勲《げんくん》たちは競って立派なヒゲを生やした。それは欧米人に倣い、風貌にいかつさを加えようとしてのことなのだという。御真影《ごしんえい》の明治天皇もしかりだ。鬚黒大将も、明治という「男性性」の時代ならば、さぞやもてたことだったろうに。

三十　平安人の心で「藤袴」巻を読む

近親の恋、タブーの悲喜劇

三十帖「藤袴《ふじばかま》」のあらすじ

玉鬘《たまかずら》の尚侍《ないしのかみ》就任は、人々の心に波紋を投げかけた。まずは玉鬘自身が、尚侍となれば帝《みかど》の寵愛《ちょうあい》を受ける可能性もあり、実妹の弘徽殿女御《こきでんのにょうご》や光源氏の養女である秋好中宮《あきこのむちゅうぐう》と対抗することになりかねないと悩む。彼女の足をすくおうとする人々の悪意や、光源氏の厄介な恋情、実父・内大臣《ないだいじん》のあいまいな態度など、悩みの種は多く、頼りになる母もいない玉鬘は独力で対応しなくてはならないと思い知る。

また夕霧《ゆうぎり》は、光源氏と玉鬘に血縁関係がないと知り、六条院《ろくじょういん》の人間関係に確執が生まれないかと懸念する。彼は光源氏の使いとして玉鬘に冷泉帝《れいぜいてい》の命令を伝えがてら、御簾《みす》の下から藤袴の花を差し入れ、彼女に慕情《ぼじょう》を訴えるいっぽう、光源氏に対しては、宮仕《みやづか》えは表向きのことで、実質光源氏が玉鬘を愛人とするつもりではないかと糺《ただ》す。これには笑って否定するものの、恐ろしくも真意を見抜かれた光源氏は、玉鬘への恋に幕を引く潮時と悟る。

玉鬘に懸想《けそう》していたのに実の姉弟と知った柏木《かしわぎ》は、人づてに玉鬘に恨みの言葉を寄せる。いっぽう鬚黒大将《ひげくろのたいしょう》は攻勢に転じ、玉鬘の実父・内大臣に働きかけて、悪くない感触に意を強くする。

出仕《しゅっし》を翌月に控えた九月、玉鬘のもとには男たちから数々の文《ふみ》が寄せられる。そのように懸想人たちの心を惹きつけてやまない彼女は、光源氏からも内大臣からも、女の心ざまの手本と褒められた。

「いで、あな、うたて」。光源氏の息子・夕霧は、かつて父と玉鬘の睦《むつ》まじい様子を見た時、心の中でそう叫んだ。「いやはや、何ととんでもない」という仰天の言葉だ。彼はその時、玉鬘を父の実の娘だと思っていた。だから、二人がまるで一対の男女のように艶《つや》っぽいオーラを漂わせているのを見て、父娘相姦《そうかん》のタブーに触れていると感じたのである。実は夕霧は、自分自身も玉鬘に惹かれながら、その想いを抑えていた。腹違いとはいえ父は同じ光源氏、弟である自分が玉鬘に抱く想いはやはり近親相姦にあたり、あってはならないことと考えたからだ。結局は、玉鬘と光源氏には血縁がなかったことが公表され、夕霧は胸をなでおろす。だがこの「近親の恋」というタブーは、古代の文学を通じて、様々な悲喜劇を巻き起こす重要なテーマだった。

まず、守るべき一線を確認しておこう。『古事記《こじき》』では、日本の国生みをした夫婦神・イザナギとイザナミは、同じ高天原《たかまがはら》に生まれたきょうだいと記されている。それでも彼らが結婚できたのは、それが神の世界のことだからだ。人においては、同じ父母を持つきょうだいが男女の仲になることは許されていなかった。允恭《いんぎょう》天皇（?～?。5世紀半ば）の息子の軽太子《かるのおおみこ》は、父の後を継ぐと決まっていた。だが即位の前に、彼は同母妹の軽大郎女《かるのおおいらつめ》と恋に落ちてしまった。愛し合い深い関係を持った二人を世間は許さず、軽太子は皇太子の地位を剝奪《はくだつ》されて、伊予《いよ》に流された。彼を想う軽大郎女は後を追い、二人は共に命を絶つ。軽太子が歌う彼女への愛の歌の「吾《あ》が思《も》ふ妹《いも》」「吾が思ふ妻」という言葉が哀切を誘う。同母きょうだいの間の恋は、かくもタブーであり悲劇を生んだのだ。だが異母きょうだいとなると、恋も結婚もタブーではなかった。敏達《びだつ》天皇（?～五八五）と女帝の推古《すいこ》天皇（五五四〜六二八）とは夫婦だが、父は同じ欽明《きんめい》天皇（?〜五七一）だし、聖徳太《しょうとくたい》子《し》の両親である用明《ようめい》天皇（?〜五八七）と穴穂部間人皇女《あなほべのはしひとのおうじょ》も、同じく欽明天皇を父に持つ異母兄妹である。

　ところが平安時代となると、タブーは異母きょうだいにも及ぶ。『源氏物語』の夕霧が玉鬘への想いを自制したのは、その表れだ。しかしタブーには挑戦したくなるのが人情なのか。それとも、親近感が恋に転化するのか。平安の物語には、兄妹間の恋をテーマにしたものが意外に多い。『伊《い》勢物語《せものがたり》』では、可愛い妹を見て兄がこう詠む。「うら若み寝よげに見ゆる若草を　人の結ばむことをしぞ思ふ（若々しくて寝てみたくなる、若草のようなお前。別の男の妻となると思うと、悔しいよ）」。兄と思って気を許していた妹は驚く、というエピソードだ。ここには同母か異母兄妹かは記されていないが、『うつほ物語』に登場する源仲澄《みなもとのなかずみ》が恋してしまう「あて宮」は、明らかに同母妹だ。「あるまじきこと」と自覚しながらも、彼は恋心を断つことができず、あて宮が東宮《とうぐう》に入内《じゅだい》すると決まると、彼女を呼び歌を詠んで悶絶《もんぜつ》する。「伏しまろび唐紅《からくれなゐ》に泣き流す　涙の川にたぎる胸の火（私が悲しみに転げ廻って流す涙は血の川となり、胸の恋の火に煮えたぎっている）」（「あて宮」）とは、何と激しい歌だろう。こうして一旦絶命しつつも、彼はあて宮に「兄妹の縁は切れない」と言われて息を吹き返すので、ご安心を。

　二つの物語が兄の片恋に終わっていたのに対し、異母兄妹が愛し合ってしまうのが『篁物語《たかむらものがたり》』である。兄妹としては疎遠だった二人だが、兄が妹の家庭教師となったことから、恋が芽生える。

妹は妊娠。学生《がくしょう》である兄が、大学の行事で盛られた柑子《こうじ》を、悪阻《つわり》の妹のために「皆欲しい」と思いながらそれもできず、二、三個こっそり包んで持ち帰る場面が哀しい。親に反対され、妹が蔵に閉じ込められて亡くなってしまうという結末も、幽霊となって兄の周りをさまよう後日談も、まさに悲劇だ。ちなみにこの物語は虚構だが、主人公に擬せられた実在の人物・小野篁《おののたかむら》が、死んだ妹に寄せて詠んだ和歌「泣く涙雨と降らなん渡り河　水増さりなば帰りくるがに（私の涙よ、雨と降れ。三途《さんず》の川が増水して妹が帰って来るように）」（『古今和歌集《こきんわかしゅう》』哀傷）に依《よ》っている。

このように物語の中でも、きょうだいの恋は片想いだったり悲劇に終わったりと、やはり禁忌として扱われている。まして血のつながった父と娘の恋などは、現存する限り物語にも例を見ない。光源氏と玉鬘の寄り添う様を目撃した夕霧の驚きと疎ましさは、ごく自然な感情だったのだ。

なお、この時代、結婚が認められていたのは、三親等からだ。光源氏の弟の蛍兵部卿宮《ほたるひょうぶきょうのみや》は、玉鬘が光源氏の娘とされていた当初から、玉鬘に求婚していた。叔父と姪の関係は、全く恋の障害にならなかったのだ。朱雀院《すざくいん》と朧月夜《おぼろづきよ》の関係も甥と叔母だし、現実にも後一条《ごいちじょう》天皇（一〇〇八～一〇三六）が母・彰子《しょうし》の妹で叔母にあたる威子《いし》を后《きさき》とするなど、例が多い。平成に生きる私たちにとって、血族同士の恋愛は違和感を覚えるものかもしれない。だが、平安の貴族社会は、皇族・摂関《せっかん》・公卿《くぎょう》レベルの家ともなるとその世界はごく狭く、人数も限られている。そんななかで互いに家格を守ろうとすれば、結局は身内同士の結婚となってしまう。政略がからめば、それはなおのこと当然なのだった。

三十一　平安人の心で「真木柱」巻を読む

情交の人々、召人《めしうど》たちの心

三十一帖「真木柱《まきばしら》」のあらすじ

何と、髭黒大将《ひげくろのたいしょう》が女房《にょうぼう》の手引きを得て、玉鬘《たまかずら》を我がものにしてしまった。もう取り返しがつかない。光源氏は二人の結婚の体裁を整えざるをえず、内大臣《ないだいじん》は本妻腹の娘・弘徽殿女御《こきでんのにょうご》の寵愛《ちょうあい》の危機が回避されたと安堵し、冷泉帝《れいぜいてい》は残念がる。当の玉鬘は、問題外だった髭黒との結婚に、ただ悲嘆に暮れる。

髭黒大将は、式部《しきぶ》卿宮《きょうのみや》の娘で紫《むらさき》の上《うえ》の異母姉である北《きた》の方《かた》と、長年連れ添っていた。だが彼女は心の病にかかっており、玉鬘に浮かれる夫に火取《ひとり》の灰を浴びせかけてしまう。発作のうえでの行為とはいえ、その思い余る胸の内は、髭黒の女房で閨《ねや》の相手を務める「召人」たちにも理解できた。

このことで夫婦の仲は決裂し、北の方は子どもたちを連れて実家に戻る決心をする。その去り際、姫君の真木柱は、紙に別れの歌を書き、なじんだ部屋の柱の割れ目に押し込んだ。北の方らが実家に迎え取られると髭黒はあわててかけつけるが、北の方の父・式部卿宮の対応はすげなく、彼は息子たちだけを連れて帰る。玉鬘にかまけた髭黒は、こうして大切な娘を手元から失うことになったのだった。

年明け、玉鬘が出仕《しゅっし》すると、すかさず冷泉帝が彼女の局《つぼね》を訪れる。これに危機感を覚えた髭黒は、彼女を自邸に移す。すると玉鬘は元北の方の男君たちからも懐かれ、同じ年内には男子を出産する。こうして髭黒の妻として、玉鬘の流浪《るろう》の人生は落着を見たのだった。

玉鬘を我がものにした鬚黒大将は天にも昇る心地で、彼女を自邸に引き取ろうとする。だがその邸《やしき》には、彼と長年連れ添い、しかもここ数年は心の病に悩んでいる妻がいる。その悲しみに配慮することが、恋に目のくらんだ彼には全くできない。

ところで、鬚黒の邸にはこの妻以外にも、玉鬘の邸入りに心穏やかでない者たちがいる。「木工《もく》の君《きみ》」と「中将《ちゅうじょう》のおもと」という二人の女房だ。実は彼女たちはいずれも、鬚黒大将と男女の関係にある。だが決して妻でも恋人でもなく、あくまで邸の女房、つまり使用人にすぎない。しかしその分際《ぶんざい》ではあっても、自分とただならぬ仲にある鬚黒のこの冷淡さには、さすがに分際なりの憤りや悲しみを覚えずにいられないのだ。

邸の主人、または主人格の男性と情交関係にある女房。こうした女房を、当時「召人」と呼んだ。『源氏物語』では、光源氏の召人として、中務《なかつかさ》の君《きみ》や中《ちゅう》納言《なごん》の君《きみ》、また中将の君といった女房の名が見える。彼女たちはそれぞれ、光源氏の正妻・葵《あおい》の上《うえ》の実家である左大臣《さだいじん》家の女房であったり、二条院《にじょういん》での光源氏付きの女房であったりするのだが、光源氏とは深い関係だ。主従関係があって男女関係もあるからには、真っ先に疑われるのは、主人が権力を笠に着て関係を強いる、いわゆる〈パワハラ〉だろう。だが彼女たちには相手を選ぶ権利もあったらしく、中務の君は葵の上の兄弟の頭中将《とうのちゅうじょう》からも誘いがあったのに、それを袖にして光源氏の召人になっている。そして光源氏を心から慕っている。左大臣家としてはこのような彼女を面白く思うはずがないのだが、葵の上の母が不愉快な目を向ける程度で、はっきりといじめたりすることはない。召人は恋人未満、人の数に入れるまでもない存在だからだ。もちろん光源氏自身が、彼女を恋人とは見なしていない。召人は召人、時折気が向いた時に、御帳台《みちょうだい》に呼びつけたり局を訪ねたりするだけの相手なのだ。寝所《しんじょ》では足を揉《も》ませるなどし、やがてその気になればことに及ぶといった扱いなのだ。

光源氏の弟の蛍兵部卿宮《ほたるひょうぶきょうのみや》は妻を亡くして以来独身だったが、外に「通ひ所」を多く持っていた。これらは恋人である。いっぽう彼は、邸内に召人をあまた持っていた。わざわざ外に出かけない時は、手近なところで性欲を満たしたのだ。鬚黒も、妻が長く病んでいて彼の相手をすることができず、また彼は恋無精《ぶしょう》でもあったので、邸の女房で欲求を満たしたのだ。召人を相手に、歌を詠みかけるとか優しい言葉をかけるなどといった恋めいたことを行うかどうかは、時と場合と本人の気分次第でしかない。基本的には性だけが男主人と召人をつなぐものだった。恋には和歌や文《ふみ》など雅びと知性の要素があり、その優雅さを世間に誇ることもできた。だが召人にはそうした面はない。だから世に対しては恥ずかしいことであり、多くは秘密だが、自然に知れてしまうことも多い。だが知られたからといって彼女たちが妻に格上げされることは、まずなかった。

人間性を踏みにじられている。まるで虫けらのような扱いではないか。近代以降の人権感覚を持つ私たちは、そう憤りを覚える。そしてそれはおそらく、紫式部《むらさきしきぶ》の思いでもあったろう。だから『源氏物語』は、他の物語が召人を登場させなかったり、登場させても名もつけなかったりとほぼ無視しているのに対して、彼女たちに名を与え、その心を記し、時には歌までも詠ませているのだ。鬚黒大将の召人の木工の君も、歌を詠んでいる。鬚黒の妻が、玉鬘に逢おうと浮かれる夫を前に我を喪《うしな》い、火取の灰を浴びせかけた後の場面だ。「ひとり居て焦《こ》がるる胸の苦しきに　思ひあまれる炎とぞ見し（旦那様に一人おいてきぼりにされ、焦がれる胸の内の苦しさから、思い余って嫉妬の炎をぶつけてしまった。奥様の御心、私はそのように拝察します）」。さらに加えて、「傍《はた》で見ている私ですら、平静ではいられないのですもの」。彼女はそう、自分の思いまでも漏らしてしまうのだ。

　宇治十帖《うじじゅうじょう》のヒロイン浮舟《うきふね》を宇治の八《はち》の宮《みや》とその召人の間の娘と設定したことからも、召人に対する紫式部の心入れは明らかと言えるだろう。そういえば紫式部自身、主人の中宮彰子《ちゅうぐうしょうし》の父である藤原道長《ふじわらのみちなが》と男女の仲であったと疑われている。その関係が召人のように継続的なものであったかどうかは疑問で、とすれば「召人にもなれなかった女房」という心を抱えて、紫式部はこれら召人たちを描いたことになる。

　現実に召人としての人生を生きた人物を、二人紹介しよう。どちらも藤原道長の父・兼家《かねいえ》に関わる。一人は「近江《おうみ》」だ。彼女はもと兼家の伯父・藤原実頼《さねより》の召人だった。だが彼に他界されたあと、兼家と通じた。色好みで「世のたはれ人」と批判されたと『栄華物語《えいがものがたり》』はいう。だが彼女が産んだ娘・綏子《すいし》は、やがて尚侍《ないしのかみ》となり東宮《とうぐう》の後宮《こうきゅう》に入った。またもう一人は、兼家の最晩年に、召人として彼のそばにいた「大輔《たいふ》」である。彼女は召人ながら妻も同然で、世から「権《ごん》の北《きた》の方《かた》（妻に準ずる人）」と呼ばれた。朝廷の人事異動の折には、摂政《せっしょう》・兼家へのとりなしを求めて、世人が彼女の局に列をつくったという。召人という屈辱にも世間の目にも屈しない、何と逞しくしたたかな女たちだろうか。『栄華物語』（巻三）は二人を共に、破格の幸運の持ち主と称賛している。

平安の政治と姫君の入内《じゅだい》

三十二帖「梅枝《うめがえ》」のあらすじ

光源氏三十九歳の春。一人娘・明石《あかし》の姫君《ひめぎみ》が十一歳になり、光源氏は裳着《もぎ》の準備を進める。その先には元服《げんぷく》を間近にした十三歳の東宮《とうぐう》への入内も視野に入っている。仕度《したく》の一つとして、正月下旬、光源氏は香《こう》の新調にとりかかった。二条院《にじょういん》の倉から唐物《からもの》の古い香木《こうぼく》を取り出し、女君たちに配って香を調合させ、自らも作る。その結果、朝顔《あさがお》の姫君《ひめぎみ》・光源氏・紫《むらさき》の上《うえ》・花散里《はなちるさと》・明石の君の五人による見事な香が仕上がった。二月十日、光源氏は異母弟の蛍兵部卿宮《ほたるひょうぶきょうのみや》を判者《はんざ》に薫物合《たきものあわせ》を行うが、いずれも甲乙つけがたい。翌日は姫君の裳着で、秋好中宮《あきこのむちゅうぐう》が腰結《こしゆい》役を務めるという前例のない華やかさであった。

東宮は二月二十日過ぎに元服したが、光源氏は姫君の入内を延期した。人々が光源氏の威光に気おされ、娘を東宮に入内させることを控えたので、東宮の後宮《こうきゅう》が沈滞してはならないと考えてのことであった。この心遣いを受け、麗景殿《れいけいでん》に最初の東宮妃が入内。明石の姫君も、四月には光源氏の思い出深い桐壺《きりつぼ》を局《つぼね》として入内すると決まった。光源氏は入内道具の極みに草子《そうし》を豪華に選び調え、自らもしたためた。

この様子を聞くにつけ、内大臣《ないだいじん》は無念の思いに駆られる。娘の雲居雁《くもいのかり》は二十歳で美しい盛りにもかかわらず、かつて目論《もくろ》んだ東宮への入内も成らず、夕霧《ゆうぎり》との仲も袋小路《ふくろこうじ》に入った状況だからである。皇族らが夕霧を婿に望んでいるとの噂も漏れ聞こえてくる。内大臣と雲居雁は父娘で辛《つら》さをかみしめ合った。

光源氏の娘・明石の姫君は、東宮妃として入内した時、数え年でわずか十一歳、満年齢ならば十歳になったばかりだった。幾分幼すぎはしないだろうか。思い起こせば、既に生まれる前から「将来は皇后となる」と宿曜《すくよう》の予言を得ていた姫君なのだ。光源氏はもっと余裕を持って、もう少し姫が大きくなってから入内させてもよかったのではないか。

そんな思いで目を史実に転ずると、『源氏物語』のすぐ近くに、かつていたいけな年齢で入内し、やがて后《きさき》となった人物がいた。紫式部《むらさきしきぶ》が仕える中宮彰子《しょうし》その人である。一条《いちじょう》天皇（九八〇～一〇一一）への入内は長保《ちょうほう》元（九九九）年十一月一日のことで、数え年十二歳。彰子の誕生日ははっきりしないが、満年齢では明石の姫君と同じ十歳だった可能性もある。

彰子が入内した時、紫式部は一介の主婦で、夫の藤原宣孝《ふじわらののぶたか》がまだ壮健だった。彰子の父・藤原道長《みちなが》に親しく仕えていた彼は、入内の折にも召しだされて働いている。そのとき目にした祝い事の豪華さ、入内調度のきらびやかさなどを、後になって妻の紫式部に話したこともあったかもしれない。そこで今回は、道長はじめ当時の貴族たちの日記の『御堂関白記《みどうかんぱくき》』『小右記《しょうゆうき》』『権記《ごんき》』から、この彰子の入内の折のあるエピソードについてご紹介したい。その主役は、道長が彰子のために用意した、あまりにも豪華な調度品である。

彰子が入内する十日前の、十月二十一日。道長は人々に依頼して、絵師・飛鳥部常則《あすかべのつねのり》の手による四尺屏風《ししゃくびょうぶ》のための和歌を詠ませた。常則とは、実在の絵師ながら『源氏物語』にも二度ほど名前が見える人物で、その一度はかの「絵合《えあわせ》」の巻だ。光源氏に対抗する権中納言《ごんちゅうなごん》、かつての頭中《とうのちゅう》将《じょう》が作らせた「うつほ物語」絵巻が、絵は常則、字は小野道風《おののみちかぜ》で、「目も輝くまで」の最新作だったとされている。つまり常則は、『源氏物語』が舞台とする十世紀半ばに活躍した、当代きっての絵師だったのだ。彼の絵の屏風なら、道長の時代には年代物の名品である。そんな品を、道長は娘の入内道具にしようと考えた。だが、そのままではない。絵屏風には「色紙形《しきしがた》」という空白部分があって、漢詩や和歌が書き込まれるようになっている。今回新たに、人々にこの屏風の絵に合う歌を詠ませて、書き込もう。それを彰子への祝いの品としよう。道長はそう思いついたのだ。

ところが、道長が依頼した相手は尋常の人々ではなかった。彼は歌人というよりも公卿《くぎょう》や殿上《てんじょう》人《びと》たちに歌作を命じたのだ。その一人、藤原実資《さねすけ》は憤慨した。道長より九歳の年長、官職は中納言だが道長にとって祖父の長兄の孫に当たり、藤原氏でも本家筋のプライドを持つ一言居士《いちげんこじ》だ。「それが公卿のすることか」。彼ははねつけた。人の家の私事のために屏風歌を作るなど、位の低い専門歌人のすることだと考えていたのだ。だが他の人々は違った。道長のもとには予定の数に余る和歌が届けられ、道長はその中から、実際に書き込む作を選ばなくてはならなかった。

さて、噂で詠み手の名を聞いた実資は愕然とした。「花山法皇《かざんほうおう》、右衛《え》門督《もんのかみ》公任《きんとう》……」。法皇はいうまでもなく前帝、公任は実資同様藤原氏の嫡流《ちゃくりゅう》で、父の代には関白《かんぱく》も務めていた貴人だ。公任ばかりではない、何人もの公卿が道長に歌をおくったという。さらに彼が怒ったのは、色紙形に作者の名が書かれたことだ。さすがに法皇の名は「詠み人知らず」と伏せられた。だが他は、公卿たちの名も何の某《なにがし》と姓名を記されている。現代でも、社長や会長など高い地位にある人は、名で呼ばず役職名で呼ぶのが礼儀だ。ちなみに道長自身の歌には「左大臣《さだいじん》」とあって記名はない。「奇怪なる事なり」。実資は幾度も和歌を所望されたが、頑として応じなかった。

道長はおそらく、このことを無礼と百も承知で、あえて行ったのだ。法皇からも公卿からも歌を集め、公卿たちの名は呼び捨てのように記して、彼らとは一線を画する自分の優位を示す。和歌屏風はそのために作られたのだ。ほぼ敵なしだった『源氏物語』の明石の姫君と違って、入内した時の彰子には強力なライバルがいた。天皇の想いを独占する、中宮定子《ていし》である。対抗する彰子は、何よりも道長の娘、最高権力者の娘であることを武器に、寵愛《ちようあい》を勝ち獲《と》るしかない。屏風はそれが飾られる場所で、つまり内裏《だいり》で、道長の権力の強さを見せつけ続ける。彰子のもとを訪れる誰の前にも。つまり、一条天皇の前にも。摂関《せつかん》政治下の宮廷社会において、姫君の入内調度とは、こうした働きを負うものでもあったのだ。

十一月七日、初めて天皇が彰子のもとを訪れることになった。道長は華やかな宴《うたげ》を催して貴族たちを招いた。実資が顔を出すと、道長はその手をとって彰子の御殿《ごてん》に引き入れ、装束《しようぞく》などを見せた。また、上機嫌で酒を勧めた。ちなみにこの時、命ぜられて実資の盃《さかずき》に酒を注いだのが藤原宣孝、紫式部の夫だった。やがてその妻が、筆一本で身を立て、後宮で彰子を支える存在になるなどとは。その夜の誰も、想像すらしていなかったに違いない。

三十三　平安人の心で「藤裏葉」巻を読む

どきっと艶《つや》めく平安歌謡、「催馬楽《さいばら》」

三十三帖「藤裏葉《ふじのうらば》」のあらすじ

十八歳の夕霧《ゆうぎり》は、雲居雁《くもいのかり》を想いながら、内大臣《ないだいじん》が折れるまではと辛抱を続けていた。雲居雁も、夕霧の縁談の噂に心乱れつつ彼を慕っている。内大臣は思案を巡らし、自分が折れる潮時と悟った。そこで夕霧にさりげなく自分の非をわび、四月上旬、自邸の宴《うたげ》に招いた。「我が家の美しい藤《ふじ》を見に来るように」との誘いに、夕霧は内大臣の真意を測りかねる。が、光源氏は結婚の許しと悟り、夕霧には自分の落ち着いた色の装束《しょうぞく》を貸し与えて向かわせる。果たして内大臣は一家で夕霧を歓待し、婿に迎える。夕霧と雲居雁はこうして長年の恋を実らせ、内大臣は以前とは打って変わって夕霧を気に入るのだった。

やがて明石《あかし》の姫君《ひめぎみ》が東宮《とうぐう》に入内《じゅだい》した。紫《むらさき》の上《うえ》は、明石の君を姫君の内裏《だいり》での後見役にと、自ら光源氏に提案する。姫君は紫の上と共に入内、紫の上は三日後に参内した明石の君と心を交わし、姫君を託して六条院《ろくじょういん》に戻った。その折には東宮妃の母として、輦車《てぐるま》の使用が許されるという最高級の扱いを受けた。

子どもたちの幸福な結婚を見届け、一息ついて出家さえ考えた光源氏だが、秋には太上天皇《だいじょうてんのう》（上《じょう》皇《こう》）に準ずる地位を与えられた。母の身分の低さゆえ皇族となれず「源《みなもと》」の姓を与えられた皇子《みこ》が、自らの力と運により、今や皇族となったのである。十月には冷泉帝《れいぜいてい》が六条院に行幸《ぎょうこう》。紅葉の折とて朱雀《すざく》院《いん》までもが御幸《ごこう》し、光源氏の栄華はここに極まったのだった。

平安の貴族たちは、実によく歌った。それは平成の私たち以上と言ってよい。宮廷の管絃《かんげん》の会では帝《みかど》や聴衆に喉を披露し、宴でも順番に盃《さかずき》を傾けては歌った。日常生活でも、歌をくちずさむだけではない。歌謡の歌詞を織り込んだ和歌を詠んだり会話を交わしたりと、彼らの生活は歌に彩られていた。何を歌ったか。例えば「朗詠《ろうえい》」である。和歌や漢詩にメロディーをつけたもので、『和漢朗詠集《わかんろうえいしゅう》』はその歌詞集だ。清少納言《せいしょうなごん》は『枕草子《まくらのそうし》』の中で、中宮定子《ちゅうぐうていし》の兄・藤原伊周《ふじわらのこれちか》が朗々と漢詩を歌い上げる姿を何度も描き、うっとりとした視線を送っている。

いっぽうで、『源氏物語』が「朗詠」と同様にしばしば登場させるのが「催馬楽」だ。「サイバラ」という名前自体が奇妙だが、それもそのはず、その名の意味も由来も、平安時代には既にわかりにくくなっていたらしい。それほど古くから日本に伝わる民謡を歌詞とし、大陸伝来のメロディーをつけたものである。「佐渡おけさ」にクラシック曲を合体させた、などというと奇妙だが、土臭く、俗っぽく、時にはどきっとするほど艶めいた内容を垢抜けた旋律でくるんだ催馬楽は、平安貴族にとって身近な教養の一つだった。そしてその「艶」を、『源氏物語』はうまく活かした。誰にもお馴染みの催馬楽を恋の場面に使い、読者をにやりとさせる方法をとったのだ。

その典型が、「紅葉賀《もみじのが》」巻での光源氏と源典侍《げんのないしのすけ》とのやり取りである。源典侍は六十歳近くの老女官でありながら艶っぽく、光源氏と頭中将《とうのちゅうじょう》という二人の貴公子と関係する。だが彼女の本命はあくまで光源氏。彼のつれなさがつらくて、ある夏の夕べ、ため息まじりに琵琶《びわ》を弾き語る。その曲が、催馬楽の「山城《やましろ》」である。「山城の　こまのわたりの　瓜《うり》作り　ナヨヤ　らいしなや　さい

しなや　瓜作り　瓜作り　ハレ　瓜作り　我を欲しと言ふ　いかにせむ　ナヨヤ」。「ナヨヤ」や「らいしなや　さいしなや」「ハレ」は、囃《はや》し言葉だ。山城の瓜作りの農夫から求婚されて迷う女心を歌うこの歌詞は、光源氏を想いつつも頭中将に誘われて迷う彼女とうまく重なる。ただし、源典侍の年齢の不似合いさを除いては。彼女はさらに歌い続ける。「いかにせむ　なりやしなまし　瓜たづまでにや（どうしよう　瓜作りになっちゃおうかな　瓜が熟れきるまでに）」。熟れきるまでにというが、そう歌っている彼女は既に熟女。まさに熟れ過ぎた瓜というおかしさだ。

しかし光源氏は、これを聴いて哀れに思い、こちらも催馬楽を歌いながら近づく。曲は「東屋《あずまや》」。女の家を訪《おとな》うた男の歌で、「殿戸《との ど》開かせ（戸を開けて）」と呼びかける。源典侍はすかさず受けて立ち、「押し開いて来ませ（押し開いてどうぞ）」。「東屋」の続きの歌詞で、男を呼び入れる女の言葉だ。源典侍エピソードの主調はきわどさと笑いだが、催馬楽の活用でいっそう磨きがかかっている。『源氏物語』はこのように、物語のテーマに沿って催馬楽を効果的に使う。「梅枝《うめがえ》」「竹河《たけかわ》」など、巻名に催馬楽の曲名をそのまま使うのも、そうした方法の一つだ。また「藤裏葉」巻ではそれが、夕霧と雲居雁との幼恋の成就というテーマに関わって、試みられている。二人は祖父母のもとで共に育った幼馴染みだったが、その恋は雲居雁の父、かつての頭中将の逆鱗《げきりん》に触れ、引き離される。それから六年、ついに父が折れ、晴れて夕霧は招かれて、彼女の部屋に通される。その時、宴で雲居雁の兄が歌うのが、催馬楽の「葦垣《あしがき》」だ。「葦垣真垣《ま がき》　真垣かき分け　てふ越すと　負ひ越すと　誰てふ越すと　誰か　誰かこのことを　親に参譧《まうよこし》申しし」。垣根をかき分け飛び越える男。女をおぶって連れ出し、密かな逢い引き。それを誰が親に告げ口したのか、と歌うこの催馬楽は、父に反対されながら恋心をはぐくんだ二人の歴史に重なる。読者はこの歌詞を思い、二人の恋が記された「少女《おとめ》」巻を思い出して、思わずほほ笑む。ところが夕霧は、雲居雁に言う。「あの『葦垣』聞いたかい？　僕は『河口《かわぐち》の』って言い返してやりたかったさ」。「河口の」はこれも催馬楽の「河口」の歌詞だ。「河口の　関の荒垣や　関の荒垣や　守れども　ハレ　守れども　出でて我寝ぬや　出でて我《われ》寝ぬや　関の荒垣（河口の関は穴だらけ。監視されても、私は抜け出して彼と寝ちゃう。穴だらけの関だもの）」。こちらは娘が家を抜け出して逢い引きする歌だ。僕たちの仲は、僕が君を奪っただけじゃない、君だって積極的だったよね。夕霧はそう言ったのだ。むっとして、雲居雁は和歌で言い返す。「あさき名をいひ流しける河口は　いかがもらしし関のあらがき（私のことを言いふらしたのはあなたね？　どんなふうに漏らしたのよ、その口は）」。ようやく想いがかなう婚礼の夜だというのに夫にくってかかるところは、勝ち気で可愛い雲居雁のキャラクター全開だ。

実は二人は、夕霧が十二歳、雲居雁が十四歳の時に引き裂かれる前に、既に深い仲にあったらしい。それが具体的にどこまでのものなのかは全く分からないが、乳母《めのと》がからかって、祝福の和歌に「二葉より根ざしかはせる松（幼い頃から根を交わし……共寝していたお二人）」と詠むくらいなのだ。ならばやはり、二つの催馬楽「葦垣」と「河口」は、二人の恋の主題歌というに相応《ふさわ》しい。良かったね、お二人さん！　と囃したてたくなるではないか。

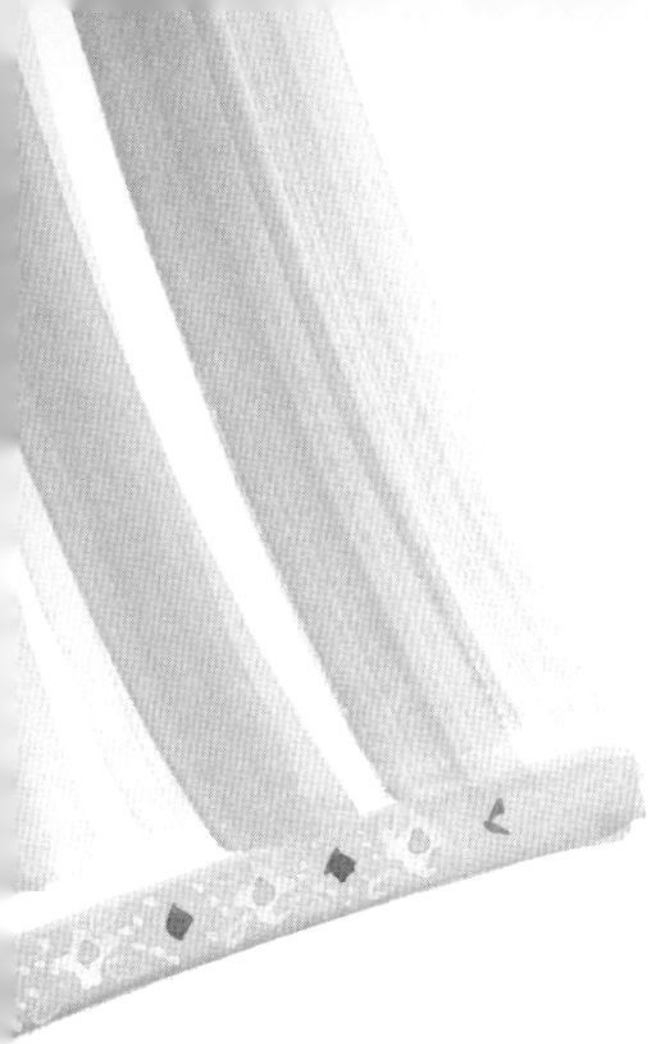

第二章　光源氏の晩年

三十四　平安人の心で「若菜上」巻前半を読む

紫《むらさき》の上《うえ》は正妻だったのか

三十四帖「若菜上《わかなのじょう》」前半のあらすじ

朱雀院《すざくいん》は、重い病にかかり、出家を思い立っていた。だが、鍾愛《しょうあい》の内親王《ないしんのう》でまだ十三、四歳の女三《おんなさん》の宮《みや》が気にかかる。考えた末、朱雀院は光源氏を彼女の後見と決めた。女三の宮には太政大臣《だいじょうだいじん》（かつての頭中将《とうのちゅうじょう》）の子の柏木《かしわぎ》も求婚していたが、まだ若く官位も軽いと却下されたのだった。光源氏は一旦辞退するが、女三の宮の母が故藤壺《ふじつぼ》の腹違いの妹であることに心が動き、承諾する。紫の上は彼の第一の妻を自任し安穏としていた迂闊《うかつ》さを悔いつつ、必死に平静を装う。

年が明け光源氏は四十歳となった。その四十賀《しじゅうのが》を、正月の若菜を兼ねて最初に催したのは、すでに鬚黒《ひげくろ》との間に二人の子をもうけた玉鬘《たまかずら》であった。その堂々の貫禄に光源氏は感慨を覚える。

そして二月、六条院《ろくじょういん》に女三の宮が降嫁《こうか》してきた。儀式次第こそ内裏《だいり》への入内《じゅだい》に倣い厳《いか》めしかったが、会ってみれば彼女はあまりに幼稚であった。光源氏は落胆を禁じ得ず、今更ながら心は紫の上への評価に傾く。いっぽう朱雀院の出家に伴い朧月夜《おぼろづきよ》がその元を離れたと聞くと、光源氏は彼女を訪問して契りを結び、それを紫の上に告白する。紫の上は、結婚だの恋の再燃だのと若返ったような光源氏に煩悶《はんもん》しつつ、本心を隠して女三の宮とも睦まじく交際する。やがて光源氏の四十賀が、紫の上、秋好中宮《あきこのむちゅうぐう》、冷泉帝《れいぜいてい》の命を受けた夕霧《ゆうぎり》によっても次々と絢爛豪華に行われ、一年は慌ただしく暮れていった。

紫の上は、光源氏が生涯愛してやまなかった女君だ。だが彼女は、彼をとりまく多くの女性たちの中で、何と呼ぶべき地位にあったのか。正妻だったのか、はたまた「正妻格」だったのか、そうではないのか。研究者たちは、ここ約三十年間それを論じ続けてきた。だがその議論は、まだ尽きそうにない。まず、正妻とは何か。とりあえずは「正式な妻」である。議論はその「正式」が何によるかで分かれる。現代の私たちが「式を挙げた」というような、世間の儀礼や慣習なのか。それとも、「籍を入れた」というような、法的な制度なのか。

実は、日本古代の律令《りつりよう》制度において、重婚は禁止されていた。『万葉集《まんようしゆう》』（巻十八）には、大伴《おおともの》家持《やかもち》が部下の浮気をいさめて詠んだ歌があって、そこには法律の条文が引用されている。「妻有りて更《さら》に娶《めと》る者《ひと》は徒《づ》一年」。重婚した男には一年の懲役を科するというのだ。だが平安貴族には、実際に複数の妻を持つ人物が何人もいた。これをどう理解すべきか。

法は実態とかけ離れていたと考えるのが、一つの見方である。中国から輸入した法律や制度よりも、日本には結婚に関わる様々な儀礼や慣習があった。新郎が新婦のもとに三夜続けて通うとか、三日目に二人で餅を食べるとかである。それらを一定《いってい》行えば、世間から認められ正式な妻となったと考えるのだ。ここではこれを慣習説と呼ぼう。手続きさえ踏めば、正式な妻は何人でも持てる。実におおらかだが、では一人の男が多くの妻を持った場合、その序列はどうなるのか。ここに女たちの戦いが始まる。だから慣習説では、「正妻」はしばしば、「妻の筆頭」の意味で使われる。『蜻蛉《かげろう》日記《にっき》』の作者・藤原道綱母《ふじわらのみちつなのはは》は、作品に自らの激しい思いをぶつけた。夫の兼家《かねいえ》を、三十日に三十夜独占したい。兼家の以前からの妻で、子どもがたくさんいる時姫《ときひめ》が羨ましい。新しい「町の小路《こうぢ》の女」なる妻が現れれば激しくののしり、彼女が棄てられたと聞けば「今ぞ胸は空《あ》きたる（やっと、すっとした）」と声をあげる。こうしたむきだしの闘争心は、結婚の在り方が「一夫多妻」で、妻たちが競争状態にあったからこそ生まれてくるものだと考えるのだ。

この説で見れば、光源氏の最初の正妻（妻の筆頭）は葵《あおい》の上《うえ》だった。彼女の死後、紫の上は世から認められて、名実ともに光源氏の妻の筆頭となった。だが朱雀院の愛娘である女三の宮が降嫁して、彼女から正妻の地位を奪った。紫の上は戦いから追い落とされたことになる。

これに対して、重婚禁止法は決して空文化しておらず、守られていたと考えるのが法律説である。この説によれば、一人の夫に複数いるように見える妻たちは、一人の法的な「妻《さい》」と、そうではない事実婚の「妾《しょう》」たちなのだという。「妾《めかけ》」の字からは、森鷗外《もりおうがい》の『雁《がん》』に登場する幸薄い女性のような、日陰のイメージが浮かぶ。が、平安の世はおおらかだったので、男性は堂々と「妾《しょう》」を持つし、世間も「妾」を妻の一人として認める。道綱母はこの「妾」だったが、世間から兼家の妻としてもてはやされた。だが、「妻」が法律に守られていて、別れる時は離婚の手続きをしないといけないのに対して、「妾」は愛だけの関係だ。やがて自然消滅ということもある。道綱母の闘争心はそうした危機感ゆえと考えるのだ。

法律説によれば、光源氏の正妻は、まず葵の上であった。そしてその死後、正妻の座は長く空席となった。そこにやってきたのが、女三の宮である。紫の上は、生涯「妾」であった。法に守られていた葵の上はでんと構え、光源氏に対して高慢にも振る舞えた。だがそうでない紫の上は、夫との危うい絆である愛情に、ただひたすらすがるしかない。正妻の「権力」に対する、「純愛」。『源氏物語』は紫の上をつうじて、そうした愛の形を描いているというのだ。

この問題は、国文学はいうまでもなく、国史や女性史や文化人類学の分野にも及ぶ大きなテーマだ。議論はあちこちで沸騰したまま収まっていない。タイムマシンで平安時代に行けたらすぐ分かるのに、と思えるが、そうでもない。『源氏物語』はあくまでも虚構だ。そして紫の上は、『源氏物語』が創り出したもっともロマンティックな女君だ。だいたい十歳の時に拉致されて光源氏邸に隠し据えられるという設定じたいが、現実の枠からはみ出している。だから、平安時代に行って現実社会のことが分かっても、それが紫の上にあてはめられるとは限らない。

ただ一つ、言えることがある。紫の上は、一度は「正妻」と呼ぶべき高みに手がかかったということである。「藤裏葉《ふじのうらば》」巻、養女の明石《あかし》の姫君《ひめぎみ》が入内した時、紫の上は姫に付き添って三日を内裏で過ごした。そして内裏から退出する時には、輦車《てぐるま》が用意されるという待遇を受けた。輦車には天皇の許しがないと乗れない。紫の上は、姫君の母、光源氏の妻として、天皇からさえ認められたのだ。その時彼女は、自分を正妻と思ったかもしれない。それは慣習説からすれば、長年の苦労の末の到達だ。法律説からすれば、結婚以来ありえなかった夢だ。「若菜上」巻とは、その到達が凋《ちょう》落《らく》に転じ、夢がやはり夢であったと思い知らされる、失意の巻なのだ。

三十五　平安人の心で「若菜上」巻後半を読む

千年前のペット愛好家たち

三十四帖「若菜上《わかなのじょう》」後半のあらすじ

光源氏四十一歳の三月、明石女御《あかしのにょうご》が六条院《ろくじょういん》で東宮《とうぐう》の第一皇子《おうじ》を出産すると、明石で知らせを受けた明石入道《にゅうどう》から長い文《ふみ》が届いた。そこには、明石の君の誕生前に見た霊夢《れいむ》により一族から中宮《ちゅうぐう》と帝《みかど》が立つと予知していたことと、その目途《めど》がついた今、現世の絆を断って入山《にゅうざん》する決意が記されていた。明石の尼君、明石の君、明石女御はこの文を読み、改めて一族の思いを熱くする。いっぽうこの文を読んだ光源氏は、明石入道が一身を賭して、かつて政争に負けた家の再興を計ったことに感動する傍らで、自分の須磨《すま》・明石への流浪《るろう》も明石一家のための運命だったのだと、初めて思い知る。そのうえで明石の君と女御に、紫《むらさき》の上《うえ》の情愛と思慮を忘れてはならないと釘を刺す。明石の君は、光源氏の紫の上への愛情を痛感するとともに、紫の上に対して常に遜《へりくだ》ってきた自分の生き方が正しかったと実感する。このように配慮を尽くして緊張関係を生き抜く明石の君や紫の上に比して、女三《おんなさん》の宮《みや》はいかにも思慮に欠け、おのずと光源氏の寵愛《ちょうあい》が薄いことは、外目にも明らかだった。

その月の終わりごろ、柏木《かしわぎ》は六条院の前庭で夕霧《ゆうぎり》たちと蹴鞠《けまり》に興じていたが、折しも猫が綱を絡めて御簾《みす》を引きあけたため、端近《はしぢか》にいた女三の宮の姿を垣間見《かいまみ》てしまう。彼女への想いをいまだ断ち切れずにいた柏木は、恋情の虜となり、彼女の乳母子《めのとご》の小侍従《こじじゅう》を介して女三の宮に文をおくるのだった。

故福田赳夫《ふくだたけお》首相は、一時期人気となった可愛い両生《りょうせい》類のウーパールーパーを、事務所で飼っていた。夏目漱石《なつめそうせき》が猫を実際に飼っていたことも有名で、小説の冒頭に「吾輩は猫である。名前はまだ無い」とあるとおり、名無しの猫だったらしい。また、幕末に生きた第十三代将軍・徳《とく》川《がわ》家定《いえさだ》の妻・篤姫《あつひめ》も猫を飼って溺愛していた。三人の世話役がついたという、こちらの名は「サト姫」といった。いつの世も人はペットを飼い、心を癒やすものだ。では平安貴族のペット事情は、どうだったのだろうか。

『源氏物語』「若菜上」巻では、女三の宮は六条院で猫を飼っていた。この猫同士の追いかけっこで御簾に開いた隙間から、柏木は女三の宮を垣間見る。いわゆる「猫事件」だ。実際に、『源氏物語』が書かれた当時の今上《きんじょう》・一条《いちじょう》天皇（九八〇～一〇一一）にも、愛猫《あいびょう》がいた。生まれた時には人間と同様に誕生祝いの「産養《うぶやしない》」の儀を催し、人間の乳母までつけたことが、貴族の日記『小右《しょうゆう》記《き》』に載っている。世の人は批判したそうだが、『枕草子《まくらのそうし》』「上《うへ》にさぶらふ御猫は」によれば、この猫は朝廷から五位《ごい》の位まで与えられていたという。五位以上でないと帝の住まいである清涼殿《せいりょうでん》へ上がることを許されないからで、とは言ってもそれは人間相手の規則なのだが、雌猫だった彼女は女官になぞらえられ、「命婦《みやうぶ》のおとど（命婦さん）」と呼ばれていた。ところがある日、この命婦のおとどが日の当たる縁側で眠っていたところへ、同じく内裏《だいり》に飼われていた犬の「翁丸《おきなまろ》」が走りかかったからさあ大変。命婦のおとどは驚いて御簾の中へ走り込み、翁丸は叱られ……というのがこの章段のストーリーで、帝は怖がる命婦のおとどを懐《ふところ》に入れてなだめたというのだから、その可愛がりようがよくわかる。

この当時、猫は中国から輸入された唐猫《からねこ》で、錦《にしき》や香《こう》など他の「唐物」と同様に、貴重な舶来物だった。飼えるのは宮中や貴族クラスで、綱を付けて室内で飼う。いっぽう犬は、その骨が縄文時代の集落の遺跡から出土することもあるほど古くから飼われてきたペットで、高級な猫に対してこちらは庶民派である。だいたい、雑食性で、人間の食べ残しやごみなどを食べてくれるところから自然に飼われるようになったらしく、大方は外で飼う。都には野犬も多く、どこからか内裏にも入り込むので、朝廷は時折「犬狩り」と称して宮中一斉駆除を行ったが、犬は一向に減らず、時に帝の御座《おまし》の上に落とし物をすることもあった。そうなると官人たちは大慌てだ。犬の糞は当時「ケガレ」や「怪異」と見なされていたからだ。後白河《ごしらかわ》天皇（一一二七〜一一九二）の世に書かれたとされる絵巻物の「餓鬼草紙《がきぞうし》」や「病草紙《やまいのそうし》」には、人の排泄物や嘔吐物を食べる犬が書かれているから、近代科学の目で見ても不衛生なことこの上ない。先の『枕草子』では、そうした下々の存在である犬が大切な猫に飛びかかったから、帝の怒りを買ったのだ。

鳥もまた、貴族たちに飼われていた。『源氏物語』では、若紫《わかむらさき》が雀《すずめ》の子を可愛がっていたのが思い出される。逃げられて泣き、「雀の子をいぬきが逃がしつる、伏籠《ふせご》の中《うち》に籠《こ》めたりつるものを（雀の子を、いぬきちゃんが逃がしちゃった。伏籠の中に入れていたのに）」と訴える場面は、高校の教科書には大方載っている。絵巻物「春日権現験記絵《かすがごんげんげんきえ》」では、裕福な国司《こくし》の庭に現代の動物園にあるような大きな鳥小屋が描かれていて、中には小鳥が飛んでいる。庭にはキジらしき鳥もいる。

実際に当時は「小鳥合《ことりあわせ》」という遊びがあって、互いに愛鳥《あいちょう》を持ち寄り、美しさや鳴き声を競った。また藤原道長《ふじわらのみちなが》の邸宅の一つ、小南邸《こみなみてい》には孔雀《くじゃく》がいて、鶏卵《けいらん》大の卵を七つも産んだことが、貴族の話題になった（『小右記』長和《ちょうわ》四〈一〇一五〉年五月）。現代と同様に、美しく珍しいペットはステータス・シンボルでもあったのだ。

面白いのは、虫である。『堤中納言物語《つつみちゅうなごんものがたり》』の「虫めづる姫君」では、姫が多種多様の恐ろしげな虫を飼い、なかでも毛虫がお気に入りだったが、実際にも蜂をペットとして愛好する貴族がいた。藤原道長の孫の孫にあたる藤原宗輔《むねすけ》である。彼は「蜂飼大臣《はちかいおとど》」と呼ばれ、『今鏡《いまかがみ》』（巻六）や『古事談《こじだん》』（巻二）が伝える逸話によれば、蜂を飼って細かく観察していたうえ、蜂たちを思い通りに操ることができたという。人々はそれを「何の役にもたたぬ道楽」と嘲笑していた。ところがある日、鳥羽上皇《とばじょうこう》（一一〇三〜一一五六）の離宮で緊急事態が発生する。離宮にあった蜂の巣が、何の拍子か、下に落ちたのだ。巣からは無数の蜂が出てきて、上皇の御前《ごぜん》の庭を飛び回った。居合わせた人々は刺されまいと逃げ回り、さながらパニック状態である。それを見た宗輔は、庭の枇杷《びわ》の木から一房の実をもぎ取ると、琴《こと》の爪でおもむろに皮をむき、高々と掲げた。するとどうだろう、蜂は一匹残らずその実にとまって、飛び回るものがいなくなってしまった。宗輔はそれを確かめると、ゆっくりと召使に渡して、処理させた。その手際の良さには鳥羽院も感服したという。

哺乳類から昆虫まで、ペットの世界は深く広い。おそらく人はいつの世も、動物を愛さずにいられないのだ。

三十六　平安人の心で「若菜下」巻前半を読む

物を欲しがる現金な神様～住吉大社《すみよしたいしゃ》

三十五帖「若菜下《わかなのげ》」前半のあらすじ

蹴鞠《けまり》の日以来、女三《おんなさん》の宮《みや》を忘れられなくなった柏木《かしわぎ》は、垣間見《かいまみ》のきっかけとなった猫を東宮《とうぐう》を通じて手に入れ、彼女の身代わりのように可愛がって、縁談にも耳を貸そうとしなかった。

四年が過ぎ、冷泉帝《れいぜいてい》は二十歳の東宮に帝位を譲った。東宮には明石女御《あかしのにょうご》所生の六歳になる皇子《みこ》が立ち、光源氏の血は外孫を通じて皇統に入ることとなった。だが光源氏は、我が秘密の子である冷泉帝の皇統が途絶えたことを内心寂しく思う。十月、光源氏は紫《むらさき》の上《うえ》、明石女御、明石の君、明石の尼君も連れて、住吉大社にお礼参りを行う。その華やかさは、世に光源氏一族の繁栄を見せつけた。

女三の宮は二十を過ぎてもいとけない性格のまま、今や光源氏の訪れは紫の上と並ぶ程になっていた。その頃、光源氏は翌年の朱雀院《すざくいん》の五十《ごじゅうの》賀《が》を六条院《ろくじょういん》で催すことを思い立ち、賀の余興のため、女三の宮に琴《きん》を教え込む。正月、稽古の成果を披露する形で内輪《うちわ》の女楽《おんながく》が催され、明石の君が琵琶《びわ》、紫の上が和琴《わごん》、明石女御が箏《そう》の琴《こと》で、女三の宮の琴《きん》と合奏した。女たちはみな美しく、演奏も華麗を極めた。

その翌日、光源氏は紫の上に向かって満足げに人生を振り返る。その言葉の中で、自分の苦しみが理解されていないと感じた紫の上は、光源氏との間に心の齟齬《そご》を感じ、前年から乞《こ》うていた出家を改めて願い出る。光源氏は許さず、わが人生を顧みながら独り眠った紫の上は、翌朝から胸を病む。

関西人は何にでも「さん」を付けて呼びたがる。「お芋さん」「お豆さん」しかり、「お寺さん」「お宮さん」しかり。大阪市住吉区に鎮座《ちんざ》する住吉大社もまた、「住吉さん」と呼ばれている。ただ、「すみよしさん」ではなく「すみよっさん」。身近にあって、人々に愛されている神様なのだ。

大阪市を南北に貫く上町《うえまち》台地のほぼ南端にあって、現在は海岸線からはほど遠い。だが、かつてはこの地が、「難波江《なにわえ》」と呼ばれた大阪湾の岸辺だった。当時をしのばせる「佐竹本三十六歌仙《さんじゆうろつかせん》絵巻」の図を見れば、白砂青松《はくしやせいしよう》の浜には、名物の松、そして鳥居《とりい》と社殿《しやでん》。みな西を、つまり海の方角を向いている。この社の神は海の神なのだ。祀られている三柱の男神は、『古事記《こじき》』『日本書紀《にほんしよき》』によれば、イザナギノミコトが禊《みそぎ》をした際に海の中から生まれた神という。海上交通の平安を祈って、遣唐使の発遣《はつけん》の折には朝廷から幣《ぬさ》が奉納された。

だがこの神、文学作品に現れる限りでは、妙に人間臭い。たとえば紀貫之《きのつらゆき》は、土佐守《とさのかみ》の任を終えた帰京の旅で、この住吉を通過した。後に振り返り、『土佐日記《とさにつき》』として記される船旅の、ようやく終わりに差し掛かったころである。突然風が出て、漕いでも漕いでも船が進まない。船頭が言うには「住吉の神は一癖ある神で、物を欲しがっている」らしい。だが幣を奉《たてまつ》っても、風は一向にやまない。「もっと神の嬉しがる物を」と言われ、大切な鏡を海に投げ入れるとどうだろう、たちまち波が静まり、海面はまさに鏡のように凪《な》いだ。「ちはやぶる神の心を荒るる海に　鏡を入れてかつ見つるかな（神様の御心を、荒れた海に鏡を入れることで、しっかり見てしまったよ。海の旅を守る御心も、かたや現金な御心もね）」。住吉といえば、「すみの江（澄んだ入り江）」という名も、憂さを忘れるという「忘れ草」が咲くことも、かわいい名前の「岸の姫松《ひめまつ》」でも知られていて優美揃《ぞろ》いのようだが、いやはやそんな優しい神ではない、というのが、『土佐日記』が漏らす感想である。だがこれは、貫之一流のひねりだろう。おそらく貫之は、住吉辺りで神がかりめいた目に遭ったことが、本当は嬉しいのだ。平安時代、住吉は「和歌の神」としても崇められていたからである。『伊勢物語《いせものがたり》』（百十七段）には、帝《みかど》が住吉に参詣《さんけい》し、和歌を奉納したという小話がある。帝が「我《われ》見ても久しくなりぬ住吉の　岸の姫松幾世《いくよ》経《へ》ぬらむ（私が見ているだけでも、随分年をとっていることよ。住吉の岸の小松はいったい幾つの世を生き抜いているのだろうか）」と詠むと、何と神が姿を現して答える。「むつましと君はしらなみ瑞垣《みづがき》の　久しき世より祝ひ初《そ》めてき（私とあなたが親しいと、あなた様はご存じないのですな。遠い昔の世からお守り申しているのですよ）」。この一首目は詠み人知らずとして『古今和歌集《こきんわかしゅう》』にも載るが、実際に帝が詠んだとすると、昌泰《しょうたい》元（八九八）年に住吉に御幸《ごこう》した宇多上皇《うだじょうこう》（八六七～九三一）の作だろうか。宇多上皇といえば『源氏物語』でも、彼が実際に遺した政務心得『寛平御遺誡《かんぴょうのごゆいかい》』を桐壺帝《きりつぼのみかど》が守っていて、桐壺帝の父という設定がほの見える人物だ。

　貫之に心を見せたり、帝に歌を返したりと、住吉の神は人前に出るのが好きらしい。『赤染衛門《あかぞめえもん》集《しゅう》』では人の夢の中に姿を現したという。歌人の赤染衛門の息子・大江挙周《おおえのたかちか》が重病にかかった時のことである。住吉の神の為す業だと言われて、赤染衛門は捧げ物に歌を書きつけて、住吉に奉った。

「千代経《ちよへ》よとまだみどり児《ご》にありしより　ただ住吉の松を祈りき（『千年も長生きしなさい』と、まだこの子がみどり児だった時から、私は祈って参りました。ただ住吉の松の長寿にあやかれと、信心申し上げてきたのです）」。するとその夜、人の夢に白い鬚《ひげ》をはやした翁《おきな》が現れて捧げ物を持ち去り、挙周は回復したという。『赤染衛門集』は赤染衛門自身の手による作品で、多少の演出が入る『土佐日記』や、伝承の入る『伊勢物語』とは違い、内容は彼女が体験した事実である。赤染衛門が子を思う歌は、人の心を動かして、実際に不思議な夢を見させたのだ。

夢といえば『源氏物語』の明石入道《にゆうどう》も、娘の明石の君が生まれる前に夢のお告げを見て以来、住吉の神を深く信じてきた。また桐壺院は、須磨《すま》に蟄居《ちつきよ》する光源氏の夢に亡霊となって現れて「住吉の神のお導きに従え」と言う。そうして至った明石で光源氏が出逢ったのが明石の君、二人の間に生まれたのが明石の姫君。成長したその姫は東宮に入内《じゆだい》して男子を産み、やがてその子とともに中宮《ちゆうぐう》・東宮の座を得る。実は、明石入道は光源氏の母・桐壺更衣《こうい》の従兄弟《いとこ》なので、かつて没落した明石・桐壺家の再興と繁栄の願いを、住吉の神はかなえてくれた、となる。『源氏物語』の住吉の神は、「お家再興・一族繁栄」の神だ。海の安全から家の栄華まで、何と手広い神だろう。

ならば一つ祈ってみようかと思えば、現代の住吉さんへは阪堺電車が便利だ。大阪では珍しい路面電車。御利益《ごりやく》だけでなく、「鉄ちゃん」の愉しみも味わわせてくれるのが嬉しい。

三十七　平安人の心で「若菜下」巻後半を読む

糖尿病だった藤原道長《ふじわらのみちなが》～平安の医者と病

三十五帖「若菜下《わかなのげ》」後半のあらすじ

紫の上《むらさきのうえ》は病状が重く二条院《にじょういん》に移されて、光源氏は看病にかかりきりになる。その間に六条院《ろくじょういん》では、結婚してなお女三《おんなさん》の宮《みや》への思慕《しぼ》を止められずにいた柏木《かしわぎ》がその寝所《しんじょ》に忍び込み、密通の罪を犯していた。意に沿わぬ不倫に女三の宮はうちのめされる。いっぽう二条院では紫の上が息絶え、光源氏が慌てて加持《かじ》をさせると、調伏《ちょうぶく》されてあの六条御息所《ろくじょうのみやすどころ》の死霊《しりょう》が出現、紫の上はかろうじて蘇生《そせい》した。

六月、紫の上がようやく小康を得た頃、女三の宮が懐妊する。光源氏は多少の不審を感じつつも特に気にせずにいたが、柏木から女三の宮への恋文を発見し、密通の事実を知る。かつて自分が藤壺《ふじつぼ》と犯した罪を思い出しながらも二人を許せない光源氏。いっぽう柏木と女三の宮も、光源氏に知られたと悟り、それぞれに罪の意識におののく。

光源氏は苛立ち、女三の宮にくどくどと当てこすりを言う。彼にはこの密通が、若い柏木と女三の宮による老いた自分への裏切りと見えていたのだった。柏木とは怒りから半年間交際を絶ったが、朱雀院《すざくいん》御賀《おんが》の試楽《しがく》で彼が久しぶりに六条院を訪れると、怨恨を抑えがたく、じっと見据えて「老いた自分を笑っているのだろう」と悪意に満ちた皮肉を放つ。柏木はうろたえ、気を病んで衰弱していく。年末になってようやく催された朱雀院御賀も、彼の病のために興の削《そ》がれたものとなってしまったのだった。

アメリカドラマの『ＥＲ』や手塚治虫の『ブラック・ジャック』ならずとも、現代社会において医者はヒーローだ。だが、不思議なことに『源氏物語』には医者の姿が見えない。平安時代には医者はいなかったのだろうか。

そうではない。現代の医者に当たる人々は、朝廷の「典薬寮《てんやくりよう》」なる役所で養成され、貴族や庶民のために診療を行っていた。丹波《たんば》氏・和気《わけ》氏という二つの家から代々名医が輩出し、その一人、丹波康頼《やすより》は『医心方《いしんほう》』という三十巻の大著も遺した。ただ、彼らの地位は低い。役所トップの典薬頭《てんやくのかみ》でもやっと従五位下《じゆごいのげ》相当、つまり貴族としては最下級だ。医者はこの時代、セレブではなかったのだ。

説話集の『古今著聞集《ここんちよもんじゆう》』（二百九十五話）に、面白い説話がある。藤原道長が物忌《ものい》みで家に籠《こも》っていたところ、よそから瓜《うり》が贈られてきた。道長はこれを怪しみ、まず陰陽師《おんようじ》の安倍晴明《あべのせいめい》に占わせた。晴明は瓜の中から一つを取り出し、それに凶相があるという。そこで僧が加持をすると、瓜は動き始めた。邪気が現れたのだ。ならばその邪を治せと道長が言う。ここで医者の出番だ。瓜を矯《た》めつ眇《すが》めつ見て、二カ所に針を立てると、瓜はもう動かなくなった。最後に武士が刀で瓜をすぱりと割ると、中には小さな蛇がとぐろを巻いていた。これが邪の正体だったのだ。針は正確にその左右の目に刺さっていたという。つまり医者とは、要人を守るいわばＳＰチームの一人だった。そしてその仕事は、僧の加持祈禱《きとう》によって邪気が姿を現した後に、それを鎮めることだった。『源氏物語』で病気というと即座に登場するのが僧であって医者ではないのは、加持祈禱のほうが優先順位が先だからなのだ。加持祈禱で治ってしまえば、医者の出番はない。

だが治らない場合も『源氏物語』にはあるのに、それでも医者が描かれないのは、おそらくその仕事内容のせいだろう。医者は病人の傍《そば》近く仕える。僧もそうだが、こちらは出家している。だが医者は生身の人間のままで患者の身に密着し、時にはその肌を見たりさわったりすることすらある。貴族階級には、これは無礼とも感じられることだった。特に姫君たちなど、他人には顔すら見せることを恥じた時代で、羞恥心《しゅうちしん》は計り知れない。実はそのため、医者はイメージ自体あまり芳しいものではなかった。『今昔物語集《こんじゃくものがたりしゅう》』（巻二十四第八話）には、治療に乗じて女性患者への色欲をおこす老典薬頭が登場するし、『落窪物語《おちくぼものがたり》』で落窪姫を犯そうと忍び込むのも、典薬寮の次官・典《てん》薬助《やくのすけ》だ。とはいえ実際に重病となれば、医者の治療を受けない訳にはいかない。治療は針、漢方の投薬などが主である。『源氏物語』でも薬湯を飲む場面はよくあるので、そこには医者がいたはずだ。また現代の腫れ物にあたる「二禁《にきみ》」や「固根《かたね》」の治療には、「蛭飼《ひるがい》」といって蛭に血を吸わせる治療法などもあった。蛭を十数匹患部に這わせたというからぞっとするが、医療史研究の新村拓氏によれば、これが古代の代表的な外科治療法だった。

では、実際に王朝人《おうちょうびと》たちがかかった病気を見てみよう。まずは、光源氏も患ったと『源氏物語』「若紫《わかむらさき》」巻に記される「わらはやみ（瘧病《おこりやまい》）」。現在のマラリアにあたる。今では誰もが蚊の媒介する病気と知っているが、残念ながら当時の医者は、一種の暑気中《あた》りのように見ていたらしい。庶民から皇族まで症例は枚挙にいとまがない。最も有名な患者は平清盛《たいらのきよもり》で、『平家物語《へいけものがたり》』が描く高熱の様は、触れた水が湯玉となって飛び散るなど壮絶だ。ただその症状から、今では瘧ではなく髄膜炎ではないかとも考えられている。疫病もよく流行した。正体は天然痘や麻疹など種々の感染症である。長保《ちようほう》四（一〇〇二）年の流行では、和泉式部《いずみしきぶ》との華麗な恋で知られる為尊親王《ためたかしんのう》が亡くなっている。腫れ物ができ、医者が針を立てると膿汁《のうじゆう》が一斗《いっと》ばかりも出たという（『権記《ごんき》』）。致死率が高く、長徳元《ちようとく》（九九五）年の流行では公卿《くぎよう》の上席《じようせき》八人のうち六人までが亡くなって、席次八番だった道長が政権を我が物にするという意外な展開を招いた。

道長と言えば、彼がしきりに水をほしがる「飲水病《いんすいびよう》」、現代でいう糖尿病だったことは有名だ。一九九四年に国際糖尿病会議が開催された折の記念切手には、患者代表として道長像が描かれている。当時の酒が甘い濁り酒であること、運動をあまりしないことといった、生活習慣上の原因も指摘されている。道長の病はやがて白内障《はくないしよう》も併発して、痛々しいばかりだ。

持病がないのに急死したとされるのは、三条《さんじよう》天皇（九七六〜一〇一七）の東宮《とうぐう》時代の女御《によう ご》・原子《げん し》だ。長保四年八月三日のこと。『栄華物語《えいがものがたり》』（巻七）は「御鼻口より血あえさせ給ひて（鼻と口から血がぽたぽた落ちて）」亡くなったというから、壮絶だ。服部敏良氏の『王朝貴族の病状診断』はこれを「喀血《かっけつ》か、胃潰瘍《いかいよう》等による吐血」であり、大量出血のための窒息死と推測している。普段から症状はあったはずだが、見落とされていたのだろう。

あわれなり、王朝の病人たち。彼らの雅びな生活も、その実態はと言えば、常に病の恐怖と共にあったのだ。

三十八　平安人の心で「柏木」巻を読む

病を招く、平安ストレス社会

三十六帖「柏木《かしわぎ》」のあらすじ

年が明け、柏木は衰弱の一途《いっと》を辿っていた。病床で彼は人生を振り返る。自分が密通の罪を引き受けていま死ねば、女三《おんなさん》の宮《みや》もかりそめなりとも哀れをかけてくれ、光源氏の怒りも解けるのではないか。悶々《もんもん》と悩み、彼は密通を手引きした女房《にょうぼう》・小侍従《こじじゅう》を介して、死を覚悟した歌を女三の宮と交わす。

その夕方、女三の宮は産気づき、翌朝に男子・薫《かおる》を産んだ。産養《うぶやしない》が盛大に行われるが、光源氏は内心では喜べない。女三の宮は「このついでに死にたい」と思い出家を懇願する。光源氏は一瞬、好都合だと思うが残念な思いも交錯して許さない。だが結局は、娘愛しさに下山した朱雀院《すざくいん》が出家の儀式を断行した。その後、物《もの》の怪《け》が出現し、光源氏はこの事態も六条《ろくじょうの》御息所《みやすどころ》の死霊《しりょう》の仕業だったと知った。

柏木は女三の宮の出産と出家を聞くと危篤状態となり、見舞いに訪れた夕霧《ゆうぎり》に光源氏へのとりなしと遺していく妻への配慮を頼む。親族らが嘆くなか彼は亡くなり、女三の宮もさすがに涙を流すのだった。

三月、薫の誕生五十日《いか》の祝いが行われた。光源氏は初めて薫を抱き、その顔立ちと無垢な笑顔を見て、父親は柏木と確信しつつも柏木を哀れむ気持ちになる。自らの老いも実感され、光源氏は涙を流す。

いっぽう夕霧は、親友の死を悲しむなかで密通の事実を推理するに至る。彼は遺族らを弔問して共に柏木を悼むが、故柏木の妻・落葉《おちば》の宮《みや》の女房たちは、早くも女主人と夕霧の再婚を期待するのだった。

「病は気から」。まるでそのことわざをなぞるようだ。『源氏物語』の柏木は光源氏に「いけず」を言われたことがきっかけで病気となり、果ては亡くなった。単純に言えば、精神的ストレスによって命を落としてしまったのだ。現代人にとっても他人ごとではない。ストレスが実際に体に悪いことは、むしろ近年の科学でますます明らかになってきている。その実例らしきものは、平安時代の実在の人物についても、いくつも確認できる。

『栄華物語《えいがものがたり》』（巻八）では、高階明順《たかしなのあきのぶ》なる人物が、藤原道長《ふじわらのみちなが》に叱責されて亡くなっている。寛弘《かんこう》六（一〇〇九）年のことだ。発端は呪詛《じゅそ》事件で、道長とその娘の中宮彰子《ちゅうぐうしょうし》、また彰子が前年に産んだ、一条《いちじょう》天皇（九八〇～一〇一一）の次男・敦成親王《あつひらしんのう》の三人が標的とされた。天皇の長男で故中宮定子《ていし》の産んだ敦康《あつやす》親王の皇太子擁立《ようりつ》を図る一派の仕業とされ、捜査の結果、定子の母の一族、高階光子《こうし》らが逮捕された。明順は光子のきょうだいで、共犯を疑われた。道長に呼びつけられ、ねちねちと責められた挙げ句「天罰が下るぞ」との一言がきつかったのか。明順はそのまま発病し、五、六日で亡くなったという。ただし、これを裏付ける史料はなく、むしろ『栄華物語』が『源氏物語』の光源氏と柏木の場面にヒントを得たという説もある。

いっぽう、長年のストレスにじわじわ追い詰められた結果と思えるのが、『大鏡《おおかがみ》』「時平《ときひら》」が記す藤原保忠《やすただ》の例だ。彼は、陰謀により菅原道真《すがわらのみちざね》を無実の罪に陥れたとされる左大臣《さだいじん》・藤原時平の長男である。道真は大宰府《だざいふ》に流され、二年後に配所で亡くなった。そこから、陰謀を企てた側の恐怖が始まる。当時は、恨みを抱いて亡くなった人間の魂は怨霊と化して祟《たた》ると考えられたからだ。

実際、時平は三十九歳で早世《そうせい》。道真を流罪《るざい》に処した醍醐《だいご》天皇（八八五～九三〇）の皇太子・保明《やすあきら》親王は二十一歳、その子で親王に代わって皇太子に立てられた慶頼王《よしよりおう》は何と五歳で亡くなっている。保忠は常に「次は自分」という恐怖におびえていたのだろう。あるとき病気に罹《かか》り、枕もとで『薬師経《やくしきょう》』を読んでもらったのだが、その経の一節が耳についた。「所謂宮毘羅大将《しょいくびら》」と、僧が大声で読み上げたのだ。「くびら」が「くびる」に聞こえ、それは「首を絞める」という意味。絞め殺される、と思ってそのまま、彼は恐ろしさに絶命してしまったという。時に承平《じょうへい》六（九三六）年のこと、保忠は四十七歳。道真の亡くなった延喜《えんぎ》三（九〇三）年からは三十年以上にもなる。その歳月の間、彼はおびえ続けてきたのだ。平素からストレスが体の抵抗力を低下させており、そのうえたまたま病気に罹って衰弱したところへ、さらに「くびら」の一撃が加わったことが、何らかの発作を惹き起こしたといえそうではないか。

驚くのは、一条天皇の例だ。側近《そっきん》・藤原行成《ゆきなり》が、天皇自身から聞いたこととして、日記『権記《ごんき》』に記している。寛弘八（一〇一一）年五月、天皇はまだ三十二歳の壮年だった。軽い病にかかったものの、それは快方に向かっていた。だがその矢先に、彼は自分の病状に関する易占の結果を聞いてしまう。「豊の明夷《ほうめいい》」。卦《け》自体は決して悪くないものだが、気味が悪いのは、村上《むらかみ》天皇（九二六～九六七）や醍醐天皇の崩御《ほうぎょ》の折にも出た卦だということである。実はこの占いは藤原道長が学者に命じて行わせたもので、本来は天皇の耳に入れるはずのものではなかった。だが、あまりの結果に道長は動揺、天皇が臥《ふ》す夜御殿《よるのおとど》の隣の部屋で、僧とともに声を上げて泣いてしまった。帝《みかど》は何事かと几帳《きちょう》のほころびから覗き、全てを知ることになった。その結果、病状は急変、一カ月後には本当に亡くなってしまうのだ。占いは当時、一種の科学と信じられており、天皇には死の宣告となった。死ぬと信じたことで彼は命を奪われたのだ。

もっと明確に現代の病名が充てられる例といえば、三条天皇《さんじょう》（九七六〜一〇一七）の眼病である。「炎症性緑内障《えんしょうせいりょくないしょう》」。国文学者の山岸徳平氏の推測に、医学博士で医学史の研究者でもある服部敏良氏が太鼓判を押している。藤原実資《さねすけ》の日記『小右記《しょうゆうき》』によれば、三条天皇は即位から三年後の長和《ちょうわ》三（一〇一四）年春ごろから片目が見えなくなった。翌年には両眼ともほぼ失明。ところが瞳には濁りがなく、外見上は視力を失ったように見えない。また時には視力が戻ることさえある不可解さだ。同年五月七日の『小右記』は、賀静《がじょう》なる天狗《てんぐ》僧の霊が現れて、帝の眼疾は自分が御前《ごぜん》にいて時折翼を開き、御目を塞いでいるせいだと白状していると記す。当時の人々には、天狗や物の怪のせいとしか考えられない症状だったのだろう。服部氏はこれを、ストレスによると診断する。炎症性緑内障は中年以降では精神過労により発症することがあり、心神の安定で一時的に視力が戻ることもあるという。確かに天皇は、道長に譲位を迫られるなどストレスの増した日には目が暗くなり、邪気祓いなどの後には明るくなっている。

今も昔もストレスは怖い。ところで今回紹介した四つの症例の内、三つにまで関わっている人物がいる。藤原道長だ。どの症例においても、彼が患者にストレスを与えている。彼が栄華を獲得する道とは、こうした道でもあったのだ。ストレスよりも怖いのは、人にストレスを与える人間である。

楽器に吹き込まれた魂

三十七帖「横笛《よこぶえ》」のあらすじ

柏木《かしわぎ》の一周忌、複雑な思いを抱く光源氏は黄金《こがね》百両を寄進して供養を行い、夕霧《ゆうぎり》も誠意を尽くす。二歳の薫《かおる》は歯が生え始め、朱雀院《すざくいん》が女三《おんなさん》の宮《みや》によこした山の幸の筍《たかうな》を噛んだり舐めたりと無邪気である。光源氏は薫を慈しみその誕生を運命と受け入れる気になったが、妻の密通の罪はまだ許せずにいた。

秋、夕霧は柏木の妻で今は寡婦《かふ》となった落葉《おちば》の宮《みや》がその母・御息所《みやすどころ》と住む一条宮《いちじょうのみや》を訪《おとな》った。宮と想夫恋《そうふれん》を合奏し歌を交わして、夕霧は宮に心惹かれ、また帰り際には御息所から柏木遺愛の笛を渡された。戻った自宅では妻・雲居雁《くもいのかり》がこれ見よがしにふて寝し、子どもたちが寝ぼけていかにも生活感に満ちている。無粋に下ろした格子《こうし》を上げさせ簀子《すのこ》近くで柏木の笛を吹き、しめやかで雅びな一条宮を思いつつ夕霧は眠った。すると夢枕に柏木が立ち、その笛を自分の子孫に伝えてほしいという。霊に感応したか子どもが泣き、夕霧は雲居雁と言い合いになるいっぽう、柏木の愛執《あいしゅう》に心を致した。

夕霧は六条院《ろくじょういん》を訪問した。折しも薫が明石女御《あかしのにょうご》の子らと一緒に遊んでいて、夕霧はその面差しに柏木の面影を見る。「やはり柏木の子か」とも、「まさか」とも思えて、夕霧は光源氏に一夜の夢のことを語る。光源氏は、その笛は本来、皇室に伝えられる名器だと言って自ら預かる。疑いを拭えない夕霧はさらに柏木の遺言を告げて食い下がるが、光源氏は曖昧《あいまい》に白《しら》を切り続けた。

「笛は　横笛いみじうをかし」。そう『枕草子《まくらのそうし》』に記す清少納言《せいしょうなごん》は、根っからの横笛ファンだったようだ。「笛」は管楽器一般を指し、その中には甲《かん》高い音の出る縦笛の「篳篥《ひちりき》」や、十七本もの竹管《ちっかん》がパイプオルガンのような和音を紡ぐ「笙《しょう》」などもある。しかし横笛が一番だと、清少納言は言う。遠くから聞こえていた音が、だんだん近づいてくるのが素敵。近かった音が離れていって、遠く微かな残響だけになってしまうのも、また素敵だと。文章から想像されるのは、夜だ。清少納言は邸内にいて、静かな戸外《こがい》から響いてくる笛の音に耳を傾けている。楽器の中でも、笛は男性が奏でるもの。どんな殿方が吹いていているのだろう？　恋人を訪う道すがらだろうか？　あれこれ思いめぐらしながら聴いている清少納言の、うっとりした表情が見えてくるようだ。

ところで同じ『枕草子』の章段「無名《むみやう》といふ琵琶《びは》」には、天皇家の所蔵品、つまり御物《ぎよぶつ》である楽器の名がいろいろ記されていて、中には横笛もある。例えば「水竜《すいろう》」。また「釘打《くぎうち》」「葉二《はふた》つ」。天皇家の宝物《ほうもつ》だけあってか、どれも意味ありげな名だ。その中でも最後の「葉二つ」は、当代随一とされた名器だった。そしておそらくはその音色の神々しさからだろう、多くの伝説をまとう笛だった。

説話集『十訓抄《じっきんしょう》』（十ノ二十）に記される話を読んでみよう。ある月夜のことである。源博雅《みなもとのひろまさ》は、朱雀門《すざくもん》の前で笛を吹いていた。彼は実在の貴族で、醍醐《だいご》天皇（八八五～九三〇）の孫にあたる。管絃《かんげん》の名手で、逢坂《おうさか》の関《せき》に住む蟬丸《せみまる》のもとに三年通って、琵琶の秘曲を伝授された逸話でも有名だ。博雅は笛にも堪能で、熱心だった。朱雀門は大内裏《だいだいり》の南の正門で、ここから南に朱雀大路《おおじ》がのびている。幅二十八丈《じょう》（約八十四メートル）にもなる平安京のメインストリートだが、夜にはほとんど人通りがなかったはずだ。朱雀大路に向かっては、門を設けることが禁じられていたからだ。遠く羅城《らじょう》門《もん》まで一直線に続く両側には、築地塀《ついじ》と柳の並木だけ。しかしこの寂しさも、笛を練習するにはもってこいだったのだろう。

ふと気づくと、博雅と同じ直衣《のうし》姿の男が、やはり笛を吹いている。しかもこの世になく素晴らしい音色だ。博雅はその見知らぬ男に心惹かれた。最初は言葉を交わすこともなかったが、その後、月夜に朱雀門で笛を吹くたびに、博雅はその男を見かけるようになった。二人は笛の友となり、あるとき持っていた笛を取り換えた。男の笛は博雅に吹かれて、やはり見事な音色を奏でた。またとない名器だ。だが不思議なことに、男は返してくれとも言わない。いつしか笛は博雅の物となり、年月が流れた。博雅が亡くなると笛は帝《みかど》の手に渡ったが、帝が誰に吹かせても、うまく吹き澄ますことのできる者はいなかった。

やがて、世に浄蔵《じょうぞう》という僧が現れた。これも実在の人物で、文人・三善清行《みよしきよゆき》の八男だ。実際には源博雅より一世代前の人物なのだが、その辺りはおおらかなのが説話というものである。浄蔵は七歳で出家し比叡山《ひえいざん》で修行したが、仏道のみならず、天文・易・医学などあらゆる学問・芸道に優れ、その多才は管絃にも及んでいた。帝が浄蔵を召して例の笛を吹かせると、驚いたことに博雅にも劣らぬ音色である。帝は感じ入り、浄蔵に命じた。博雅がこれを手に入れた朱雀門のもとで吹いてみよ、と。仰せに従い、月夜を選んで浄蔵は朱雀門に足を運んだ。しばらく吹いていると、突然大声が響き渡った。「なほ逸物《いちもつ》かな（やはり名器よ）」。朱雀門の楼上《ろうじょう》から、その声は聞こえた。当時、朱雀門には鬼がすんでいると言われていた。浄蔵の笛の音を聞いて、その鬼が興じてほめたのだ。「これは鬼の笛だったのか」。浄蔵からの報告を聞いて、帝を始め皆はようやくことの次第を知った。遠い昔、博雅と笛を吹き合ったあの男は、当時から朱雀門にすんでいた鬼だったのだ。博雅の腕を見込んで、彼は自分が持っていた名器を渡した。その音色が、名手によって人の世で吹き継がれるようにと、託したのだ。浄蔵の演奏は、この笛に魂を吹き込むことのできる新たなる吹き手の登場を、鬼に告げた。鬼の大声は喜びの声だったのだ。

この笛が「葉二つ」である。『枕草子』が御物と記すからには、清少納言が中宮定子《ちゅうぐうていし》のもとに仕えていた長保《ちょうほう》二（一〇〇〇）年頃までは、この笛は一条《いちじょう》天皇（九八〇～一〇一一）の物だったことになる。彼もまた笛の名手で、その演奏には清少納言も聞き惚れたものだった。しかしその十年後には、葉二つはなぜか花山《かざん》天皇（九六八～一〇〇八）の遺品として、女房《にょうぼう》だった御匣殿《みくしげどの》の管理下にあった。それを譲り受けて一条天皇のもとに返したのは、藤原道長《ふじわらのみちなが》である。寛弘《かんこう》七（一〇一〇）年、娘の彰子《しょうし》と一条天皇との間の二人目の男子・敦良親王《あつながしんのう》の誕生五十日にあたり、道長は天皇への祝いの品として、この笛を選んだのだ。道長の日記『御堂関白記《みどうかんぱくき》』と『紫式部日記《むらさきしきぶにっき》』が記すことである。

名手から名手へと伝えられ、数々の魂を吹き込まれた、「葉二つ」の旅。やがては藤原頼通《よりみち》により、宇治《うじ》の平等院《びょうどういん》の経蔵に納められたと、『十訓抄』はいう。今はどこにあるのだろう。誰に吹かれたがっているのだろう。月の夜に朱雀門跡地に立って、耳を澄ませてみようか。

四十　平安人の心で「鈴虫」巻を読む

出家を選んだ女たち

三十八帖「鈴虫《すずむし》」のあらすじ

光源氏五十歳の夏、女三《おんなさん》の宮《みや》の持仏開眼供養《じぶつかいげんくよう》が営まれた。光源氏が発願《ほつがん》し紫《むらさき》の上《うえ》も準備に加わった法事は絢爛たるものだった。とはいえ光源氏は尼姿《あますがた》となった女三の宮にまだ未練があり、悲しみの歌を詠むが、それにつけても女三の宮との心はすれちがうばかりである。

女三の宮には朱雀院《すざくいん》から三条宮《さんじょうのみや》が与えられたが、光源氏は彼女を六条院《ろくじょういん》に引き留めた。彼女の住む寝殿《しんでん》は本来、春の町の一角に造ったものであったが、光源氏はそれを、尼にふさわしい秋の野の風情に変えさせた。虫を放し、その声を聞くことを口実に訪れる光源氏を女三の宮は疎むが、来訪を断る強さもない。そんな八月十五日の夕暮れ、女三の宮のもとで光源氏が世の遷《うつ》り変わりを思いながら琴《きん》を弾いていると、光源氏の異母弟の蛍兵部卿宮《ほたるひょうぶきょうのみや》がやって来て、夕霧《ゆうぎり》や上達部《かんだちめ》たちも交えての遊宴《ゆうえん》となる。やがて冷泉院《れいぜいいん》から誘いがあり、光源氏たちはこぞって院の御所《ごしょ》に移動した。帝位を降りて軽い身となった冷泉院は喜んで光源氏を迎え、詩歌《しいか》の遊びでもてなす。その暮らしぶりは静かで落ち着いていた。

明け方光源氏は、冷泉院と共に暮らす秋好中宮《あきこのむちゅうぐう》を、挨拶がてら見舞う。四十一歳の彼女は、光源氏に出家の意向を漏らす。光源氏は言下に諫《いさ》めるが、中宮の真意が亡き母・六条御息所《ろくじょうのみやすどころ》の迷妄《めいもう》する霊を救いたいがためのものと聞くと、内心ではいたわしくも思い、胸を打たれるのだった。

「出家とは、生きながら死ぬということ」。自ら出家の道を選ばれた、瀬戸内寂聴尼《せとうちじゃくちょうに》の言葉である。ご自身の体験を踏まえてこその一言であるに違いないが、この言葉は、こと平安時代の貴族女性においても、ほとんどそのまま真実と言ってよい。庶民階級には、僧の妻として暮らす尼や芸能で身を立てる尼など、世俗を引きずる者がいた。だが貴族社会では、尼となれば恋人や夫との関係を断ち、世俗の楽しみを捨てて、厳しい仏道修行に励まなくてはならなかった。それでも彼女たちは、それぞれに心の救済を求めて、出家の道を選んだのである。動機は、大きく三つに分けられよう。何らかのできごとをきっかけに、生きる意欲をなくして出家するタイプ。また家族など大切な人を喪《うしな》って出家するタイプ。そして最後に、病を得たり年老いたりして、死を身近なものと感じ出家するタイプである。

第一のタイプは最も劇的な出家といえ、『源氏物語』の女君は多くがこれにあたる。光源氏のストーカー行為から逃れるために出家した藤壺《ふじつぼ》。同じく継息子《ままむすこ》に言い寄られて、世に嫌気がさした空蟬《うつせみ》。柏木《かしわぎ》に犯されて出産し「もう死にたい」と出家した女三の宮も、自殺未遂の果てに出家した浮舟《うきふね》もそうだ。史実では例えば、一条《いちじょう》天皇（九八〇～一〇一一）の中宮定子《ていし》がいる。清少納言《せいしょうなごん》の『枕草子《まくらのそうし》』に快活で知的な姿の描かれる彼女は、天皇と深く愛し合い幸福な日々を過ごしていた。しかし父の関白《かんぱく》・藤原道隆《ふじわらのみちたか》が亡くなり、追い打ちをかけるように翌年、兄と弟がいわゆる「長徳《ちょうとく》の政変」を引き起こす。女性関係のもつれを動機に兄弟で花山法皇《かざんほうおう》（九六八～一〇〇八）に矢を射かけたという、痴話げんかが発端の事件なのだが、被害者が法皇であるだけに、天皇も彼らを厳罰に処さざるを得なかった。二人は流罪《るざい》。定子は家が受けた辱《はずかし》めに耐えられず、絶望の中で出家した。その心は、半ば自殺に等しいものではなかったろうか。このことは当初、同情を以て貴族社会に受け止められた。だが一年後に、定子を諦められない一条天皇によって彼女が復縁させられると、「尼なのに」「還俗《げんぞく》か」と批判を受けた。運命に翻弄《ほんろう》された痛々しいケースである。

いっぽうで、結局は出家未遂に終わり、さほどの同情も集められなかったのが、『蜻蛉日記《かげろうにっき》』の作者・藤原道綱母《みちつなのはは》の場合である。夫・藤原兼家《かねいえ》の心離れに悩んでいた彼女は、彼に何度も門前を素通りされ、その屈辱を腹に据えかねて、鳴滝《なるたき》の山寺に籠《こも》った。世間は彼女が出家したと噂し、息子の道綱はうろたえて、両親の間を何度も往復する。また親族も総出で、出家を思いとどまるよう説得する。二十日余りが過ぎて、彼女を連れ帰りにやって来た兼家の言葉は「あなおそろし（おお、怖）」。妻にこうした「腹いせ出家」をされることは、夫にとってひどく不名誉なことだったのだ。下山の後、兼家は彼女に「雨蛙（尼がえる）」というあだなをつけてからかってもいる（『蜻蛉日記』中巻）。

仏教では、俗界は汚辱《おじょく》と苦に満ちていると考える。生まれ変わってもまた、それは同じだ。来世を少しでもよいものにするには、現世で功徳《くどく》を積むしかない。そして仏の救いを得、極楽浄土《ごくらくじょうど》への往生《おうじょう》を果たすことが、最後の幸福だ。当時の仏道の基本はこうした考えだったと言ってよい。貴族たちも、華やかな日々の暮らしの奥底にこうした世界観を持っていた。そして何か事があれば、俗世界を脱して仏道専心の清らかな世界、つまり来世や浄土のことだけを思う出家生活に入ることを願った。出家とはその意味で、世俗の生から死への緩衝《かんしょう》地帯といえる。だからこそ、女に若い身空《みそら》で出家されることは、夫や家族にとってつらく、また忌《い》まわしいことでもあったのだ。

とはいえ、第二のタイプのように大切な人の死の「後追い出家」となると、止めるわけにもいかなかった。和泉式部《いずみしきぶ》との恋で知られる為尊親王《ためたかしんのう》の妻は、親王の四十九日の法事の折に出家した。生前は夫の浮気性に悩まされたものの、死なれてみると身に染《し》みて悲しく、世の無常を痛感してのことという（『栄華物語《えいがものがたり》』巻七）。三十二歳でのことだから、おそらく余生は長かっただろう。

実は、人生にとって尼としての期間は、あまり長くないほうが望ましかった。また人生の醍醐味《だいごみ》をできるだけ味わってからのほうがよいと、平安女性も考えていた。これが第三の、結婚・出産・子育てを終え、人生の役割を務めあげて、後は死ぬのを待つまでの、「ライフサイクル型」の出家である。『源氏物語』の女君で探すと、意外にも六条御息所がこれにあたる。「賢木《さかき》」巻での述懐《じゅっかい》によれば、彼女は桐壺帝《きりつぼのみかど》の弟が東宮《とうぐう》だった時、十六歳で彼に嫁ぎ、娘を出産。二十歳で夫に死なれた。だがその後も女としての生き方を堪能したことは、光源氏とのいきさつに明らかだ。雅びやかな暮らしぶりは最期まで変わらず、病気をきっかけに三十六歳のとき出家して、間もなく亡くなった。少しばかり短命だが、出家の在り方だけから見れば、理想的ですらある。もっとも、六条御息所の魂は、出家したにもかかわらず救われなかった。煩悩《ぼんのう》は仏道より強し。それは物語のその後がはっきり示していることである。

四十一　平安人の心で「夕霧」巻前半を読む

きさきたちのその後

三十九帖「夕霧《ゆうぎり》」前半のあらすじ

柏木《かしわぎ》の非業《ひごう》の死から二年半。死の間際に彼から妻の落葉《おちば》の宮《みや》の世話を託された夕霧は、律儀に宮とその母・一条《いちじょうの》御息所《みやすどころ》を見舞い続けていた。が、訪《おとな》う理由はいつしか落葉の宮への恋心へと変わっていた。そんな折、母の御息所が物《もの》の怪《け》を患い、その祈禱《きとう》のために、落葉の宮は母と共に比叡山麓《ひえいさんろく》の小野《おの》に住まいを移した。秋八月、夕霧は二人が暮らす山荘を訪れ、宮に想いをうちあける。しかし夕霧は、二十九歳という年齢にしては本妻・雲居雁《くもいのかり》と愛人・藤典侍《とうないしのすけ》以外には恋の経験が少なく、言葉も態度も野暮でしかない。結局、落葉の宮の心を開くことはできず、夕霧は夜明け前に山荘を後にする。だがその姿は、御息所の祈禱にあたる律師《りっし》に見られていた。

律師は夕霧と落葉の宮の仲を早合点し、祈禱のついでに御息所にそのことを話してしまう。驚いた御息所はすっかり二人が関係を持ったと思い込み泣く。もとよりこの御息所は、内親王《ないしんのう》は気高い存在なのだから降嫁《こうか》自体すべきでないと考えており、娘と柏木との結婚の折にも承諾を渋った経緯があった。

御息所は女房《にょうぼう》や落葉の宮自身にことの真実を問いただそうと試みるが、うまくいかず、思い込みは深まるばかりである。さらにそこに届いた夕霧の和歌の内容から、御息所は夕霧が落葉の宮と正式の結婚をするつもりではないと勘違いする。重病を圧し、御息所は力を振り絞って夕霧に抗議の文《ふみ》を書く。

後《こう》宮《きゅう》を彩る、后妃《こうひ》たち。親からの期待を一身に受けて入内《じゅだい》し、互いにしのぎを削りながら後宮生活を送る彼女たちの人生は、華やかながら楽ではない。だが彼女たちも、いつまでも「帝《みかど》の妻」ではない。夫である帝が退位する日が来れば、あるいは彼が崩御《ほうぎょ》すれば、彼女たちの政治的な意味合いは変わり、世から期待されるものも変わる。そのとき彼女たちはどうなるのだろうか。

基本的には、帝が退位したからといって后妃たちとの結婚関係が変わるわけではない。だが上《じょう》皇《こう》となった帝はおおかたの場合、後継者づくりという「ご公務」を終えていることが多い。つまり、実家に権力のある后妃に子を産ませるという義務からは解放されている。いきおい退位後の上皇は自らの意のままに過ごしたがる。したがって后妃も、退位をきっかけに上皇個人の好みで再セレクトされることになる。

『源氏物語』「夕霧」巻に登場する落葉の宮の母・一条御息所は、光源氏の兄・朱雀帝《すざくてい》の更衣《こうい》だった。朱雀帝に后妃は何人もいたが、第一に重みのある后妃は、ただひとり男子をあげた承香殿《じょうきょうでんの》女御《にょうご》だった。だが誰よりも寵愛《ちょうあい》していたのは、子どももなく正式な后妃でもない尚侍《ないしのかみ》の朧月夜《おぼろづきよ》だった。その差はもともと見えていたが、朱雀帝が退位した時、歴然とした形で表れる。承香殿女御は夫婦合意のうえで院のもとを離れ、東宮《とうぐう》となった息子との同居を選んだ。朱雀院は内裏《だいり》を出ると朧月夜を院の御所《ごしょ》に住まわせ、出家するまで寵愛し続けた。では一条御息所はといえば、やはり朱雀院の御所に伴われたが、扱いの軽さは以前のままだった。なお、京中には退位した上皇のための御所が何カ所かあって、これを「後院《ごいん》」という。光源氏の兄帝は朱雀院という後院に入ったので、それ以後物語では「朱雀院」と呼ばれるようになった。冷泉院《れいぜいいん》も同じで、退位して後院の冷泉院に入ったので、物語で「冷泉院」と呼ばれるようになったものだ。実在の朱雀天皇や冷泉天皇がモデルという訳ではない。

さて、では夫である帝や上皇が崩御した場合、后妃たちはその後の寡婦《かふ》人生をどのように生きたのだろうか。一言で言えば、それは本人の自由であった。村上《むらかみ》天皇(九二六〜九六七)の更衣の祐《すけ》姫《ひめ》のように、夫の四十九日などに合わせて出家した后妃たちもいたが、それは強制ではなく、本人たちの自由意志によるものだった。息子が新帝《しんてい》や東宮の位についている場合は、後見として権力を持ち、世の重みも増しているから、勝手には振る舞えない。だがそうでなければ、元后妃たちは再婚することも可能だった。

実際に再婚した元女御の例を見てみよう。一条《いちじょう》天皇(九八〇〜一〇一一)の御代《みよ》に「承香殿女御」と呼ばれた藤原《ふじわらの》元子《げんし》である。父は右大臣《うだいじん》・藤原顕光《あきみつ》。一条天皇には愛する中宮定子《ちゅうぐうていし》がいたが、定子は長徳《ちょうとく》二(九九六)年、実家の没落で内裏を退き、出家してしまった。元子が入内したのはその時である。帝はその後、定子を復縁させ、元子の出番はなくなったかに見えたが、そうではなかった。定子は実家の件や出家騒動のために権威を失っており、いっぽう一条天皇にはまだ男子がいなかったので、天皇の男子を産む期待は元子に集中したのだ。期待通りに元子は懐妊。ところがそれは、子が生まれず、出てきたのは水ばかりという異常出産だった。昔も今も世は人の不幸を喜ぶもの。この事件は歌にまで歌われ、元子は嘲笑の的となって、いたたまれず内裏を出て実家にひきこもった。その後も幾度か天皇との逢瀬《おうせ》はあったが、彼女が後宮の表舞台に立つことはなかった。元子の最初の結婚は幸福なものではなかったといえるだろう。

寛弘《かんこう》八（一〇一一）年、一条天皇は崩御した。遺された元子は三十歳前後、当時としては立派な中年女性である。だがここから、彼女の第二の人生が始まる。参議《さんぎ》・源頼定《みなもとのよりさだ》との恋だ。清少納《せいしょうな》言《ごん》の『枕草子《まくらのそうし》』でも「容貌《かたち》よき公達《きんだち》」と美貌を称賛され、東宮・居貞親王《いやさだしんのう》の妃《きさき》だった綏子《すいし》ともかつて浮名を流したことがあるという風流男《みやびお》の彼も、すでに三十代半ばとなっていた。大人の恋は人知れず始まった。だがそれに気づいた父・右大臣は激怒、元子の髪を切ってしまった。なお史料によっては、元子が自ら髪を切ったと記すものもある。そうとすれば、元子は父の気を静めるため、いったん偽装出家をしてみせたということになろう。だがいずれにせよ、彼女が父の反対に屈しなかったことは事実だ。家を出、乳母《めのと》が用意してくれた小家で頼定と落ち合い、二人は結婚した。元子の髪が短いことは問題にならなかった。女が火事や強盗で髪を失うことは珍しくない。今回もそうした事故の一つと、頼定は見なしたのだ。世間もまた、右大臣よりも二人を理解し、応援した。

二人の結婚生活は、頼定の寛仁《かんにん》四（一〇二〇）年の薨去《こうきょ》でピリオドを打つので、十年足らずの短いものだった。だがその間に元子は娘たちを産んだ。前の出産の失敗は、心の傷となっていたことだろう。頼定はそのリベンジも果たさせてくれたのだ。頼定が亡くなった時、元子は出家した。今こそ生ききったという思いだったのではないだろうか。平安のきさきは、使い捨てではない。人生への再チャレンジも、十分に可能だったのだ。

四十二　平安人の心で「夕霧」巻後半を読む

結婚できない内親王《ないしんのう》

三十九帖「夕霧《ゆうぎり》」後半のあらすじ

一条御息所《いちじょうのみやすどころ》の文《ふみ》は、夕霧がそれを読む寸前に、夫の背信を疑う雲居雁《くもいのかり》によって奪い取られてしまう。夕霧がその文を読んだのは翌日で、時すでに遅かった。彼の態度に絶望を募らせ、御息所は帰らぬ人となっていた。落葉《おちば》の宮《みや》は衝撃から、母の後を追いたいとまで思う。母の死の原因を作った夕霧がまるで夫のような顔をして葬儀の采配を振るうのも疎ましい。だがこの頃には、宮に仕える女房《にょうぼう》たちが心を合わせ、宮と夕霧の結婚を望むようになっていた。それが自分たちの暮らしの拠《よ》り所《どころ》となるからである。

夕霧はその後も小野《おの》に通い詰める。二人の噂が流れるが、光源氏も口出しはできない。不本意な結婚にからめ捕られてゆく落葉の宮を目の当たりにし、紫《むらさき》の上《うえ》は、女性というものの生き難さに思いを致した。そんな周囲をよそに夕霧は着々と結婚計画を進め、落葉の宮を小野から一条に引っ越させ、自らは主人のように一条宮で待ち、彼女を迎え取った。落葉の宮は塗籠《ぬりごめ》に立てこもって彼を拒むが、女房が夕霧に加担して彼を塗籠に入れたため、ついに押し切られ、契りを結んでしまう。

いっぽう夕霧の本妻の雲居雁は、夫の浮気に腹を立て、姫君たちと幼子を連れて実家に帰る。ことの面倒さに、「誰が恋など風流がるのか」と夕霧は懲り懲りの気分である。このように、まめ人・夕霧が豹変しての恋愛劇はごたごたの様相を呈《てい》するのであった。

平成の世の私たちにとって最も親しみ深い内親王といえば、紀宮《のりのみや》清子《さやこ》さまだろう。動物がお好きで、盲導犬に関わるご公務に勤《いそ》しまれた爽やかなお姿は、まだ記憶に新しい。紀宮さまは、ご両親の天皇・皇后両陛下の「いつかは結婚するように」との方針のもとで育てられたと聞く。そして今や結婚されて黒田清子さんとなり、幸せにお暮らしのことと拝察する。だがその幸せは、平安時代の内親王たちには難しかった。当時、内親王とは基本的に結婚しない存在だったからだ。

律令《りつりよう》のひとつ「継嗣令《けいしりよう》」は、内親王はじめ四世皇女《こうじよ》までの結婚を、天皇や皇族を夫とする以外、認めていない。皇女たちが他氏の男と結婚すれば、彼女たちを介して天皇家の血が他氏に流れてしまう。それを阻んで天皇家の権威を守ろうというのが、法の趣旨だ。だが摂関《せつかん》期、天皇には藤原《ふじわら》氏の娘が続々と入内《じゆだい》するようになった。皇女たちは圧倒され、いきおい独身で生涯を過ごすことが多くなった。今井源衛《げんえ》氏によれば、平安時代が始まった桓武《かんむ》天皇（七三七～八〇六）から『源氏物語』直前の花山《かざん》天皇（九六八～一〇〇八）の時代までの間に、皇女の数は百六十余人。うち結婚したのは、わずかに二十五人と、六人に一人に満たない。彼女たちがいかに結婚に縁遠い存在だったかがわかるだろう。ところが『源氏物語』には、そんなにまれな結婚を一人で二度もした内親王がいる。朱雀院《すざくいん》の次女・落葉の宮だ。最初は柏木《かしわぎ》と結婚し、その死後は夕霧と再婚している。

実は、実態としての皇女の結婚は、法の通りではなかった。天皇や皇族以外の、臣下と結婚した皇女たちもいたのだ。今井久代氏は、そこに二つのパターンを指摘する。ひとつは、皇室と藤原氏とが手を結ぶための政略結婚。実は、柏木と落葉の宮の結婚にはこの要素があった。柏木は、藤原氏の筆頭・太政大臣《だいじょうだいじん》の長男である。かつて女三《おんなさん》の宮《みや》との結婚を願い出たときには、朱雀院は「まだ若いし、身分も低い」とはねつけた。だが落葉の宮との縁談の時はもう中納言《ちゅうなごん》。今上帝《きんじょうのみかど》からも信頼される、評判の人物だった。柏木と縁組をする利益が、朱雀院やその子の今上帝にも十分にあったと考えてよい。そしてもうひとつのパターンは、「私通」だ。臣下の男が、父帝《ちちみかど》、または父院の目を盗んで内親王を我がものとする、スキャンダラスな結婚である。寡婦《かふ》となった落葉の宮に夕霧が言い寄り、ついには陥落させたのは、このケースといえよう。だからこそ、落葉の宮の母・一条御息所の心痛を招き、落葉の宮自身、塗籠に立てこもってまでも抵抗したのである。

さて、『源氏物語』がすでに世に出ていた後一条《ごいちじょう》天皇（一〇〇八〜一〇三六）の時代、最もスキャンダラスと言える「私通」が世を騒がせたことがあった。三条院《さんじょういん》（九七六〜一〇一七）の長女・当子《とうし》内親王と、藤原道雅《みちまさ》の密通である。「今はただ思ひ絶えなんとばかりを　人伝てならで言ふよしもがな（今はもう諦めた。ただそれだけを、しかし人伝てではなく、じかに君に言いたい。そのすべがあればいいのだけれど）」。『後拾遺和歌集《ごしゅういわかしゅう》』に載り、小倉百人一首にも採られてよく知られるこの歌は、道雅が内親王に詠んだものだ。父・三条院の退位で伊勢斎宮《いせのさいぐう》を辞めて帰京した当子に道雅が通い、それを知った院に間を裂かれて詠んだのだ。二人の恋が発覚したのは寛仁《かんにん》元（一〇一七）年四月のこと。藤原道長《みちなが》の日記『御堂関白記《みどうかんぱくき》』にも記される事件だった。当子の乳母《めのと》が手引きして、道雅を迎え入れたらしい。時に道雅は二十六歳、当子は十八歳。『栄華物語《えいがものがたり》』（巻十二・十三）はこのエピソードを載せ、『伊勢物語《いせものがたり》』の恬子《てんし》斎宮と在原業平《ありわらのなりひら》のように斎宮在任中のことならばまだしも、当子は斎宮を辞しているから恋もタブーではない、とコメントする。だが、三条院は断じて許さなかった。許さないだけの理由があったのである。道雅は、父が故藤原伊周《これちか》。一条天皇《いちじょう》（九八〇〜一〇一一）の最愛の皇后だった定子《ていし》の兄にして、愚かにも暴力事件を引き起こし、一家を没落の悲劇に陥れた人物である。すでに寛弘《かんこう》七（一〇一〇）年に亡くなってはいたが、彼の記憶はまだ貴族たちの脳裏から消えることなく、道雅は「禍殃《かおう》（災い）の家」で育った若者というレッテルを貼られていた（『小右記《しょうゆうき》』）。必ずやまた、まがまがしい事件を起こすだろうと、万人から思われていたのだ。果たして、彼は事件を繰り返した。白い目を向ける人々にことさらに見せつけるかのように、仕事をサボり、暴力事件を起こし、女房たちに呪詛《じゅそ》まがいのことばを投げつけた。不良とお姫様。二人を形容するには、どうしてもそうした言葉が浮かんでしまう。二人を破局させたわずか一月後、三条院は崩御《ほうぎょ》した。軟禁状態に置かれた当子も、十一月には病を得て出家。五年後には、二十三歳の短い人生を終えた。心労がこの父娘《おやこ》の命を奪ったと思えてならない。

歴史学者の関口力氏はこの事件を、道長体制の不満分子である道雅が、自己顕示欲を満たすために前斎宮を犯したものとする。ならば当子は、内親王だからという理由で目をつけられ、弄《もてあそ》ばれたことになる。それではあまりに哀れすぎる。やはり恋だったと思いたい。あの道雅の、「人伝てならで」と詠んだ歌は確かに絶唱だった。そのしらべには、不幸な生い立ちのために荒《すさ》んだ男ながら一縷《いちる》の真実が感じ取れると思うのだが、どうだろうか。

四十三　平安人の心で「御法」巻を読む

死者の魂を呼び戻す呪術〜平安の葬儀

四十帖「御法《みのり》」のあらすじ

女楽《おんながく》の後に発病して四年、紫《むらさき》の上《うえ》は一時の危篤こそ凌いだものの、衰弱が進んでいた。彼女にはすでに人生に未練もなく、最後の願いは出家だったが、光源氏はそれを頑《がん》として許さなかった。

三月の花盛り、紫の上は二条院《にじょういん》で法華経《ほけきょう》千部供養を執《と》り行った。死を覚悟した彼女の目には、誰も彼もが今生《こんじょう》の見納めのようで慕わしく、明石《あかし》の君《きみ》や花散里《はなちるさと》とは歌を贈答した。同じ光源氏の妻として関わり合い、いま自分一人が先立つことに万感の思いがあったのだ。夏には意識も失いがちになり、見舞いのため明石中宮《ちゅうぐう》が二条院にやって来た。言葉少なに思いを語って、紫の上は最後の時を過ごす。なかでも、中宮の皇子《みこ》・三《さん》の宮《みや》（のちの匂宮《におうみや》）には、自分の死後は二条院を相続して前栽《せんざい》の紅梅と桜をいとおしんでほしいと頼む。三の宮は幼心にも深く受け止め、目に涙を浮かべてうなずいた。

そしてついに秋の夕暮れ、紫の上は光源氏と明石中宮に見守られながら最期を迎える。その死は明け方、露の消えるがごとくであった。光源氏は動揺し、今さら紫の上の落飾《らくしょく》を言い出すが、夕霧《ゆうぎり》がそれを止めた。彼は父と二人で紫の上の死に顔に見入り、年来抱いていた密かな想いに別れを告げた。

即日行われた葬儀では、光源氏は一人で歩くことすらできなかった。幼少から幾度も愛別離苦《あいべつりく》に見まわれながら気丈に生きてきた彼だが、今や生涯の伴侶すら奪われ、世の無常に倦《う》み果てたのだった。

人は死ねば遺体となる。その亡骸《なきがら》は衛生上、いつまでも平安京の中に置いてはおけない。そこで遺体は河原や郊外の野辺《のべ》に運ばれ、葬られた。そして一般庶民の場合、その代表的な葬送《そうそう》法は、亡骸を「捨て置く」ことだった。

後白河法皇《ごしらかわほうおう》（一一二七～一一九二）の時代に作られたとされる、「餓鬼草紙《がきぞうし》」なる絵巻がある。餓鬼とは生前の罪のために餓鬼道に墜ちた亡者で、常に飢えに苦しみ、時々人間界に現れては食べ物を貪《むさぼ》る。おぞましいことに、この絵巻で彼らが好んで食べているのは生者の食べ残しや排泄物などで、死体も大好物の様子である。そんな訳でこの絵巻の一場面には、墓地らしき場所を舞台に、いくつもの死体が描かれている。棺桶に入れて放置された死体。敷物の上に寝かされた死体。土の上に直に転がされた死体。それぞれが死後の経過時間に応じてあるいは黒ずみ、あるいは白骨化している。これらの死体は、火葬にされず、埋められもしていないのだ。絵師の作り事ではない。『続日本後紀《しょくにほんこうき》』には、承和《じょうわ》九（八四二）年、河原に捨てられた髑髏《どくろ》を朝廷が処分した際、その数が五千五百にものぼったという記事もある。こうした「捨て置く」葬送法を、歴史学では「遺棄葬《いきそう》」と呼ぶ。即座に「死体遺棄」という現代語が浮かぶが、それとは違う。「餓鬼草紙」をよく見れば、遺体の傍らには供物も描かれている。これでも平安時代にはれっきとした弔い方だったのだ。

とはいえ貴族階級では、やはり火葬が一般的だった。だが、例外も少なくない。『栄華物語《えいがものがたり》』（巻七）によれば、一条《いちじょう》天皇（九八〇～一〇一一）の皇后定子《ていし》の葬儀は土葬だった。「煙とも雲ともならぬ身なりとも　草葉《くさば》の露をそれとながめよ（煙となって空に上ることも、雲となって漂うこともない私の体。どうぞ草の葉に降りた露を、私と思って偲んでください）」。本人がこのように、辞世《じせい》の歌で願ったからだ。せめて体だけでもこの世にとどめたかったのだろうか。あるいは、万に一つの蘇りを願ったのだろうか。遺族は定子のために、まず霊屋《たまや》という遺体安置所を建て、周囲には築地《ついじ》塀もめぐらした。遺体はいったん六波羅蜜寺《ろくはらみつじ》に置かれ、葬儀の日には絹と金銅で飾った豪華な牛車《ぎっしゃ》に乗せられて、鳥辺野《とりべの》の霊屋まで運ばれた。霊屋の中には遺体と共に調度の品々も収められたという。ちなみに定子の女房《にょうぼう》だった清少納言《せいしょうなごん》は、晩年をこの鳥辺野の近く、月輪《つきのわ》の地で過ごしたとされる。主人が亡くなっても傍《そば》に仕えたのだ。

　ところで、霊屋に安置された遺体は、その後どうなったのか。自然に任せ、そのまま朽ちたのである。だがそれが、何年も経ってから改葬されることもあった。一条天皇の側近で『枕草子《まくらのそうし》』にも登場する藤原行成《ふじわらのゆきなり》が、自ら日記『権記《ごんき》』に記していることだ。行成の母は長徳《ちょうとく》元（九九五）年正月に亡くなった。時に行成の祖父がまだ存命中で、娘の火葬を拒み、霊屋をつくって亡骸を置いた。だがその祖父も、後を追うように三カ月後に亡くなり、遺体は遺言によって北山《きたやま》の幽谷《ゆうこく》の地に安置された。行成はその二人の遺骸《いがい》を、寛弘《かんこう》八（一〇一一）年七月、実に十六年の歳月を経て再び葬ったのだ。もちろん、すでに骸骨《がいこつ》である。それを松脂《まつやに》や油で焼き、砕いて骨灰《こっぱい》にして、鴨川《かもがわ》に散骨した。彼はまた、妻がお産で亡くなった際にも散骨している。こちらは死の翌日に鳥辺野で荼毘《だび》に付し、明け方に骨粉《こっぷん》を白川《しらかわ》に流した。十四年連れ添い、七人の子をなした妻だった。彼は慟哭《どうこく》し、「妻の往生《おうじょう》を願うものの、心のつらさは極まりない」と記した。火葬や散骨をすれば、死者の魂はもうこの世に戻ってこない。行成は悲しみの中でそれを受け入れ、死者の浄土《じょうど》への生まれ変わりを願おうと努めたのだ。

今も昔も葬送の儀礼は、死者のためのものであると同時に、遺された人のためのものでもある。儀式を一つ一つ行うことで、大切な人を喪《うしな》ったことを受け入れ、きちんと悲しむ。心理学ではこれを「喪《も》の仕事」という。それができない時、人はもがき苦しむ。藤原道長《みちなが》は、万寿《まんじゅ》二（一〇二五）年、娘の嬉子《きし》が十九歳で亡くなったとき、陰陽師《おんようじ》に命じて「魂呼《たま》び」を行わせた。死者の魂を呼び戻す呪術である。当時すでに滅多に行われなくなっており、陰陽師は手を尽くしてようやくその術を調べ、行った。死者の家の屋根に上り、呪文をとなえながらその衣を三度振り、魂を招くのだ（『左経記《さけいき》』）。道長は、そうすることで娘が生き返るかもしれないと、真剣に考えていた。『源氏物語』の中でも、葵《あおい》の上《うえ》がお産で亡くなったとき、父の左大臣《さだいじん》は遺体をすぐには荼毘に付させなかった。生き返るのではないかと、様々な秘法の限りを尽くした。だが亡骸の腐敗が進むのを見ては、諦めざるを得なかった。

さて、紫の上が亡くなったとき、光源氏はその日のうちに彼女を荼毘に付した。蘇生を願わなかった訳ではあるまい。だがむしろ、自分の心に無理をさせてでも紫の上の死を受け入れ、信心深かった彼女の極楽《ごくらく》往生を進めようとしたのではなかったか。それが、最後までこの妻に出家をさせなかった彼の、懺悔《ざんげ》のしかたではなかったのだろうか。野辺送りの道すがら、一人で歩けないほど打ちひしがれた彼の姿は、そんな心の証しのようだ。

四十四　平安人の心で「幻」巻を読む

四十一帖「幻《まぼろし》」のあらすじ

紫《むらさき》の上《うえ》の死は光源氏五十一歳の秋だった。その翌年、光源氏五十二歳の一年が、ただしめやかに過ぎてゆく。春には陽光を見るにつけても心が暗《く》れ惑う。思い出せば生前の紫の上は、時に恨めしげな表情を見せたことがあった。彼が他の女への想いをちらつかせた折である。取り返しのつかなくなった今、愛妻の心を乱した自分が、光源氏は口惜しくてならない。

思いは我が人生にも及ぶ。高い身分には生まれたが、運命は決して幸福ではなかった。やはり仏が厭《えん》離穢土《りえど》、欣求浄土《ごんぐじょうど》を悟らせようと宿命づけた身なのだ。まだ踏み出せはしないが、光源氏の心は確実に出家へと向かう。そんななか、幼い三《さん》の宮《みや》(のちの匂宮《におうみや》)が紫の上の言葉を守って彼女の遺した紅梅や桜を慈しんでいるのを見ると、時には笑みが浮かぶ。自然は営みを変えないのだ。

夏の更衣《ころもがえ》、賀茂祭《かものまつり》、五月雨の頃、七夕、菊の節句、十一月の五節《ごせち》の節句と、光源氏は紫の上哀悼の日々を送る。年の暮れ、紫の上の形見の手紙を涙ながらに焼いたのは、出家の準備のためだった。師走《しわす》半ばの仏名《ぶつみょう》の日、彼は人々の前に久しぶりに姿を見せた。だがその姿はやつれもせず、むしろ昔の威光にもまして稀有《けう》に輝いて見えたという。そして大晦日、追儺《ついな》で張り切る三の宮を見守りつつ、光源氏は詠んだ。「嘆きのなか、知らぬ間に時は過ぎた。一年も、そして私の俗世も今日終わるのだ」と。

『源氏物語』の作者は紫式部《むらさきしきぶ》である。だが彼女が書いた『源氏物語』が、いま私たちが目にしているものと同じかと言えば、それはわからない。彼女自身が書いた本が伝わっていないので、確認のしようがないのだ。とはいえこの大長編『源氏物語』が一気に発表されたものではないことは、容易に想像がつく。つまり、最初はばらばらに世に出たのだ。そうした『源氏物語』が、現在のようにある程度整った形で伝えられるようになるには、幾人もの中興《ちゅうこう》の祖《そ》がいた。そしてその筆頭は、やはり藤原定家《ふじわらのていか》をおいていないだろう。

実は、紫式部の時代から二百年を経ずして、『源氏物語』は注釈書が必要なほど読みにくくなっていた。大体、本ごとに文章が違うのである。そうなった理由はいくつもある。まず、草稿《そうこう》の流出だ。『紫式部日記』には、藤原道長《みちなが》が紫式部の局《つぼね》から物語の草稿を盗み出し、次女の妍子《けんし》に与えたと記されている。好評ゆえの被害だが、要するに作者がこの世にいる間から下書きと完成原稿の両方が出回っていて、作者自身もそれを止められなかったのだ。第二に、誤写だ。江戸時代以前、本は書き写して伝えられた。印刷技術はあったが、美術品と同じで本も一点物であることにこそ価値があり、手で写されたのだ。誤写に気づけばよいが気づかない場合もあって、それがまた次の人に写されれば、もとの本とは違う一派が生まれてしまう。そして第三は、書写の際の勝手な書き換えや、創作である。和歌と違って作者が尊重されない物語は、書き換え御免と考えられていた節さえある。『源氏物語』に創作意欲をかき立てられた読者が、巻ごと新作してしまうこともある。こうして平安末期頃、『源氏物語』には現在の五十四帖のほか、今は伝わらない「桜人《さくらびと》」「法《のり》の師《し》」「狭《さ》蓆《むしろ》」「巣守《すもり》」などの巻を持つものがあった。本ごとに文章が異なり、意味のわからない部分もあった。

そんな時に現れ、『源氏物語』に深く関わって活躍したのが定家である。歌道《かどう》の大家・藤原俊成《しゅんぜい》を父に持つ次男。生まれたのは応保《おうほう》二（一一六二）年と平治《へいじ》の乱の直後で、平安末期から鎌倉初頭にかけての揺れ動く時代を生きることになる。だが既に十九歳の時、彼は自らの日記『明月記《めいげつき》』に記していた。治承《じしょう》四（一一八〇）年、東国《とうごく》で源 頼朝《みなもとのよりとも》が平氏追討のため挙兵したとの噂に、都が騒然としていた時である。「紅旗征戎《こうきせいじゅう》、吾がことにあらず（天子《てんし》の御旗《みはた》を掲げた戦いも、自分には関係ない）」。世の乱れに振り回されず、一路《いちろ》歌道に邁進する覚悟を示したのだ。

『源氏物語』が歌人必携の書だというのは、父の俊成の説である。「源氏見ざる歌よみは遺恨《ゐこん》のことなり（歌詠みが源氏物語を参考にしないとは、残念なことよ）」。建久《けんきゅう》三（一一九二）年から翌年にかけて企画開催された「六百番歌合《ろっぴゃくばんうたあわせ》」での言葉だ。和歌は第一の文芸、物語はサブカルチャーとされていた格付けは、こと『源氏物語』に関しては、これで帳消しとなった。時に定家は三十一歳。『源氏物語』最後の帖の名を詠み込んだ名歌「春の夜の夢の浮き橋とだえして　峰にわかるる横雲の空（春の夜の夢がふと途切れ、見れば曙《あけぼの》の空には、たなびく雲。峰にかかって二つにちぎれ、別れてゆくではないか）」（『新古今和歌集《しんこきんわかしゅう》』春上）は、建久九年、三十七歳の時の作である。

定家は歌道に精進するとともに、平安時代の歌集や物語を集め、自ら写した。『源氏物語』を写したのは嘉禄《かろく》元（一二二五）年、承久《じょうきゅう》の乱での上皇《じょうこう》側の敗北によって政治情勢が大きく変わるなか、定家はすでに六十四歳になっていた。定家の『源氏物語』は表紙の色から「青表紙本《あおびょうしぼん》」と呼ばれ、『源氏物語』本文の決定版とされた。だが実は、この企てにはライバルがいた。父・俊成の歌の弟子、源光行《みつゆき》と親行《ちかゆき》の父子である。定家とほぼ同じ頃、『源氏物語』のわかりにくさを解消したい一念で、彼らも「これぞ決定版」なる本を作っていたのだ。それは親子が共に河内守《かわちのかみ》だったことから「河内本《かわちぼん》」と呼ばれた。現在私たちが手に取る『源氏物語』の五十四帖とその順序は、こうした人々の模索によって結晶されたものなのである。

青表紙本と河内本はどう違ったか。例えば「桐壺《きりつぼ》」巻、帝《みかど》が亡き更衣《こうい》を思い出している場面、青表紙本は更衣の面影を、ただ慕わしく愛らしかったとする。だが河内本は、女郎花《おみなえし》の風になびくよりしなやかで、撫子《なでしこ》の露に濡れるよりかわいかったと続く。シンプルな青表紙本に対して、河内本はわかりやすい。だが逆の箇所もあって、違いは一様でない。

二つの本は二つながら尊重され、さらに写し継がれて時代を超えた。その作業に携わった人々の数は計り知れない。定家を中興の祖とは言ったが、彼だけではない。光行も親行も、いや『源氏物語』を書き継いだ人たち皆が、この物語の命をつないできた。『源氏物語』は多くのサポーターたちの情熱によって支えられ、今に伝えられているのである。

第三章　光源氏の没後

四十五　平安人の心で「匂兵部卿」巻を読む

血と汗と涙の『源氏物語』

四十二帖「匂兵部卿《におうひょうぶきょう》」のあらすじ

光源氏が世を去って以来、彼を継ぐ人物は世に現れなかった。明石中宮《あかしのちゅうぐう》と今上帝《きんじょうのみかど》の間の三《さん》の皇子《みこ》と、光源氏の次男で妻・女三《おんなさん》の宮《みや》が産んだ息子とが際立っているが、光源氏ほど輝かしい訳ではない。だが光源氏が母の身分に左右されたのに比べ、彼らは血筋の威光に助けられて世評が高いのだ。

かつて光源氏と紫の上《むらさきのうえ》が住んだ二条院《にじょういん》には、紫の上からこの御殿《ごてん》を相続した三の皇子が住んでいる。また光源氏が建設した豪邸・六条院《ろくじょういん》で紫の上が住んだ春の町には、三の皇子と同じく明石中宮が産んだ女一《おんないち》の宮《みや》が紫の上を偲んで住んでいる。どちらの御殿も結局は明石の君一人の末裔《まつえい》のためと見えて、今は当の明石の君はたくさんの孫の世話をしつつ老後を送っている。また光源氏のその他の妻たちも、右大臣《うだいじん》となった夕霧《ゆうぎり》の庇護《ひご》を受けつつ、それぞれに日々を過ごしていた。

そんななか女三の宮の息子は、物心ついて以来、自分の出生《しゅっしょう》に秘密のあることに感づいていた。十九歳で宰相中将《さいしょうのちゅうじょう》に昇進という出世をよそに、憂い多き彼の心は出家に向かっていた。不思議にも彼は身体から芳香を発し、対抗して三の皇子も香りに執着したので、彼らは世から「薫る中将」「匂ふ兵部卿」と呼ばれる。夕霧は藤典侍《とうないしのすけ》の産んだ娘・六の君《ろくのきみ》を薫《かおる》か匂宮《におうみや》に嫁がせたいと望み、落葉《おちば》の宮《みや》の養女として磨きをかけた。やがて薫は二十歳となり、その美と香りは女たちをときめかせる。

『源氏物語』を、原文で読もう」。そう思ったとき、私たちは図書館や書店に行き、『源氏物語』と題された書物を当たり前に手に取る。だが実は、印刷され本棚に並べられた『源氏物語』の活字の裏には、研究者たちの果てしない血と汗と涙の物語がある。その代表的な人物・池田亀鑑《いけだきかん》(一八九六〜一九五六)を紹介しよう。彼こそが、私たちが今読んでいる『源氏物語』を世に導き出した人なのだ。なお、「亀鑑」という珍しい名前の意味は「お手本」だ。

『源氏物語』の本文が、平安時代の末にはもう相当乱れてしまっていたことは、前に記した。またそんななかで、かたや藤原定家《ふじわらのていか》、かたや源光行《みなもとのみつゆき》と親行《ちかゆき》父子という二者が、それぞれに『源氏物語』の決定版と信ずる「青表紙本《あおびょうしぼん》」と「河内本《かわちぼん》」を整えたことも記した。だが、ことはこれでは収まらなかった。彼らの本もまた、その後の時の流れの中で転写を繰り返されるうち、あるいは誤写され、あるいは戦乱や災害で傷つけられる運命を免れなかったのだ。写本によっては、「青表紙本」と「河内本」の両方が「いいとこ取り」のように混ぜて写されることもあった。書写の態度は人や事情によって様々だから、こうした事態は止められないのだ。江戸時代には大衆文化の波が押し寄せ、『源氏物語』も大量生産の印刷本で読まれることになった。最も売れたのは、北村季吟《きたむらきぎん》が延宝《えんぽう》元(一六七三)年に刊行した『源氏物語湖月抄《こげつしょう》』。物語の本文に注が付いて読みやすく、明治二十三(一八九〇)年にも増補版が出ていて、与謝野晶子《よさのあきこ》はこれにより『源氏物語』を現代語訳したともいわれている。その『湖月抄』は、「青表紙本」と「河内本」の両系統の本文を含んでいる。

そうしたなかで、もう一度『源氏物語』の本文を見直そうとしたのが、池田亀鑑である。彼が追い求めたのは、『源氏物語』のできるだけ確実な本文だった。紫式部《むらさきしきぶ》が書いた原典にたどり着けないなら、せめて純粋な「青表紙本」、または「河内本」がないか。きっかけは三十歳の時、東京帝大文学部に就職して『源氏物語』関連プロジェクトを任されたことである。彼は日本全国の旧家や寺などを訪ね回った。『源氏物語』の古書が見つかれば、模写したり撮影したり。その数は何と約三万冊にものぼった。「まだどこかに人知れず埋蔵されてゐる本がないとは限らない」「博捜の手は一日といへどもゆるめてはならない」。彼自身が、生涯の大著《たいちょ》『源氏物語大成《たいせい》』の中で記している言葉だ。こうして七年、彼はようやく『源氏物語』の「校本《こうほん》」の原稿を完成した。「校本」とは、基準になる一本を中心に置き、それと違う本文のバリエーションを示したものである。基準になる本では「右大臣」とされている箇所が他の本には「左大臣」とあるなどといったことが、一目瞭然に対照できるしくみだ。亀鑑はその基準となる本を、宮内《くない》庁書陵《しょりょう》部所蔵の一本に決めていた。それは「河内本」系統に属する本だった。現段階ではそれが辿り着き得る最も標準的な本文だと、彼は当時考えていたのである。

ところがその直前のこと、佐渡の旧家から突如として「お宝」が現れた。『源氏物語』の、「浮《うき》舟《ふね》」を除く五十三帖揃《ぞろ》い。売り手の希望価格は一万円という当時にしては一軒家が買える巨額とされ、買い手がつかないなか、亀鑑はその情報を得た。とりあえず蔵書家で知られた大島雅《おおしままさ》太郎《たろう》に購入してもらい、それを借り受ける形で亀鑑は解読し始める。そしてやがて、その本が現存する四帖分の定家自筆本と九帖分のその模写本に次いで古い「青表紙本」の写本であることに気づくのである。奥書《おくがき》には文明《ぶんめい》十三（一四八一）年の書写とある。しかも書道の名家・飛鳥井雅康《あすかいまさやす》の自筆だ。「その数量において、またその形態・内容において稀有《けう》」（『源氏物語大成』）。彼はせっかく書いた「校本」を書き換えると決めた。基準となる本はこの「大島本」でいく。七年の血と汗と涙の成果である原稿をなげうち、書き換えに要した月日はさらに十年。彼がようやく「校本」の刊行にこぎ着けたのは、第二次世界大戦下の昭和十七年であった。

何が彼をここまで駆り立てたのか。それは、どこまでも『源氏物語』に対して謙虚でありたいという情熱である。現存するおびただしい数の写本たち。それは皆、それが写された時代の『源氏物語』の証言者だ。その声に耳を澄まさなければならない。思いこみで勝手に本文を改変するなどということは、断固あってはならない。それを防ぐために、校本が必要だ。その大事業を、「僅か一世紀にも足りない生命しか与へられてゐない人間にできる筈はない」（『源氏物語大成』）と思いながら遂げたのが彼であった。そしていま、私たちが読む活字版『源氏物語』の本文は、ほとんどすべてがこの大島本によっている。

その後、大島本の所蔵は京都文化博物館に移り、活発な研究が続いている。二〇〇八年の「源氏物語千年紀」には、大島本をめぐるシンポジウムも開かれた。研究者の中には見直し論もある。だがどんな立場に立っても、心は一つだ。それぞれの写本に敬意を払い、謙虚に耳を澄ますこと。池田亀鑑の静かにたぎる心は、研究者たちの中に確実に受け継がれている。

四十六　平安人の心で「紅梅」巻を読む

左近《さこん》の〝梅《うめ》〟と右近《うこん》の橘《たちばな》

四十三帖「紅梅《こうばい》」のあらすじ

時は飛び、匂宮《におうみや》二十五歳の春である。その頃按察使大納言《あぜちのだいなごん》と呼ばれていたのは、光源氏の悪友にして好敵手であった故致仕大臣《ちじのおとど》（かつての頭中将《とうのちゅうじょう》）の次男であった。兄の柏木《かしわぎ》亡き後、一族の柱として帝《みかど》の覚えめでたく出世した彼もすでに五十四、五歳で、最初の北《きた》の方《かた》を亡くし、同じく夫の蛍兵部《ほたるひょうぶ》卿宮《きょうのみや》に死なれた真木柱《まきばしら》（故鬚黒《ひげくろ》の娘）と再婚していた。亡き北の方との間の大君《おおいぎみ》と中《なか》の君《きみ》、真木柱の連れ子の宮《みや》の御方《おんかた》と、三人の娘の行く末を彼は思案し、まず大君を東宮妃《とうぐうひ》とした。東宮には右大臣《うだいじん》・夕霧《ゆうぎり》の長女が嫁いで寵愛《ちょうあい》を受けていたが、藤原《ふじわら》一族の本懐を遂げたいと負けん気を奮ったのである。

さて大納言は、中の君は匂宮へと望む。一方、宮の御方は実母にも顔を見せぬほど内気で、大納言が訪ねても打ち解けない。その庭先の紅梅の枝を匂宮のために折り取ろうとして、大納言はふと往年の光源氏を思い出す。匂宮や薫《かおる》が今どんなによい世評を受けていようが、あの光源氏には比べものにもならない。だが大納言は、匂宮を光源氏の形見と拝しようと思い直す。

匂宮はどうも中の君より宮の御方がお目当てのようで、母の真木柱は対応に迷う。匂宮が女好きでお忍びの恋人も多く、宇治《うじ》の八《はち》の宮《みや》の姫君のところへもしげしげと通っているからだ。信頼できないが高貴な彼を無下に拒むこともできず、真木柱は優柔不断な態度をとり続けざるを得ないのだった。

内裏紫宸殿《だいりししんでん》の前庭にあるのは、左近の桜と右近の橘。ひな祭りの飾りとしてもお馴染みの二つだが、実はこの左近の桜、もとは「左近の梅」だった。『続日本後紀《しょくにほんこうき》』には、仁明《にんみょう》天皇（八一〇〜八五〇）の承和《じょうわ》十二（八四五）年、皇太子や臣下たちがこの梅の枝を髪に飾り、楽《がく》に興《きょう》じたとある。当時といえば、例えば在原業平《ありわらのなりひら》が二十一歳の頃である。彼が殿上人《てんじょうびと》となるのはもう少し先のことだが、あるいは地下《じげ》の官人として庭に立ち、左近の梅を見ていたかもしれない。梅が桜に植え替えられたのも同じ仁明天皇の世のことという（『古事談《こじだん》』巻六）から、業平は植え替えの様子も見ていたかもしれない。

梅は中国が原産で、奈良時代に入って日本に渡った。なるほど日本神話には登場しないわけである。『万葉集《まんようしゅう》』には梅を詠んだ歌が百二十首近くもあり、桜の四十首余りを大きく引き離す。縄文時代から日本にあった桜に対し、先進国中国の香りを文字通り馥郁《ふくいく》と伝える梅は、奈良朝の知識人たちの異国趣味をかき立てたのだ。「梅が枝《え》に鳴きてうつろふ鶯《うぐひす》の　羽白妙《はねしろたへ》に沫雪《あわゆき》そ降る」（『万葉集』巻十）。お得意のさえずりを響かせながら、梅の枝から枝へ飛び移る鶯。羽には春の淡雪が散りかかっている。奈良時代、梅は白梅だったから、この鶯の周りは雪と花との白い競演だ。

紅梅は平安時代になってから渡来したらしい。先の業平を主人公に据える『伊勢物語《いせものがたり》』（四段）も、梅が印象的な逸話だ。恋が破局した後、男が女との思い出の部屋を訪れる。別れは去年の正月、ちょうど一年が過ぎ、庭は梅の花盛りだった。花の色は記されないが、おそらく紅梅ではなかったか。女は去って、もういない。がらんとして荒れたその部屋は、立って眺めても座って見ても、去年とはまるで別のものだった。男は泣いて、歌を詠んだ。「月やあらぬ春やむかしの春ならぬ　我が身ひとつはもとの身にして（月は、どうなのだ？　梅の咲く春は、昔どおりの春なのか、そうではないのか？　少なくとも人の世は、私ひとりはもとのままで、他のすべてが変わってしまった）」。上《かみ》の句《く》の、激しい問いかけ。「在原業平は、その心余りて、言葉足らず」。そう『古今和歌集《こきんわかしゅう》』仮《か》名序《なじょ》に評されるとおりの詠みぶりで、心はあふれんばかりに伝わる。ここにあるのは、ひたすらの喪失感、なくした昔を切なく求める心だ。

　昔を思うといえば、菅原道真《すがわらのみちざね》の逸話の梅もそうだ。業平から約半世紀後。道真は庭に紅梅を植え、いつも愛《め》でていた。漢学者の彼と中国趣味の梅とはいかにも似つかわしく、その邸宅が「紅梅《こうばい》殿《どの》」と呼ばれるほどだった。ところが昌泰《しょうたい》四（九〇一）年、彼は謀反《むほん》の疑いで大宰府《だざいふ》に流されることになる。決定は正月二十五日、ちょうど自邸の梅が咲く頃だった。『大鏡《おおかがみ》』「時平《ときひら》」が詳しい。

「東風《こち》吹かば匂ひおこせよ梅の花　あるじなしとて春を忘るな（東風が吹いたら、その馥郁たる香りを風に乗せて流刑地《るけいち》までよこしておくれ、梅の花よ。主人の私がいないからといって、春を忘れて咲かずにいたりはしないでおくれ）」。道真の悲痛な願いを紅梅が聞き届けて筑紫《つくし》まで飛んでいったという「飛び梅」伝説は、この歌から生まれた。

「木の花は　濃きも薄きも紅梅」。『枕草子《まくらのそうし》』「木の花は」のこの一言もよく知られている。だが『枕草子』で私が最も惹かれるのは、紅梅は紅梅でも木の花ではない、中宮定子《ちゅうぐうていし》の指先の紅梅色だ。「宮に初めて参りたる頃」の段、あこがれの宮中に出仕《しゅっし》したものの、清少納言《せいしょうなごん》は緊張で半べそをかき、几帳《きちょう》の後ろに隠れていた。定子はそんな彼女をそばに呼び、絵を見せる。どぎまぎする清少納言。定子は優しく声をかけ、清少納言からも言葉を引き出そうとする。清少納言は燭台《しょくだい》の灯に照らされる恥ずかしさをこらえて、定子の手元をじっと見つめていた。その時、その目がとらえたのが、定子の指先の美しさだった。「いと冷たき頃」とあるから、真冬のことだろうか。女房《にょうぼう》の出仕は十二月末が多いという研究者の説に従えば、もうじき梅が咲くという正月間近の時期だったかもしれない。清少納言に差し出す絵に添えられた、袖口から少しだけ覗いた指先が、寒さにほんのり色づいていた。「いみじう匂ひたる薄紅梅（輝くような薄紅梅色）」。こんな人が世界にいたのだと、娘や主婦として狭い世間を生きてきた清少納言は、ただ驚くばかりであったという。

『枕草子』の執筆は定子の中宮時代に始まるが、定子後宮《こうきゅう》での出来事を記したこのような「日記的章段」は、定子の崩御《ほうぎょ》後に書かれたものと考えられている。ならばこの「薄紅梅」もまた、懐かしい思い出そのものだ。清少納言の初出仕の時、定子は十七歳。その七年後にわずか二十四歳で帰らぬ人となった。

「年々歳々花相似《あひ》たり　歳々年々人同じからず」。花の色は不変だが人の世はうつろうと詠む、唐の詩人・劉希夷《りゅうきい》の「代悲白頭翁」そのままに、もう決して戻らない日々を美しく彩る花、それが王朝の梅なのだった。『源氏物語』の「紅梅」も、光源氏の死後、その時代を切なく懐旧《かいきゅう》する巻だ。光が消えた後、凡庸に生きるしかない主人公たちの世界に、ただ梅だけがつややかに咲き誇る。それでも人は生きるしかない。そこにはもう、宇治十帖の調べが聞こえ始めている。

四十七　平安人の心で「竹河」巻を読む

性悪女房《しょうわるにょうぼう》の問わず語り

四十四帖「竹河《たけかわ》」のあらすじ

これは、鬚黒《ひげくろ》に仕えていた性悪女房たちの問わず語りである。鬚黒は玉鬘《たまかずら》との間に男子三人、女子二人をなして、最後は太政大臣《だいじょうだいじん》にまで至り亡くなった。遺された玉鬘は姫たちの将来を考えて悩んだ。姫たちには今上帝《きんじょうのみかど》、冷泉院《れいぜいいん》、右大臣《うだいじん》・夕霧《ゆうぎり》の息子の蔵人少将《くろうどのしょうしょう》が求婚しているが、玉鬘は上の大君《おおいぎみ》を臣下と結婚させる気は全くない。しかし最も激しく大君を欲しているのは蔵人少将だった。いっぽう玉鬘は当時十四、五歳で光源氏の血を引く貴種《きしゅ》の薫《かおる》を気に入っており、心密かに婿候補と見ていた。薫は玉鬘邸に出入りするようになると貴公子らしい振る舞いが女房らに称賛され、蔵人少将はそれを羨んだ。

だが結局、玉鬘は大君を冷泉院に嫁がせた。かつて自らが冷泉院に望まれながら鬚黒に嫁《か》したことへの償いである。蔵人少将は激しく落胆し、薫も内心残念に思う。退けられた今上帝も不興を示した。大君は翌年皇女を産んだことで院の溺愛が募り、院の他のきさきとの関係がぎくしゃくし始める。

玉鬘は、今上帝の不快を回避するため下の中《なか》の君《きみ》を尚侍《ないしのかみ》とした。だが数年後、大君は皇子を出産してさらに冷泉院の寵愛《ちょうあい》を独占し、周囲に憎まれて里がちとなる。気苦労の多い玉鬘は、昇進の挨拶に訪れた薫につい愚痴をこぼすが、二十三歳で分別のついた薫は、後宮《こうきゅう》の悶着《もんちゃく》は予想されたことと突き放す。あの蔵人少将も昇進して挨拶に訪れ、玉鬘は出世の遅い我が息子たちを思って嘆くのだった。

「昔々、ある所に、おじいさんとおばあさんがおったんじゃと」。昔話によくある語り出しだ。田舎屋のいろりばた、年寄りが子どもたちに語って聞かせる様子を想像していただきたい。子どもたちは目を輝かせて聞き入り、語り手はその物語のすべてを知っているように話す。だが、その昔話は本当にあったことではない。だから当然のことだが、語り手はかぐや姫や桃太郎を見知っているとは言わない。

平安時代の物語作品は、「もの語り」という名の通り、語り手が語るかたちで書かれている。そして多くの物語において、語り手はこのいろりばたの年寄りと同じだ。見てきたように読者にストーリーを開陳してはくれるが、もとより架空《かくう》の話だから、登場人物をじかに知っている様子はない。ところが『源氏物語』の語り手は違う。「夕顔《ゆうがお》」巻の末、語り手はこう言う。「こんな恋の失敗談は、光源氏様がひた隠しになさっていたから漏らすのもお気の毒で、遠慮していたのですけれど」。何とこの語り手は、光源氏が空蟬《うつせみ》や夕顔と恋をし、かたや拒絶され、かたや女の変死に終わった巻々……「帚木《ははきぎ》」「空蟬」「夕顔」の内容を、光源氏自身は隠していたと知っているのだ。しかも結局それを読者に語ってしまったのは、彼のことを「作り事」つまり架空の話のように言い立てる人々がいるからだという。まるで光源氏が実在したかのような物言いではないか。そう、『源氏物語』の語り手は、読者の世界の人物ではない。光源氏が、紫の上《むらさきのうえ》が、そして六条院《ろくじょういん》が存在した世界の人物なのだ。彼らを近くから見て、様々の事件を知っていた女性。おそらくは女房である。

語り手には身分という肉づけがされている。その上下は、彼女の使う敬語から割り出すことができる。例えば「夕顔」巻の冒頭、光源氏は病気で尼となった乳母《めのと》を見舞う。その出家のことは「わづらひて尼になりにける」と語られていて、「尼になり給ひにける」ではない。この乳母の息子がご存じ惟光《これみつ》で、光源氏の恋の冒険には欠かさず付き従うのだが、彼についても敬語は使われていない。語り手の身分が、乳母や惟光よりも上だからだ。つまり語り手は、貴族社会のこうした一角に位置を占める人物と設定されているのだ。

ところでこの語り手、『源氏物語』の五十四帖を通じて一人かというと、そうではない。「桐壺《きりつぼ》」巻の語り手は光源氏生誕以前からの宮中の事情に詳しい。いっぽう「帚木」「空蟬」「夕顔」三帖の語り手は光源氏の十七歳ごろをよく知り、平安京でも受領《ずりよう》や庶民の界隈《かいわい》に詳しい。前者は重々しく語り、後者は軽い口調で、雰囲気もかなり違う。つまり語り手たちは、巻ごとに違い、あるいは巻を超えて登場して、全部で何人なのかの見当もつかない。それが最もはっきりと分かるのが「竹河」巻だ。その冒頭には、「これはのちの太政大臣（鬚黒）周辺に仕えていた性悪女房たちによる、問わず語り」だとある。「竹河」巻は、ドラマの番外編のように、脇役玉鬘のその後にスポットライトを当てる。語り手もそれにふさわしく、玉鬘に近く彼女をよく知る、鬚黒の女房たちと設定されているのだ。

こう見ると語り手たちは、役名はないが重要な役割を担った登場人物とも考えられる。彼女たちには共通したキャラクターがあって、まず、敬語をきちんと使う。また多くの巻で、話が政治関係のことになると「女の口出しすることでないので、省く」と遠慮する。上下関係も分も弁《わきま》えた女性たちなのだ。とはいえ、底意地は結構悪そうだ。語り手は、つらつらと物語を語っていたと思いきや、不意に自分の意見や感想を口にすることがある。そんな箇所を「草子地《そうしじ》」と呼ぶが、それが実に的を射ていて、しかも辛口なのだ。例えば「帚木」巻、光源氏が初対面の空蟬を口説く場面では「いつものことだけれど、どこから取り出されるお言葉やら」。まさに漫才のつっこみのようだ。また「竹河」巻では、玉鬘の長女・大君に失恋した蔵人少将が昇進後に玉鬘のもとにやって来て泣く場面で、その仕草を「わざとらしい」と言う。かつて自分を婿にしなかった玉鬘に、昇進した姿を見せつけて泣くあてつけがましさが、語り手の気に入らないらしい。これら草子地を読んで、読者は「そうそう」とうなずいたり「そこまで言わなくても」と反発したりするだろう。語り手の生き生きしたコメントが、読者の反応を引き出すのだ。

語り手たちの真骨頂《しんこっちょう》は、逢瀬《おうせ》の場面だ。物語がいわゆる濡れ場にさしかかると、『源氏物語』は登場人物を唐突《とうとつ》に「男は」「女は」と呼び始める。それまでの「君」「宮」「大臣《おとど》」などの社会的な呼び方をかなぐり捨てて、恋する者たちに密着し、彼らを肩書のないただの「男」と「女」として語る。それが『源氏物語』の語り手の、恋に対する姿勢なのだ。そうした場面では、まるで低く張った厳粛な声音《こわね》までが、行間から聞こえてくるようだ。

語り手を意識しながら読むと、『源氏物語』の文章は艶《つや》めき、生々しい肉声となる。それを味わうには、やはり原文に触れていただきたい。さらには語り手になったつもりで、原文を朗読してみてはどうだろう。我こそは語り手。それも『源氏物語』の楽しみ方の一つではないだろうか。

第四章　宇治十帖

四十八　平安人の心で「橋姫」巻を読む

乳を奪われた子、乳母子《めのとご》の人生

四十五帖「橋姫《はしひめ》」のあらすじ

その頃、世から見捨てられた親王《しんのう》がいた。光源氏の異母弟で桐壺院《きりつぼいん》の八男だが、かつて朱雀院《すざくいん》の治世に右大臣《うだいじん》派閥に利用され、東宮《とうぐう》だった冷泉院《れいぜいいん》を廃太子《はいたいし》とする陰謀に加担したため、光源氏の政界復帰後はなきものとされていたのである。彼は愛妻を亡くし男手一つで二人の娘・大君《おおいぎみ》と中《なか》の君《きみ》を慈しみ育てていたが、京の邸宅が火災に遭い、娘たちと宇治《うじ》の山荘に移り住んでからは、俗聖《ぞくひじり》の生活を送っていた。

その八《はち》の宮《みや》が帰依《きえ》する阿闍梨《あざり》を通じて、薫《かおる》は二十歳の時に八の宮の存在を知った。心に憂いを抱え仏道に傾斜する薫は俗聖という生き方に惹かれ、やがて宇治の八の宮邸を親しく訪《おとな》うようになる。

三年が過ぎた晩秋のある日、薫が宇治を訪れると、八の宮はたまたま山寺に籠《こも》って不在であった。山荘付近でゆかしい楽《がく》の音を耳にしていた薫は、庭先から大君と中の君の姿を垣間見《かいまみ》る。月下で琵琶《びわ》と箏《そう》の琴《こと》を奏で機知に富んだ会話を交わす二人に薫は魅了される。しかし大君の応対は消極的であった。

ところが、代わって応対に出た老女房《おいにょうぼう》・弁《べん》は唐突《とうとつ》に泣いて昔語りを始め、薫は彼女が自分の出生《しゅっしょう》の秘密を知る人物と悟る。京に戻って後も大君と文《ふみ》を交わし、好色の匂宮《におうみや》にわざと宇治の姫君たちのことを話して自慢しつつ、内心では弁の言葉のほうが気にかかってならない薫だった。十月、薫は宇治に赴《おもむ》き、弁から実父・柏木《かしわぎ》の遺書を手渡された。そこには女三《おんなさん》の宮《みや》と薫を想う気持ちが切々と綴られていた。

「橋姫」巻、薫は宇治の八の宮邸で老女房・弁の君と出会い、亡くなった実父・柏木の遺言書を渡されて、自分の出生の秘密を知る。この巻で初めて物語に登場する彼女が、なぜそうした秘事《ひじ》を知り、遺言書さえ持っていたのか。「若菜《わかな》」巻や「柏木」巻では、柏木と女三の宮の間をとりもっていたのは、女三の宮の女房・小侍従《こじじゅう》だったはずだ。実は、弁の君は柏木の乳母の子、小侍従は女三の宮の乳母の子だった。弁の君は自らも柏木に仕えていて、弁の君と小侍従、二人の乳母子の手を経て、恋文は通わされたのだという。ならばあの罪の恋、結果的には女三の宮を出家に追い込み、柏木の命まで奪った邪恋《じゃれん》の陰には、乳母子たちの恐るべき連係プレーがあったのだ。それにしても、二十年以上も経ったいま秘事を蒸し返すとは。これが乳母子の忠誠心というものなのだろうか。

平安時代、高貴な女性は、自らは子育てをしなかった。乳母を雇って、授乳や着替えや添い寝、大きくなればその子のしつけや教育にあたらせた。授乳が仕事ということは、母乳が出る状態ということだから、乳母には多くの場合、乳を与えるべき実子がいることになる。乳母は数人雇われることも多く中には授乳しない乳母もいたが、それにしても子育て経験のある人が望ましいに違いなく、ならばほとんどが実の子を持っていたと思われる。『枕草子《まくらのそうし》』「かしこきものは」には、妻が貴人の乳母となった男の姿が、いささかコミカルに描かれる。乳母は二十四時間労働で養君《やしないぎみ》に付き添う。家には戻らず、夜も養君やその親のそばで眠る。困ってしまうのが乳母の夫だ。養君宅の妻の局《つぼね》にいりびたり、どうしても妻の肌が恋しいと無理に下がらせて同衾《どうきん》するが、妻には「早く来にかたくない。

て」とお声がかかる。あわただしく装束《しょうぞく》を探し、ひっかけて参上する乳母。夫のわびしさは想像にかたくない。

だが、母の局に一人で行くこともできない子どもは、もっとつらかったろう。乳母子は、養君と一つの乳を分け合ったように思われるが、そうではない。養君に乳を奪われた子どもなのだ。しかし物語の乳母子は、そうした恨みは表に出さない。養君は、乳母だけでなく、あわよくば乳母の夫や子どもたちをも出世させてくれる、金のはしごだ。むしろ乳母子たちは、自ら養君に寄り添い仕えた。そしてその密着といってもよいほどの寄り添い方のせいで、時には養君の秘密をも知ってしまうことになる。冒頭の弁の君はその典型で、養君・柏木の人に言えぬ恋心を知り、密通という罪の片棒を担ぐことになってしまったのだ。密通といえば、光源氏と藤壺《ふじつぼ》の密通の場合も、藤壺の乳母子には感づかれていた。この乳母子もまた女房名を弁という。光源氏の子を懐妊した藤壺は、夫・桐壺帝《きりつぼのみかど》の子として懐妊を公表する。だが、弁は不審に思った。日頃から藤壺に親しく仕え、湯殿《ゆどの》の世話などにもあたって、藤壺の身体については何もかも把握していたからだ。帝の子ならば懐妊五カ月のはず、それにしては藤壺様のお腹は小さい……。だが弁は、その疑いをのみ込み、誰にも言わなかった。思慮のある乳母子のおかげで、藤壺は助かったのだ。

内心を心一つにおさめて仕える。光源氏の乳母子・惟光《これみつ》にもそんなところがあった。光源氏が夕顔《ゆうがお》に興味を示した時、彼は「例のうるさき御心（いつもの面倒な好き心）」と内心でつぶやいた。やれやれといった体《てい》なのだ。しかしそれは口に出さない。彼の光源氏への仕え方は徹底していた。

光源氏の恋路に飽きもせずつきあうばかりか、須磨《すま》・明石《あかし》へも、家族をおいて同行した。その滅私奉公が功を奏したのだろう、彼はやがて宰相《さいしよう》にまで昇りつめた。父は大宰大弐《だざいのだいに》という受領《ずりよう》階級、しかも早くに亡くなっていて、兄や親族もさしたる地位にはない。惟光は覚悟を決めて、ただ光源氏という縁故ひとつにおのが人生を賭けたのだ。「少女《おとめ》」巻、娘（のちの藤典侍《とうないしのすけ》）が光源氏の息子の夕霧《ゆうぎり》から付け文を受け取った時などは、満面の笑みを浮かべて言う。「明石入道《あかしのにゆうどう》のようになれたらなあ」。果たしてそれは叶《かな》って、宇治十帖では、惟光の娘が産んだ夕霧の六女が匂宮に嫁ぐ。匂宮には東宮の座が期待されているから、もしそうなれば、惟光は既に死しているというものの、皇妃の祖父ということになるではないか。極楽《ごくらく》でほくそえむ顔が見えるようだ。

だが、現実の乳母子は、こうしたおいしい話ばかりではなかった。花山《かざん》天皇（九六八〜一〇〇八）の側近《そつきん》・藤原惟成《ふじわらのこれしげ》は、天皇の乳母子であったとされる（『帝王編年記《ていおうへんねんき》』）。惟成は位《くらい》こそ低かったものの、万事に辣腕《らつわん》で「五位の摂政」とまで呼ばれたと『勅撰作者部類《ちよくせんさくしやぶるい》』にはある。花山天皇の無能の割に政治はうまくいったので、天皇は世に「内劣《をと》りの外《と》めでた（私生活は駄目だが、表向きは立派）」と評されたという（『大鏡《おおかがみ》』「伊尹《これまさ》」）。だが、栄華の世は短かった。陰謀により、天皇はある日突然出家、つまり退位してしまったのだ。ことを知った惟成は観念し、自らも髪を剃った。そしてその後は、政治とは一切関わらぬ聖の生活を送り、三年後に生涯を終えた。悲しや惟成。乳母子の人生とは、かくもハイリスク・ハイリターンだったのだ。

四十九　平安人の心で「椎本」巻を読む

親王《しんのう》という生き方

四十六帖「椎本《しいがもと》」のあらすじ

薫《かおる》二十三歳の二月、匂宮《におうみや》は長谷寺詣《はせでらもう》での帰途、宇治《うじ》に立ち寄った。薫から宇治の八《はち》の宮《みや》の姫たちのことを聞かされ、興味をそそられていたのである。右大臣《うだいじん》・夕霧《ゆうぎり》が父の光源氏から伝領《でんりょう》した別荘が宿とされ、薫など貴公子たちが都から赴《おもむ》いて匂宮を迎えた。その賑やかな管絃《かんげん》の音が対岸にある八の宮邸に届くと、八の宮は都での過去の風流を思い出し、薫宛てに誘いの文《ふみ》をおくる。それに匂宮が返歌を書いたことで、匂宮と八の宮一家との交際が始まる。八の宮は、匂宮への返歌は専ら中の君《なかのきみ》におくらせた。

八の宮は重厄《じゅうやく》の年齢で不安になり、二十五歳の大君《おおいぎみ》と二十三歳の中の君の、我が亡き後の後見を薫に頼む。薫は誠意を尽くすと誓う。しかしいっぽうで八の宮は、大君と中の君には、軽々しい結婚はせず宇治で生涯を終えよと訓戒する。その後、山寺に籠《こも》った八の宮は病づき、あっけなく亡くなった。

涙に暮れる姫たちのもとに薫は駆けつけ、自らも悲しみをかみしめながら葬儀や法要の万事を整える。匂宮もたびたび文を寄越すが、八の宮亡き今、姫たちは男性との交際に警戒心を強めていた。だがそんななかでも、まじめな薫に対しては、姫たちも心を許して文を交わした。冬になっても薫は積雪をおして宇治に赴く。そして匂宮の想いを伝える傍ら、大君に自らの愛を告白し、京への迎え取りを申し出る。大君は薫の気持ちを厭《いと》い答えないが、そんな反応も薫にはつつましやかで好ましく映るのだった。

光源氏は、天皇の皇子《みこ》でありながら「源《みなもと》」という姓を与えられ、臣下となった。「親王」という、たとえ一縷《いちる》でも即位の可能性のある身分を、彼は手にすることができなかったのだ。だが、終わってみればどうだろう。他の親王位を与えられた兄弟よりも、光源氏のほうがずっと華やかな人生を送ったとはいえないか。例えば蛍兵部卿宮《ほたるひょうぶきょうのみや》は、いかにも優雅だがぱっとせず、ただ微温的な生涯を送ったように思える。また宇治の八の宮は、旧右大臣《うだいじん》派に担がれて冷泉《れいぜい》の代わりに東宮《とうぐう》の座に就《つ》くという陰謀が起こった頃は多少盛り上がったのだろうが、それが失敗に終わってからの人生は、まさに悲劇的としか言えない。

実は、蛍宮と八の宮の人生は、平安時代の親王たちの人生の、二つの典型である。親王がいわば皇位の「補欠」であったためだ。彼らは慣例上、大臣など公卿《くぎょう》にはならない。彼らのためには兵部卿や常陸太守《ひたちのたいしゅ》など、親王専用の職が用意されていて、これらの職に就くと「兵部卿宮」「常陸宮」などと呼ばれた。だが実際に兵を統率することも、常陸に赴くこともない、名ばかりの閑職《かんしょく》である。つまり彼らには、政治家として政界の中枢に身を置くという生き方も、実務に精励して働くという生き方もなかった。彼らはあくまでも、皇統が途絶えた時のための「控え」であった。長い「控え」の待ち時間をどう生きるか。多くの親王たちは、学問や恋の雅びに身を委ねながらひたすら時間を過ごした。そして一部の親王たちは、政治抗争に巻き込まれて悲劇に泣いたのだ。

寛弘《かんこう》八（一〇一一）年、一条《いちじょう》天皇（九八〇〜一〇一一）は死の病に倒れた時、何より長男・敦《あつ》康《やす》親王の将来を案じた。愛妻の定子《ていし》が遺した愛息子《まなむすこ》である。できれば即位させてやりたい。だが後継候補には、権力者の藤原道長《ふじわらのみちなが》の娘・中宮彰子《ちゆうぐうしようし》が産んだ次男もいる。「一の皇子をいかがすべきか」。帝《みかど》は側近の藤原行成《ゆきなり》に相談した。行成は何人かの親王のケースを挙げて答えた。彼が自ら日記『権記《ごんき》』に記すところである。まずは、『伊勢物語《いせものがたり》』にも登場して知られる、文徳《もんとく》天皇（八二七〜八五八）の第一皇子《おうじ》・惟喬《これたか》親王（八四四〜八九七）。長男であり、父の天皇からは愛されて即位も期待されていたと、行成は言う。敦康親王に重なる要素だ。だが、文徳天皇は惟喬親王に帝位を継がせなかった。選ばれたのは、時の権力者・藤原良房《よしふさ》を外祖父に持つ第四皇子、のちの清和《せいわ》天皇（八五〇〜八八〇）だった。

いっぽうで、長い月日をただの親王として過ごした後、意外にも帝位に即《つ》いた天皇もいると、行成は光孝《こうこう》天皇（八三〇〜八八七）、諱《いみな》・時康《ときやす》のケースを指摘する。この時康親王については、『大鏡《おおかがみ》』「基経《もとつね》」に面白い逸話がある。大臣家で宴会が催された時、給仕役が正客の分のメイン料理・雉《きじ》の足の丸焼きを配膳し忘れてしまった。宴が始まってから気づいた給仕役は狼狽《ろうばい》し、時康親王の膳にすでに盛りつけてあった雉をぱっと取り、正客の前に置き直した。すると親王は、怒りもせず自分の前の灯りを消したという。親王の膳にメインディッシュが無いことが周囲に分かれば、給仕役の失敗が明らかだ。親王は給仕役をかばったのだ。若い日にそれを目撃した藤原基経は、親王が控えめながら人徳のある人物であることを覚えていた。そしてやがて訪れた、陽成《ようぜい》天皇（八六八〜九四九）の退位、皇位継承者の不在という非常事態の中で、時康親王に白羽《しらは》の矢《や》を立てたのだ。しかしこれは、美談だろうか。思うに親王は、自分の受けた屈辱を、事を荒立てずに隠したかっただけなのではないか。そしてその自己主張のなさこそが、政治家・基経にとって好都合だったのだ。時康親王は即位して光孝天皇となり、三年半、帝位にいた。果たしてその治世は、基経を事実上関《かん》白《ぱく》とし彼にすべてを委ねるものだった。

さらにもう一人、行成が一条天皇説得に持ち出したのは、恒貞《つねさだ》親王（八二五～八八四）のケースである。「当初は東宮に立てられたものの、ついには捨て置かれたではありませんか」。恒貞親王は承和《じょうわ》の変で失脚し、東宮位を剝奪《はくだつ》された親王だ。藤原良房が陰謀を企て、淳和上皇《じゅんなじょうこう》（七八六～八四〇）派閥の排除を謀って起こした事件とされている。淳和上皇の子である恒貞親王は、十八歳で蟄居《ちっきょ》に追い込まれ、のち出家した。宇治の八の宮もそうだが、担がれることが不幸につながる親王は現実にも多いのだ。

行成の論理は、親王とは権力者の後見あってこそのもの、後見が弱いなら、大人しくして時流に任せるしかないということだ。こんこんとした説得に、一条天皇も心を決めた。敦康親王を愛するがゆえに、親王に帝位を継がせなかった。思えばその心は、光源氏を愛するがゆえに臣下に降《くだ》した桐壺帝《きりつぼのみかど》とぴたりと重なる。一条天皇は『源氏物語』を読んで、それに倣ったのだろうか？　いや、まさかそれはあるまい。とはいえ、この酷似。少なくとも、『源氏物語』がそれだけ現実に肉薄している証拠とだけは言えそうだ。

さて敦康親王はその後、二十歳で死亡。政治の風は、ついに彼のためには吹かなかった。

五十　平安人の心で「総角」巻前半を読む

乳母《めのと》不在で生きる姫君

四十七帖「総角《あげまき》」前半のあらすじ

八《はち》の宮《みや》の死から一年、二十四歳の薫《かおる》は宇治《うじ》の姫たちを親身に後見し続けていた。一周忌の近づく八月、薫は宇治を訪れて大君《おおいぎみ》と語るが、大君の心は中《なか》の君《きみ》を何とか幸せにしたいという思いばかりに占められ、薫にはすげない。彼の孤独を癒やし、自然に心を重ねることを大君に望んでいた薫は、その夜話し込んだ挙げ句大君の部屋に入り込んだ時にも、彼女の意志を尊重して、事に及ばず一夜を明かした。大君は薫の誠実さを感じ、彼を中の君に譲り二人を結婚させることを思いついた。自分は身を引き、若い中の君を人並みに結婚させることこそが自らの幸福だと、彼女は涙ながらに決意する。

八月二十日頃、八の宮の喪《も》が明けると、薫はその月のうちに再び宇治を訪れた。そして弁《べん》に語らい、女房《にょうぼう》たちを味方として大君の寝所《しんじょ》に入る手はずを整えた。しかし、まんじりともせずにいた大君は彼の気配を察し、隣に眠る中の君を部屋に残して壁際の屏風《びょうぶ》の背後に隠れてしまう。薫は口惜しく感じ、大君への想いを貫きたい意地もあって、中の君とも語らうだけで夜を明かしたのだった。

京へ帰ると薫は一計を案じ、八月二十八日、今度は密かに匂宮《におうみや》を連れて宇治を訪れた。薫の手引きで匂宮は容易に中の君の寝所に入り想いを遂げる。いっぽう薫は大君と二人きりになったが、懸命に許しを請う大君を前にすると、またもや事に及べない。あくまで大君の心を大切に扱うのが薫の真情だった。

「総角」巻の大君には、いらいらさせられる。何度も薫に言い寄られながら、どうしてああまで恋にも結婚にも消極的なのか。平成の肉食系女子ならば、妹と二人でダブル・ゴールインし、めでたしめでたしで終わろうものなのに。「妹に、結婚という人並みの幸せを味わわせたい」。二十六歳の大君はそればかり考えていた。また大君は「私の結婚など、誰が面倒をみてくれようか」とも考えていた。確かに、父も母ももういない。さらに乳母さえも、二人にはいなかった。最初からいなかったのではない。大君の乳母も中の君の乳母も薄情な人物で、二人がまだ幼い間に、出て行ってしまったのだ。

平安時代の文献を見ると、史実か虚構かを問わず、乳母こそが養君《やしないぎみ》を守る最後の味方だということがよくわかる。養君の親が亡くなろうとも、あるいは離婚して出て行こうとも、乳母は生涯を捧げて養君に仕え続ける。特に養君の縁談においては、親身になって奮闘する。乳母は無償の愛の源泉であり、世慣れてもいて、養君を導く頼もしい存在だった。宇治の姉妹にはそれがいなかった。だからこそ大君は、自分が乳母代わりとなって二歳下の妹を守ろうと心に決めたのだ。

『源氏物語』には、忠誠心あふれる乳母が数多く登場する。例えば、若紫《わかむらさき》の乳母「少納言《しょうなごん》」である。吉海直人氏は著書『源氏物語の乳母学』で、この乳母こそが若紫と光源氏を結びつけた立役者と見る。若紫は物心つかないうちに実母を亡くした。父は健在だが恐ろしい本妻がいて、そちらに引き取られればいじめにあうのは必至だ。とりあえずは祖母の尼君《あまぎみ》に育てられているものの、尼君は病気で残り僅かの命である。そんな時、若紫を引き取りたいなどと奇特な申し出をしてくれたのが光源氏だった。ただ、乳母には彼の真意がわからない。若紫の叔母・藤壺《ふじつぼ》に対する彼の恋心など、知るよしもないからだ。だがとうとう尼君が亡くなったとき、たった一人で若紫を守る立場となった少納言は、心を決めすべてを画策した。訪ねてきた光源氏に応対し、「姫はまだこんなにお小さくて、男女のことなどお分かりにならないのですよ」などと言いながら、若紫の体をぐいと光源氏のもとに押しやったのだ。手を伸ばすと、柔らかな衣。彼が初めて若紫の身体に触れた瞬間だ。また、父・兵部卿宮《ひようぶきようのみや》が若紫引き取りの動きを見せると、惟光《これみつ》にそれとなく情報を流したのも少納言だった。聞きつけた光源氏が若紫を奪取しにやって来て「女房一人ついて参れ」というと、他の女房たちが呆然とするなか、一人しっかり装束《しようぞく》を着替えて若紫に伴った。光源氏の妻としての紫の上の人生は、こうして乳母によって拓かれたのだ。

逆に、養君の結婚を阻止しようとする乳母もいた。『和泉式部日記《いずみしきぶにつき》』が描く敦道親王《あつみちしんのう》の乳母である。親王が悪評高い和泉式部に心を傾けていると聞き、彼女は苦言を呈《てい》した。「軽々しい夜遊びは、見苦しゅうございます。しかもあの女は、多くの男を相手にしているのですよ」「世の情勢は今日にも明日にもどうなる事かわかりません。宮様については、藤原道長《ふじわらのみちなが》様のかねてのお考えもございます」。敦道親王には道長によって東宮《とうぐう》に擁立される可能性もある。そのような政治的チャンスにおいて和泉式部との関係はマイナスにしかならないと、乳母は親王にかき口説く。敦道親王は二歳で母を亡くし、父・冷泉院《れいぜいいん》（九五〇〜一〇一一）も病で頼りにならない。ならばこの乳母もやはり、孤独な養君を必死で守ろうとする乳母なのだった。

乳母というものがそうした存在であってみれば、それに見捨てられるとは、孤独と悲惨極まりないことだった。『枕草子《まくらのそうし》』「御乳母《おんめのと》の大輔《たいふ》の命婦《みやうぶ》」はそれを痛感させる。清少納言《せいしょうなごん》が仕える中宮《ちゅうぐう》定子《ていし》は、兄弟が大罪で流され一家が没落した「長徳《ちょうとく》の政変」の年に、母を亡くした。数年後、定子の政治力はすっかり衰え、乳母さえも彼女のもとを離れる。夫の赴任について九州にゆくというのだ。乳母への餞別の扇《おうぎ》に、定子は自らこうしたためた。「あかねさす日に向かひても思ひ出《い》でよ都は晴れぬながめすらむと（明るい日向の地に行っても思い出しておくれ。都では心晴れぬ私が涙を流しているだろうと）」。その心は、乳母の背にすがりついて泣く幼い養君そのものだ。「いみじうあはれなり（本当にかわいそうに）」と、清少納言は記さずにいられなかった。定子の人生の悲劇については、できるだけ触れないようにしていた彼女なのに。『枕草子』が定子を哀切の意味で「あはれ」と言うのは、これが唯一のことだ。「さる君を見置き奉りてこそ、え行くまじけれ（こんな君をおいて行くなど、私には絶対できない）」。乳母なき今、自分こそが定子を守ろうと、清少納言は唇をかむ。

　親のない宇治の姉妹。大君は、長女らしい責任感で妹を守ろうと、一人で現実に立ち向かい、奮闘の末に亡くなってしまう。そして、その臨終の言葉すら、妹の将来を案ずるものだった。せめて彼女たちに、親身になってくれる乳母さえいれば、二人ながらも幸福になれたのではなかったか、そう思わずにはいられないのである。

五十一　平安人の心で「総角」巻後半を読む

薫《かおる》は草食系男子か？

四十七帖「総角《あげまき》」後半のあらすじ

中《なか》の君《きみ》が匂宮《におうみや》と結ばれたことは大君《おおいぎみ》にとって本意ではなかったが、もはや仕方がない。中の君に後朝《きぬぎぬ》の文《ふみ》への返事を書かせ、髪を繕ってやり、結婚三日目の夜は夫婦で餅を食べるしきたりだと聞くと用意するなど、献身を尽くした。その三夜目、匂宮は母の明石中宮《あかしのちゆうぐう》に諫められて出発が遅れたが、振り切って宇治《うじ》に赴《おもむ》き、夜半近くにようやく八《はち》の宮邸《みやてい》に着いた。結婚の成立に、八の宮邸の人々は喜ぶ。大君は胸をなでおろすいっぽう、盛りを過ぎた我が身を思い、薫への気後れを募らせるのだった。

ところがその後、匂宮の来訪は途絶えた。親王《しんのう》である彼には立坊《りつぼう》の可能性もあって、そうそう出歩けない。十月には紅葉狩りを口実に八の宮邸を訪れる計画が失敗し、匂宮は宇治川の対岸まで来ながら帰ってしまう。大君はこの恨みから男性不信に陥って、自分は決して結婚すまいと心に誓い寝込んでしまう。聞いた薫は見舞いに来るが、それが裏目に出た。薫の従者《じゆうしや》が八の宮邸の女房《にようぼう》に、匂宮と夕霧《ゆうぎり》の六《ろく》の君《きみ》の縁談のことを漏らしたのである。伝え聞いた大君は絶望し、父の諫めを破ったことを悔いる。

十一月、多忙な行事をおして薫が宇治を訪れると、大君はすでに危篤となっていた。驚いて親身に看護する彼を、もう大君は拒むこともせず、そのまま豊明節会《とよのあかりのせちえ》の夜に亡くなる。虚《うつ》けたようになり、ただ悲嘆に暮れて宇治で日々を過ごす薫。いっぽう匂宮は、中の君を京に迎える準備を進めていた。

平成の男性たちを評する「草食系男子」という言葉。最近では、『源氏物語』宇治十帖の主人公・薫がその典型だという説も耳にする。だが、そうだろうか？　筆者の考えは「否」だ。そもそも草食系男子とは、名付け親の編集者・深澤真紀氏によれば「恋愛に『縁がない』わけではないのに『積極的』ではない、『肉』欲に淡々とした」男性のこと。しかし、薫ファンには申し訳ないが、薫は決して肉欲に淡々としていない。宇治とは別の場所で、しっかり肉食している男子なのだ。その意味で、彼は「草食・肉食使い分け男子」と呼ぶことができよう。

　薫が肉食していた相手とは、女房たちである。彼が貴公子として初めて描かれる「匂兵《におうひょう》部《ぶ》卿《きょう》」巻を読めば、薫は万事につけて人に称賛されるために生まれてきたような男だった。だから、たとえかりそめであれ彼が声をかければ、なびかない女はいなかった。しかしそうした女などは所詮遊びの相手だから、彼は適当にあしらうだけだったという。「結婚しよう」とは言ってくれず、本気かどうかも疑わしい。かといって全く冷淡かと言えば、そうでもない。女にとって、なんと中途半端な相手だろうか。だがその彼が、時々情けをちらつかせてくれる。女たちはそれに惹かれて、彼が母宮と住む邸《やしき》にやってきた。「召人《めしうど》」志願のおしかけ女房となったのである。そんな女たちが、彼とのはかない契りを心頼みにしつつ仕えている三条宮《さんじょうのみや》。それは彼にとって一種のハーレムだったのではないか。邸にいる限り、肉食の相手には事欠かない。むしろ手に余るほどだっただろう。だが、そこには肉しかない。出生《しゅっしょう》にまつわる根源的な苦悩をかかえた薫にとっての、別の渇望、すなわち人生の孤独や不安を払ってくれる何かが、そこにはない。かくして彼は、肉食では満たされない思いを抱えてさまようことになる。そうして出会ったのが、宇治の姫君たちなのだ。

薫は、宇治の大君と何度も夜を共に過ごした。だが身体を重ねることは、遂に一度もなかった。一度目、薫は屏風《びょうぶ》をやおら押し開けて、大君の部屋に入った。ほの暗い灯火に照らされた彼女の顔にはらはらとこぼれかかる髪を掻《か》きやりまでした。だが大君に泣かれると、彼女が自然に心を開いてくれるまで待とうと引き下がる。二度目、薫は女房たちに手引きを頼み、今夜こそはと几帳《きちょう》をくぐった。直衣《のうし》と袴《はかま》を脱いだ袿姿《うちぎすがた》で、準備万端。その物腰は「いと馴れ顔（たいそう物馴れた様子）」で、普段の肉食の習慣が透けて見える。だが大君は気配を察し、既に寝床から抜け出ていた。薫は恥をかかされたと恨みつつ、やはり彼女を思いきれない。三度目、薫は障子《しょうじ》も破らんばかりの激しさで挑むが、長々と許しを請う彼女の前に「あなたの気持ちを尊重する」と屈する。そもそも「草食系男子」とは、森岡正博氏によれば「心が優しく、男らしさに縛られておらず」「傷ついたり傷つけたりすることが苦手」な男子のこと。大君に対する薫のありようは、まさに草食系男子そのものだ。つまり彼は、かけがえのない彼女に対してだけ草食系であったのだ。いったい大君とは、彼にとって何だったのだろう。彼女の臨終の床で、薫は言う。「私をこの世に関わらせる人は、君以外にいなかった」。大君とは、彼の迷える魂を救済してくれる女性だったのだ。

彼を求めて集まってくる女房や召人たちに対しては、彼は肉食系だった。彼が魂の救いを求めてすがる女性たちに対しては、彼は草食系だった。このように薫とは、肉食系と草食系という二つの顔を、相手によって使い分ける男だった。ところで気になるのは、後者の女性たちが、宇治の大君と中の君という皇族の末裔《まつえい》であることだ。そういえば彼が内心でずっと憧れているのは今上帝《きんじようのみかど》の女一《おんないち》の宮《みや》だし、請われてだが結局結婚したのは、その妹の女二《おんなに》の宮《みや》だった。もし彼の中に、貴種《きしゆ》の女性に対してひれ伏してしまう何かがあったとすれば、それは実父・柏木《かしわぎ》が薫の母・女三《おんなさん》の宮《みや》を求めた「思ひ上がれる気色《けしき》（気位の高い上昇志向）」に通じるのではないか。最初に触れた、貴公子薫を紹介する「匂兵部卿」巻を探せば、「思ひ上がりたることこよなく」という同じ言葉も見つかる。彼が柏木のＤＮＡを受け継いでいるのは、紛《まが》うかたなき事実だ。たとえ無意識にではあれ、薫は身分の高い女に弱いのだ。

さて、物語にはこの後ほどなくして、最後のヒロイン・浮舟《うきふね》が登場する。大君の異母妹である彼女は最初から「人形《ひとがた》」などと呼ばれ、薫にとっては何はさておき大君の身代わりという意味を持つ。いっぽうで彼女の身分については、常陸介《ひたちのすけ》を継父に持つ受領《ずりよう》階級と、薫は侮っている。はたして彼は浮舟に、草食系男子として接したか、肉食系として接したか。答えは肉食。最初の逢瀬《おうせ》で即座に契ってしまう。大君の身代わりのはずの浮舟なのに、薫は彼女を大君と同列には扱わなかったのだ。いったい彼自身は、そのことの意味を分かっていたのだろうか。浮舟が、薫の迷える魂を救済してくれる女性なのかどうか、その結論を、皮肉にも彼自身が最初に出してしまったということなのに。薫は、浮舟にはすがれない。彼女に救われもしない。結局、薫の孤独は続くのだ。

五十二　平安人の心で「早蕨」巻を読む

平安の不動産、売買と相続

四十八帖「早蕨《さわらび》」のあらすじ

姉を亡くした中《なか》の君《きみ》のもとに、新春、山の阿闍梨《あざり》から早蕨など春の山菜が届いた。昨春はこれを姉と共に受け取り、山寺で死んだ父を偲んだのだった。今年はそれもできないと中の君は歌に詠んで嘆く。その面差しは様々の物思いにやつれて大君《おおいぎみ》に似てきており、気配などそのものと紛《まが》うほどである。

同じく大君への喪失感の癒えない薫《かおる》は、匂宮《におうみや》に思いを打ち明け、慰められてようやく立ち直る。そんな薫に匂宮が中の君を京に迎える計画を相談すると、薫は彼女を大君の形見と思っていると明かし、後見を続ける意志を伝える。ただ薫の胸中には、大君がかつて自分と結婚させたがった中の君への執着心が兆していた。だが彼は後見に徹し、中の君の上京の準備をこまやかに整え、出立《しゅったつ》前日には自ら宇《う》治《じ》を訪れた。既に出家し宇治に残ると決めていた弁《べん》と共に、薫は世の無常を語らい、大君を偲んだ。

二月七日の上京の途次、中の君は懐かしい宇治や大君の思い出から離れる憂いを感じていたが、京への道の険しさに気づくと、匂宮の訪れの間遠だったことが納得された。二条院《にじょういん》では待ち受けた匂宮が彼女を寵愛《ちょうあい》する。この事態に右大臣《うだいじん》・夕霧《ゆうぎり》は苛立ち、我が娘・六《ろく》の君《きみ》と匂宮との結婚準備を進めた。渦中の二条院では、薫は心中に嫉妬と悔恨を抱きつつ中の君を訪ね、匂宮は薫に気を許すなと中の君を戒め、危うい均衡の上に身を置いて、中の君はあちらこちらに心を砕くばかりだった。

鎌倉時代も末のことだが、『徒然草《つれづれぐさ》』の作者・兼好法師《けんこうほうし》に絡んで、有名な証文《しょうもん》が存在する。正和《しょうわ》二（一三一三）年、彼が「兼好御房《ごぼう》」の名で現在の京都市山科《やましな》区小野《おの》地内に当たる田を一町歩《ちょうぶ》、九十貫文《かんもん》で購入したとする「大徳寺文書《だいとくじもんじょ》」の一通だ。国文学研究者にとっては兼好の出家した年代の手がかりとして貴重な史料なのだが、それが土地の売買契約書であるのが妙に生々しい。兼好らしくないというべきか、兼好らしいというべきか。

実は平安時代でも、不動産の管理は人々が神経をとがらせることだった。『源氏物語』にもそうした例が散見される。たとえば宇治十帖の舞台である宇治の八《はち》の宮邸《みやてい》は、八の宮と長女の大君が相次いでみまかった後、「早蕨」巻では中の君が匂宮の二条院に引き取られて、とうとう主《あるじ》なき宿となってしまう。こうした不動産は、その後どのように扱われたのだろうか。

不動産は、売買されたり相続されたりして、所有者が変わる。平安時代の文書を集めた『平安遺文《へいあんいぶん》』には、現在でいうところの売買契約書にあたる土地建物の「売券《ばいけん》」が数十点、収められている。それによれば、土地を売り買いする場合は役所に申請し、役所はその内容を確認して売券を作成した。そこには土地の所在や、建物がある場合はその詳細が記され、売る者、買う者、そして保証人が署名する。売券は二通作成され、一通は買った者、もう一通は役所が保管する。万が一、売券が火事で焼けたり紛失したりしたときには、申請を受けて役所が再発行することもある。平安の制度も結構きっちりしていたのだ。文書の中には境界争いを推測させるものもある。また、裕福な受領《ずりょう》が転売目的で売り買いしていたことを想像させるものもある。どうも不動産とは、今も昔も人の欲望をかきたてるものらしい。やはり多くの人にとって、一生ものの買い物だからだろう。光源氏のように四町《ちょう》（東京ドーム約一個分）の敷地に豪邸を建てることは、それこそ夢物語なのだ。

ちなみに『平安遺文』の売券には土地の売買価格も記されていて、延喜《えんぎ》十二（九一二）年の文書では七条《しちじょう》の一角にある千八百平方《メートル》の土地が延喜銭《えんぎせん》六十貫文、応和《おうわ》元（九六一）年の文書では三《さん》条《じょう》の一角にある三千六百平方《メートル》の土地が延喜銭百九十貫文。現在のいくら程度に相当するのか、推測しがたいのがもどかしい。なおこの三条の土地は、『今昔物語集《こんじゃくものがたりしゅう》』（巻二十七第一話）に登場する、平安京造営の前から霊が住み着いて「鬼殿《おにどの》」と呼ばれていた場所とおぼしい。それでも、高級住宅街の三条は庶民界隈《かいわい》の七条の平方《メートル》単価の一・五倍以上。地縛霊《じばくれい》が安価の理由にならないのが面白い。

親や祖先から土地家屋を受け継ぎ、自分の財産として持つことを「伝領《でんりょう》」というが、その権利は女性にも認められていた。『源氏物語』「松風《まつかぜ》」巻で明石《あかし》の君《きみ》が上京して最初に住む大堰邸《おおいてい》は、もともと明石の君の母が祖父から伝領した別荘だった。明石の君の母は地券を持っていて、所有権は確かである。ところがそこに、長年の管理人と名乗るものが現れる。先の所有者の縁者《えんじゃ》から許しを得て、荒れ放題だった周辺の田畑を耕し、住んでいるというのだ。明石入道《あかしのにゅうどう》が金品を与えると、ようやく口出しは収まった。厳密には、大堰の邸《やしき》は明石入道の財産ではない。だが夫が妻の財産の管理役となることは、このようによくあった。

『落窪物語《おちくぼものがたり》』にも、不動産をめぐるエピソードがある。実母が死に、父と継母に引き取られて虐待を受けていた落窪の君は、彼女を一途《いちず》に愛する貴公子・道頼《みちより》によって救出され、結婚する。くだんのエピソードは、その後に記される一連の復讐譚《ふくしゅうたん》の一つである。邸から落窪の君が消え、父と継母は彼女が死んだものと片付ける。そして、落窪の君が亡母から伝領した三条の邸宅を、もはや我がものと考えて豪勢に改築する。ところが当の邸宅の地券は、落窪の君の手にある。道頼に横抱きにされて父邸から脱出した際に持ち出してきていたのだ。この辺り、落窪の君も意外にぬかりがない。ともあれ道頼はその地券を手に、美しく整えられた三条邸を乗っとり、父たちに一泡《ひとあわ》吹かせるのである。「地券もないのに自分のものと思いこむとは、愚《ぐ》の骨頂《こっちょう》」とは、このときの道頼の台詞《せりふ》だ。何よりも物を言うのは権利書。それは平安から平成に至るまで変わらない、不動産の基本なのだ。

　では、最初に触れた『源氏物語』の宇治の八の宮邸は、その後どうなるのであろうか。父と姉の亡き後、邸宅は中の君に相続された。だが「早蕨」の次の「宿木《やどりぎ》」巻以降、八の宮邸を解体改築しようと動くのは、おかしなことに薫である。中の君が匂宮と結婚した今、明石入道や『落窪物語』の道頼が妻の財産を管理したように、中の君の財産に口を出せるのは匂宮である。他人の薫には何の権利もない。しかし薫は中の君に提案して、邸をすっかり変えてしまうのだ。読者はここにひとつの異常事態を読み取らなくてはならない。そこにはおそらく、薫の苦しみがある。八の宮や大君との思い出の邸宅、だが、だからこそ目の前からそれを、早く消し去ってしまいたい。改築の槌音《つちおと》を聞きながら、未練と諦観の間で、薫の心は激しく揺れているのだ。

五十三　平安人の心で「宿木」巻前半を読む

「火のこと制せよ」

四十九帖「宿木《やどりぎ》」前半のあらすじ

時は遡《さかのぼ》って薫《かおる》が大君《おおいぎみ》を喪《うしな》う前の夏のこと、今上帝《きんじょうのみかど》の女二《おんなに》の宮《みや》の母・藤壺女御《ふじつぼのにょうご》が急死した。十四歳になる鍾愛《しょうあい》の娘の将来を今上帝は思い悩み、薫への降嫁《こうか》を思いつく。薫は即答を避けたが、噂を聞いた夕霧《ゆうぎり》は娘の六《ろく》の君《きみ》の結婚相手を匂宮《におうみや》に絞り込み、動き始めた。それが原因で大君は中《なか》の君《きみ》の結婚を悲観し、その年の十一月、心労で亡くなったのだった。

翌夏、藤壺女御の一周忌後に、薫は女二の宮との結婚を承諾するが、心では故大君を追慕していた。いっぽう匂宮は、春から中の君と二条院《にじょういん》で暮らす傍ら、夕霧の六の君との縁談が本決まりとなった。中の君は一心に不安に耐えるうち五月に懐妊したが、子を持った経験のない匂宮には確とは分からない。

八月、匂宮の婚儀が迫ると、中の君を大君の身代わりと慕う薫は同情し、彼女を訪《おとな》ってはしみじみと語るようになる。その月半ば、豪華な婚儀のもと六の君を本妻とした匂宮は、六の君の予想外の美しさに魅了されて夕霧の邸《やしき》に入りびたりとなり、中の君からは足が遠のく。傷心の中の君は薫を頼り、宇治《うじ》に戻りたいと相談し同行を願う。中の君に初めて気を許されたと感じた薫は自制心を失い、ついに御簾《みす》の中に入り、添い臥《ふ》す。だが懐妊の印の腹帯《はらおび》に気がひるみ、中の君をいたわしく思って自分を止めた。彼女をつらい目に遭わせたくはない。しかし後見に徹することもできないと、思い乱れる薫だった。

「地震・雷・火事・親父」は現代の言葉。だが人の恐怖感は平安時代でもそう変わらない。『枕草子《まくらのそうし》』が「せめておそろしきもの（本当におそろしいもの）」として挙げるのは、夜の雷と盗人、そして近火《きんか》だ。人々は日頃から、「火危うし」とか「火のこと制せよ」、つまり「火の用心」と言い合っては気をつけた。人家が建て込む平安京では、火は容易に燃え広がって、被害が大きくなりがちなのだ。

『源氏物語』宇治十帖を読むと、八《はち》の宮《みや》が京の邸宅から焼け出されている。また薫も、母・女三《おんなさん》の宮《みや》と住んでいた三条《さんじょう》の邸宅を火事で失っている。実はこの平安中期、火事はきわめて日常的に起きる災害でもあった。『蜻蛉日記《かげろうにっき》』（下巻）には、天禄《てんろく》三（九七二）年だけで三回も、火事のことが記されている。うち一度は、火元が作者・藤原道綱母《ふじわらのみちつなのはは》の隣家だった。天禄三年三月十八日、子《ね》の刻のことである。彼女はちょうど清水寺《きよみずでら》に参詣《さんけい》し、勤行《ごんぎょう》を済ませて知人宅での夜食の最中だった。「この乾《いぬゐ》の方《かた》に火なん見ゆるを、出《いで》て見よ（北西の方角に火が見える、確認されたし）」。従者《じゅうしゃ》に促され、皆ぞろぞろと出て眺める。「唐土《もろこし》ぞ（遠いじゃないか）」という声があがるが、道綱母は方角が自宅辺りと重なることが気になった。そこへ「火元は隣家」と連絡が入るのだ。我が家とは土塀一つの隔てしかない。息子の道綱も、最近引き取ったばかりの幼い養女もいる。あわてふためき、牛車《ぎっしゃ》の簾《すだれ》をおろすいとまもなく作者は自宅へと急ぐ。知人宅が清水寺近辺だったとして、一条《いちじょう》大路《おおじ》に面した作者の家までは四、五キロある。牛車の速度なら一時間以上はかかっただろう。やっとの思いで帰ったときには、火はすっかり鎮火していた。自宅は焼け残っており、胸をなでおろす。

隣家の人々は焼け出されて、作者の家に身を寄せていた。聞けば、道綱が養女を避難させ、家の門をしっかり閉めるなどして、被害を食い止めたのだ。「あはれ、をのことて、よう行ひたりけるよ（あっぱれ、男として、よく頑張ってくれたこと）」。いざというときに役に立ってくれたと、十八歳の我が子を見直し、その奮闘と成長に熱いものがこみあげる作者だった。

ちなみに、このとき道綱が家の門を閉じたのは、消火のためではない。消火はもっぱら「撲滅《ぼくめつ》」、つまり叩いて火を消すという方法で行っていた。道綱は火そのものではなく、火事に乗じた二次被害を防いだのだ。例えば、火事には野次馬がつきもので、押しかけた人により混乱が生じることがしばしばあった。また西山良平氏の調査によれば、平安京ではこのころ放火が激増していた。中には強盗が家を取り囲んで火を放つ事件もあったというから、火事場泥棒ではなく最初から強盗目的の放火である。道綱は、そうした凶悪事件のおそれもある火災から、父が不在で男手の少ない家を、懸命に守ったのだった。

十世紀以後、平安京で火災が多発するようになったのはなぜか。上島享《うえじまjustすすむ》氏は、生活の〈夜型化〉を根本的理由と考える。そもそも律令制《りつりょうせい》においては、政治を「朝政《あさまつりごと》」というように、公務は早朝から正午前にかけて行われていた。ところが十世紀半ばになると、それまで午前に執《と》り行われていた儀式や政務が、なぜか夕刻や夜に行われるようになる。それにともなって貴族たちの日常生活のリズムも夜型へとシフトする。貴族社会の変化が平安京全体の生活時間帯に影響を及ぼし、「夜の世界」が始まる。いきおい、灯火や松明《たいまつ》などによる火事が増えるというわけだ。だが火災は都にダメージを与えただけではない、内裏《だいり》や大邸宅の再建復興という、新たなる「大規模造営の時代」を拓いた。それが上島氏の説だ。

長和《ちょうわ》五（一〇一六）年七月二十一日未明、藤原道長《みちなが》の豪邸・土御門殿《つちみかどどの》は、隣家からの類焼により全焼した。土御門大路《おおじ》から二条《にじょう》大路にかけて五百余の家が一つ残らず焼き払われた大火であった。道長はじめ家人《かじん》たちは内裏などにいて被災を免れたが、家財のほとんどを失った。だが道長は、早くも翌八月から復興に着手。富裕な受領《ずりょう》たちに造営を割り当てるという、内裏造営さながらの方法を採った。堅物《かたぶつ》の藤原実資《さねすけ》のように「前代未聞」と目をむく向きもいたが、受領たちにとっては道長に認められるチャンスである。結果、二年後の寛仁《かんにん》二（一〇一八）年六月に完成した新造土御門殿は、以前に万倍する贅沢さとなった。なかでも度肝《どぎも》を抜いたのが、「大江山の鬼」伝説でも知られる受領・源《みなもとのよりみつ》頼光による献上品の数々だ。彼は、屏風《びょうぶ》などの建具《たてぐ》から几帳《きちょう》・厨子《ずし》などの家具、食器、装束《しょうぞく》、アクセサリー、なんと楽器に至るまで、およそ道長一家の家財道具のすべてを用立てて贈ったのだ。しかも道長が引っ越し、宴《うたげ》を開くという当日に、客たちの目に触れるように運び込んだ。京中の人々はこぞって見物に訪れたという。これには実資も「比肩《ひけん》すること能《あた》はず」と舌を巻いた（『小右記《しょうゆうき》』同年六月二十日）。やがて道長が「この世をば我が世とぞ思ふ望月の欠けたることも無しと思へば」と栄華の極致を歌に詠むのは、この新造土御門殿でのことだ。

『源氏物語』で、八の宮の京の邸宅は復興されなかった。薫の三条宮は、きらびやかに造り直された。火災の時代、そして大規模造営の時代とは、栄華の格差を見せつけられる時代でもあったのだ。

五十四　平安人の心で「宿木」巻後半を読む

平安式、天下取りの方法

四十九帖「宿木《やどりぎ》」後半のあらすじ

俄《にわか》に夕霧《ゆうぎり》の邸《やしき》から戻ってきた匂宮《におうみや》は、中《なか》の君《きみ》に沁《し》みた薫《かおる》からの移り香に気づいて二人の関係を怪しみ、二条院《にじょういん》にとどまった。これを聞いた薫は、慕情《ぼじょう》を抑えて中の君の後見に努めようと決心する。しかし時には文《ふみ》などで気持ちをほのめかしてしまう薫。中の君は困り果て、彼を遠ざけたい思いを募らせた。ある夕刻、訪ねてきた薫が「大君《おおいぎみ》の人形《ひとがた》を作りたい」と口にしたことから、中の君は父八《はち》の宮《みや》の隠し子・浮舟《うきふね》の存在を思い出し、薫に明かす。薫は晩秋の宇治《うじ》を訪れ、八の宮邸改築の指示を進める傍ら、弁《べん》の尼《あま》に聞いて、かつて八の宮が召人《めしうど》・中将《ちゅうじょう》の君《きみ》を身ごもらせて母子とも棄てた経緯を知る。

匂宮は、新婚の一時期こそ夕霧の娘・六《ろく》の君《きみ》に心を移したが、薫と中の君の仲を疑ってからは一転して中の君に執着し、傍《そば》を離れなくなった。業を煮やした夕霧は二条院に乗り込み、本妻の父として匂宮を強引に連れ去る。中の君は日陰の身の弱さを痛感した。だが二月に彼女が男子を産むと周囲は沸き立ち、明石中宮《あかしのちゅうぐう》も産養《うぶやしない》を催すなど、中の君は一転して匂宮の妻と公認され、ときめく。一方、薫は裳着《もぎ》を終えた十六歳の女二《おんなに》の宮《みや》と結婚し、やはり華やかに祝われるが、内心ではまだ大君を想っていた。

その夏、宇治へ赴《おもむ》いた薫は偶然にも浮舟を垣間見《かいまみ》る。養父が受領《ずりょう》という身分の低さながら、大君その人と見まがうほど酷似した雰囲気である。薫は心を騒がせ、さっそく弁に仲介を頼みこむのだった。

二〇〇八年十一月の宝塚歌劇月組公演「夢の浮橋」は、タイトル通り『源氏物語』の宇治十帖に題材をとるものだった。観て驚いたのは、それが政治劇として描かれていたことである。この公演では、光源氏は紫《むらさき》の上《うえ》亡きあと腑抜《ふぬ》けのようになってしまい、夕霧がなんとか踏ん張って一族の栄華を保つ。光源氏が影絵となって登場し、息子の操り人形であることを示すために手足に紐が掛けられていた演出は、強烈だった。舞台は、そんななかで次代の皇室と源氏一族を背負うことになる匂宮と薫の成長と、その陰で翻弄《ほんろう》される浮舟はじめ女性たちの姿を描く。

『源氏物語』は光源氏の前半生を描いた第一部以来、摂関《せっかん》政治のありようをリアルに映していて、宇治十帖にも確かに政治の影はちらついている。その大きな一つが、夕霧の娘・六の君の存在である。夕霧はこの鍾愛《しょうあい》の娘を、薫と結婚させたものか、匂宮と結婚させたものかと心を揺らす。そしてその根本には、何よりも彼の政治的計算がある。宝塚歌劇ではないが、宇治十帖で最も政治家らしい振る舞いを見せるのが夕霧ということは明らかだ。

「宿木」巻で今上《きんじょうのみかど》帝はすでに四十五歳、即位して二十五年が経ち譲位の意志を口にしている。次代の天皇となる東宮《とうぐう》は、明石中宮の産んだ長男だから、夕霧にとって甥となる。この〈ミウチ〉ということに、特別な意味がある。国史学者の倉本一宏氏によれば、摂関政治において権力は、天皇、その両親（父院《ちちいん》と国母《こくも》）、天皇の外戚《がいせき》（国母の実家）という三者によって掌握《しょうあく》された。親子関係、また姻戚関係という〈ミウチ〉の強い絆で結ばれた彼らの意志は、公卿《くぎょう》たちの総意を領導し、政治は彼らの望む方向に進む。外戚とは外祖父に限らないということが大切だ。娘を帝に嫁がせ、皇子《みこ》を産ませ、その皇子を幼くして即位させ、自分は新帝《しんてい》の外祖父として摂政《せっしょう》・関白《かんぱく》に収まる、という理想形は、貴族の誰もが望んだものではあろうが、おいそれと達成できることではなかった。実際、九世紀末から十世紀にかけての藤原《ふじわら》氏筆頭たちの例を見れば、娘が皇子を産み、その子を東宮に立てるところまではうまくいったが、即位の時には自分の寿命が尽きていた、という場合が大方なのだ。宇治十帖の光源氏はまさにそれである。だが、新帝の祖父がいなくとも、その家を継いだ息子たちは新帝の〈ミウチ〉だから、権力中枢の一員である。夕霧はこうして、光源氏の布石《ふせき》のおかげで、東宮の時代を安泰《あんたい》に過ごすことができるのだ。

それにしても、よくまあ平安貴族たちは、こうした迂遠《うえん》な方法を実行していたものである。権力を得たければ、革命を起こして暴力で天皇一家を滅ぼし、自分が取って代わればいい。中国の諸王朝がとったそんな方法は、漢籍《かんせき》を開けばいくらも載っているから、平安貴族が知らなかったはずがない。ただ彼らは、宦官《かんがん》の制度を採用しなかったように、天皇家を滅ぼすという方法を採用しなかったのだ。

さて、夕霧は既に、東宮に長女を入内《じゅだい》させている。将来をにらんだ布石だ。だがどうもそこにはまだ子どもが生まれていない様子だ。夕霧はまた、東宮の弟、匂宮の兄である第二皇子《おうじ》にも、娘を入れている。現東宮の次に東宮の地位につくのは彼とにらんでいたのだろう。だがここへきて、やにわにその読みが怪しくなってきた。今上帝や明石中宮の意向を見ると、どうも匂宮立坊《りつぼう》の線が濃厚なのだ。しかし匂宮はお仕着せの政略結婚などお断りというタイプだ。そんなわけで夕霧は、娘を匂宮へ嫁がせようか、いや薫も捨てがたい、いややはり匂宮と、滑稽な逡巡《しゅんじゅん》を見せることになる。その間に娘は年をとってしまって、「宿木」巻でようやく匂宮と婚儀を迎えた時には二十歳を超えている。だがその「よきほどになりあひたる心地（適度に大人っぽい感じ）」が匂宮をとらえたというのだから、ことはどう転ぶかわからない。匂宮は、自分が天皇となった時の後宮《こうきゅう》について、早くも計画を立てている。当初は、宇治の中の君を中宮にと考えていた。だがそれは、この夕霧の六の君の登場で、容易にひっくりかえりそうな気配となってきた。中の君危うし。

　ところで、夕霧の六の君については、注目すべきことがある。彼女の実の母は藤典侍《とうないしのすけ》、光源氏の乳母子《めのとご》で受領から参議《さんぎ》に至った惟光《これみつ》の娘だ。だが夕霧は、六の君を別の妻に預け養育させた。朱《す》雀帝《ざくてい》の女二の宮、落葉《おちば》の宮《みや》である。このように、いわゆる「劣り腹」の娘を高貴な女性に養育させて箔《はく》を付けることは、父の光源氏が明石《あかし》の君《きみ》の「劣り腹」である姫君を紫の上に育てさせて箔を付けたことに倣っているのだろう。まるで「マネー・ロンダリング」ならぬ「血のロンダリング」のようだ。貴顕《きけん》の娘のこうした入内例は、史実にもある。ところがそれは、倉田実氏の調査によれば、一〇三〇年代以降の後朱雀《ごすざく》天皇（一〇〇九〜一〇四五）の後宮《こうきゅう》から見え始めることという。つまり『源氏物語』は、まさに時代を先取りしていたのだ。

　夕霧は、やがて臣下として最高の太政大臣《だいじょうだいじん》という地位にのぼりつめる。それは第一部で予言されていたことだ。だが光源氏は、息子に予言のことを告げたのだろうか、どうだろうか。気を揉《も》んで政略を重ねる夕霧の天下取りは、宇治十帖ではまだ道半ばである。

五十五　平安人の心で「東屋」巻を読む

一族を背負う妊娠と出産

五十帖「東屋《あずまや》」のあらすじ

浮舟《うきふね》を所望する薫《かおる》の申し出に母・中将《ちゅうじょう》の君《きみ》は困惑し、答えあぐねていた。浮舟は母の連れ子として受領《ずりょう》である継父に育てられ薫とあまりに身分違いであるうえ、正妻のいる薫に娘を委ねるのは、自己の体験からも不憫《ふびん》に思えたのだ。中将の君は、かねて浮舟を望んでいた左近少将《さこんのしょうしょう》を浮舟の相手に選び縁談を進めた。が、受領の財力目当てだった少将は浮舟が常陸介《ひたちのすけ》の実子でないと知ると意を翻し、薄情にも浮舟とは父親違いで常陸介の実子である妹に乗り換えてしまった。

中将の君は浮舟を慰めようと、浮舟の異母姉・中の君《なかのきみ》を頼り、浮舟の身を二条院《にじょういん》に移した。だがそこで匂宮《におうみや》の他を圧する高貴さや中の君、若君《わかぎみ》家族の幸せそうな様子を目にすると、浮舟も貴人と結婚させるべきではないかと心揺らぐ。その思いは、二条院を訪った薫の姿を垣間見《かいまみ》てますます募った。

母が自宅に戻ったあと、浮舟は二条院で与えられた局《つぼね》にいて、彼女を中の君の妹と知らない匂宮に襲われかけた。その場は凌いだものの、知らせを聞いた中将の君は心配を募らせ、浮舟を三条《さんじょう》の小家《こいえ》に隠した。それを宇治《うじ》の弁《べん》の尼《あま》から聞いた薫は、その仲介で浮舟の隠れ家を訪れると彼女と一夜を共にし、翌朝、浮舟を宇治へと連れ出す。大君《おおいぎみ》との思い出の宇治は、大君の身代わりである浮舟を隠し置くには格好の地だった。無教養な浮舟に物足りなさを感じつつも、大君に似た彼女に薫は強く魅了された。

「東屋」巻、浮舟の母は、中の君・匂宮・若君家族の睦まじい姿を見て、心を騒がせた。これぞ玉《たま》の輿《こし》、我が娘・浮舟もあわよくば。そう思うと、夜一夜眠ることができなかった。

中の君にこの幸福をもたらしたのは、妊娠と出産だ。匂宮を夕霧の娘・六《ろく》の君《きみ》に奪われかけるなかで、それはまさに起死回生の一発であった。また生まれたのが男子だったことで、日陰者だった彼女は一躍貴族社会に認められ、産養《うぶやしない》には公卿《くぎょう》たちがつめかけた。

さて、ことこの「妊娠」「出産」という物語要素については、平安文学における重要性たるや、近代文学とは比較にならない甚大《じんだい》さといっても過言ではない。人々は妊娠を男女の前世からの契りの深さを意味するものと考えていたし、出産はそれこそ家の繁栄に直結する大事だった。そんなわけで、平安文学には夥《おびただ》しい数の「妊娠」と「出産」が描かれている。いくつかの例を見てみよう。

まずはやはり、この『源氏物語』宇治の中の君のケースからだ。彼女の妊娠は、六の君と匂宮との縁談が本決まりとなった時期に重なる。中の君は零落《れいらく》皇族の娘で匂宮の単なる妻の一人に過ぎず、権力者の娘で堂々の正妻・六の君の前には、居場所を失いかねない。そこを救ったのが「妊娠」という切り札だった。だが彼女は、それを匂宮に突きつけたりはしなかった。食が細くなった彼女を見かねて、彼が「ねえ、どうしたの？ 妊娠したらそんなふうになるって聞いたけど」などと聞いても、恥ずかしげにやり過ごすだけ。偉そうな「懐妊宣言」で六の君に対抗したりしない。このつつましさは、匂宮にも夕霧にも、また匂宮の両親にも好印象を与えたろう。計算か、偶然か、はたまた無意識の故意かは別として、彼女は懐妊という切り札を上手に使ったのだ。

とはいえ、懐妊のことは女房《にようぼう》に確かめれば分かるものだ。当時の女性は御帳台《みちようだい》の中の「清筥《しのはこ》」で小用を足していた。月々の生理がなくなれば、その清掃にあたる「樋洗《ひすまし》」たちが最初に気づき、やがては上臈《じようろう》女房に知られる。『栄華物語《えいがものがたり》』（巻八）は、寛弘《かんこう》五（一〇〇八）年、一条《いちじよう》天皇（九八〇～一〇一一）の中宮彰《ちゆうぐうしよう》子《し》が初めて懐妊の兆候を示した時、父の藤原道長《ふじわらのみちなが》が女房に真偽を糺《ただ》したと記す。「十一月と十二月の間には、月経《げつけい》になられました。今月《正月》はまだ二十日でございますので、もう少し様子を見てから殿に申し上げようと存じておりました」とは、聞かれた女房・大輔命婦《たいふのみようぶ》の台詞《せりふ》だ。何という詳細報告、彼女は彰子の生理日まで把握していたのだ。時に彰子は、一条天皇に入内《じゆだい》して足掛け十年目。悲願の懐妊に、道長は思わず泣いたという。

いっぽうで、妊婦本人が気づかぬうちに妊娠三、四カ月になっていた例もある。作品は『とりかへばや物語』。妊婦の父の右大臣《うだいじん》が「もしかして」と看破《かんば》し、娘の湯殿《ゆどの》係の女房たちもうなずく。だが本人は驚くばかりで、また彼女を懐妊させたはずの夫・中納言《ちゆうなごん》も、不審におののく。実はこの夫婦には、男女関係がないのだ。主人公は夫の中納言で、ほんとうは女性なのだが、男性的な性格のまま世に出て、結婚もしてしまった。うぶな妻は結婚の何たるかもわからず、それなりにうまくいっていたのだが、踏み込む男がいて懐妊となってしまった。この後、同じ男によって中納言自身も懐妊・出産する。こうしたあらすじだけを聞くと『とりかへばや物語』は際物《きわもの》のようだが、決してそうではない。心と体の性の不一致や、社会における性役割を真っ向から見すえていて、現代人の目で読んでも新しい。

さて、次は出産場面。『うつほ物語』「国譲下《くにゆずりのげ》」巻、主人公・仲忠《なかただ》の妻の女一《おんないち》の宮《みや》は難産で半《はん》死《し》半生《はんしょう》となる。うろたえた仲忠は水垢離《みずごり》を試みるが装束《しょうぞく》を脱ぐ分別もなく、直衣《のうし》の上から水をかぶって仏に祈る。「この人、え免れ給ふまじくは、おのれを殺し給へ（妻が死を免れがたいならば、私を殺してください）」。すると仲忠の母も「我が子の身代はりに我こそ」と身を投げ出す。だが産婦の祖父は二十七人もの子持ちでさすがの余裕を見せ、「大丈夫、私が死なせない」と仲忠を産室に導く。家族の立ち会い出産は珍しくないことだ。衰弱しきった妻に薬湯を飲ませる仲忠。ようやく産婦に力が戻ったところで、助産役が彼女の腰を抱え、ぶじ出産となった。「寅《とら》の時（午前四時前後）ばかりに、いかいかと泣く」。「おぎゃあおぎゃあ」という泣き声は、当時「いかいか」と表したのだ。

もちろん、悲劇的な出産も少なくない。村上《むらかみ》天皇（九二六〜九六七）の中宮安子《あんし》の史実を記すのは『栄華物語』（巻一）だ。彼女は第七子を懐妊した折から別の病を得ていて、いざ出産の時には死んだも同然の状態であった。僧たちが祈禱《きとう》し、人々が額を床にすりつけて祈るなか、御子《みこ》の「いかいか」という泣き声が響き渡る。一同が胸をなでおろしたその時、安子は絶命。実際は出産五日後の死だが、作品は脚色によって死のあっけなさを強調したのだ。

この時代、妊娠と出産には産婦とその一族の運命がかかっていた。また当然のこととして、命がかかっていた。その勝者と思えば、宇治の中の君は、やはり大した強運の持ち主だったのだ。

五十六　平安人の心で「浮舟」巻前半を読む

受領《ずりょう》の妻、娘という疵《きず》

五十一帖「浮舟《うきふね》」前半のあらすじ

浮舟が宇治《うじ》に隠し置かれて三カ月半が過ぎた。匂宮《におうみや》はあの夕べ以来、浮舟のことが忘れられないが、中《なか》の君《きみ》が頑《がん》として話さないため、彼女の素性を確認できずにいた。一方、薫《かおる》はいつもの調子でおっとり構え、浮舟を思いながらも忙しさから宇治を訪れず、京で浮舟を囲う邸《やしき》を造らせていた。

正月上旬、匂宮は二条院《にじょういん》を訪れて、中の君宛てに贈り物が届けられるのに出くわす。女童《めのわらわ》の言葉で宇治からの進物と知った匂宮は、最初は薫からのものかと疑うが、添えられた文《ふみ》を見て、あの夕べの娘からのものと感づいた。匂宮は出入りの漢学者で薫の内情を知る大内記《だいないき》・道定《みちさだ》に聞いて、薫が宇治に女を囲っていると知り、それこそ中の君に縁のある例の夕べの女ではないかと推理する。

推理の当否を確かめたい思い、薫の相手への興味、妻の中の君が薫と共謀して何やら隠し事をしていたらしいという苛立ちが相まって、匂宮を駆り立てた。彼は除目《じもく》で薫が多忙な日を狙い、道定や乳母子《めのとご》の時方《ときかた》らを供に宇治を訪れた。応対に出た女房《にょうぼう》・右近《うこん》には薫の声色をまねて騙し、まんまと浮舟の寝《しん》所《じょ》に忍び込む。浮舟は薫でないと気づくが、匂宮は抵抗もさせず激情のままに彼女を我がものとした。姉の夫との関係に泣くばかりの浮舟。また匂宮も、想いは遂げたものの、またいつ京から宇治までやってきてこの恋しい女に逢えるのかと思うと泣けてくる。共に泣きながら、その涙のすれ違う二人だった。

紫《むらさき》式部《しきぶ》は、父が越前守《えちぜんのかみ》として下向《げこう》したので、受領の娘である。だが『源氏物語』は、明らかに受領層を蔑視している。それは近親憎悪とも思えるほどだ。都中心の価値観が徹底していた平安中期、国守《こくしゅ》として地方に赴《おもむ》いた受領たちは、どうしても鄙《ひな》イメージを免れず、見下されたのだ。『源氏物語』最後のヒロインである浮舟の継父は、典型的な受領で、陸奥守《むつのかみ》と常陸介《ひたちのすけ》を歴任している。都から遥か遠い東国《とうごく》に長年暮らしたせいで言葉は訛《なま》り、万事田舎臭くて美術を見る目も音楽を聞く耳もない。しかし財力はあり余っていて、婿候補の少将に「大臣になりたければ資金はお任せあれ」と言い放つ。そうした継父に育てられたために、浮舟は琴《こと》が弾けない。また薫が宇治で初めて浮舟を垣間見《かいまみ》たとき、周りの女房が二人して栗のようなものをぽりぽり食べる様子に、彼は思わず腰が引けたほどだった。

浮舟以外でも、『源氏物語』に登場する受領の妻や娘は、軒並み強い田舎臭を放っている。例えば、「空蟬《うつせみ》」巻に登場する伊予介《いよのすけ》の娘・軒端荻《のきばのおぎ》だ。継母の空蟬が公卿《くぎょう》の出身で、不器量ながら慎み深いのに対して、軒端荻は胸もあらわに装束《しょうぞく》を緩め、行動にも落ち着きがない。空蟬を目当てに光源氏が寝室に入り込んでも気づきもせずだらしなく眠りこけ、目覚めては彼の甘言にころりとだまされて、何の警戒心も見せぬという愚かさである。また、「常夏《とこなつ》」巻に登場する頭中将《とうのちゅうじょう》のご落胤《らくいん》・近江《おうみ》の君《きみ》は、母が近江守あたりの娘で宮仕《みやづか》えに出、頭中将と知り合ったと考えられている。自他ともに認める早口と下品な言葉遣いで、周りは閉口しているのに本人は悪びれず、双六《すごろく》に熱中する。明石《あかし》の君《きみ》は、明石で育ったとはいえ、父・明石入道《あかしのにゅうどう》の教育方針ゆえに都の上臈《じょうろう》並みに教養が高い点で別格だが、やはり光源氏からは侮蔑され、本人は田舎育ちを卑下し続け、お腹を痛めた娘を紫《むらさき》の上《うえ》に預けなくてはならなかった。『源氏物語』において、受領層であることは、かくまでも〈疵〉なのである。

実際、受領層には何かと低劣なイメージがつきまとう。『今昔物語集《こんじゃくものがたりしゅう》』（巻二十八第三十八話）に見える「受領は倒《たふ》るる所に土をつかめ（受領なら転んでもただで起きるな）」という、当時の受領の強欲ぶりを表すことわざが、その典型だ。官位は低く、精神は田舎び、金銭感覚の下品な成り金。だが、それで片付けてよいのだろうか。実を言えば、紫式部の生きた摂関《せっかん》期、雅びな都の貴族社会は、受領にこそ支えられていた。貴族は民の税によって生活しており、その税を最前線で取り立てるのが、任地で農民などの納税者を直接支配する受領だったからだ。彼らは土地を調査し、帳簿を作り、徴税にあたった。そして任期の四年が終わると、「受領功過定《ずりょうこうかさだめ》」と呼ばれる厳しい勤務評定を受けた。この時税金を全額徴収していれば、次回も受領候補者の第一グループに入れる。任期終了後二年以内に徴収すれば、第二グループとして臨時の除目に期待できる。だがそれ以外は望み薄だ。つまり浮舟の継父のように諸国を歴任する受領は、高い実務能力を持つ良官だったのだ。

その激務を陰で支えたのが、共に下向した家族だった。長保《ちょうほう》三（一〇〇一）年、歌人で『栄華《えいが》物語《ものがたり》』の作者ともされる赤染衛門《あかぞめえもん》は、夫の大江匡衡《おおえのまさひら》について尾張国《おわりのくに》に下った。学閥・大江家の大黒柱で式部大輔《しきぶのたいふ》や文章博士《もんじょうはかせ》という儒職《じゅしょく》にあった彼だが、国司《こくし》就任は自ら希望したことだった。だがそこで、事件が起きる。赤染衛門自らが家集《かしゅう》の詞書《ことばがき》に記していることだ。「そのころ、国人、腹立つことありて『田も作らじ、種取り上げ干してむ』と言ふ（そのころ、国人たちが怒り『耕作はしない。種もみは回収して日干しにしてしまおう』と言う）」。何が原因か、国人と尾張国の役所との間にトラブルが発生し、役所が種もみを支給して国人に任せている田の耕作を拒否してきたのだ。赤染衛門は尾張国の一の宮である「ますだの御社」に参詣《さんけい》し、歌を奉《たてまつ》った。現在も愛知県一宮市に鎮座《ちんざ》する真清田神社《ますみだじんじゃ》だ。「賤《しづ》の男《を》の種干すといふ春の田を　作りますだの神に任せん（国人たちが種もみを日干しにすると申している春の田の件は、もとより田をお作りくださいます真清田の神様にお任せいたしましょう）」。神の計らいか、その後いさかいはおさまり、皆が耕作に戻ったという。

赤染衛門の人生にとって、尾張での出来事は大きかったはずだ。和泉式部《いずみしきぶ》も夫の藤原保昌《ふじわらのやすまさ》とともに丹後《たんご》に下った。紫式部が父の越前国への赴任に伴い、長徳《ちょうとく》二（九九六）年から一年あまりをかの地で過ごしたことも、もちろん忘れてはならない。彼女たちにとって、鄙の世界を知ったことは〈疵〉だったのだろうか。そうではあるまい。鄙の地での体験は都人《みやこびと》という彼女たちの殻を打ち破り、世界を大きく広げたに違いない。『源氏物語』から五十年後に『更級日記《さらしなにっき》』を書いた菅原《すがわらの》孝標女《たかすえのむすめ》は、東国での体験を、謙遜しながらも矜持《きょうじ》高く記した。彼女は『源氏物語』の浮舟に我が身を重ね、憧れた。

ならば浮舟は、彼女たち現実の受領の妻女たちにとって、いわば姉妹なのではないだろうか。卑下すべき受領の世界から生まれ、都の女人《にょにん》たちの思いも寄らないような突破口によって、この物語に風穴をあける、全く新しいヒロイン。それこそが「浮舟」という人の意味ではないか。

五十七　平安人の心で「浮舟」巻後半を読む

穢《けが》れも方便

五十一帖「浮舟《うきふね》」後半のあらすじ

匂宮《におうみや》は浮舟への想いから宇治《うじ》での逗留《とうりゅう》を決め、女房《にょうぼう》の右近《うこん》に正体を明かす。右近は仰天しつつも浮舟を物忌《ものい》みと偽り、浮舟との石山寺詣《いしやまでらもう》でを計画していた母・中将《ちゅうじょう》の君《きみ》には月の障《さわ》りと騙《かた》って中止させるなど必死で取り繕う。一方浮舟は、匂宮と惑溺《わくでき》の時間を過ごすうち、いつしか情にあふれた彼に心が移ってしまう。だが二月になり薫《かおる》がやって来ると、浮舟は罪悪感のなかで二人を比べ、薫の静かな魅力を改めて認めるとともに、薫に棄てられたくないと悩む。皮肉にもその憂いは薫の心をひきつけた。彼が帰京後、内裏《だいり》でふと宇治の橋姫《はしひめ》の歌を口ずさむと、聞きとめた匂宮は激しい嫉妬に駆られて再び宇治へ。雪をおして訪れると浮舟を宇治川の対岸の隠れ家に連れ出し、二人は愛欲の二日間を過ごす。

薫と匂宮の間で浮舟の心は揺れる。薫が彼女を京に引き取る計画を進め、匂宮も対抗して京の家を用意するに至って、彼女の苦悩はさらに募った。しかしやがて、匂宮と浮舟の密通の事実は薫の知るところとなる。薫は浮舟に和歌をおくってきつく詰《なじ》り、宇治邸周辺の警備を固めて匂宮の訪れを妨げた。浮舟は我が身さえいなくなればと、宇治川に身を投げることを決意。浮舟と連絡の取れなくなった匂宮は宇治に忍ぶが、固い警備に阻まれて会うことはできない。浮舟は死を前に親しかった人々を次々に思い出し、匂宮と母に対しては格別の思いで文《ふみ》をしたためるのだった。

生理日。この、ちょっと大声では言いにくい、月に一度の厄介者。実は平安時代、後宮《こうきゅう》に仕えた女官たちは、この日には祭りへの参加を免除されていた。即座に「生理休暇」という言葉が浮かぶ。が、理由は全く違う。血が不浄と見なされて、神事に関わるのを禁じられたのだ。当時の行政の事細かな規定集『延喜式《えんぎしき》』には「月の事有る者は、祭日の前に宿廬《しゅくろ》に退下《たいげ》せよ（月経になっている者は、祭り当日の前に局《つぼね》に退くこと）」とある。神事では、死を最も汚らわしいものとして忌み嫌った。血は死と同類のものと見られ、生理による出血もやはり「穢れ」とされたのだ。内裏では年中神事が催されていたし、後宮には数百人もの女官が仕えていた。この規定が守られていたとすれば、祭りのたびごとに何十人もの女官たちが「私、今回は」と申し出たことになる。

内裏の女官よりも、神に仕えることが日常の仕事だった伊勢斎宮《いせのさいぐう》や賀茂斎院《かものさいいん》は、もっと大変だった。斎宮が禊《みそぎ》の最中に生理になったために日程が延期されたり、斎院が生理だからと祭りが中止になったりした記録が、実際に残っている。それどころか、斎宮や斎院やその女房たちは、生理中には特別な建物に籠《こも》らなくてはならなかった。紫式部《むらさきしきぶ》と同時代の斎院・選子内親王《せんしないしんのう》と女房たちの家《か》集《しゅう》である『大斎院前の御集《だいさいいんさきのぎょしゅう》』に、宰相《さいしょう》という女房が俄《にわか》に「汗殿《あせどの》」なる所に退いたことが記されている。この「汗殿」が、生理用の御殿《ごてん》である。「汗」とは「血」のことで、このような言い換えを「忌詞《いみことば》」という。現代でも、結婚式などのおめでたい場では不吉な言葉を使わず、別の言い回しに換えるのと同じだ。斎宮や斎院には決まった忌詞があって、「死」は「死ぬ」と言わず「直る」と言った。そして「血」は「汗」と言い換えた。ちなみに仏教用語も異教の用語なので忌詞の対象で、

「僧」を「髪長《かみなが》」と呼んだというのは、少し笑える。『大斎院前の御集』に戻れば、斎院の女房たちは汗殿に一人で籠る宰相を気遣い、歌をおくったり梨を差し入れたりした。まるで現代の女子中高生が、生理で体育の授業を休んだクラスメートをいたわるようではないか。

だが、学生時代を振り返ってみよう。「生理」で授業を休むのは、本当に生理痛がつらいときばかりではない、授業を休みたいがゆえに生理を口実に使う子たちもいた。それどころか、生理でないのに生理と嘘をついてサボるちゃっかり娘たちもいた。実はその手は平安時代から使われていて、『源氏物語』「浮舟」巻にもそれが見える。匂宮が浮舟の寝所《しんじょ》に忍び込んで契った翌朝の場面だ。匂宮は開き直って、浮舟を離そうとしない。だが浮舟はその日、石山寺に行く予定で、迎えがやって来る。そこで浮舟の女房・右近が困り果て、とっさに嘘をつくのだ。「昨夜から生理になられて」。浮舟様は不浄で寺に参詣《さんけい》できない、というのだ。『落窪物語《おちくぼものがたり》』にも同様の場面があって、嘘をつくのはやはり女主人公の侍女《じじょ》である「あこぎ」だ。家族総出で石山寺に参るというのに、継母にいじめられている落窪姫は、一人で家にいなくてはならない。それが可哀想で、「私、急に生理になってしまいました」と偽り、姫とともにとどまるのだ。だが継母はさすがに敏《さと》い。「絶対ありえない。落窪姫に同情した嘘だね」と見抜くが、あこぎはたじろがず「急な生理は、よくあることです」とかわす。女性にしかできない丁々発止《ちょうちょうはっし》のやりとりに、千年前の読者たちもさぞ笑ったことだろう。

さて、女たちの口実が生理だったとすれば、男たちの口実は「物忌み」だ。こちらは陰陽道《おんようどう》により、災い防止のために短期間引きこもって、外との交渉を断った。生まれ年などによってあらかじめ決まっているものもあるが、「夢見が悪かった」などの理由で突発的に始まる場合もある。これを利用して、仕事を断ったり、渋ったりしたのだ。長保元《ちょうほう》（九九九）年八月九日、一条《いちじょう》天皇（九八〇～一〇一一）の中宮定子《ちゅうぐうていし》は、出産に向けて平安京内の邸宅に移る予定だった。ところが、随《ずい》行《こう》する公卿《くぎょう》が誰一人いない。実はこの三カ月後に左大臣《さだいじん》・藤原道長《ふじわらのみちなが》の娘である彰子《しょうし》の入内《じゅだい》が決定しており、敵対することになる定子には、道長からのいじめが始まっていた。この日も道長は、公卿を誘って宇治への遠出を決め込んだ。自分の別荘に公卿たちを足止めし、定子の行啓《ぎょうけい》を妨害する策に出たのだ。公卿たちは選択を迫られた。帝《みかど》のために行啓を手伝うのか？　それとも道長に追従して宇治に行くのか。藤原時光《ときみつ》は、道長とは一線を画する派閥で、宇治には行かなかった。とはいえ定子に奉仕もせず、まずは状況を見守っていた。そして天皇の困り果てる様子を見るや、手を挙げた。「病気と重い物忌みで籠っておりました」「が、重ねての勅命《ちょくめい》とあらば、病も物忌みも押して、参ります」（『権記《ごんき》』）。時光は物忌みを、行啓にも宇治にも出向かない口実にした。だが帝側につくことを決めるや、彼は「物忌みを破る」と言って、帝に恩を売ったのである。

物忌みは男女を問わず、誰でも使える方便だ。実は浮舟の場合も、匂宮は最初から右近に「浮舟の母には、今日は物忌みだとでも言え」と命じていた。もう一つ、彼が従者《じゅうしゃ》の時方《ときかた》に命じたのが「京へは、私は寺に籠ったと言え」だ。穢れと物忌みと寺。三つの共通点は、宗教だ。人は宗教的制約に、縛られただけではない。それを何かと便利に使ってもいたのだ。

女主人と女房《にょうぼう》の境目

五十二帖「蜻蛉《かげろう》」のあらすじ

浮舟《うきふね》が失踪し、宇治邸《うじてい》は慌てふためいた。浮舟の懊悩《おうのう》を知る女房の右近《うこん》と侍従《じじゅう》は、書き置きを見て宇治川への入水《じゅすい》を確信する。そこへ浮舟の和歌に異変を感じ取った匂宮《におうみや》の使い・時方《ときかた》が到着、侍従は浮舟が変死したと伝える。一方、母・中将《ちゅうじょう》の君《きみ》にはありのままが明かされ、事が露見しないようにと、遺骸《いがい》もないまま火葬が行われた。折しも石山寺《いしやまでら》に参籠《さんろう》中だった薫《かおる》が浮舟の死を知らされたのは、葬儀の後だった。彼は驚きと悲嘆に暮れるが、人づてに匂宮の憔悴を聞き、二人の密通を確信して、幾分は心の疼《うず》きの冷めるのを感じる。とはいえ不憫《ふびん》さも、また貴人の面目を見せたいとの思いもあり、薫は浮舟の家族への支援を約束した。四十九日には、内々ながら盛大な法事を薫が執《と》り行い、匂宮からも名を伏せて豪華な供物《くもつ》が届く。浮舟の継父・常陸介《ひたちのすけ》は今にして娘の宿世《すくせ》の気高さを思い知るのだった。

その後、匂宮は悲しみを紛らわそうと新しい恋を試みるようになった。一方、薫は女一《おんないち》の宮《みや》に仕える女房・小宰相《こさいしょう》を相手にしたり、長く憧れてきた女一の宮を垣間見《かいまみ》て心をときめかせたりするが、父・式部《しきぶ》卿宮《きょうのみや》を亡くして女房に身を落とした宮《みや》の君《きみ》に同情するにつけても浮舟を思い出すなど、心の空洞が埋まらない。彼には、宇治の三姉妹こそ運命の女たちだった。かりそめの恋のそれぞれが胸に迫り、薫は彼女たちをはかない蜻蛉になぞらえて、独り歌を口ずさむのだった。

「私の目の黒いうちに娘たちを死なせてほしい、そう神仏に祈ればよかった」。重病の床でこう述懐《じゅっかい》した人物がいる。父が死ねば、娘たちは人の家に女房として雇われるだろう。それが我慢ならないというのだ。この人物とは、『栄華物語《えいがものがたり》』（巻八）の記す藤原伊周《ふじわらのこれちか》だ。かつては関白《かんぱく》の息子として、二十一歳の若さで内大臣《ないだいじん》にまでなった。しかし、父の死後、叔父の道長《みちなが》に権力の座を奪われてからは、彼の生涯は転落の一途だった。長徳《ちょうとく》二（九九六）年、つまらない諍《いさか》いで自ら「長徳の政変」を引き起こし、大宰府《だざいふ》に流されたのが二十三歳の時。翌年都に召還《しょうかん》されはしたが、政界への復帰はならぬまま、三十七歳の春、持病が悪化して死の床に就いた。彼は、遺してゆく子どもたち、なかでもまだ十代の二人の娘の行く末を案じた。女御《にょうご》にも、后《きさき》にもと思って育て上げた娘たち。だが自分が死んでしまえば、先は見えている。伊周は娘たち、息子、そして北《きた》の方《かた》を枕もとに坐らせて言った。「今の世では、ご立派な帝《みかど》の娘御や太政大臣《だいじょうだいじん》の娘まで、皆宮仕《みやづか》えに出るようだ。うちの娘たちを何としてでも女房に欲しいという所は多いだろうな。だがそれは他でもない、私にとって末代までの恥だ」。結局、彼の死後、事態は予想したとおりとなった。下の娘に声がかかり、藤原道長の娘・彰子《しょうし》に仕えることになったのだ。后候補の姫君から、一介の雇われ人へ。「あはれなる世の中は、寝《ぬ》るが中《うち》の夢に劣らぬさまなり」。無念としか言いようのない運命を、『栄華物語』は夢も同じ儚《はかな》さと憐れむ。

『源氏物語』「蜻蛉」巻には、この伊周の次女によく似た女房が複数登場する。明石中宮《あかしのちゅうぐう》の長女・女一の宮付きの女房「小宰相の君」、また同じ女一の宮に新参女房としてやってきた「宮の君」だ。

小宰相の君は、「宰相」という女房名であるからには、公卿《くぎょう》の一員・宰相（参議《さんぎ》）を身内に持つのだろう。居住まいが美しく、琴《こと》や文《ふみ》などの教養も抜きんでて、育ちの良さを推測させる。「なぜ宮仕えなどに出たのだろう」と、薫も首をかしげる。おそらくセレブ階級からの転落を経て女房となったこと、想像に難くない。いっぽう「宮の君」は、父が光源氏の異母弟の式部卿宮で、かつては薫や東宮《とうぐう》との縁談もあった。ところが父が亡くなり、継母とのそりが合わずつまらない男と結婚させられるところを、見かねた明石中宮が声をかけ、娘の女房として雇い入れたのだ。彼女自身のせいではないが、薫は非難の目を向ける。「かくはかなき世の衰へを見るには、水の底に身を沈めても、もどかしからぬわざにこそ（ここまでおちぶれるくらいなら、水の底に身を沈めても人から非難はされまいものを）」。女房への零落《れいらく》は自殺にも値することだというのである。冒頭の伊周の、娘を死なせたいとまで言った価値観は、当時の貴族においては特別なものではなかったのだ。

それにもかかわらず、というか、いやむしろそれゆえにというか、姫君がおちぶれて女房となる例は、伊周の言葉にもあったとおり実際に多かった。父が亡くなったり家が傾いたりすると、足元を見られ出仕《しゅっし》を持ちかけられるのだ。雇ったのは、多くが藤原道長とその娘たちである。出自の高貴な人物を雇うことで、自分の家の格の高さを誇示する。それが道長の方法だった。おそらくは伊周の頭にも、最初から道長の顔が浮かんでいたに違いない。彼が雇い入れて自家や娘たちの女房としたのは、伊周の次女のほか、例えば故太政大臣・藤原為光《ためみつ》の四女と五女、道長の長兄で故関白・藤原道隆《みちたか》の娘、また次兄で故関白・藤原道兼《みちかね》の娘などだった。うち為光の四女は花山法皇《かざんほうおう》（九六八～一〇〇八）の愛妃《あいひ》でさえあったのに、法皇の死後、道長家に雇われ、やがては道長の寵愛《ちょうあい》を受けるようになった。妹の五女は道長の娘・妍子《けんし》の女房として雇われたが、やはりやがて道長の妾《めかけ》となり、彼の子を妊娠した。姉妹とも父と夫を亡くし、庇護《ひご》者を失ったゆえの出仕だった。だが道兼の娘は、生まれる前に父を亡くしてはいたものの、母親は右大臣《うだいじん》・藤原顕光《あきみつ》と再婚していたし、兄もすでに壮年の参議であり、生活に困っている訳ではまったくなかった。『小右記《しょうゆうき》』によれば、彼女の母は娘のために「婚活」しており、公卿クラスのセレブに縁づかせたいと胸を膨らませていたようである。それが、破れた。道長一族に目をつけられれば、断るすべがなかったのだ。『栄華物語』（巻十四）は、道長の妻・倫子《りんし》から「三女の威子《いし》の女房に」との文が来たとき、姫君も母も女房も、皆が大声で泣いたと記す。そこへ兄の兼隆《かねたか》がやってきて、自分も涙を流しながら「嫌だなどと言えば、私が困ることになる」と、承諾の返事をしてしまう。継父も、道長に次ぐ権力者でありながら、何の手も打ってくれなかった。「尼になりたい」とまで本人が思い乱れても、無駄であった。彼女は結局、娘が生まれた時のためにと亡父が用意してくれていた極上の調度の数々を持参し、彼女付きの女房十人、童女《わらわ》二人、下仕えと共に出仕した。

彼女の例に照らせば、道長家以外ならどんな姫君も、女房に転落することがありえた。雅びやかな姫たちさえもが、見えない崖っぷちの上を歩いていた。そんな貴族社会の無常は、現代社会が抱く不安と、そう変わらないのではないだろうか。

五十九　平安人の心で「手習」巻を読む

尼僧《にそう》の還俗《げんぞく》

五十三帖「手習《てならい》」のあらすじ

その頃、比叡山《ひえいざん》に高徳の僧・横川《よかわ》の僧都《そうず》がいた。彼は母尼《ははあま》と妹尼《いもうとあま》と共に宇治院《うじいん》に立ち寄った折、木陰に泣きじゃくる美しい女を発見した。女は「川に棄ててほしい」と言って意識を失う。折しも宇治邸で、浮舟《うきふね》の遺骸《いがい》なき葬儀が準備されていた時である。つまりこの女こそ浮舟であった。

彼女は一行《いっこう》に伴われて比叡山麓の小野《おの》に移り、二カ月を経てようやく意識を回復した。記憶を辿れば、宇治邸の簀子《すのこ》で恐怖のため足がすくんだまま、幻にいざなわれて彷徨《さまよ》い、入水《じゅすい》も遂げなかったのだった。事情を隠し出家を願う浮舟を、妹尼は亡き娘の身代わりと可愛がり、その夫だった中将《ちゅうじょう》との仲を取り持とうとまでする。しかしそれは浮舟にとって、宇治で味わった憂き目の繰り返しと感じられた。

妹尼の留守中、言い寄る中将から逃れた浮舟は、我が愛欲の体験を思い返して嫌気がさし、僧都に懇願してついに出家した。すると心が安らぎ、浮舟は人生を見つめ独り手すさびの歌を詠むようになる。

だが、彼女の情報は横川の僧都を介して都の明石中宮《あかしのちゅうぐう》に及んでいた。浮舟の一周忌が過ぎた頃、薫《かおる》の喪失感が癒えていないと知った明石中宮は、女房《にょうぼう》の小宰相《こさいしょう》を差し向けて薫に浮舟の生存をほのめかす。驚愕した薫は、ともかく横川の僧都に会って真否を確かめようと、日を選んでかの地へ向かう。その道中でも、再会のときめき、浮舟の零落《れいらく》ぶり、果ては新しい男の存在まで想像し、薫の心は揺れた。

「手習」巻、入水が未遂に終わり生き延びていた浮舟は、横川の僧都に頼み込み、とうとう出家を遂げる。浮舟を亡き娘の代わりと思って慈しんでいた僧都の妹尼は、これに泣き伏す。仏道信仰の厚かった当時、出家は尊ばれることではあった。が、やはり現実的には俗人としての身を殺すに等しく、若い身空《みそら》での出家は一般に無念と思われるものだったのだ。だが「手習」巻の浮舟は、むしろ出家して心が晴れ晴れしたという。世俗の欲望に翻弄《ほんろう》され続けた身には、人から朽ち木のように無視される、何もない生活こそが望みだったのだ。

仏道は彼女を救ったかに見える。だが、実はまだそうとは言い切れない。この巻の最後では薫が浮舟の消息を知り、横川の僧都のもとに出向く。次の「夢浮橋《ゆめのうきはし》」巻で彼が僧都に働きかけ、事態が動き出した時点で、彼女のささやかな平穏は壊される。現実逃避としての出家は、次の展開を待つことになるのだ。そこで僧都は浮舟に説く。「愛執《あいしふ》の罪をはるかし聞こえ給ひて（大将の愛執の煩悩《ぼんのう》を晴らして差し上げなさいませ）」。浮舟はこれにどう応えるのか、応えないのか。還俗するのか、しないのだろうか。

現実の苦しみから逃れるために出家した女と、愛の残滓《ざんし》をひきずる男。浮舟と薫の関係は、そのように整理することができよう。となれば、『源氏物語』成立当時の実例として、やはりこの二人に触れないわけにはいくまい。ほかならぬ今上《きんじょう》・一条《いちじょう》天皇（九八〇～一〇一一）と、その皇后だった定子《ていし》である。彼女は天皇から深く愛されていたが、長徳《ちょうとく》二（九九六）年五月、兄弟がことを起こし流罪《るざい》に処せられた「長徳の政変」のさなか、一家没落の屈辱と絶望に耐えきれず出家した。

天皇とは自動的に離別となり、彼女は尼として生き始めた。だがどうしても定子を思いきれなかった天皇は、翌年六月、彼女を復縁させた。

愛が再燃した瞬間を、『栄華物語《えいがものがたり》』（巻五）はこう描く。内裏《だいり》に呼ばれ帝《みかど》と対面する定子。しかし彼女は尼削《あまそ》ぎの短い髪が恥ずかしくて、几帳《きちょう》越しにしか応じようとしない。帝は彼女の心を慮《おもんぱか》り、灯りを遠ざける。法体《ほったい》は闇に紛れ、声だけを聴いているうちに、彼の心に錯覚が生じる。「いにしへになほ立ち返る御心《みこころ》の出《い》でくれば」。心が過去に逆戻りする。『古今和歌集《こきんわかしゅう》』の紀貫之《きのつらゆき》の和歌をふまえた心理描写だ。定子は何も変わっていない。出家などなかったことではないのか。想いがよみがえり、そのまま彼は我を失った。定子が制する言葉も耳に入らなかったという。

実はこの場面は『栄華物語』だけにしか記されず、虚構にすぎない。愛執に加えて錯覚が働けば一線を踏み越えることもある。そのように、『栄華物語』の作者は一人の男として天皇の心を推測し、理解しようとしたのだ。だが貴族たちは、定子のことはもちろん天皇をも非難した。藤原実《ふじわらのさね》資《すけ》の日記『小右記《しょうゆうき》』は「天下、甘心《かんしん》せず（誰が甘く見てやるものか）」と記す。実家が没落した定子の復活は、貴族社会の権力構造をゆがめるおそれがある。また、いったん尼となった者に、皇室がなすべき神道の祭祀《さいし》が任せられるのか。貴族たちの非難には道理があった。

天皇は定子を全力で守り続けたが、彼が定子を寵愛《ちょうあい》すればするほど、二人への白眼視《はくがんし》は募った。定子は二年後に天皇の長男である敦康親王《あつやすしんのう》を産んだ時にさえ、世から「出家らしからぬ出家」（『小右記』）と貶《おとし》められた。この長保元《ちょうほう》（九九九）年からは、娘の彰子《しょうし》を入内《じゅだい》させた道長《みちなが》によるいじめにも遭い、結局は長保二年、二十四歳の若さで崩御《ほうぎよ》することとなった。

『枕草子《まくらのそうし》』では主役ともいえる、聡明で優雅な皇后定子。彼女については、本書で何度も語った。その最初は、一帖「桐壺《きりつぼ》」だ。『源氏物語』の、そう高い身分でもなくて桐壺帝《きりつぼのみかど》の寵愛を独占した桐壺更衣《こうい》と、実家の没落にもかかわらず一条天皇から一人寵愛された定子とが酷似していると、そこでは語った。そしてここでは、『源氏物語』最後の女君・浮舟の還俗問題から、定子を連想した。もちろん、定子の悲劇は権力との軋轢《あつれき》によるもので、浮舟にはそれがない。天皇と定子の愛は純粋だったが、浮舟と薫のそれは複雑である。だが、先の僧都の「愛執の罪」という言葉を思う時、二組の男女の在りようは、等しく私たちに「愛とは何か」ということを考えさせずにおかない。

一条天皇は、定子を愛するがゆえに、彼女を手放すことができなかった。復縁が彼女を不幸にするかもしれないとは分かりながら気持ちを抑えられず、復縁後もひたすらに定子を寵愛した。だがそのために、天皇自身も批判の矢面《やおもて》に立たされることとなった。ならばこうした愛とは、相手を苦しめ自分自身をも切り刻む、暴力ではないのか。

それでも、その愚かな感情でもある愛を、人は捨てられない。一条天皇の時代とは、誰もがそのことに思いを致さずにいられない時代だった。『源氏物語』は、そうした甘く苦く、また深い〈時代の記憶〉の中から生まれた作品なのである。

六十　平安人の心で「夢浮橋」巻を読む

紫式部《むらさきしきぶ》の気づき

五十四帖「夢浮橋《ゆめのうきはし》」のあらすじ

薫《かおる》は、浮舟《うきふね》の異父弟の小君《こぎみ》を伴って横川《よかわ》の僧都《そうず》を訪ね、小野《おの》に隠れ住む女について問いただした。隠し立てもできまいと僧都がありのままを明かすと、薫は浮舟が生きていたと知って思わず涙ぐんだ。それを見て僧都は、浮舟の出家に手を貸したことは過ちだったと痛感した。そして薫に請われるままに、浮舟への手紙をしたためた。薫一行《いっこう》が帰京の途次に小野をよぎった時、その松明《たいまつ》の灯を遠望した浮舟は、宇治《うじ》で聞き知った前駆《さき》の声から、薫と気づく。昔を思い出し動揺する心を、念仏で紛らわす浮舟だった。

翌日改めて、薫は小君を小野に遣わした。折しも小野にはその早朝、薫大将の使いで小君が浮舟を訪ねるとの連絡が僧都から入り、子細のわからぬ妹《いもうと》尼《あま》が浮舟に説明を求めていた。そこへやってきた小君は、まず僧都の手紙を差し出した。文面には「もとよりの契りを違えることなく、大将の愛執《あいしゅう》の罪を消滅させるよう尽くせ」とある。もう一通は薫からの手紙で、浮舟の罪を厳しく詰《なじ》りつつも、会いたいと逸《はや》る思いや彼女にとらわれる恋心が記されていた。

浮舟は、尼姿《あますがた》を薫に見られると思うといたたまれず泣き崩れて、心当たりがない、手紙は持ち帰ってくれと返す。小君は空手で帰り、待ち受けた薫は落胆して、使いなど送るのではなかった、やはり男がいて彼女を隠し据えているのかなどと、過去に浮舟を囲った覚えから様々に邪推するのだった。

修道女の渡辺和子さんに『置かれた場所で咲きなさい』という名著がある。「置かれたところこそが、今のあなたの居場所なのです」「咲けない日があります。その時は、根を下へ下へと降ろしましょう」。文中の慈愛に満ちたこの言葉に、私は紫式部に通じるものを感じてならない。渡辺さんは、軍人だった父を二・二六事件の青年将校たちによって目の前で射殺された体験を持つ。紫式部の人生も、悲嘆や逆境の連続だった。だが紫式部も、置かれたその場その場に自分なりの根を降ろしている。『源氏物語』という大輪の花さえも咲かせている。

「めぐりあひて見しやそれともわかぬ間に　雲隠れにし夜半《よは》の月かな」。紫式部の私家集《しかしゅう》『紫式部集』の冒頭歌だ。小倉百人一首でご存じの方も多いだろう。紫式部自身が記す詞書《ことばがき》によれば、これは幼馴染みに詠んだ和歌だった。長く別れ別れになっていて、年を経てばったり再会。だが彼女は月と競うように家に帰ってしまった。「思いがけない巡り合い。『あなたね?』、そう見分けるだけの暇もなく、あなたは消えてしまったね。それはまるで、雲に隠れる月のように」。楽しい友情の一場面のようだが、そうではない。この友はやがて筑紫《つくし》に下り、その地で死んだ。天空で輝いていた月が突然雲に隠されて姿を消すように、二度と会えない人となったのだ。

紫式部が人生の最晩年に自伝ともいうべき家集を編んだ時、巻頭にこの和歌を置いたのは、ほかでもない、こうした「会者定離《えしゃじょうり》」こそ自分の人生だと感じていたからだ。紫式部は、おそらく幼い頃に母を亡くしている。姉がいたが、この姉も紫式部の思春期に亡くなった。そんな頃に出会ったのが、先の友である。偶然にも彼女の方は妹を亡くしており、二人は互いに「亡きが代はりに

（喪《うしな》った人の身代わりに）」慕い合った。『源氏物語』に幾度も現れる「身代わり」というテーマ。紫式部にとって幼馴染みを喪ったとは、母と姉と友自身の、三人分を喪ったことでもあったのだ。

それでも折れなかった心が、夫を喪った時、とうとう折れた。本来、人に身代わりなどないのだ。哀しみを慰める術《すべ》の限界を突きつけられて、紫式部は泣くしかない。この時の心境は、紫《むらさき》の上《うえ》を喪った光源氏と大君《おおいぎみ》を喪った薫各々の述懐《じゅつかい》に活かされていよう。自分に無常を思い知らせようとする仏の計らいだ、つまり降参するしかないと、彼らは言うのだ。光源氏はそれを機会に出家する。薫は魂の彷徨《ほうこう》を続ける。では紫式部はどうしたか。人生を見つめ、そして目覚めたのである。

人とは何か。それは、時代や運命や世間という「世《よ》（現実）」に縛られた「身《み》」である。身は決して心のままにならない。まずそれを、紫式部はつくづく思った。だが次には、心はやがて身の置かれた状況に従うものだと知る。胸の張り裂けるような嘆きが、いつしか収まったことに気づいたのだ。「数ならぬ心に身をば任せねど　身にしたがふは心なりけり（ちっぽけな私、思い通りになる身のはずがないけれど、現実に慣れ従うのが心というものなのだ）」（『紫式部集』五十五番）。紫式部は「置かれた場所」で生き直し始めたといえよう。

だが紫式部は、現実にひれ伏すだけではなかった。彼女は心というものの力にも気づいたのだ。「心だにいかなる身にか適《かな》ふらむ　思ひ知れども思ひ知られず（現実に従うという心だが、それさえどんな現実に収まるものだというのか。心は現実を思い知っている。でも思い知りきれず、はみ出すのだ）」（同五十六番）。そう、心は何にも縛られない。易々と現実から抜け出て、死んだ人とも会話し、未来を夢想する。架空《かくう》の世界まで創りだす。時空を超えて、それが心というものの普遍だ。紫式部はこの「心」という世界に腰を据え、人というものに考えを致し続けた。彼女にとって、「置かれた場所」で「下へ下へと根を降ろす」とはこのことだった。『源氏物語』はその結実であったと、私は思う。

無駄に漢学の才のある娘だと、父親に嘆かれたこと。新婚わずか三年で、娘を抱え寡婦《かふ》となったこと。『源氏物語』を書けば書いたで、意に沿わぬまま中宮彰子《ちゅうぐうしょうし》の女房《にょうぼう》にスカウトされ、同僚からは高慢な才女と誤解されていじめにあったこと。「人生は憂いばかり」と、紫式部はため息をつく。だがそれぞれの場で、彼女は考えることを手放さず生きた。果たして、漢学は彰子に請われて進講するに至り、娘は母の背を見て成長し、同僚たちの信頼も勝ち得て、紫式部は彰子後宮《こうきゅう》に欠かせない女房となった。「心」という根が、ぶれることなく彼女を支えたのだと私は思う。

『源氏物語』の最終場面。浮舟も薫も揺れ動く心を抱えて、いったいどうなってしまうのだろう。紫式部は答えを用意している。それは、どうなろうと「それでも、生きてゆく」ということだ。『紫式部集』の最終歌が、紫式部の至った最後の境地を私たちに教えてくれる。「いづくとも身をやる方《かた》の知られねば　憂しと見つつも永らふるかな（憂さの晴れる世界など、どことも知れませんからね。この世は憂い。そう思いながら、私は随分長く生きて来ましたし、これからも生きてゆきますよ）」（百十四番）

この和歌に励まされつつ、私たちもそれぞれに置かれた場所で咲こうではないか。

第五章

番外編
深く味はふ『源氏物語』

平安人の占いスタイル

イタリアに旅行した際、テレビを見ていて星占いのコーナーがあるのに驚いた。日本のテレビと同じだ、朝のニュースショー内でというところまで。何のことはない、後から考えれば、西洋占星術はこちらのほうが本場だった。勤務校の留学生たちに聞いてみると、モンゴルのテレビにもそうしたコーナーがあるし、中国の週刊誌にも占いのページがあって若い女性に人気だという。運命を知りたい、吉凶を知りたいと思う心は万国共通なのだ。

平安時代、占いは貴族から庶民にいたるまで人々の生活の細部にまで入り込んで、ごく日常的に行われていた。ただし、それらすべてが信じられていた訳ではない。確かに、朝廷や陰陽師《おんようじ》が行う占いはそれなりに理論があるものとして重用されていた。だが、それ以外のいわば俗信に属するものには、文学の世界ではともあれ、現実には当時から半信半疑の目が注がれていたのだ。

例えばある時、藤原実資《ふじわらのさねすけ》のもとに陰陽師の賀茂光栄《かものみつよし》がやって来た折、雑談が夢占いに及んだ。ある女が、来《きた》る十一月七日に右大臣《うだいじん》・藤原顕光《あきみつ》が必ず死ぬという夢のお告げを得たという。顕光は愚かなことで有名な公卿《くぎょう》で、実資は彼を突き放して見ている。いっぽう賀茂光栄は陰陽師のエリート一族・賀茂氏の嫡流《ちゃくりゅう》で、正統派の自負ゆえに民間の占いには猜疑的であったようだ。あれこれ談じた末、二人の結論は「虚か実かは、その時になれば分かる」という至って冷静なものだった（『小右記《しょうゆうき》』寛弘《かんこう》八〈一〇一一〉年三月二十二日）。果たしてこの年、当の顕光が死ぬことはなかった。

平安人が占いを何でも頭から信じていた訳ではないことは、これで明らかだろう。気にはするが、鵜呑みにするわけでもない。それが彼らの生活感覚だった。『源氏物語』の中では光源氏が何度か夢告《むこく》を受けていて、それらは当たることになっている。しかし光源氏が実資のように「当たらないかもしれない」という感覚を持っていたとすると、物語はがぜん現実味を増す。そういえば桐壺《きりつぼの》帝《みかど》は、光源氏の将来を思いあぐねた際、高麗《こま》の相人《そうにん》（観相師《かんそうし》）に人相を見させるより前に倭相《やまとそう》にも諮《はか》っていた。高麗流はいわばセカンドオピニオンだったのだ。

だが、当たり外れがあるとされた占いだからこそ、当たった時には逸話となる。あるいは、まことしやかな風聞を生む。ここからは、説話の世界の話である。『大鏡《おおかがみ》』「兼家《かねいえ》」によれば、藤原兼家の妻の時姫《ときひめ》は若い頃「夕占《ゆうけ》」を行ったことがあるという。「夕占」とは、夕方に辻に立って行き交う人の言葉を聞き、それによって吉凶を占うものである。不特定多数の人が通行する交差点は、天の意が漏れ伝わる特別な場所と考えられたのである。時姫は二条大路《にじょうおおじ》に出て人々の声に耳を澄ました。すると、髪の真っ白な女が立ち止まり話しかけてきたという。「何をなさっているのですか。もしかしたら、夕占を？」。女は続けた。「何事なりとも思い通りにかなって、この大路よりも広く長くお栄えになりましょうぞ」。それだけ言うと、女は行ってしまった。

時姫はやがて摂関家《せっかん》の息子・兼家と結婚し、道隆《みちたか》・道兼《みちかね》・道長《みちなが》の三兄弟を産んだ。息子たちは全員が摂政《せっしょう》または関白《かんぱく》の地位に就いた。また二人の娘・超子《ちょうし》と詮子《せんし》はそれぞれ冷泉《れいぜい》天皇と円融《えんゆう》天皇に入内《じゅだい》し、のちの三条《さんじょう》天皇（九七六～一〇一七）と一条《いちじょう》天皇（九八〇～一〇一一）を産んだ。兼家は艶福家《えんぷくか》で、かかえる妻の中には道綱母《みちつなのはは》など和歌の才で知られたライバルもいた。時姫の父は摂津守《せっつのかみ》・藤原中正《なかまさ》で、家柄は受領《ずりょう》階級。道綱母と同程度である。だが時姫は、子宝の運に恵まれていた。道綱母もねたんだその運は、やはり何か特別なものに違いない。そんな目で彼女を見た人々の思いが、後になって世にこうした風聞を生んだのだろう。なお、「夕占」には方法がある。まず黄楊《つげ》の櫛《くし》をもって辻にたたずみ、次にその場に米をまく。それから櫛の歯を三度鳴らし、さらに「ふなどさや夕占の神にもの問へば　道行く人ようらまさにせよ」という歌を三度唱えてから、行き交う人の声に耳を傾けるのである（『拾芥抄《しゅうがいしょう》』上巻、『二中歴《にちゅうれき》』巻九）。ちょっと楽しそうだ。今度こっそりやってみようか。

『大鏡』は人相占いの話も記している。藤原道長がまだ末子の地位に甘んじていた頃、ある僧が彼の人相をしきりに褒めた。その僧によれば、最高の人相は「虎の子の深き山の峰を渡るがごとく」だが、道長はまさにその人相そのものだというのである。確かに道長は、転べば千尋《せんじん》の谷に落ちるしかない尾根のような貴族社会を生きぬいた。二人の兄も権力を手にはしたが、病気で崖を転がり落ちた。長期政権をものして栄華を極め、尾根を渡りきったのは道長だけだ。ちなみに道隆の息子で、後に長徳《ちょうとく》の政変を引き起こす藤原伊周《これちか》については、僧は「雷《いかづち》の相」と見たという。その心は、一瞬は高く響くが、すぐに消えて大成しないということ。伊周の失脚やみじめな最期を知っている『大鏡』の話し手は、「雷というよりも、落ちて石ころとなる星、隕石だ」と手厳しい（「道長」）。

結局はいずれの説話も、歴史の行方《ゆくえ》を見取った者が後付けで作ったものと思しい。先の『小右記』のように、実際の占いはもちろん外れることもあった。もっと言えば多くの場合、占いの示す内容は曖昧で、結果は解釈次第という面があった。それでも気になる。それが昔も今も変わらない、占いの磁力なのだ。

平安貴族の勤怠管理システム

平安貴族の一日は、起床してまず、自分の生まれ年を支配する星の名を七度唱えることから始まる。それからやおら鏡を取って顔を見、暦で今日の吉凶をチェック。次は楊枝《ようじ》を使って歯を掃除し、西に向かって手を洗え……。これは、藤原道長《ふじわらのみちなが》の祖父にあたる藤原師輔《もろすけ》が子孫のために残した『九条殿遺誡《くじょうどのゆいかい》』に載る、貴族の朝の心得である。ちなみにこの後は、仏の名と信仰する神社の名を唱えた後、前日の日記を記せ、と続く。それから粥《かゆ》を食し、髪を梳《す》き、手足の爪を切る。髪を梳くのは三日に一度でよい。爪を切るのは日が決まっていて、丑《うし》の日には手の爪、寅《とら》の日には足の爪である。次いで、陰陽道《おんようどう》に照らして日を選びながら、五日に一度程度沐浴《もくよく》する。ということは、平安貴族は朝風呂に入っていたことになる。いかにも優雅なスローライフを営んでいたようではないか。しかし現実には、必ずしも貴族たちはこうしたゆとりのある生活を謳歌していたわけではない。彼らは現代の国家公務員、サラリーマンと同じなのだ。『九条殿遺誡』でもこの後、衣冠を整えていざ出勤となるのだが、彼らが勤める内裏《だいり》には、現代と同じく厳しい勤怠管理システムが存在したのである。

朝廷への出勤時間は、飛鳥時代には寅の刻（午前四時前後）だった。官人たちは暗いうちから朝廷の門前に参集し、日の出の開門と同時に中に入る。ちなみに遅刻すれば入ることは許されず、欠勤扱いである。奈良時代の『養老令《ようろうりょう》』でも、卯《う》の刻の終わり（午前七時頃）が出勤時間とされた。いっぽう平安中期には、例えば清涼殿《せいりょうでん》の殿上《てんじょう》の間《ま》に控えて天皇に仕える「殿上人《てんじょうびと》」が出欠確認される時刻は、未《み》の刻（午後二時前後）であった。つまりこの時間までに出勤すればよかったのである。何だ、やっぱりスローライフじゃないの、と思うべからず。飛鳥・奈良朝の官人の勤務が正午頃には終わったのとは違い、宵《よい》っ張りの平安朝廷の官人たちには、夜の勤務が待っていた。もちろんこちらの方も、昼の勤務とは別にしっかり勤怠管理されて、給料や昇進に直結するのだ。

『枕草子《まくらのそうし》』に「殿上の名対面《なだいめん》こそ」という章段がある。「名対面」とは宿直《とのい》する殿上人の点呼を取り、その出欠を確認することである。時刻は亥《い》の刻（午後十時前後）、清涼殿の南端にある殿上の間に殿上人たちがどやどやと足音を立てて集まり、蔵人《くろうど》が一人一人の名を呼び上げ、各々が返事をする。清少納言《せいしょうなごん》など女房《にょうぼう》たちは、「上《うへ》の御局《みつぼね》」にいてそれを聞いている。この部屋はきさきのための控室で、同じ清涼殿の北側にあったから、殿上の間の声を聞くには耳をそばだてたのだろう。呼び上げられる中に知った名があると、ふと胸がときめく。それが最近冷たくなった恋人の名前だったりすると、なおさらのこと……などと清少納言は記しているが、この場面で女房も殿上人もあくまでも「お仕事中」だということを忘れてはならない。

また『源氏物語』「帚木《ははきぎ》」の巻では、光源氏は内裏に泊まり込んでいて男同士の恋話「雨夜《あまよ》の品《しな》定《さだ》め」に花を咲かせるが、そもそも彼らが泊まり込んでいるのはなぜなのか。物語には「内裏《うち》の御《おん》物忌《ものいみ》」とある。陰陽道により身を慎むべき「物忌み」の間は、外部とのやり取りをしてはならない。ならば帝《みかど》の物忌みである「御物忌み」期間は、政務全体が滞ってしまうことになる。そこで側近《そっきん》たちは前もって内裏に入り、帝と共に物忌み期間を過ごした。つまり「雨夜の品定め」の光源氏たちは、泊まり込みでの勤務中なのである。

『枕草子』「頭《とう》の弁《べん》の、職《しき》に参り給ひて」も同様の折のことである。章段冒頭、一条《いちじょう》天皇（九八〇～一〇一一）の蔵人頭《くろうどのとう》・藤原行成《ゆきなり》は「中宮職《ちゅうぐうしき》の御曹司《みぞうし》」で清少納言と話し込んでいるが、この場所は内裏とは通りを一本隔てていて、つまり外にあたる。やがて彼は「明日は帝の御物忌みなので、丑の刻になったらまずい」と腰を上げる。物忌みは日付が変わると始まる。当時の日付変更時刻は、丑の刻と寅の刻の間の、午前三時頃だった。したがって行成は、この時刻までには内裏の中に入らなくてはならなかったのである。同章段によると、彼はその翌日も確かに内裏の蔵人所《くろうどどころ》で過ごしている。物忌みは二日は続くので、四十八時間連続勤務である。その間いつ何時、帝から用事を申しつけられるかわからない。

御物忌みに限らず、宿泊勤務はごく日常的にあった。公的な仏事、儀式、重要会議などがしょっちゅう夜に催されていたからである。「働くのは日中」という感覚は、この時代の宮廷には通用しないのだ。『紫式部日記《むらさきしきぶにっき》』を見ると、中宮彰子《ちゅうぐうしょうし》が御産を終えて実家から内裏に戻った折、到着は深夜に及んだが、内裏では官人たちが待ち迎えた。迎えればそれで終わりではない。紫式部は、名のある貴族たちが次々と、自分たち女房の局《つぼね》に挨拶に来たと記している。もちろん、中宮によろしく伝えてくれというご機嫌取りだ。もう眠りたい紫式部たちに露骨に嫌な顔をされ、陰暦十一月末の極寒のなか、彼らは震えながら帰って行ったという。これが平安中期のエリート官僚の勤務実態だったのだ。

先にも登場した一条天皇の側近・藤原行成には『権記《ごんき》』なる日記があって、彼の多忙ぶりがよく分かる。それによれば、働く場所は内裏ばかりではなかった。例えばある日は、早朝から帝の母・東三条院《ひがしさんじょういん》（藤原詮子《せんし》）のもとへ。それから左大臣《さだいじん》・藤原道長《みちなが》のもとへ。さらに道長が亡父・兼家《かねいえ》の法要を営む会場へ。次にまた東三条院のもとへ。そして内裏へ行き、帝の御前《ごぜん》で重要事項の奏上。その日はそのまま宿直している（『権記』長保《ちょうほう》元〈九九九〉年七月二日）。なんという激務。「ご苦労様」と声をかけて、肩でも足でも揉《も》んでやりたい。

「雲隠《くもがくれ》」はどこへいった？

『源氏物語』には「雲隠」という巻がある。いや、そんな巻はない。いやいや、それは実は、あるのだがない。ややこしい言い方で申し訳ないが、要するに本文がなくて題名だけの「雲隠」という巻を「源氏物語五十四帖」の一つと認めて数える説が、世に存在するということなのだ。なお、「雲隠」を帖の数に入れるときは、「若菜《わかな》」の上と下を一つにして一帖と数えるので、五十四帖という数は変わらない。

この説の誕生は、かなり古い。最も古いものでは、正治《しょうじ》年間（一一九九～一二〇二）に成立した『白造紙《しろぞうし》』なる書物がこれを記している。『源氏物語』には「雲隠」以外にも「桜人《さくらびと》」「狭蓆《さむしろ》」「巣守《すもり》」など現在は伝わらない巻の名が知られているが、『白造紙』はそれらを後人作とするいっぽう、「雲隠」については「幻《まぼろし》」と「匂兵部卿《におうひょうぶきょう》」の間に、前後の巻と同列に並べる。つまりこの巻を作者自身の手によるものと考えているのだ。また十四世紀半ばの注釈書『河海抄《かかいしょう》』は、「雲隠」に注して「この巻はもとより無し。ただ名をもてその心を表すなり」と言う。最初から本文がなく、ただ巻名に内容が託されているということだ。さらに「作者の胸中にとどまりて世に伝はらずやなりにけん」という。内容は紫式部《むらさきしきぶ》の胸一つに収められたから、世に伝わっていないのだというのである。

題名だけで、一字も文字のない物語。確か現代音楽で、題名だけで何の音もない曲があった。ジョン・ケージの「4分33秒」だ。そんなアクロバット的な方法を、千年前の物語作者が試みたのか。研究者たちの考えは様々だ。本文がないのだから本来巻名もなかったはずだ、たぶん後年の読者が、『源氏物語』を熱烈に愛読するあまり、ついつい巻名だけ捏造《ねつぞう》してしまったのだろうとも、考えられている。しかし、もしも平安時代末期から中世の源氏学者たちが考えたとおりこれが作者・紫式部の仕組んだことだとすれば、何と際どく、また洗練された方法だろうか。

ところで、「雲隠」巻の書かれざる内容とは、いったいどのようなものなのだろう。もとより存在しないものを想像するのも難しいが、『河海抄』は巻名が中身を表しているという。ならば『源氏物語』において「雲隠」という言葉が指すものが参考になるだろう。例えば、「須磨《すま》」の巻。都を落ち須磨に退去することを心に決めた光源氏は、出発の前日、父・桐壺院《きりつぼいん》に別れの挨拶をしようと御陵《ごりょう》を訪れる。暁方《あかつきがた》、出たばかりの月の光を頼りに墓に辿り着くと、亡き父の姿がただ目の前にいるようにありありと思い出される。その時、月が雲に隠れ、うっそうとした森は闇に包まれる。帰り道も分からず立ちすくむ光源氏。思わず手を合わせると、ありし日の父の面影が、今度は闇の中に浮かぶ。総毛だつ思いで、光源氏は詠む。

なき影やいかが見るらむよそへつつ　眺むる月も雲隠れぬる

（亡き父君の面影は、私のこの様子をどうご覧になっていることだろう。父になぞらえ思いを込めて見つめていた月も、雲に隠れてしまった）

頼りにしていた月の光が消え、闇となった。それは光源氏にとって、頼みとしていた父が崩御《ほうぎょ》し、人生の先が見えなくなったことを示すのだった。

その一方、比較的軽い調子の「雲隠」もある。「末摘花《すえつむはな》」巻、光源氏が常陸宮邸《ひたちのみやてい》で頭中将《とうのちゅうじょう》にでくわした場面である。二人にはそれぞれこの後訪ねると約束した女がいたのだが、妙に興に乗り女たちをすっぽかして共に左大臣邸《さだいじん》に向かってしまう。その時、辺りが「月のをかしきほどに雲隠れ」、闇となる。つまりここでは、二人は女たちから姿をくらまし、現代語に言うとおりの「雲隠」を決め込むのだ。来るはずの想い人が訪れず、約束の女たちはさぞがっかりしたことだろう。

このように、月の「雲隠」は、実際に月が雲に隠れることを言うと同時に、人が姿を消すことの喩えになっていることが多い。そう考えると、『源氏物語』での光源氏は、「幻」巻を最後として二度と姿を現さない。次の「匂兵部卿」巻の冒頭は「光隠れ給ひにし後」。「雲隠」は、まさに光源氏という光が雲に隠され、世から姿を消したことをいう題名だったのだ。

「雲隠」といえば、紫式部の歌「めぐりあひて見しやそれともわかぬ間に　雲隠れにし夜半《よは》の月かな」（『紫式部集』一番）も思い出される。この「雲隠」は、幼馴染みとの別れを言ったものである。家集を辿ると、この友と紫式部は生涯に幾度も別れている。一度目は幼い日の別れ。やがて再会し交友を温めて、家を訪《おとな》っては日常的に交わした「さよなら」。この歌はそうした折に詠まれた。だがやがて、友と紫式部は互いに越前《えちぜん》と筑紫《つくし》へ行くことになり、友情を誓い合って別れる。そしてそのまま、友はその地で帰らぬ人となった。人が姿を消すという意味の「雲隠」は、紫式部にとって切実な言葉だったのだ。

ところで、世には本文のある「雲隠」という作品もある。光源氏の後日談を集めた『雲隠《くもがくれ》六《ろく》帖《じょう》』の中の一帖で、成立はおそらく室町時代。これこそ『源氏物語』の読者が、題名だけの「雲隠」巻に耐えきれずに作ってしまったものだ。この中では、光源氏は六条院《ろくじょういん》を出て紫《むらさき》の上《うえ》の七回《しちかい》忌《き》に剃髪《ていはつ》、さらにその十三回忌に亡くなったことになっている。最期はまさに一陣の風のように、跡形もなく消えたとされている。

時代小説、『源氏物語』

『源氏物語』は「いづれの御時《おほむとき》にか」と書き出される。どの帝《みかど》の御代《みよ》のことだろうか、と。しかしそれが『源氏物語』が書かれている今、つまり一条《いちじょう》天皇（九八〇～一〇一一）の時代（在位九八六～一〇一一）ではないことは、続く「女御《にょうご》、更衣《かうい》」という言葉で即座にわかる。一条天皇のきさきは皇后定子《ていし》、中宮彰子《ちゅうぐうしょうし》、また三人の女御の計五人がすべてで、更衣はいない。ならば一代遡《さかのぼ》って花山《かざん》天皇（九六八～一〇〇八）の時代（在位九八四～九八六）を見てみると、この時も更衣はいなかった。更衣の存在が確認できるのは、その前の円融《えんゆう》天皇（九五九～九九一）の時代（在位九六九～九八四）が最後である。つまり、『源氏物語』が舞台と設定する「女御」と「更衣」があまた後宮《こうきゅう》に控えていた時代とは、明らかに過去のことなのである。

それでは、いったいいつのことなのか。それは読者をさほどじらすことなく、「桐壺《きりつぼ》」巻の中でほのめかされる。光源氏の父である桐壺帝《きりつぼのみかど》が、最愛の桐壺更衣を亡くし傷心の日々を過ごすくだり、帝は明け暮れ白居易《はくきょい》の「長恨歌《ちょうごんか》」を眺めているが、その「長恨歌」は「亭子院《ていじのいん》」が絵を描き、さらに伊勢《いせ》や紀貫之《きのつらゆき》が詩と絵に合わせて和歌を詠んだものだというのだ。「亭子院」とは実在の帝・宇多《うだ》天皇（八六七〜九三一、在位八八七〜八九七）。伊勢はその寵愛《ちょうあい》を受けたことでも知られる女流歌人だし、紀貫之にいたっては、宇多天皇の後を継いだ息子・醍醐《だいご》天皇（八八五〜九三〇、在位八九七〜九三〇）のもと『古今和歌集《こきんわかしゅう》』を編纂した歌人であること、あまりにも有名である。

宇多天皇の名は、「桐壺」巻にもう一度現れる。桐壺帝が光源氏の将来を思いあぐねて、高麗《こま》の相人《そうにん》に光源氏の顔を見させるくだりである。この時は相人を宮中に呼ぶのではなく、外国人の滞在施設である「鴻臚館《こうろかん》」に光源氏を赴《おもむ》かせたのだが、それが「宇多帝の御誡《いましめ》」に随《したが》うためだと記されているのだ。実は宇多天皇は、帝位を醍醐天皇に譲るにあたり、守るべき心得を記して渡した。この実在の「寛平御遺誡《かんぴょうのごゆいかい》」を、桐壺帝がきちんと守っている。したがって、桐壺帝は宇多天皇よりも後の帝、おそらくは息子の醍醐天皇と考えられるのだ。

そんな目になって探すと、桐壺帝が催した「紅葉賀《もみじのが》」での行幸《ぎょうこう》も「花宴《はなのえん》」での紫宸殿《ししんでん》の桜の宴も、醍醐天皇の時代に似た史実がある。後の「明石《あかし》」巻を見れば、桐壺帝は死後しばらく生前の罪を償うために地獄にいたらしいが、醍醐天皇にも無実の菅原道真《すがわらのみちざね》を大宰府《だざいふ》に流したかどで「地獄に堕ちた」という説話がある。桐壺帝が醍醐天皇にあたるとすれば、物語内で桐壺・朱雀《すざく》・冷泉《れいぜい》とつながる三代の御代は、実在の帝では醍醐天皇・朱雀天皇（九二三〜九五二）・村上《むらかみ》天皇（九二六〜九六七）三代の御代となる。物語では父・長男・その弟と皇位が継承されており、実在の三代でもそれは全く同じである。『源氏物語』は、内容はフィクションなのに、歴史上の実際の時代が彷《ほう》彿《ふつ》とするように描かれているのだ。

なぜこのような書き方がされているのか。それは、その時代を舞台とすることが、『源氏物語』にとっていくつもの点で効果的だからだ。第一に醍醐天皇は、作者にとっていわば縁者の一人であった。彼の母が、紫式部《むらさきしきぶ》の曽祖父《そうそふ》一族の出身なのである。またもう一人の曽祖父・藤原兼輔《ふじわらのかねすけ》は、娘を醍醐天皇のまさに「更衣」に入れていた。その兼輔が建てた堤中納言邸《つつみちゅうなごんてい》に紫式部は住み、『源氏物語』を書いたと考えられている。彼女の時代には築七十年は過ぎていたと思しい古家だが、先祖の息遣いはそこかしこに感じられたに違いない。一族が最も栄光に包まれていたこの時期を舞台とすればこそ、紫式部は遠慮なく上から目線で貴人たちを描くことができたのだ。二つ目は、醍醐天皇の父・宇多天皇である。彼はかつて、「源《みなもと》」の姓を賜《たまわ》って臣下に降りていた。それが同時代の政治劇の中で、臣籍《しんせき》を返上し皇太子に、さらに天皇にと、思いがけずものぼりつめることとなった。そのことがまだ記憶に新しい醍醐～村上朝は、一旦源姓を賜りながらやがては准太上天皇《じゅんだいじょうてんのう》の地位へと飛翔する光源氏の舞台としてぴったりである。そして三つ目に、何よりも醍醐・村上両天皇の政治である。年号から「延喜《えんぎ》・天暦《てんりゃく》の治」と呼ばれるそれは、摂政《せっしょう》や関白《かんぱく》を置かない天皇親《しん》政《せい》だとして、一条天皇の時代には既に聖代《せいだい》として賛美されていた。いかにも光源氏の尊敬する父・桐壺帝、また光源氏自身が補佐してもり立てた冷泉帝の御代としてふさわしいのだ。こうして紫式部は、延喜・天暦期の実例を次々と調べ、それとわかるように物語に盛り込んだ。延喜・天暦期のイメージに助けられて物語はリアリティーを得、光源氏はその中をまるで実在の人物のように生きた。

だが、それだけだろうか。そもそもどうして架空の帝の架空の時代ではいけないのか。そんなに時代のリアリティーが必要なのだろうか。

そう、必要だったのだ。おそらくそれは『源氏物語』を、読者が想起するもう一つの似た時代から引き離すためにこそ、色濃く必要だった。目を「桐壺」巻に戻そう。最初に記したように、「女御、更衣」という言葉は、物語の舞台が今上《きんじょう》・一条天皇の時代ではないことをはっきり示す。しかし続く出来事はどうだろう。一族の没落したきさきが天皇の愛を一身に集め、それが「世《よ》の例《ためし》」として政治家たちの困惑の種にもなるとは、本書で何度も取り上げてきたように、まさに一条天皇の御代にあったことだった。この物語は、その記憶も鮮やかな貴族社会に向けて放たれるのである。ただ「いづれの御時にか」としらばくれるだけでは、物語は即座に一条天皇と結びつけて解されるに違いない。殊更に今のことではないと示し古い時代として描くのは、それを避けるためではなかったか。時代設定は、紫式部が『源氏物語』を守るすべだったのではないかと、私は考えている。

中宮定子《ちゆうぐうていし》をヒロインモデルにした意味

本書は「桐壺《きりつぼ》」の帖で、光源氏の母・桐壺更衣《こうい》をめぐって、一条天皇《いちじよう》（九八〇〜一〇一一）の皇后だった定子に触れた。父がおらず低い身分にして寵愛《ちようあい》された更衣に、実家が没落し、それでも一条天皇の愛情を独占した定子を重ね見たのだ。しかしおそらく、『源氏物語』にとって定子は「桐壺更衣のモデル」と言って終わるような表層的な存在ではない。私は、定子こそが『源氏物語』の原点であり、主題であったと考えている。定子の悲劇的な人生が時代に突きつけた問いを正面から受け止め、虚構世界の中で、全編をもって答えようとした。それが『源氏物語』だと考えるのだ。

定子の人生を振り返ろう。十四歳で一条天皇に入内《じゆだい》し、唯一にして最愛のきさきとして輝いた。母が受領《ずりよう》階級出身という庶民性、漢文が得意という知性は、共に天皇の心をとらえた魅力だったが、きさきとしては異色である。十九歳で父の関白《かんぱく》・藤原道隆《ふじわらのみちたか》を亡くしてから人生は急転。二十歳の時、長徳《ちようとく》の政変によって兄弟が流罪《るざい》に処され、絶望した定子は出家した。人生を棄てたのだ。当然、一条天皇とは離別となったが、異例にも彼は翌年彼女を復縁させた。それは、天皇は権力の後ろ盾を持つきさきをこそ寵愛して子を産ますべきという、摂関《せっかん》政治のルールを逸脱する行為だった。定子は激しい批判を浴び、特に我が娘の入内を企図していた最高権力者・藤原道長《みちなが》からは陰湿ないじめをうけた。そんななかで、天皇の第一皇子《おうじ》を出産。道長の娘・彰子《しょうし》が入内した僅か六日後のことである。その後も道長によって皇后の称号が二分割され彰子に並び立たれるなど圧力をかけられ、長保《ちょうほう》二（一〇〇〇）年十二月、第三子を出産した床で、二十四歳の若さで崩御《ほうぎょ》した。

こうして見ただけでも、定子の人生は理不尽に満ちている。その第一が、愛の理不尽である。天皇の愛ゆえに、定子はいったん去った後宮《こうきゅう》に戻らされ、壮絶な批判を浴びて死んだ。同時にこれは、仏道の理不尽でもある。男の愛執《あいしゅう》によって出家が取り消されるなら、女は仏道を逃げ場にすることもできない。また、政治の理不尽である。実家の零落《れいらく》した定子は、天皇の第一皇子を産んでさえも世に非難された。権力というものの移ろいやすさ、そして酷薄さ。さらにこれらの理不尽は、定子その人が魅力的であったことにより増幅された。『枕草子《まくらのそうし》』に描かれるように、明るく積極的で親しみやすい定子は、最盛期には世の文化の先端を切り拓く憧れの存在であった。しかしその散り方は、あまりにもむごかった。定子の死は、その直後、公達《きんだち》らが無常を痛感して連鎖的に出家したことに明らかなように、世に閉塞感をもたらした。つまり定子とは、社会的事件だったのだ。定子と時代を共有した人々は、誰もがこの理不尽を目の前に突き付けられたのである。

紫式部《むらさきしきぶ》は、『紫式部日記』など他の作品で定子に触れたことはない。しかしおそらく、定子の母が受領階級出身であることは、同じ受領階級の紫式部に親しみを感じさせたであろう。また定子が漢文を特技とすることは、同じ異能を持って父に嘆かれた娘の胸に一抹の希望を抱かせたに違いない。女が漢文を好きでも世の中に認められるのだと。だが、それは否定されていく。世は「漢才《からざえ》は女に不運をもたらす」と囁《ささや》くようになるのだ。定子の零落を受けてのことと考えられる。ある時から紫式部は、「一」という漢字すら書けないふりをして漢才を隠したという。定子文化の凋落《ちょうらく》は紫式部自身に影を落としたのである。

加えて紫式部は、一条天皇が定子を喪《うしな》った僅か数カ月後に、夫を喪う。図らずも天皇と同じ苦しみを味わうことになったのだ。夫を愛していたがゆえに、喪失感は紫式部の心を切り刻んだ。日記によれば、何も手につかずただ呆然と四季を過ごしたという。その間に思い知ったのが、人は「世《よ》」を生きる「身《み》」であること、つまり自分ではどう変えることもできない現実を背負っているということだった。

やがて筆を執り物語を書き始めた時、紫式部が生み出した登場人物たちは、誰もがすべて「世」を生きる「身」であった。人として「世」に阻まれる「身」、それを各々がどのような「心」で生きるか。それを描くことに挑んだ『源氏物語』は、日本の文学史上初めてのリアリズム小説となった。その物語の発端に、主人公・光源氏を生み出した両親・桐壺 帝《きりつぼのみかど》と更衣が、誰よりも「世」に阻まれ「身」の苦を生きた二人として描かれるのは当然のことだった。そして彼らに一条天皇と定子が重ねられるのも、自然なことだったろう。なぜならば、おそらく一条天皇と定子こそが紫式部に、自分自身のみならず帝ときさきでさえ「世」を生きる「身」なのだと気づかせた存在だからだ。

定子が『源氏物語』の原点であり主題であると最初に記したのは、そうした意味である。

桐壺更衣の提示した主題は全編を貫くが、更衣自身の登場場面は短い。それでも同時代の人には定子の史実が想起されたに違いない。だがこれは物語の瑕《きず》とされなかった。それどころか作者の紫式部は、定子と対抗していたはずの道長・彰子側の女房《にょうぼう》として抜擢された。定子亡きあと世に同情の風潮が高まるなか、むしろ『源氏物語』は定子への鎮魂の書として迎えられたのである。

『紫式部日記』によれば、一条天皇は『源氏物語』を読み「この人は『日本紀《にほんぎ》』をこそ読み給ふべけれ」と言ったという。「この作者は日本の正史を講釈して下さるべきだね」の意味である。私は夢想する。これは「物語に我が史実が書かれている」と気づいた天皇の言葉だったのではなかったかと。実はそれに応えるような言葉を、『源氏物語』で光源氏が吐いている（「蛍《ほたる》」巻）。「『日本紀』などはただかたそばぞかし。これらにこそ道々《みちみち》しく詳しきことはあらめ（『日本書紀《にほんしょき》』などほんの片端、物語にこそ道理を踏まえた詳しいことが書かれているのです）」。『源氏物語』に一条天皇と定子の心の真実を記したという、作者からのアンサーではなかったか。これを読んで笑う一条天皇、彼に寄り添って見守る彰子の穏やかなほほ笑みすら浮かんでくるように思えるのだ。

参考文献

古代通史

鐘江宏之『全集日本の歴史三　飛鳥・奈良時代　律令国家と万葉びと』（小学館二〇〇八）

川尻秋生『全集日本の歴史四　平安時代　揺れ動く貴族社会』（小学館二〇〇八）

大津透『日本の歴史06　道長と宮廷社会』（講談社二〇〇一）

佐々木恵介『天皇の歴史03　天皇と摂政・関白』（講談社二〇一一）

吉川真司編『日本の時代史5　平安京』（吉川弘文館二〇〇二）

注釈書等

源氏物語関係注釈書

玉上琢彌『源氏物語評釈』一～十二　別巻一・二（角川書店一九六四～一九六九）

柳井滋・室伏信助・大朝雄二・鈴木日出男・藤井貞和・今西祐一郎『源氏物語』一～五（新日本古典文学大系　岩波書店一九九三～一九九七）

阿部秋生・秋山虔・今井源衛・鈴木日出男『源氏物語』①～⑥（新編日本古典文学全集　小学館一九九四～一九九八）

鈴木一雄監修『源氏物語の鑑賞と基礎知識』（至文堂一九九八～二〇〇五）

紫式部関係注釈書

藤岡忠美・中野幸一・犬養廉・石井文夫『和泉式部日記　紫式部日記　更級日記　讃岐典侍日記』（新編日本古典文学全集　小学館一九九四）

長谷川政春・今西祐一郎・伊藤博・吉岡曠『土佐日記　蜻蛉日記　紫式部日記　更級日記』（新日本古典文学大系　岩波書店一九八九）

山本利達『紫式部日記　紫式部集』（新潮日本古典集成一九八〇）

山本淳子『紫式部日記』（ビギナーズ・クラシックス日本の古典　角川ソフィア文庫二〇〇九）

山本淳子『紫式部日記　現代語訳付き』（角川ソフィア文庫二〇一〇）

その他の作品の注釈書等

山口佳紀・神野志隆光『古事記』（新編日本古典文学全集　小学館一九九七）

小島憲之・木下正俊・東野治之『萬葉集』①～④（新編日本古典文学全集　小学館一九九四～一九九六）

小島憲之・新井栄蔵『古今和歌集』（新日本古典文学大系　岩波書店一九八九）

片桐洋一『後撰和歌集』（新日本古典文学大系　岩波書店一九九〇）

小町谷照彦『拾遺和歌集』（新日本古典文学大系　岩波書店一九九〇）
久保田淳・平田喜信『後拾遺和歌集』（新日本古典文学大系　岩波書店一九九四）
田中裕・赤瀬信吾『新古今和歌集』（新日本古典文学大系　岩波書店一九九二）
片桐洋一・福井貞助・高橋正治・清水好子『竹取物語　伊勢物語　大和物語　平中物語』（新編日本古典文学全集　小学館一九九四）
菊地靖彦・木村正中・伊牟田経久『土佐日記　蜻蛉日記』（新編日本古典文学全集　小学館一九九五）
中野幸一『うつほ物語』①～③（新編日本古典文学全集　小学館一九九九～二〇〇二）
三谷栄一・三谷邦明・稲賀敬二『落窪物語　堤中納言物語』（新編日本古典文学全集　小学館二〇〇〇）
松尾聰・永井和子『枕草子』（新編日本古典文学全集　小学館一九九七）
山中裕・秋山虔・池田尚隆・福長進『栄花物語』①～③（新編日本古典文学全集　小学館一九九五～一九九八）
橘健二・加藤静子『大鏡』（新編日本古典文学全集　小学館一九九六）
馬淵和夫・国東文麿・稲垣泰一『今昔物語集』①～④（新編日本古典文学全集　小学館一九九九～二〇〇二）
三角洋一・石埜敬子『住吉物語　とりかへばや物語』（新編日本古典文学全集　小学館二〇〇二）
浅見和彦『十訓抄』（新編日本古典文学全集　小学館一九九七）
大曾根章介・金原理・後藤昭雄『本朝文粋』（新日本古典文学大系　岩波書店一九九二）
後藤昭雄・池上洵一・山根對助『江談抄　中外抄　富家語』（新日本古典文学大系　岩波書店一九九七）
川端善明・荒木浩『古事談　続古事談』（新日本古典文学大系　岩波書店二〇〇五）
桑原博史『無名草子』（新潮日本古典集成一九七六）
西尾光一・小林保治『古今著聞集』上・下（新潮日本古典集成一九八三・一九八六）
板橋倫行『今鏡』（日本古典全書　朝日新聞社一九五〇）
柳澤良一「『菅家後集』注解稿（八）」（『金沢学院大学紀要　文学・美術編　3』二〇〇五）
中田武司「源氏物語のおこり（秀吉筆）解題・翻刻」（『専修大学図書館蔵古典籍影印叢刊』一九八〇）
関根慶子・阿部俊子・林マリヤ・北村杏子・田中恭子『赤染衛門集全釈』（私家集全釈叢書　風間書房一九八六）
伊井春樹・津本信博・新藤協三『公任集全釈』（私家集全釈叢書　風間書房一九八九）
片桐洋一・関西私家集研究会『元良親王集全注釈』（和歌文学注釈叢書1　新典社二〇〇六）
笹川博司『惟成弁集全釈』（私家集全釈叢書　風間書房二〇〇三）
天野紀代子・園明美・山崎和子『大斎院前の御集全釈』（私家集全釈叢書　風間書房二〇〇九）
阪急電鉄　宝塚歌劇月組公演　源氏物語千年紀頌「夢の浮橋」

記録等注釈書

山中裕編『御堂関白記全註釈』（思文閣出版二〇〇三～二〇一二）
倉本一宏『御堂関白記　全現代語訳』上・中・下（講談社学術文庫二〇〇九）
倉本一宏『権記　全現代語訳』上・中・下（講談社学術文庫二〇一一～二〇一二）

法律関係注釈書

『譯註日本律令』3（東京堂出版一九七五）
『律令』（日本思想大系　岩波書店一九七六）

人物伝

山中裕『藤原道長』（人物叢書　吉川弘文館二〇〇八）
今井源衛『紫式部』（人物叢書　吉川弘文館一九六六）
黒板伸夫『藤原行成』（人物叢書　吉川弘文館一九九四）
倉本一宏『一条天皇』（人物叢書　吉川弘文館二〇〇三）
後藤昭雄『大江匡衡』（人物叢書　吉川弘文館二〇〇六）
北山茂夫『藤原道長』（岩波新書一九七〇）
清水好子『紫式部』（岩波新書一九七三）
朧谷壽『藤原道長　男は妻がらなり』（ミネルヴァ日本評伝選二〇〇七）

事項別参考文献・論文

結婚・恋愛・男女関係

（直接関わるもののみ）

工藤重矩『源氏物語の結婚　平安朝の婚姻制度と恋愛譚』（中公新書二〇一二）
工藤重矩『平安朝の結婚制度と文学』（風間書房一九九四）
関口力『摂関時代文化史研究』（思文閣史学叢書二〇〇七）
深澤真紀『平成男子図鑑』（日経ＢＰ社二〇〇七）
増田繁夫『平安貴族の結婚・愛情・性愛』（青簡舎二〇〇九）
森岡正博『草食系男子の恋愛学』（メディアファクトリー二〇一〇）
阿部秋生「『召人』について」（『日本文学』一九五六年九月）
今井久代「皇女の結婚――女三宮降嫁の呼びさますもの――」（『むらさき』第二六輯　武蔵野書院一九八九）
岡部隆志「近親相姦」（三浦佑之編『古事記を読む』　吉川弘文館二〇〇八）
後藤祥子「皇女の結婚――落葉宮の場合――」（『源氏物語の探究』第八輯　風間書房一九八三）
増田繁夫「紫上の妻としての地位――十世紀末の貴族社会の結婚・夫婦関係――」（『源氏物語の展望』第一輯　三弥井書店二〇〇七）

増田繁夫「平安貴族社会の結婚制度――『一夫一妻制』説批判」（『源氏物語の展望』第十輯　三弥井書店二〇一一）
森一郎「皇女の結婚――源氏物語主題論の一節――」（広島大学『国語教育研究』26上　一九八〇）

和歌・漢詩・歌謡

工藤重矩『平安朝律令社会の文学』（ぺりかん社一九九三）
渡辺秀夫『詩歌の森　日本語のイメージ』（大修館書店一九九五）
伊井春樹「彰子入内料屏風絵と和歌」（島津忠夫編『和歌史の構想』　和泉書院一九九〇）
紫藤誠也「古今六帖で読む源氏物語『若紫』」（『中古文学』九　一九七二）
木村紀子『催馬楽』（東洋文庫　平凡社二〇〇六）

信仰

『賀茂斎院と伊勢斎宮』（斎宮歴史博物館二〇一〇）
塚原明弘『源氏物語ことばの連環』（おうふう二〇〇四）
今井上「影見ぬ三つの瀬――『源氏物語』と三途の川の俗信」（『国語と国文学』二〇〇九年五月）
田村正彦「三途の川にまつわる『初開男』の俗信」（『国文学解釈と鑑賞』　至文堂二〇一〇年十二月）
西山良平「王朝都市と《女性の穢れ》」（『日本女性生活史』第1巻　東京大学出版会一九九〇）
京都新聞二〇一一年七月一日「弔い模様（1）出家して　瀬戸内寂聴さん」
勝浦令子「女性と古代信仰」（『日本女性生活史』第1巻　東京大学出版会一九九〇）
高橋亨「愛執の罪　浮舟の還俗と仏教」（関根賢司編『源氏物語宇治十帖の企て』　おうふう二〇〇五）

死・葬送

勝田至編『日本葬制史』（吉川弘文館二〇一二）
田中久夫『祖先祭祀の研究』（日本民俗学研究叢書　弘文堂一九七八）

人生

山本淳子『紫式部集論』（和泉書院二〇〇五）
山本淳子『私が源氏物語を書いたわけ　紫式部ひとり語り』（角川学芸出版二〇一一）
渡辺和子『置かれた場所で咲きなさい』（幻冬舎二〇一二）

経済活動

朧谷寿「邸宅の売買と相続」（『平安文学と隣接諸学1　王朝文学と建築・庭園』　竹林舎二〇〇七）
寺升初代「平安京の土地売券」（『古代学研究所研究紀要』第五輯　一九九五）

身分制度

吉海直人『平安朝の乳母達　「源氏物語」への階梯』（世界思想社一九九五）

吉海直人『源氏物語の乳母学　乳母のいる風景を読む』（世界思想社二〇〇八）
山本一也「更衣所生子としての光源氏——その着袴を端緒として——」（『国語国文』二〇〇六年十二月）
山本淳子「もののかざりにはあらず——『紫式部日記』女房批評の実務尊重主義——」（『日本文学』二〇〇四年二月）

摂関政治

倉田実『王朝摂関期の養女たち』（翰林書房二〇〇四）
倉本一宏『摂関政治と王朝貴族』（吉川弘文館二〇〇〇）

官僚制度

志村佳名子「平安時代日給制度の基礎的考察——東山御文庫本『日中行事』を手がかりとして——」（『日本歴史』二〇〇九年十二月）

医療

高橋昌明『平清盛　福原の夢』（講談社選書メチエ二〇〇七）
服部敏良『王朝貴族の病状診断』（吉川弘文館一九七五）

災害

気象庁ホームページ「台風とは」
京都地方気象台ホームページ「京都府の気象特性」
上島享『日本中世社会の形成と王権』（名古屋大学出版会二〇一〇）
西山良平『都市平安京』（京都大学学術出版会二〇〇四）

源氏物語の成立・設定

清水婦久子『源氏物語の真相』（角川選書二〇一〇）
清水好子『源氏物語論』（塙選書一九六六）
山本淳子『源氏物語の時代』（朝日選書二〇〇七）

源氏物語の諸本

吉岡曠「源氏物語本文の伝流」（『源氏物語研究集成』十三　風間書房二〇〇〇）
中川照将「青表紙本の出現とその意義」（『源氏物語研究集成』十三　風間書房二〇〇〇）
加藤洋介「河内本の成立とその本文——源親行の源氏物語本文校訂——」（『源氏物語研究集成』十三　風間書房二〇〇〇）
伊井春樹「池田亀鑑」（『源氏物語と紫式部　研究の軌跡』研究史篇　角川学芸出版二〇〇八）
池田亀鑑『源氏物語大成』巻七（中央公論社一九五六）
『源氏物語雲隠六帖』（日本古典偽書叢刊2　現代思潮新社二〇〇四）

※「故」の表記は、各図の最初の帖の設定（九～十三帖の図であれば九帖）に、また登場人物の表記は各図の最後の帖の設定（九～十三帖の図であれば十三帖）に合わせた。

一帖「桐壺」～八帖「花宴」　主要人物関係図

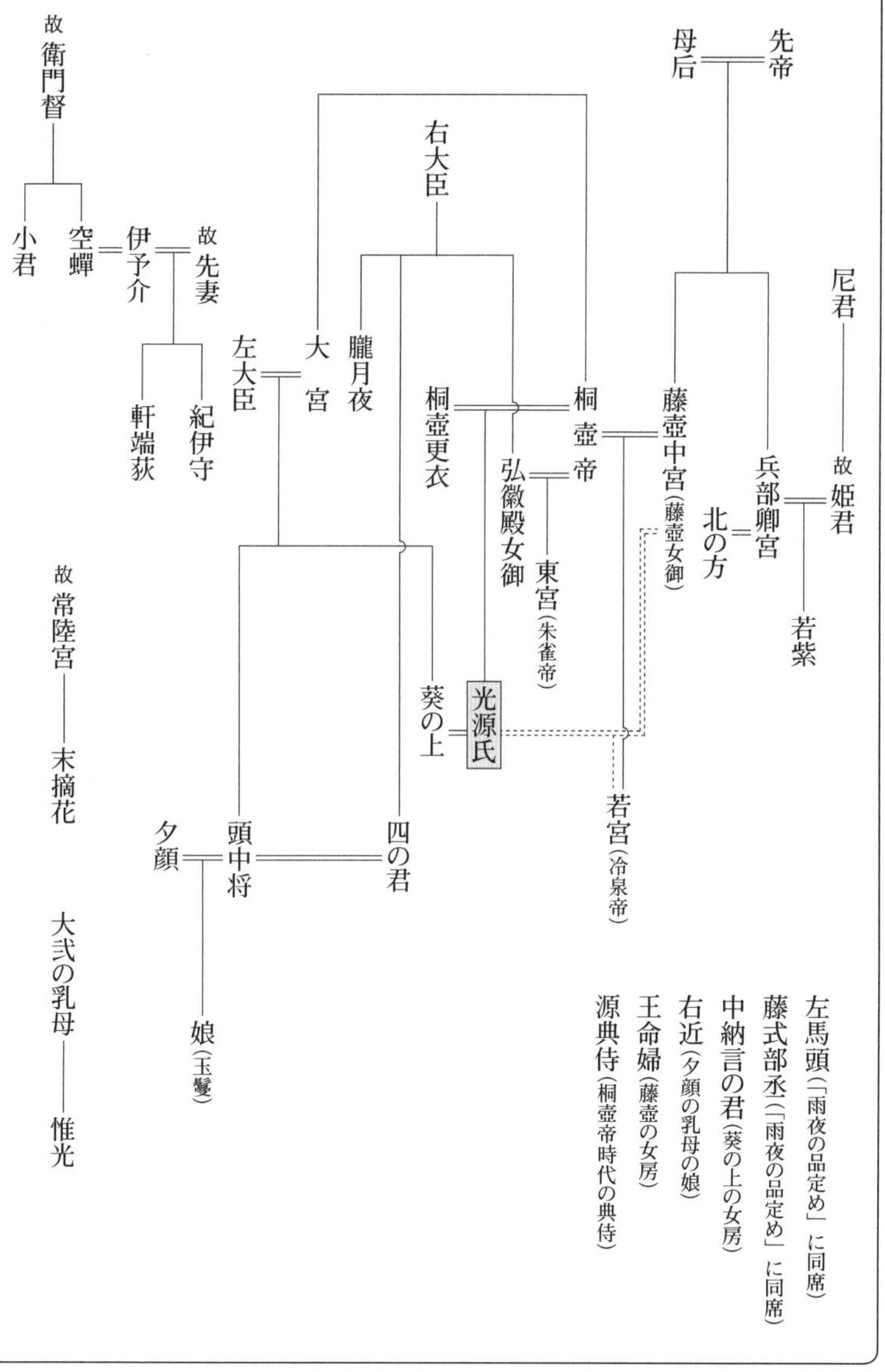

九帖「葵」～十三帖「明石」　主要人物関係図

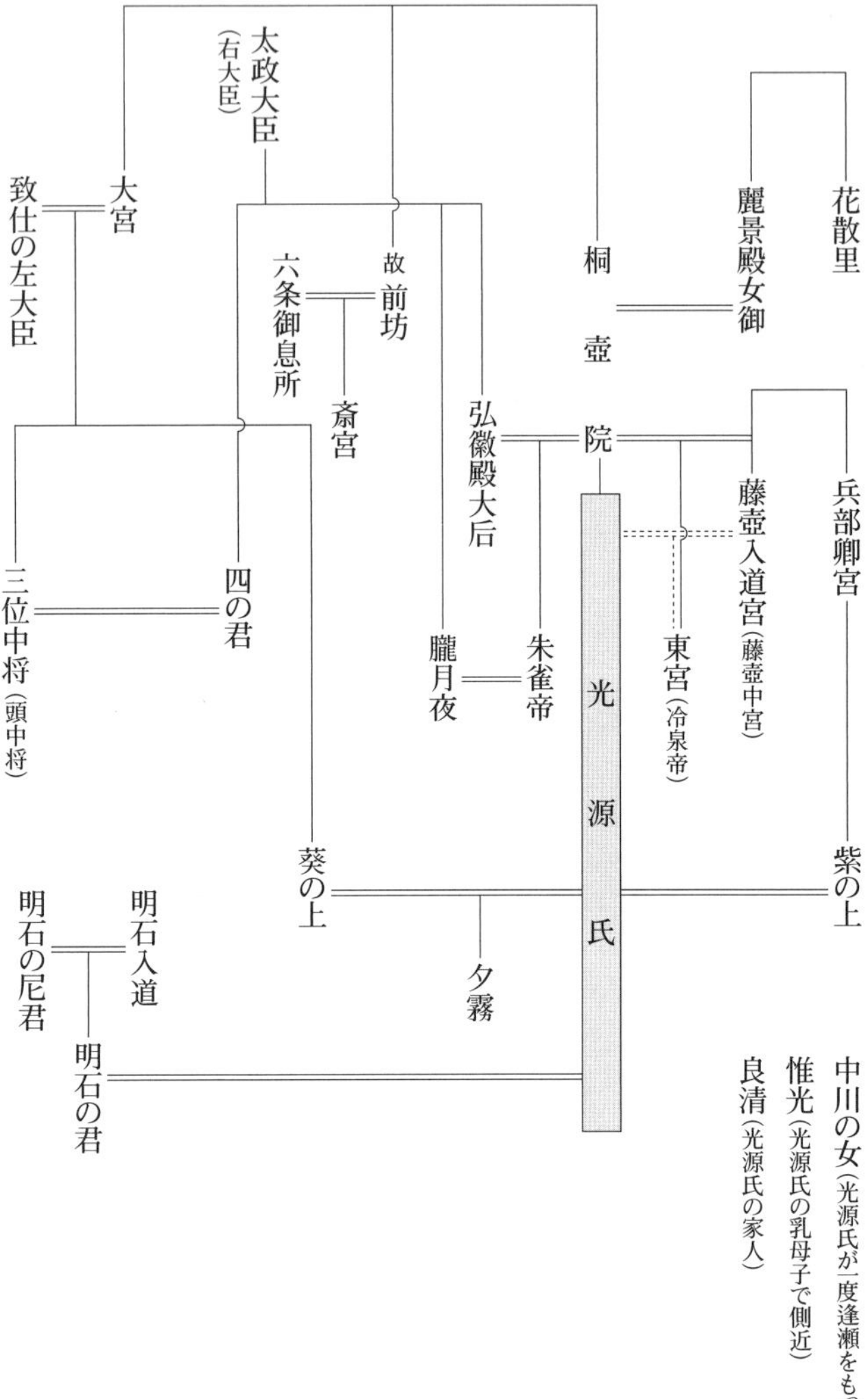
太政大臣（右大臣）
大宮
致仕の左大臣
故前坊
六条御息所
斎宮
桐壺院
麗景殿女御
花散里
弘徽殿大后
藤壺入道宮（藤壺中宮）
兵部卿宮
三位中将（頭中将）
四の君
朧月夜
朱雀帝
東宮（冷泉帝）
光源氏
葵の上
紫の上
夕霧
明石の尼君
明石入道
明石の君
中川の女（光源氏が一度逢瀬をもった女）
惟光（光源氏の乳母子で側近）
良清（光源氏の家人）

十四帖「澪標」〜十六帖「関屋」　主要人物関係図

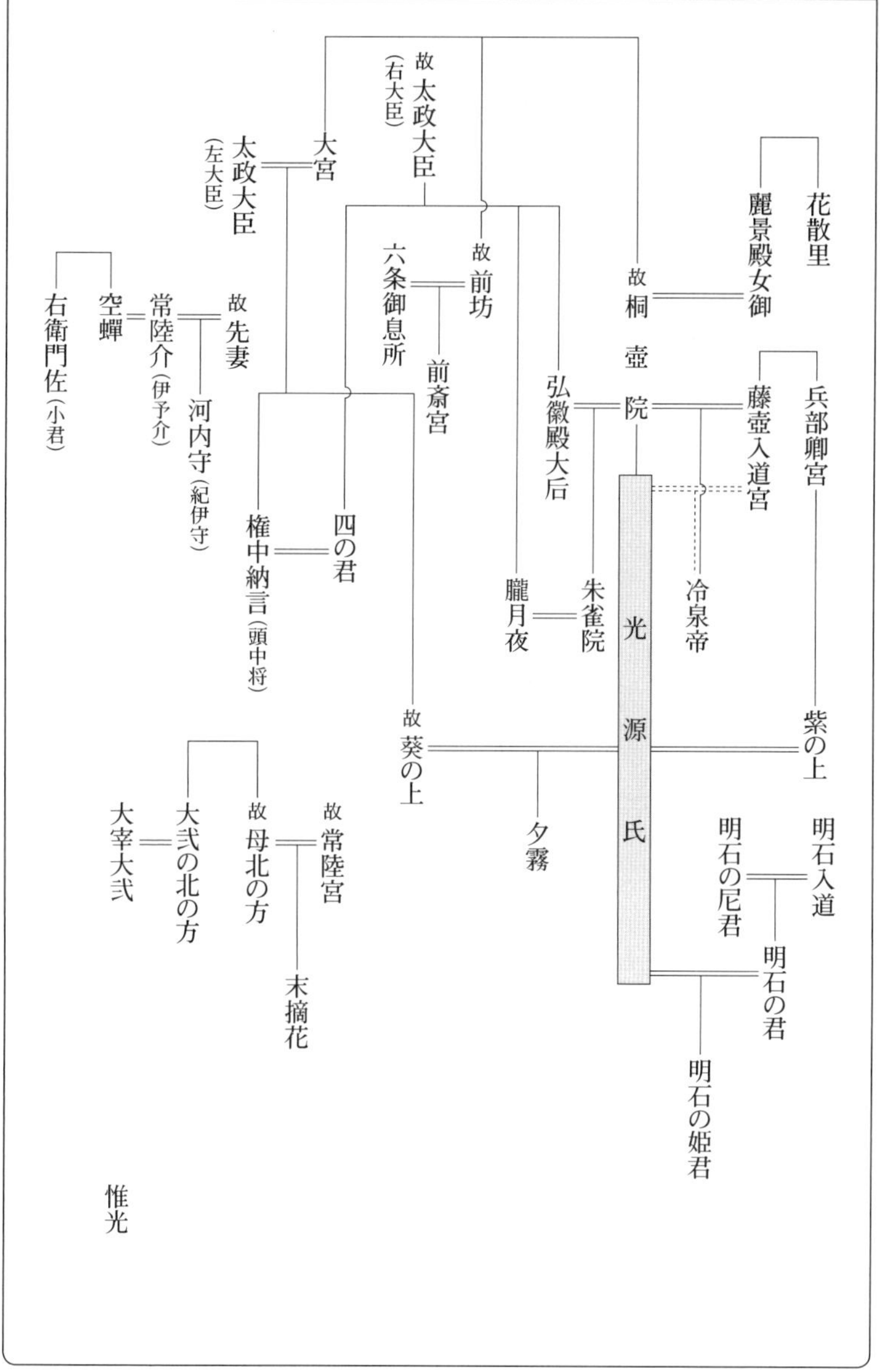

十七帖「絵合」〜二十一帖「少女」　主要人物関係図

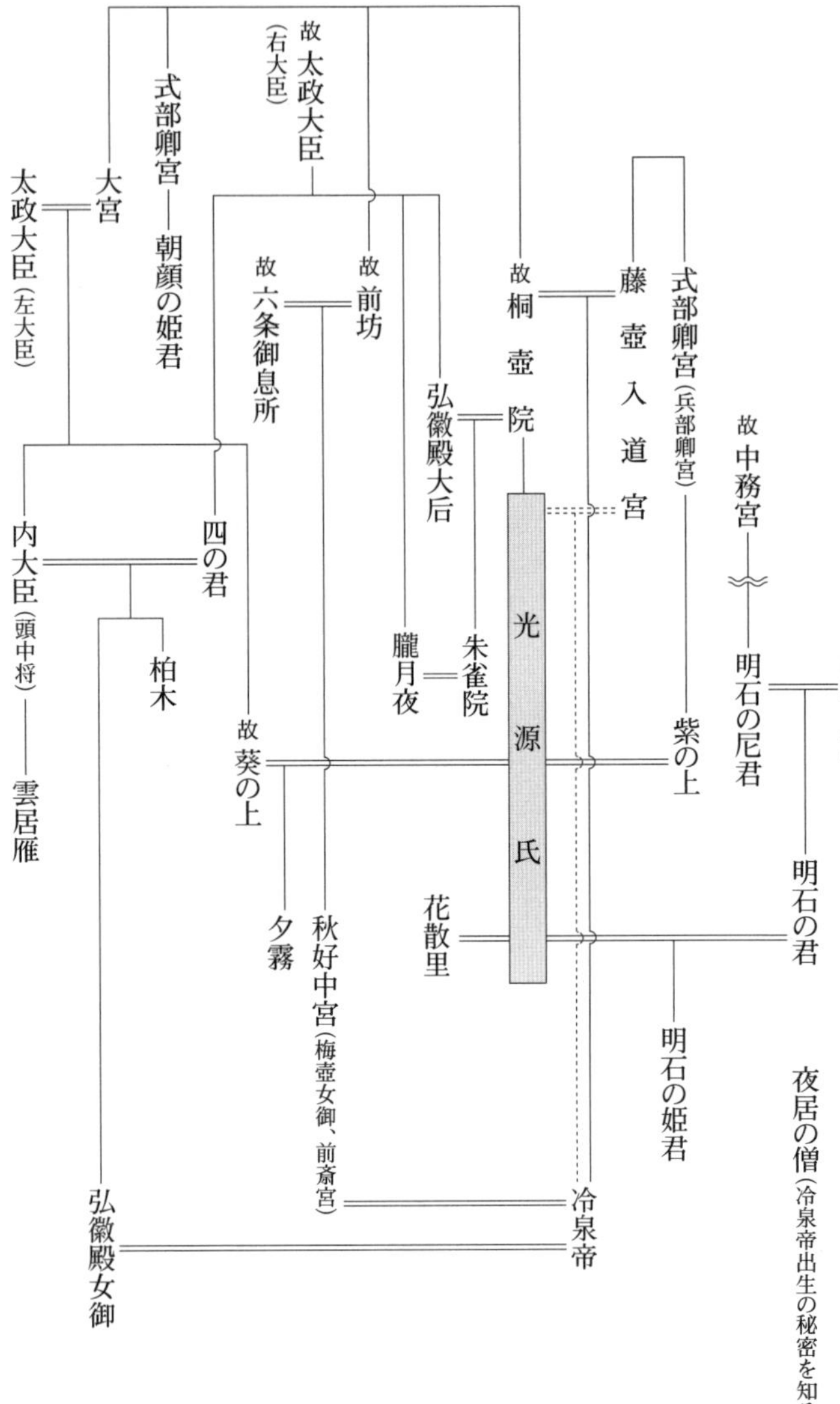

二十二帖「玉鬘」〜三十帖「藤袴」　主要人物関係図

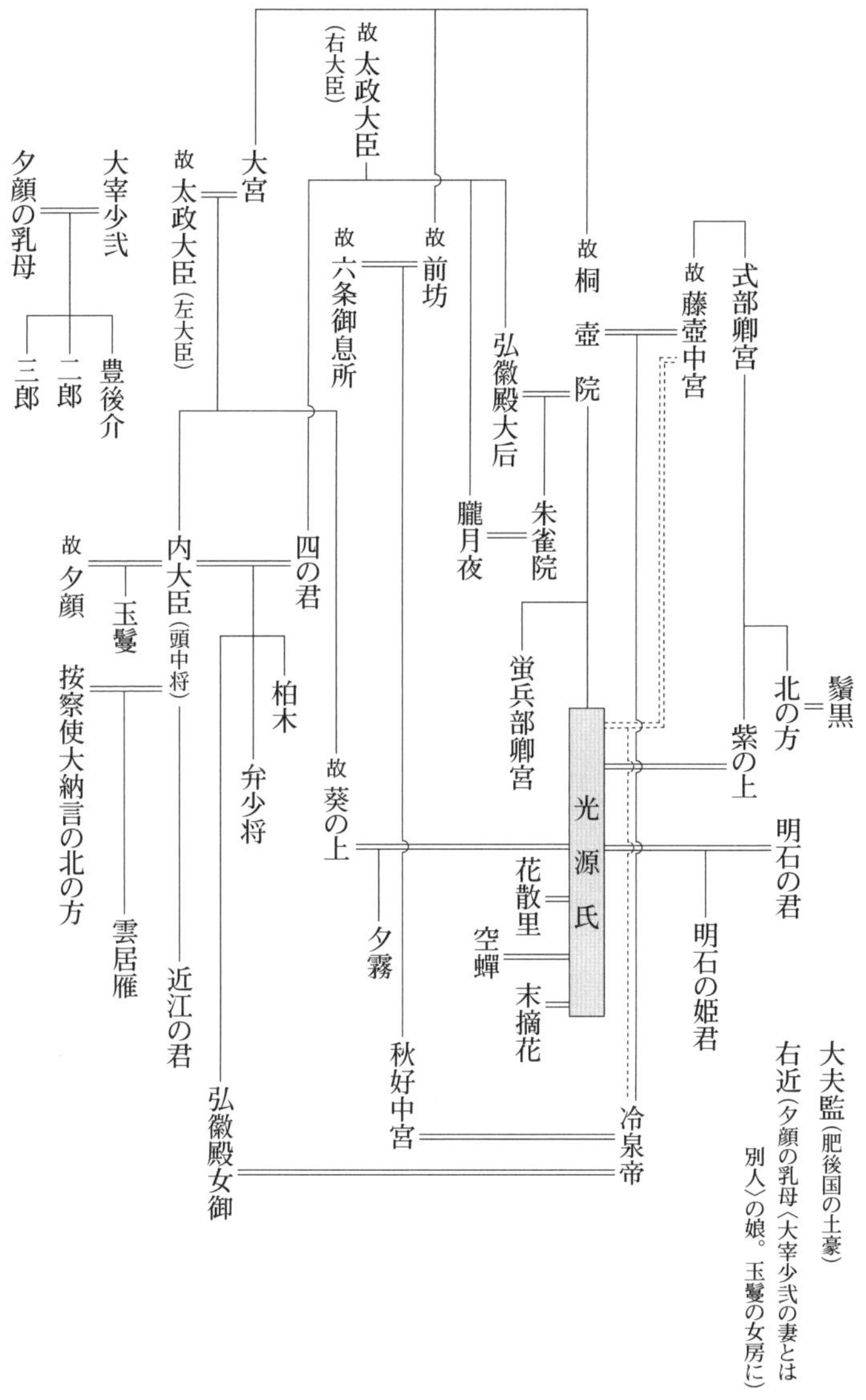

三十一帖「真木柱」〜四十一帖「幻」　主要人物関係図

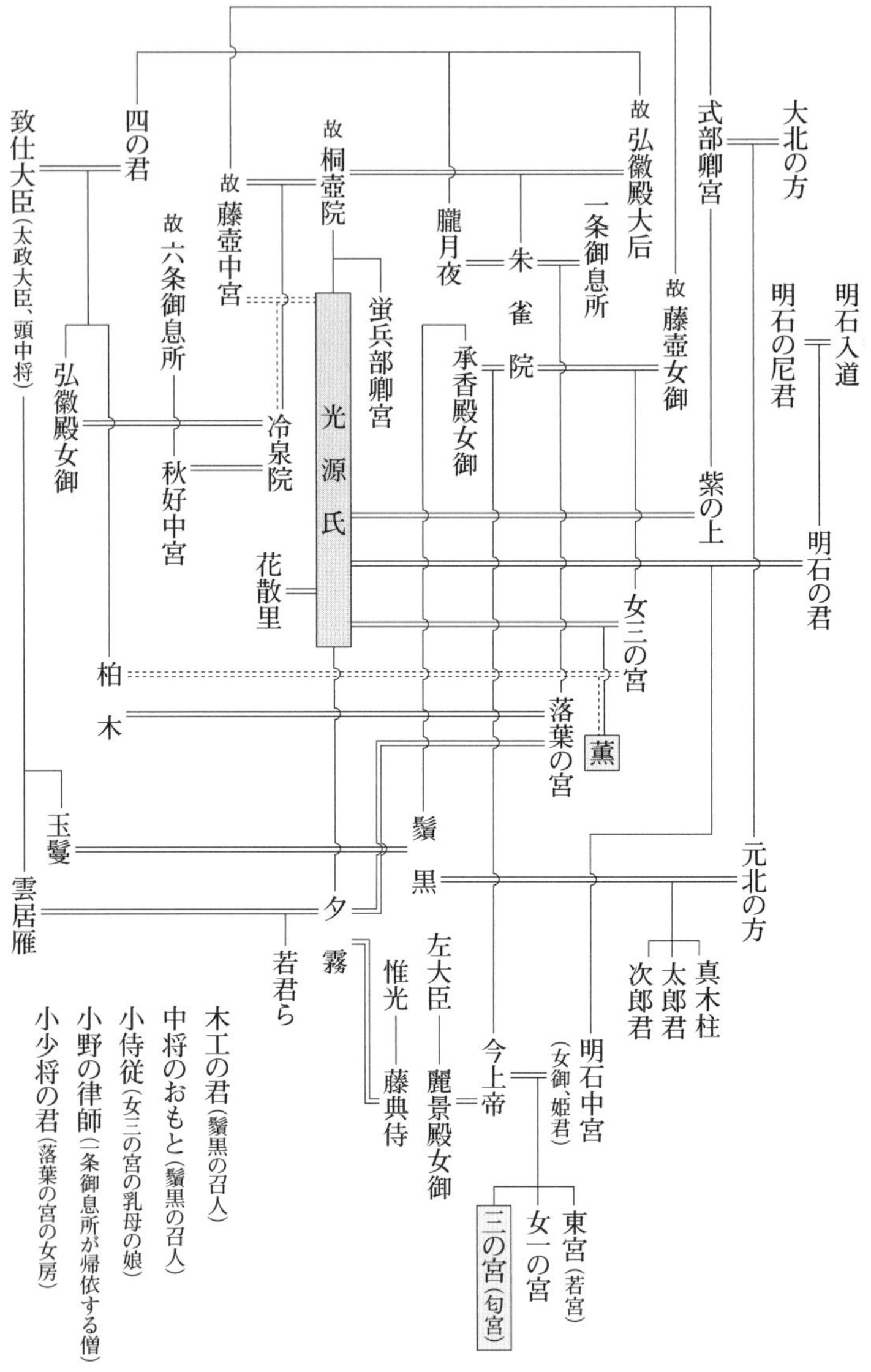

四十二帖「匂兵部卿」〜四十四帖「竹河」　主要人物関係図

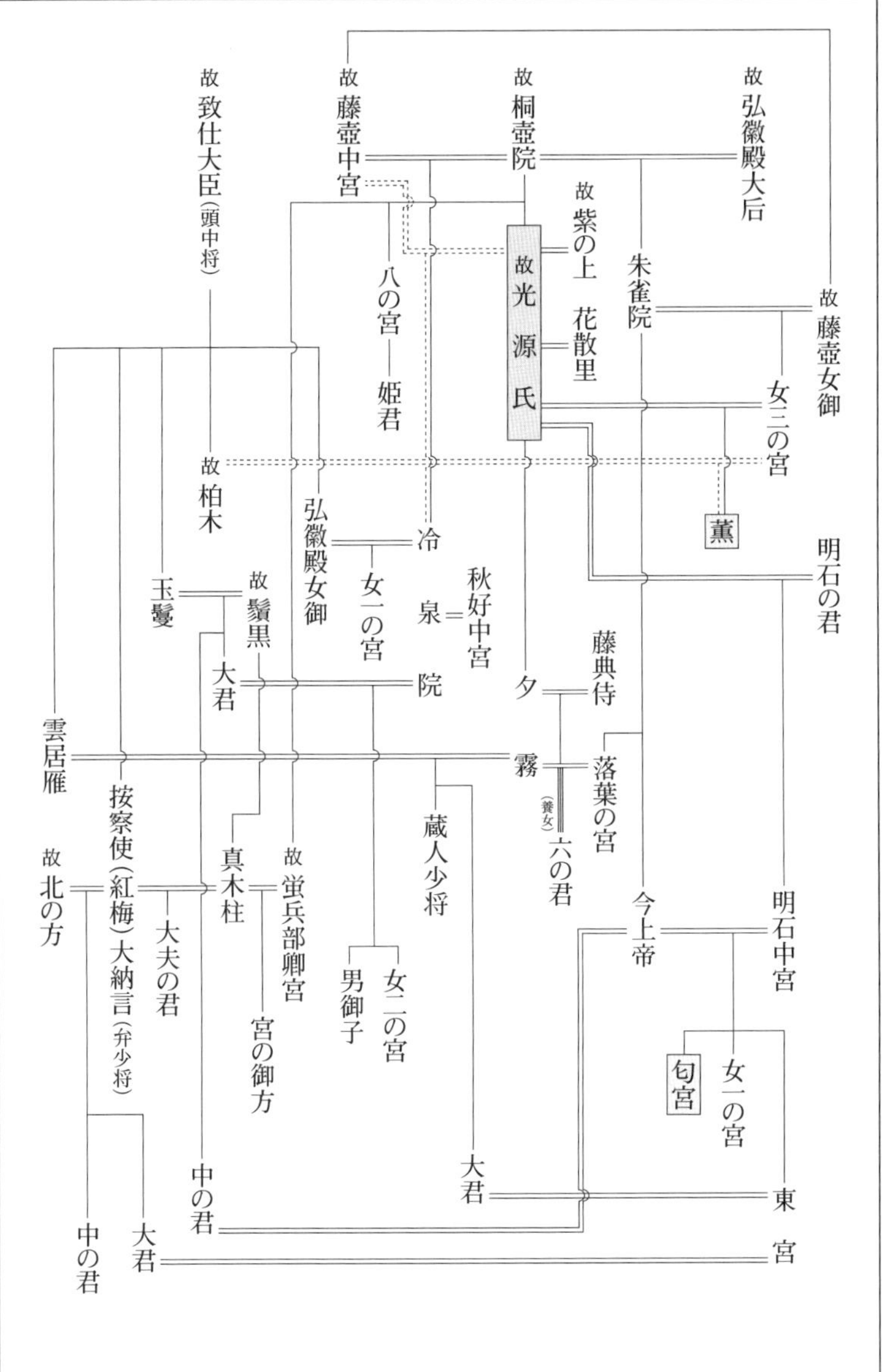

四十五帖「橋姫」〜五十四帖「夢浮橋」　主要人物関係図

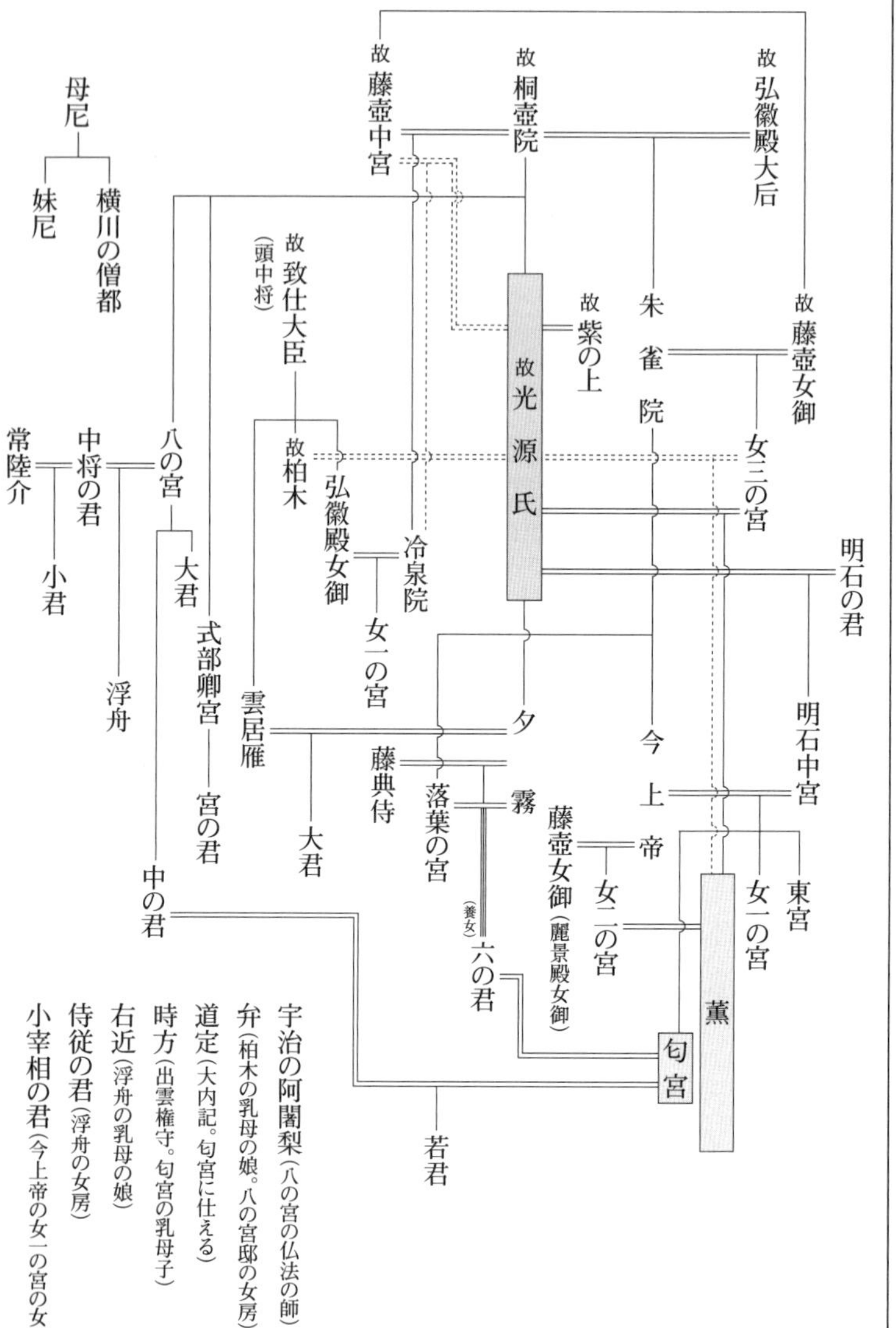

宇治の阿闍梨（八の宮の仏法の師）
弁（柏木の乳母の娘。八の宮邸の女房）
道定（大内記。匂宮に仕える）
時方（出雲権守。匂宮の乳母子）
右近（浮舟の乳母の娘）
侍従の君（浮舟の女房）
小宰相の君（今上帝の女一の宮の女房）

平安の暮らし解説絵図

【平安京】

平安京は、三方を東山《ひがしやま》・北山《きたやま》・西山《にしやま》に囲まれ、東の鴨川《かもがわ》、西の桂川《かつらがわ》に挟まれるように位置している。東西約4.5キロ、南北約5.2キロの広さで、大内裏《だいり》が北側中央に配置されている。朱雀大路《すざくおおじ》を基準に東側を左京《さきょう》、西側を右京《うきょう》と呼んだ。

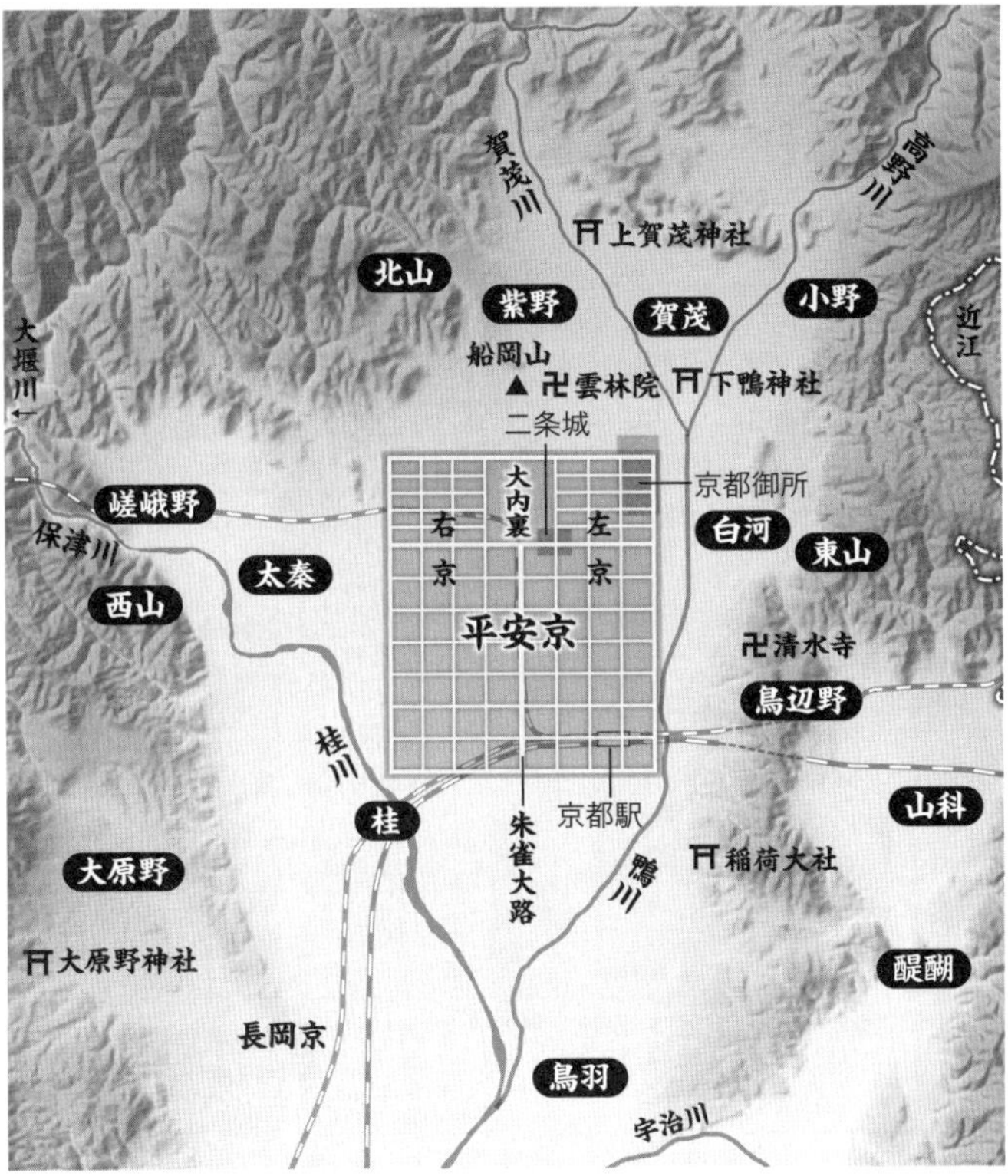

平安京周辺図　作図＝上泉 隆

【大内裏《だいだいり》】

平安京の北端中央部に位置し東西約1.2キロ、南北約1.4キロの面積を占める。内裏（皇居）と二官八省《にかんはっしょう》などの役所、公的な儀式や行事を執り行う殿舎《でんしゃ》がある。周囲は築地《ついじ》の大垣で囲われ、南面中央部に朱雀大路《すざくおおじ》に通じる正門の朱雀門があるほか、計14の門があった。即位式や朝賀《ちょうが》（元日の朝に天皇が皇太子以下、文武百官の拝賀を受ける恒例行事）を行う「朝堂院《ちょうどういん》」、節会《せちえ》など天皇の出御《しゅつぎょ》する宴《うたげ》を催す「豊楽院《ぶらくいん》」などが置かれている。

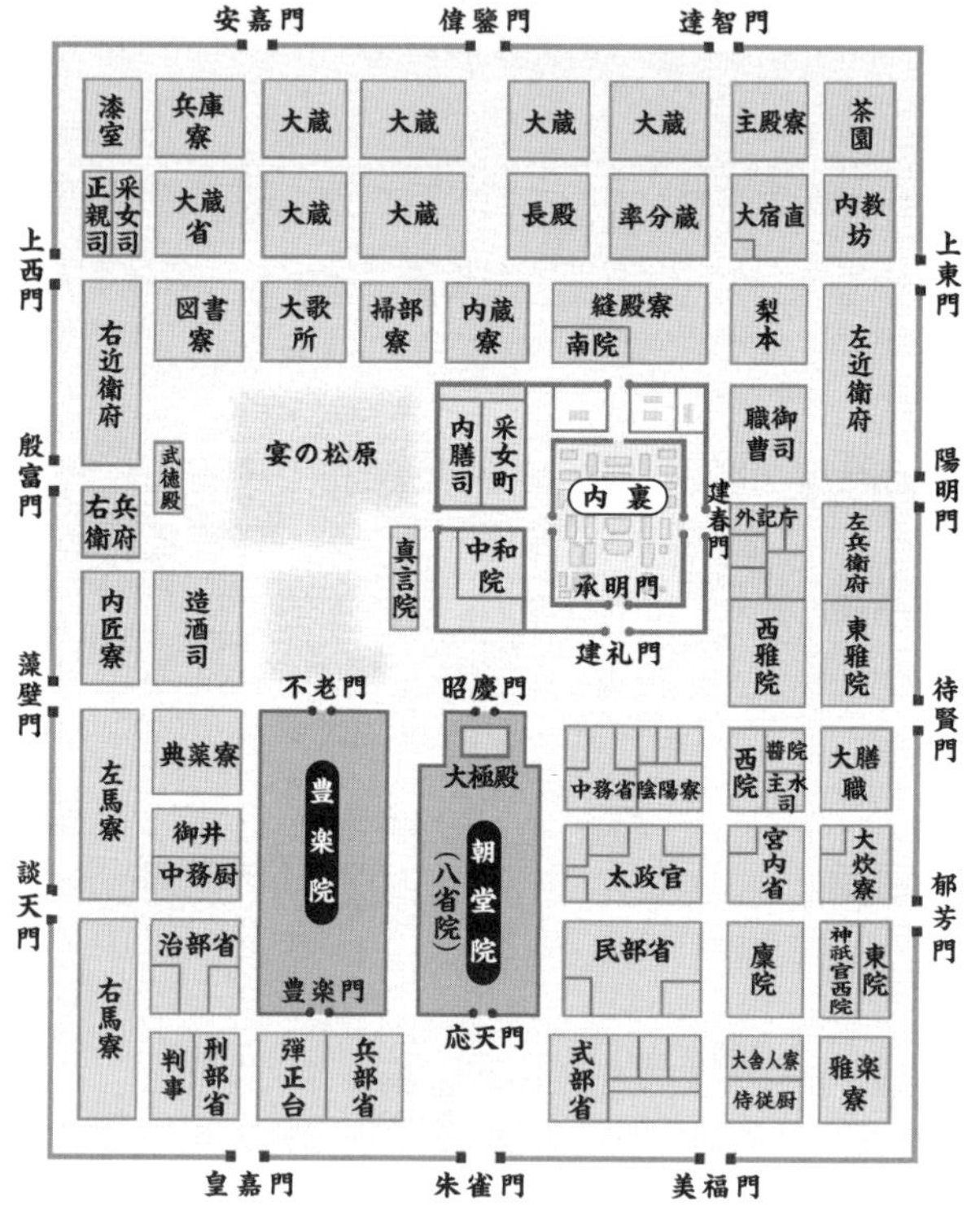

大内裏平面図

作図＝上泉 隆

【後宮《こうきゅう》】

内裏《だいり》内にある后妃、皇太后、内親王《ないしんのう》、女官などが住む殿舎《でんしゃ》で、天皇の住む殿舎の後方にある宮殿の意。またそこに住む人々の総称でもある。中央に位置する七殿（承香殿《じょうきょうでん》、常寧《じょうねい》殿、貞観《じょうがん》殿、麗景《れいけい》殿、宣耀《せんよう》殿、弘徽《こき》殿、登花《とうか》殿）と、後に東西に造営された五舎（昭陽舎《しょうようしゃ》、淑景《しげい》舎〈桐壺《きりつぼ》〉、飛香《ひぎょう》舎〈藤壺《ふじつぼ》〉、凝花《ぎょうか》舎、襲芳《しゅうほう》舎）からなる。

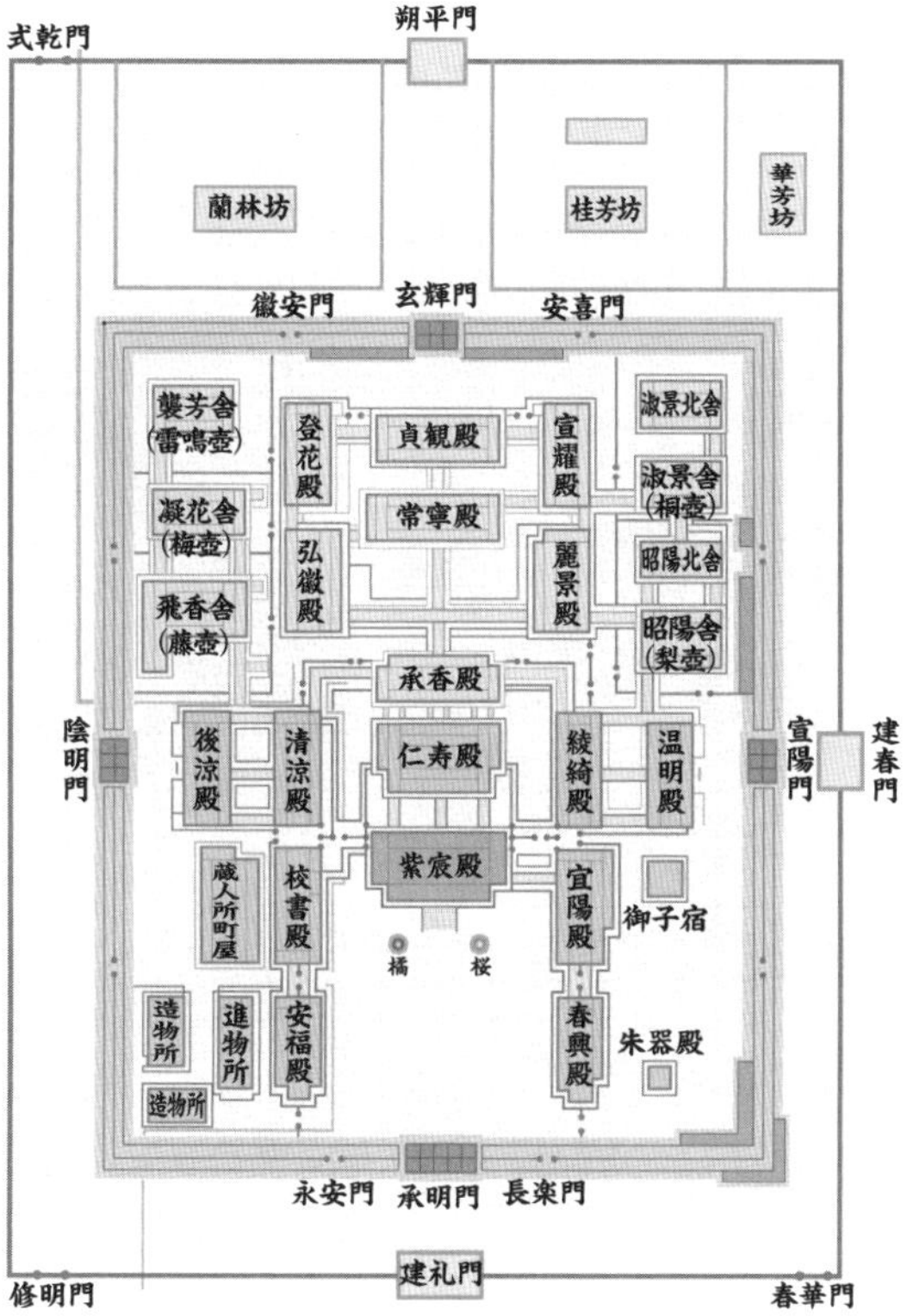

内裏平面図

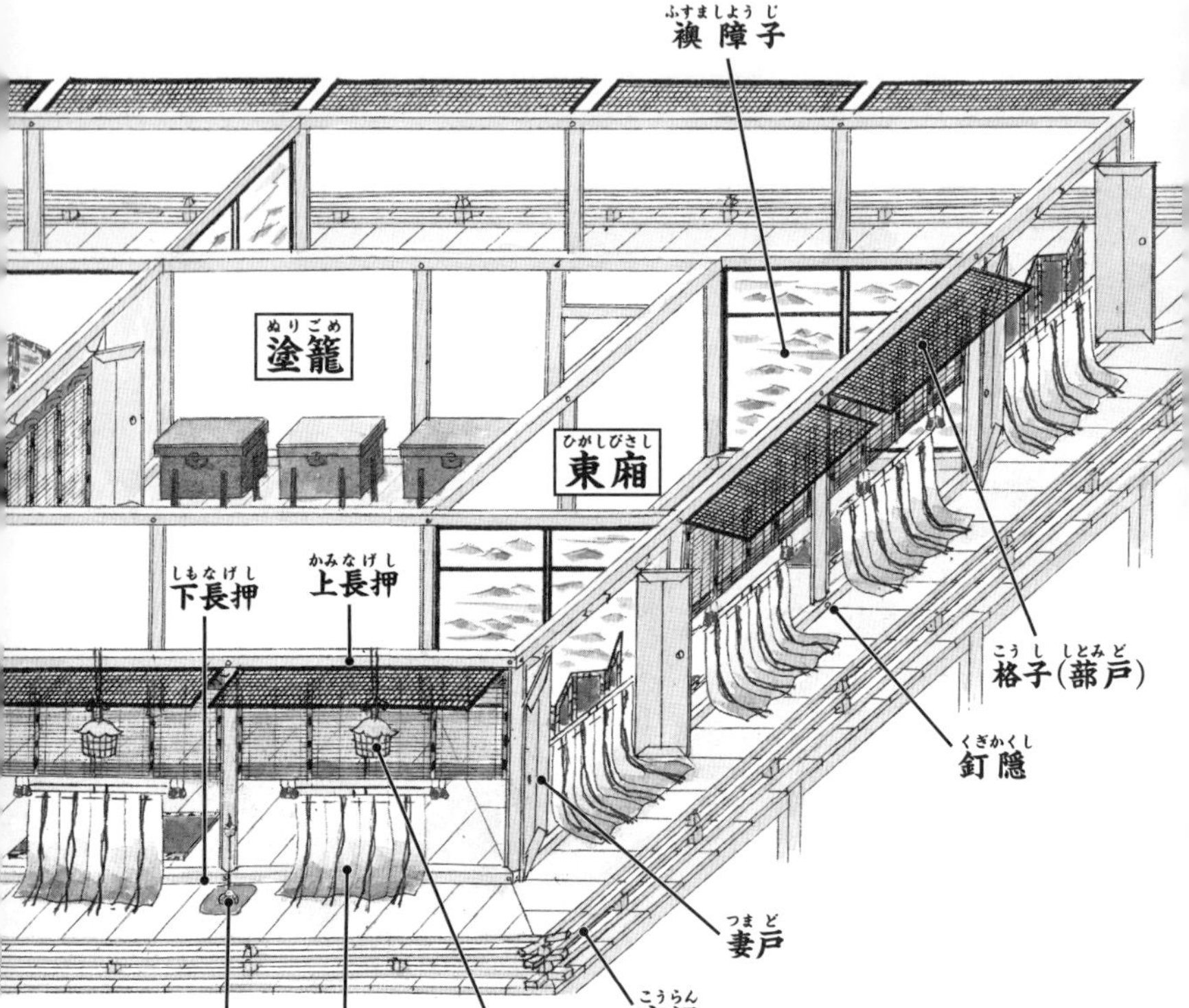

寝殿の内部図

(「類聚雑要抄指図」東三条殿参考)

須貝 稔 画

【寝殿造《しんでんづくり》】

平安時代の貴族邸宅の様式のことで、寝殿を正殿とする。中央部が母屋《もや》で、周囲を廂《ひさし》、その外側を濡れ縁の簀子《すのこ》と高欄《こうらん》が取り囲む。寝殿の東・西・北面に対《たい》の屋《や》があり、寝殿とは渡殿《わたどの》でつながれている。外からの出入り口は妻戸《つまど》で、それ以外は格子《こうし》（蔀戸《しとみど》）がはめられている。寝殿の南方には砂を敷き詰めた南庭、南池が配される。

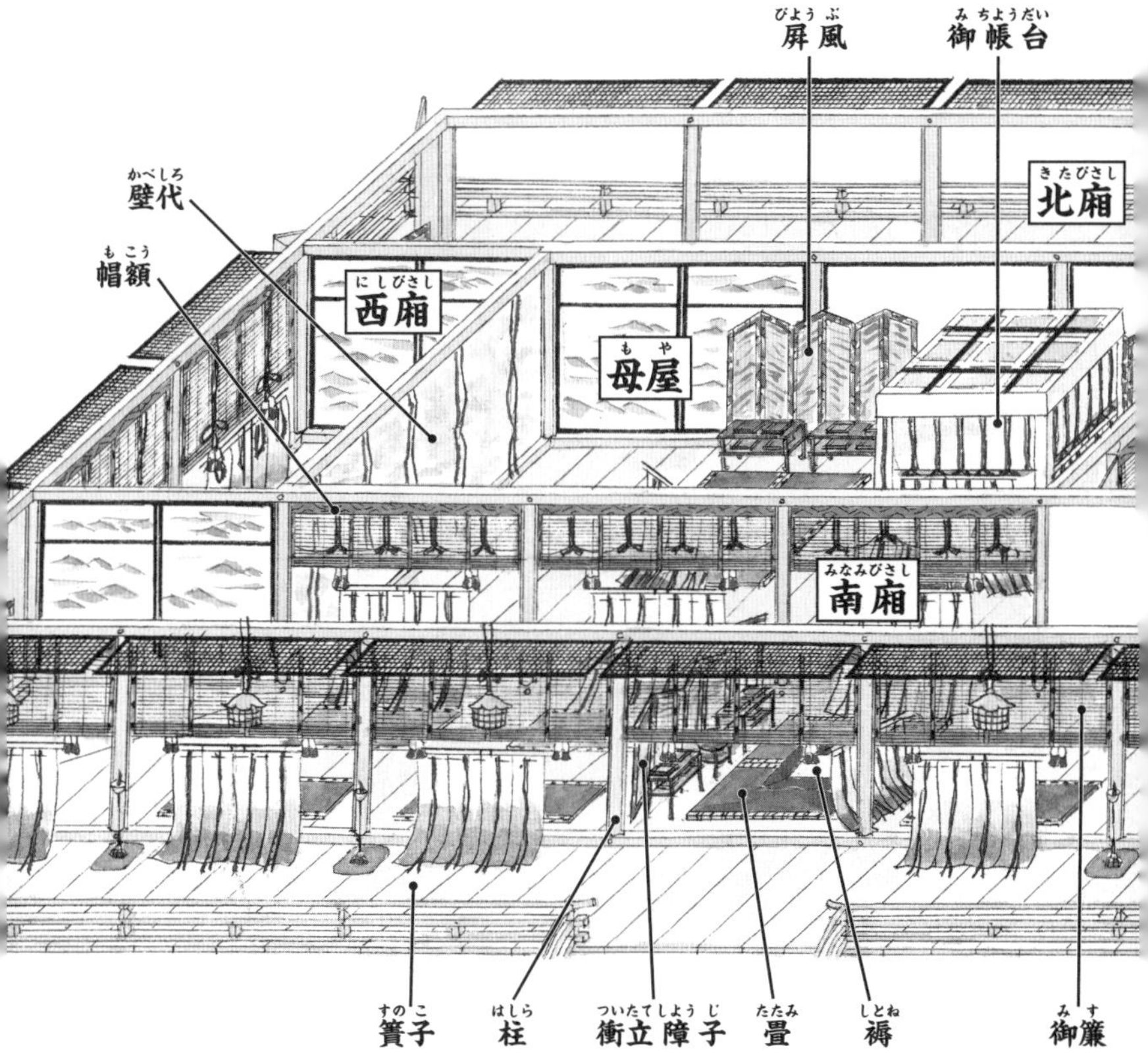

【男性の平常着・直衣姿《のうし》】

平安時代、男性貴族の平常着には直衣、狩衣《かりぎぬ》などがあった。直衣姿は上流貴族の日常の装いで、単《ひとえ》、袿《うちぎ》の上に指貫《さしぬき》をはき、直衣を着用。頭には冠《かんむり》か烏帽子《えぼし》をかぶり、扇《おうぎ》を持った。指貫の裾《すそ》は、括《くく》り紐《ひも》を入れて足首で絞るように括った。冬の直衣は袷《あわせ》で、表は白、裏は紅と藍をかけあわせた二藍《ふたあい》、夏の直衣は一重《ひとえ》で、色は二藍を基本とした。

冬の直衣姿
「扇面写経」から

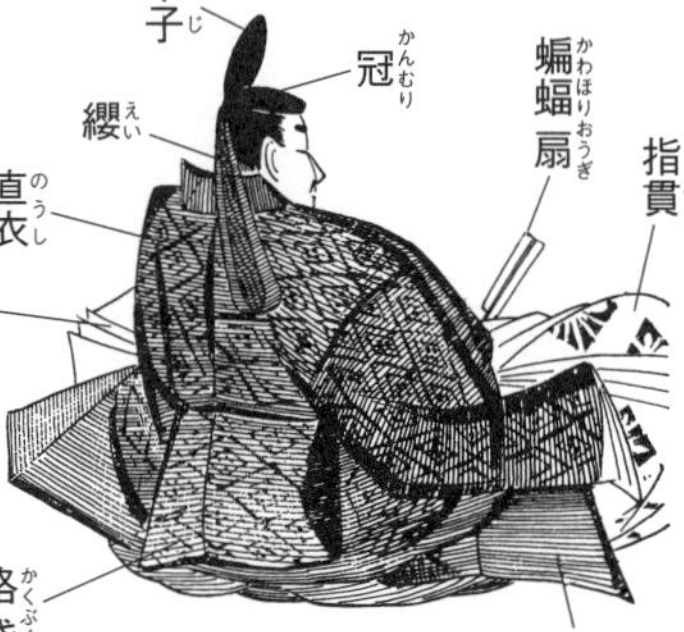

夏の直衣姿
「信貴山縁起」から

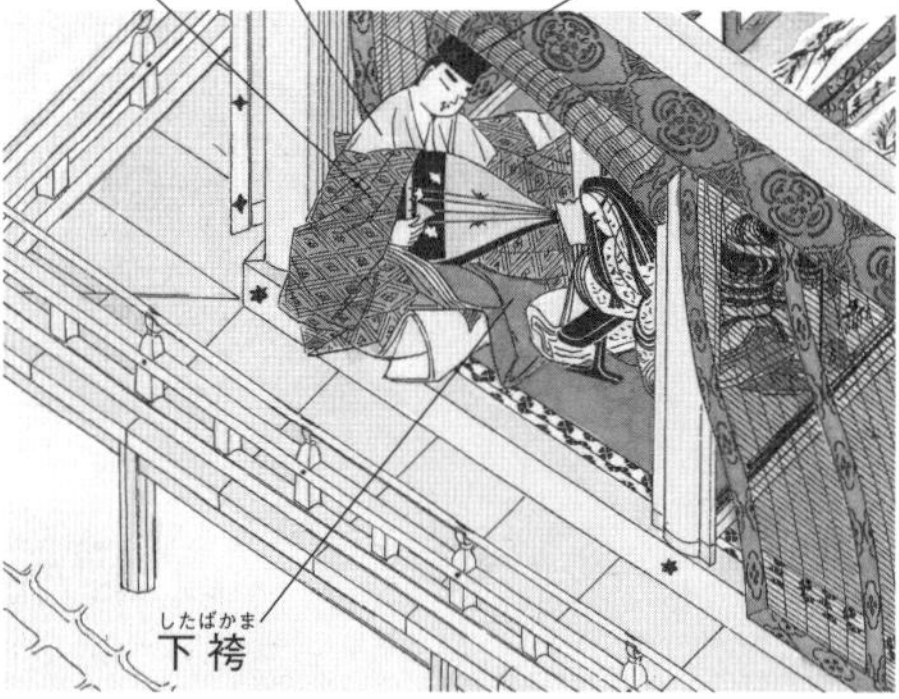

身重の妻・中《なか》の君《きみ》に琵琶を弾く匂宮《におうみや》。指貫を着用せず、柱にもたれかかる、くつろいだ姿。

男性の部屋着　国宝「源氏物語絵巻」宿木（三）から

須貝 稔 画

【女性の正装・裳唐衣《もからぎぬ》姿(十二単《じゅうにひとえ》)と平常着・袿《うちぎ》姿】

平安時代、裳唐衣姿が儀式や出仕の正装として定着。「女房装束」とも呼ばれるのは、主人の前では召使の立場である女房たちは常に正装であることが必要だったためである。高貴な女性の場合、儀式などの際には裳唐衣姿に整えたが、寺社参詣などのほかはほとんど自邸にいたため、平常着である袿姿で過ごすことが多かった。袴《はかま》の上に単《ひとえ》をつけ、さらに数枚の袿を重ね、来客などがあれば、一番上に小袿《こうちぎ》や細長《ほそなが》を着用した。

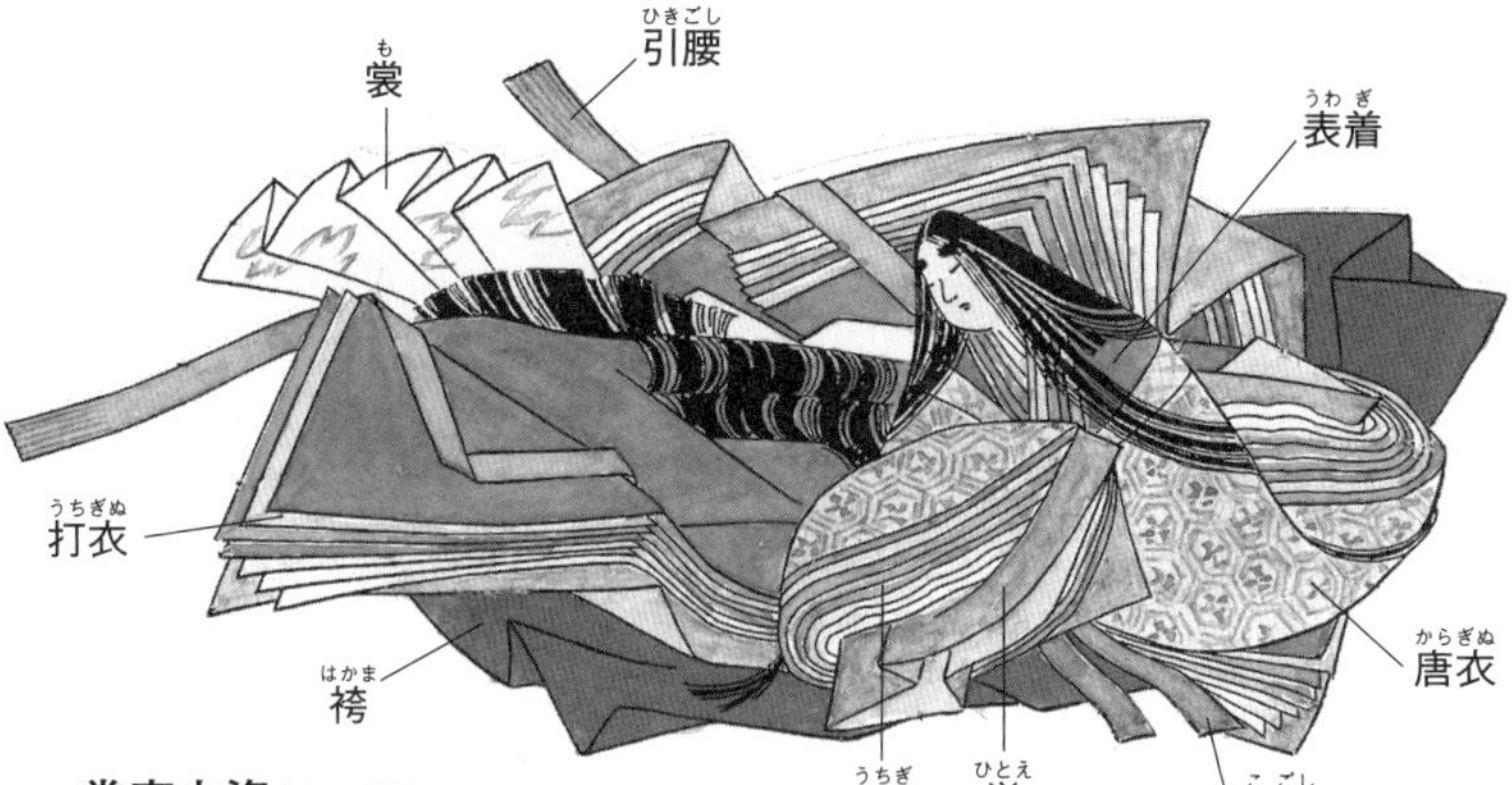

裳唐衣姿(十二単)

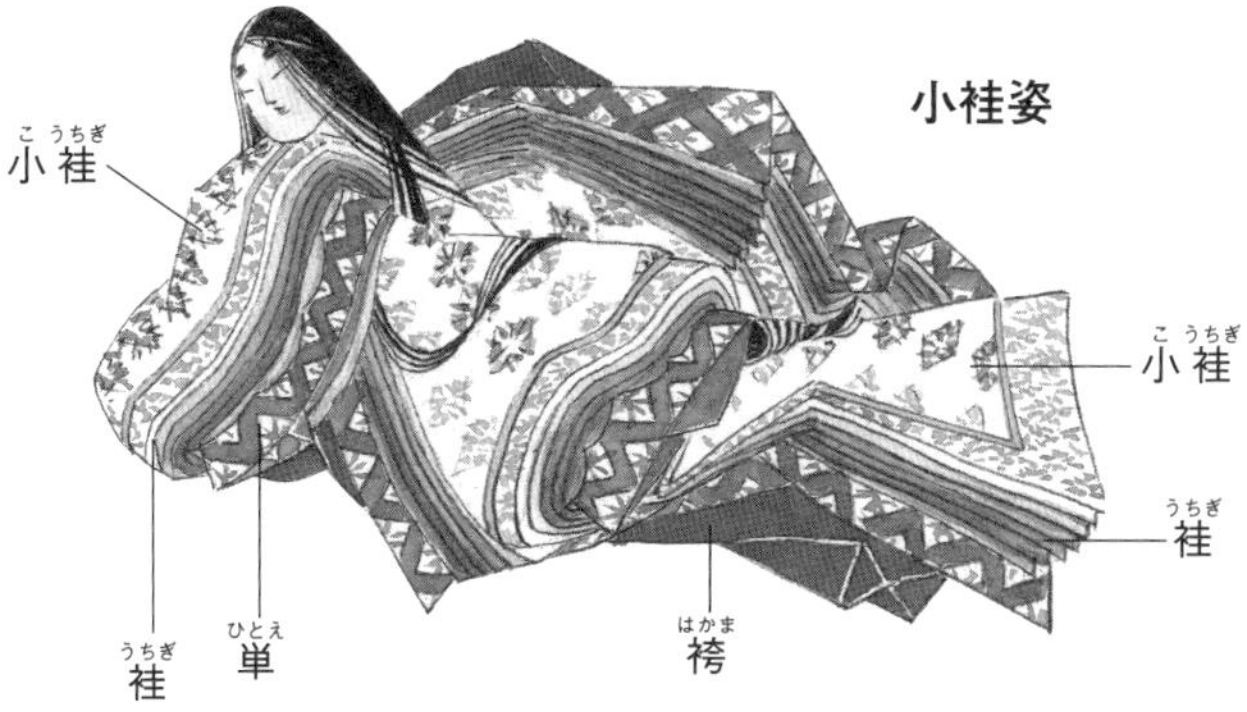

小袿姿

●解説文は、『週刊　絵巻で楽しむ源氏物語五十四帖』(朝日新聞出版)、『源氏物語必携事典』(角川書店)、『源氏物語大辞典』(角川学芸出版) などを参考にした。(編集部)

あとがき

二〇一一年から二〇一三年にかけて朝日新聞出版から刊行された『週刊　絵巻で楽しむ源氏物語五十四帖』は、書名のとおり、絢爛《けんらん》たる源氏絵が毎号に満載された、贅沢なビジュアルシリーズだった。絵のみならず、秋山虔《あきやまけん》先生の監修のもと錚々《そうそう》たる研究者たちによる『源氏物語』解説が施された点でも、これは充実した『源氏物語』手引書であった。私はそのなかにエッセイを連載する依頼をうけて、「『源氏物語』に関わる様々なテーマを、当時の人々の目で説明するような内容なら」とお引き受けした。本書は、そうして始まった連載「御簾《みす》の内《うち》がたり」を核としている。「御簾の内がたり」なるタイトルは平安人《びと》が読者に御簾の内から語りかけるというイメージによっていて、そのため当初いくつか試作した原稿のなかには、歴史物語である『栄華物語《えいがものがたり》』の作者とされている赤染衛門《あかぞめえもん》が「平安の御世《みよ》についていろいろとご紹介させていただきましょう」などと語り出すというスタイルのものもあったのである。

五十四帖分、長い帖は前後半に分割されるので総計六十号分の連載である。途中でテーマの種が尽きてしまうのではないかと心配されたが、それが杞憂《きゆう》であることは最初の打ち合わせで即座に分かった。後宮《こうきゅう》の制度、光源氏の名の意味、紫式部《むらさきしきぶ》の名の由来……。『源氏物語』のほんの入り口だけでも、書くべきテーマはあふれるように見つかった。次の心配は、それらの多種多様なテーマすべてに対応することが、果たして自分にできるのかということである。だが、始めてみれば執筆は驚くほど滑らかに進んだ。それぞれのテーマについて積み上げられた、先行研究のおかげである。私は研究者たちの成果を読むことを楽しみ、それらを読者のもとに運ぶ文章づくりを楽しんだ。本当に幸福な執筆作業であったと感じる。連載時は紙幅の都合上、最小限の参考文献名しか挙げられず、本書の参考文献一覧にも、内容が直接かかわるもののみを掲載したにすぎないが、この場を借りて、すべての先行研究に敬意と謝意を示したい。

ただ、自身の論を直接に打ち出したテーマもある。実在のきさき・中宮《ちゅうぐう》定子《ていし》と『源氏物語』「桐壺《きりつぼ》」巻のヒロイン・桐壺更衣《きりつぼのこうい》の関係についてが、それである。定子は実家の没落によって権威を失いつつも一条《いちじょう》天皇と純愛で結ばれ、その逸脱を良しとしない貴族社会から批判を浴びるなか、若くして死んだ。彼女の悲劇的な人生が一つの社会的事件として時代の記憶を形成していたということ、桐壺更衣の物語はそれに基づくということが、私の持論であり、長く主張していきたいと考えているところだ。「御簾の内がたり」でも何度かそのことに触れ、本書をまとめるにあたって新しく書き下ろした原稿では真っ向からそれに取り組んだ。つまりこのテーマにおいては、本書は冒険的といっても過言ではないのだが、最近ではありがたいことに定子＝桐壺更衣モデル説を支える内容の論文を目にすることも増え、理解が寄せられていると実感する。

ところで、この「あとがき」を書くためにパソコンのデータを調べていて、瞬時指が止まった。本書の「一　平安人の心で『桐壺』巻を読む」の「後宮における天皇、きさきたちの愛し方」にあたる原稿を私が書き始めたのは二〇一一年の三月五日、第一稿として書き終えたのは三月十五日。何度か推敲を重ね、最終版となったデータファイルの日付は三月二十二日とある。そうだった、私はこの原稿を、あの東日本大震災の混乱のなかで、自分はほとんど揺れも感じなかったばかりか、被災者や被災地のために何もできることがないという自責と無力感に歯噛《が》みしながら、書いていたのだ。

だがその時の思いは、それだけではなかった。一つには、激しい無常の思いである。一瞬前まで盤石に思われた日常が、いとも簡単に失われる。しかも同様の自然災害が、この国ではどこでも起こり得るという。私たちは誰も皆、何という不確かさの上を生きているのだろうか。そのことに気づかされたとき、今こそ古典というゆるぎないものにすがりたいと思った。そしてまた、この古典という心の普遍の拠《よ》り所《どころ》を、広く長く伝えてゆく作業に力を尽くしたいと、心から感じたのである。

「御簾の内がたり」から本書まで三年半もの間、ずっと伴走してくれた編集者の内山美加子さんに、心から感謝している。また、イラストを描いてくれた百田まどかさんにも謝辞を述べたい。連載中は校正刷りが届くたびに、まずはイラストに目をやって楽しんでいた。本書でも表紙と扉絵にイラストを寄せていただいた。また、勤務校の多忙に弱音を吐く私を支えてくれた夫にも感謝する。だが本書が世に出ようとしている今、私が真っ先に思い浮かべるのは、名前も知らないある女性だ。『週刊　絵巻で楽しむ源氏物語五十四帖』が創刊された時のこと、そのフェアが行われている会場を覗いた。するといくつもの美しい源氏絵パネルが飾られるなか、「御簾の内がたり」の誌面の拡大パネルが壁に掛けられており、一人の女性がそれを読みふけっておられた。胸が熱くなった。頑張ります、と思った。何を頑張るのか。一人でも多くの方が『源氏物語』を楽しみ、古典文学を楽しめるように、ささやかながらとにかく頑張るのだ。改めてその同じ思いを、本書のすべての読者の方に、感謝と共に伝えたい。

平成二十六年　春　　　嵯峨嵐山にて　著者記す

山本淳子（やまもと・じゅんこ）
1960年、金沢市生まれ。平安文学研究者。京都大学文学部卒業。石川県立金沢辰巳丘高校教諭などを経て、99年、京都大学大学院人間・環境学研究科修了、博士号取得（人間・環境学）。現在、京都学園大学人間文化学部歴史民俗・日本語日本文化学科教授。2007年、『源氏物語の時代』（朝日選書）で第29回サントリー学芸賞受賞。選考委員の芳賀徹氏から「平安京の一隅にいとなまれた貴族文化の洗練と、その貴族たちの生活のなまなましさが、生彩ある叙述によってここによみがえった」と評された。近著に『私が源氏物語を書いたわけ　紫式部ひとり語り』（角川学芸出版）がある。2015年、本書で第３回古代歴史文化賞優秀作品賞受賞。

朝日選書 919

平安人《へいあんびと》の心《こころ》で「源氏物語《げんじものがたり》」を読《よ》む

2014年 6 月25日　第 1 刷発行
2021年10月30日　第 8 刷発行

著者　山本淳子

発行者　三宮博信

発行所　朝日新聞出版
〒104-8011　東京都中央区築地5-3-2
電話　03-5541-8832（編集）
03-5540-7793（販売）

印刷所　大日本印刷株式会社

Published in Japan by Asahi Shimbun Publications Inc.
ISBN978-4-02-263019-3
定価はカバーに表示してあります。

落丁・乱丁の場合は弊社業務部（電話03-5540-7800）へご連絡ください。
送料弊社負担にてお取り替えいたします。

索　引

『源氏物語』の登場人物

※「主要人物関係図」(277–284ページ)は索引の対象外とした

■あ行

葵の上〔あおいのうえ〕 8, 24, 28, 36, 39, 40, 48, 61, 63, 125, 140, 141, 177

明石の尼君〔あかしのあまぎみ〕 72, 142, 146

明石の君〔あかしのきみ〕 52, 56, 72, 75, 76, 84, 92, 102, 128, 132, 142, 146, 149, 174, 184, 216, 225, 231

明石中宮(姫君、女御)〔あかしのちゅうぐう〕 72, 76, 92, 94, 100, 128, 129, 131, 132, 141, 142, 146, 149, 158, 174, 184, 210, 222–225, 240, 242

明石入道〔あかしのにゅうどう〕 52, 72, 118, 142, 149, 201, 216, 217, 231

明石女御→明石中宮〔あかしのにょうご→あかしのちゅうぐう〕

明石の姫君→明石中宮〔あかしのひめぎみ→あかしのちゅうぐう〕

秋好中宮(斎宮、梅壺女御)〔あきこのむちゅうぐう〕 36, 56, 68, 69, 76, 84, 96, 112, 120, 128, 138, 162

朝顔の姫君〔あさがおのひめぎみ〕 59, 80, 128

阿闍梨〔あざり〕 198, 214

按察使大納言(紅梅大納言)〔あぜちのだいなごん〕 188

尼君(紫の上の祖母)〔あまぎみ〕 20, 98, 99, 207, 208

一条御息所〔いちじょうのみやすどころ〕 158, 166, 167, 170, 172

いぬき 144

妹尼〔いもうとあま〕 242, 243, 246

伊予介(常陸介)〔いよのすけ〕 12, 64, 231

右衛門佐→小君(空蟬の弟)〔うえもんのすけ→こぎみ〕

浮舟〔うきふね〕 9, 29, 107, 127, 163, 213, 222, 223, 226, 227, 230, 231, 233, 234, 236–238, 242, 243, 245, 246, 249

右近(浮舟の女房)〔うこん〕 230, 234, 236–238

右近(夕顔、紫の上、玉鬘の女房)〔うこん〕 16, 88

右大臣(弘徽殿大后、朧月夜の父)

〔うだいじん〕 32, 36, 40, 52, 198, 203
空蟬〔うつせみ〕 8–12, 15, 16, 34, 43, 46, 64, 92, 163, 193, 195, 231
梅壺女御→秋好中宮〔うめつぼのにょうご→あきこのむちゅうぐう〕
近江の君〔おうみのきみ〕 104, 105, 108, 116, 231
王命婦〔おうみょうぶ〕 15, 20
大君(按察使大納言の娘)〔おおいぎみ〕 188
大君(玉鬘の娘)〔おおいぎみ〕 192, 195
大君(八の宮の娘)〔おおいぎみ〕 71, 198, 202, 206, 207, 209, 210, 212–215, 217, 218, 222, 226, 248
大宮〔おおみや〕 84, 112, 116
落葉の宮〔おちばのみや〕 31, 154, 158, 166, 170–172, 184, 225
朧月夜〔おぼろづきよ〕 9, 32, 35, 40, 48, 109, 123, 138, 167
女一の宮(今上帝の娘)〔おんないちのみや〕 184, 213, 238, 239
女三の宮(朱雀院の娘)〔おんなさんのみや〕 9, 15, 83, 138, 140, 142, 143, 146, 150, 154, 158, 162, 163, 172, 184, 198, 199, 213, 219
女二の宮(今上帝の娘)〔おんなにのみや〕 213, 218, 222

■か行

薫〔かおる〕 15, 119, 154, 158, 184, 188, 192, 198, 199, 202, 206, 207, 210–214, 217–219, 221–223, 225, 226, 230, 231, 234, 238, 240, 242, 243, 245, 246, 248, 249
柏木〔かしわぎ〕 9, 15, 96, 108, 120, 138, 142, 143, 146, 150, 154, 155, 158, 163, 166, 171, 172, 188, 198–200, 213
北の方(鬚黒の妻)〔きたのかた〕 124
紀伊守〔きのかみ〕 8, 12
桐壺院→桐壺帝〔きりつぼいん→きりつぼのみかど〕
桐壺更衣〔きりつぼのこうい〕 4, 6, 7, 55, 149, 181, 245, 264, 268, 270, 271
桐壺帝(桐壺院)〔きりつぼのみかど〕 4, 6, 7, 20, 22, 23, 28, 36, 40, 42, 44, 48, 52, 64, 76, 79, 82, 148, 149, 181, 198, 200, 205, 245, 253, 261, 264–266, 270
今上帝〔きんじょうのみかど〕 172, 184, 192, 213, 218, 223, 224
雲居雁〔くもいのかり〕 31, 84, 100, 104, 112, 128, 132, 134, 135, 158, 166, 170
蔵人少将〔くろうどのしょうしょう〕 192, 195
源典侍〔げんのないしのすけ〕 28, 80, 109, 133, 134
紅梅大納言→按察使大納言〔こうばいだいなごん→あぜちのだいなごん〕
弘徽殿大后(女御。右大臣の娘)〔こきでんのおおぎさき〕 32, 40, 48, 51, 52
弘徽殿女御(頭中将の娘)〔こきでんのにょうご〕 68, 69, 104, 108, 120,

124
小君（浮舟の弟）〔こぎみ〕　246
小君（空蟬の弟）〔こぎみ〕　8, 12, 64
小宰相の君〔こさいしょうのきみ〕　238–240, 242
小侍従〔こじじゅう〕　15, 142, 154, 199
惟光〔これみつ〕　48, 60, 102, 194, 200, 201, 208, 225
権中納言→頭中将〔ごんちゅうなごん→とうのちゅうじょう〕

■さ行

左大臣（葵の上、頭中将の父）〔さだいじん〕　4, 36, 39, 56, 63, 76, 125, 177, 262
三の宮→匂宮〔さんのみや→におうみや〕
三位中将→頭中将〔さんみのちゅうじょう→とうのちゅうじょう〕
式部卿宮（朝顔の姫君の父）〔しきぶきょうのみや〕　80
式部卿宮（宮の君の父）〔しきぶきょうのみや〕　238, 240
式部卿宮（紫の上の父）→兵部卿宮〔しきぶきょうのみや→ひょうぶきょうのみや〕
侍従〔じじゅう〕　238
承香殿女御〔じょうきょうでんのにょうご〕　167
少納言（若紫の乳母）〔しょうなごん〕　20, 207, 208
末摘花〔すえつむはな〕　24, 27, 34, 35, 43, 60, 61, 63, 92, 262
朱雀帝（朱雀院）〔すざくてい〕　36, 40, 51, 52, 56, 123, 132, 138, 140, 146, 150, 154, 158, 162, 167, 168, 172, 198, 265

■た行

大夫監〔たいふのげん〕　88
大輔命婦〔たいふのみょうぶ〕　24
大宰少弐〔だざいのしょうに〕　88
玉鬘〔たまかずら〕　47, 88, 90, 92, 96, 97, 100, 104, 105, 108, 109, 112, 116, 118–126, 138, 192, 194, 195
中将（妹尼の娘婿）〔ちゅうじょう〕　242
中将のおもと〔ちゅうじょうのおもと〕　125
中将の君（浮舟の母）〔ちゅうじょうのきみ〕　222, 226, 234, 238
中将の君（空蟬の女房）〔ちゅうじょうのきみ〕　9, 10, 15
藤式部丞〔とうしきぶのじょう〕　8
藤典侍〔とうないしのすけ〕　166, 184, 201, 225
頭中将（三位中将、権中納言、内大臣、太政大臣、致仕大臣）〔とうのちゅうじょう〕　8, 16, 24, 28, 48, 68, 69, 84, 88, 100, 104, 105, 107, 108, 116, 120, 124, 125, 128, 129, 132–134, 172, 188, 231, 262
時方〔ときかた〕　230, 237, 238

■な行

内大臣→頭中将〔ないだいじん→とうのちゅうじょう〕

中務宮〔なかつかさのみや〕　72
中の君(按察使大納言の娘)〔なかのきみ〕　188
中の君(玉鬘の娘)〔なかのきみ〕　192
中の君(八の宮の娘)〔なかのきみ〕　29, 198, 202, 206, 207, 210, 213–215, 217, 218, 222, 225–227, 229, 230
匂宮〔におうみや〕　9, 117, 174, 178, 184, 188, 198, 201, 202, 206, 210, 214, 215, 217, 218, 222–227, 230, 234, 236–238
軒端荻〔のきばのおぎ〕　12, 15, 231

■は行

八の宮〔はちのみや〕　107, 119, 127, 188, 198, 202, 203, 205, 206, 215, 217, 219, 221, 222
花散里〔はなちるさと〕　44, 47, 48, 72, 84, 88, 92, 114, 128, 174
母尼〔ははあま〕　242
鬚黒〔ひげくろ〕　96, 104, 116, 118–120, 124–126, 138, 188, 192, 194
常陸介(浮舟の継父)〔ひたちのすけ〕　213, 226, 231, 232, 238
常陸介(空蟬の夫)→伊予介〔ひたちのすけ→いよのすけ〕
常陸宮〔ひたちのみや〕　24, 60
左馬頭〔ひだりのうまのかみ〕　8
兵部卿宮(式部卿宮)〔ひょうぶきょうのみや〕　20, 124, 208
藤壺(女御、中宮、入道宮)〔ふじつぼ〕　4, 9, 15, 20, 28, 32, 40, 48, 55, 56, 68–70, 76, 77, 79, 80, 82, 83, 138, 150, 163, 200, 208
藤壺女御(今上帝の妃。麗景殿女御)〔ふじつぼのにょうご〕　128, 218
豊後介〔ぶんごのすけ〕　88
弁(柏木の乳母の娘。八の宮邸の女房)〔べん〕　198–200, 206, 214, 222, 226
弁(藤壺の女房)〔べん〕　200
蛍兵部卿宮〔ほたるひょうぶきょうのみや〕　96, 100, 104, 123, 126, 128, 162, 188, 203

■ま・や・ら・わ行

真木柱〔まきばしら〕　124, 188
道定〔みちさだ〕　230
宮の御方〔みやのおんかた〕　188
宮の君〔みやのきみ〕　238–240
紫の上(若紫)〔むらさきのうえ〕　20, 24, 28, 36, 48, 52, 54–56, 71, 72, 75, 76, 80, 83, 84, 92, 96, 98–100, 112, 113, 128, 132, 138–142, 144, 146, 150, 162, 170, 174, 177, 178, 184, 193, 207, 208, 223, 225, 232, 248, 263
木工の君〔もくのきみ〕　125, 126
夕顔〔ゆうがお〕　16, 18, 24, 47, 88, 96, 97, 100, 105, 193, 200
夕霧〔ゆうぎり〕　31, 84, 87, 100, 104, 108, 112–114, 117, 120–123, 128, 132, 134, 135, 138, 142, 154, 158, 162, 166, 170–172, 174, 184, 188, 201, 202, 214, 218, 222–225, 227
夜居の僧〔よいのそう〕　76, 77, 79
横川の僧都〔よかわのそうず〕　242,

243, 246
良清〔よしきよ〕 48
律師〔りっし〕 166
麗景殿女御(今上帝の妃)→藤壺女御〔れいけいでんのにょうご→ふじつぼのにょうご〕
麗景殿女御(花散里の姉)〔れいけいでんのにょうご〕 44
冷泉帝(冷泉院)〔れいぜいてい〕 40, 56, 68, 69, 76, 77, 79, 84, 109, 116, 120, 124, 132, 138, 146, 162, 168, 192, 198, 203, 265, 266
六条御息所〔ろくじょうのみやすどころ〕 16, 24, 36, 39, 40, 43, 52, 56, 59, 150, 154, 162, 165
六の君〔ろくのきみ〕 184, 201, 210, 214, 218, 222, 223, 225, 227
若紫→紫の上〔わかむらさき→むらさきのうえ〕

実在の人名

■あ行

赤染衛門〔あかぞめえもん〕 10, 11, 148, 149, 232, 233
赤染時用〔あかぞめのときもち〕 10
飛鳥井雅康〔あすかいまさやす〕 187
飛鳥部常則〔あすかべのつねのり〕 129, 130
敦明親王〔あつあきらしんのう〕 117
敦良親王〔あつながしんのう〕 161
篤姫〔あつひめ〕 143
敦成親王〔あつひらしんのう〕 155
敦道親王〔あつみちしんのう〕 25, 26, 105, 208
敦康親王〔あつやすしんのう〕 7, 155, 203–205, 244
穴穂部間人皇女〔あなほべのはしひとのおうじょ〕 122
安倍晴明〔あべのせいめい〕 151
阿保親王〔あぼしんのう〕 22
在原業平〔ありわらのなりひら〕 21, 58, 70, 78, 101, 102, 172, 189, 190
在原行平〔ありわらのゆきひら〕 48
池田亀鑑〔いけだきかん〕 185–187
イザナギノミコト 147
和泉式部〔いずみしきぶ〕 25, 26, 41, 67, 95, 105, 153, 165, 208, 233
伊勢〔いせ〕 53, 264, 265
一条天皇(上皇)〔いちじょうてんのう〕 6, 7, 94, 111, 118, 129, 131, 143, 155, 156, 161, 163, 164, 168, 169, 173, 175, 176, 203, 205, 228, 237, 243, 245, 254, 258, 264, 266–268, 270, 271
居貞親王〔いやさだしんのう〕 169
岩蔵宮永覚〔いわくらのみやえいかく〕 105
允恭天皇〔いんぎょうてんのう〕 121
宇多天皇(上皇、法皇)〔うだてんのう〕 18, 19, 42, 50, 101, 103, 148, 264–266

有智子内親王〔うちこないしんのう〕 58
円融天皇〔えんゆうてんのう〕 38, 58, 110, 254, 264
近江〔おうみ〕 127
大江挙周〔おおえのたかちか〕 148, 149
大江為基〔おおえのためもと〕 11
大江匡衡〔おおえのまさひら〕 11, 232
大来皇女〔おおくのおうじょ〕 57
大島雅太郎〔おおしままさたろう〕 186
大津皇子〔おおつのおうじ〕 57
大友皇子〔おおとものおうじ〕 57
大伴家持〔おおとものやかもち〕 139
おね 67
小野篁〔おののたかむら〕 123
小野道風〔おののみちかぜ〕 130

■か行

花山天皇(法皇)〔かざんてんのう〕 130, 161, 163, 171, 201, 240, 264
賀茂光栄〔かものみつよし〕 252
軽大郎女〔かるのおおいらつめ〕 121
軽太子〔かるのおおみこ〕 121
桓武天皇〔かんむてんのう〕 22, 75, 171
北村季吟〔きたむらきぎん〕 185
紀貫之〔きのつらゆき〕 42, 93, 147, 148, 244, 264, 265
清原深養父〔きよはらのふかやぶ〕 42
清原元輔〔きよはらのもとすけ〕 41
欽明天皇〔きんめいてんのう〕 122
屈原〔くつげん〕 49
隅麿(菅原道真の息子)〔くままろ〕 51
兼好法師〔けんこうほうし〕 215
後一条天皇〔ごいちじょうてんのう〕 58, 123, 172
光孝天皇〔こうこうてんのう〕 19, 204, 205
小式部内侍〔こしきぶのないし〕 105
後白河天皇(法皇)〔ごしらかわてんのう〕 144, 175
後朱雀天皇〔ごすざくてんのう〕 119, 225
後冷泉天皇〔ごれいぜいてんのう〕 106
惟喬親王〔これたかしんのう〕 204

■さ行

西行〔さいぎょう〕 75
嵯峨天皇〔さがてんのう〕 5, 18, 21–23, 58, 73, 74
三条天皇(三条院)〔さんじょうてんのう〕 39, 117, 153, 157, 172, 173, 254
始皇帝〔しこうてい〕 77
子楚〔しそ〕 77
司馬遷〔しばせん〕 78
周公旦〔しゅうこうたん〕 49
淳和上皇〔じゅんなじょうこう〕 205
静円〔じょうえん〕 106
承香殿女御→藤原元子〔じょうきょうでんのにょうご→ふじわらのげんし〕
彰子→藤原彰子〔しょうし→ふじわらのしょうし〕
浄蔵〔じょうぞう〕 160, 161

聖徳太子〔しょうとくたいし〕 122
白河天皇(法皇)〔しらかわてんのう〕 23, 55
推古天皇〔すいこてんのう〕 122
菅原孝標女〔すがわらのたかすえのむすめ〕 45, 71, 233
菅原道真〔すがわらのみちざね〕 49–51, 86, 155, 156, 190, 265
祐姫→藤原祐姫〔すけひめ→ふじわらのすけひめ〕
朱雀天皇〔すざくてんのう〕 265
清少納言〔せいしょうなごん〕 6, 14, 41, 42, 53, 54, 97, 109, 117, 133, 159, 161, 163, 169, 176, 190, 191, 209, 257, 258
清和天皇〔せいわてんのう〕 22, 70, 78, 101, 204
蟬丸〔せみまる〕 159
選子内親王(大斎院)〔せんしないしんのう〕 58, 59, 65, 235
素性法師〔そせいほうし〕 93

■た・な行

醍醐天皇〔だいごてんのう〕 22, 42, 43, 49, 50, 156, 159, 265, 266
大斎院→選子内親王〔だいさいいん→せんしないしんのう〕
大輔(藤原兼家の召人)〔たいふ〕 127
大輔命婦(中宮彰子の女房)〔たいふのみょうぶ〕 228
平兼盛〔たいらのかねもり〕 10
平清盛〔たいらのきよもり〕 22, 23, 152
平定文〔たいらのさだふん〕 27
平忠盛〔たいらのただもり〕 23
高階明順〔たかしなのあきのぶ〕 155
高階光子〔たかしなのこうし〕 155
隆姫〔たかひめ〕 38, 39
橘徳子(橘三位)〔たちばなのとくし〕 111
橘則光〔たちばなののりみつ〕 97
為尊親王〔ためたかしんのう〕 153, 165
丹波康頼〔たんばのやすより〕 151
中宮彰子→藤原彰子〔ちゅうぐうしょうし→ふじわらのしょうし〕
中宮定子→藤原定子〔ちゅうぐうていし→ふじわらのていし〕
堤中納言→藤原兼輔〔つつみちゅうなごん→ふじわらのかねすけ〕
恒貞親王〔つねさだしんのう〕 205
定子→藤原定子〔ていし→ふじわらのていし〕
亭子院→宇多天皇〔ていじのいん→うだてんのう〕
恬子内親王(斎宮)〔てんしないしんのう〕 58, 172
天武天皇〔てんむてんのう〕 57
藤為時→藤原為時〔とういじ→ふじわらのためとき〕
藤英→藤原季英〔とうえい→ふじわらのすえふさ〕
藤三位→藤原繁子〔とうさんみ→ふじわらのはんし〕
藤式部(紫式部)〔とうしきぶ〕 54
当子内親王〔とうしないしんのう〕 172, 173

時姫→藤原時姫〔ときひめ→ふじわらのときひめ〕
時康親王→光孝天皇〔ときやすしんのう→こうこうてんのう〕
鳥羽上皇(鳥羽院)〔とばじょうこう〕 145
具平親王〔ともひらしんのう〕 38, 39
豊臣秀吉〔とよとみひでよし〕 65, 67
良子内親王(斎王)〔ながこないしんのう〕 59
夏目漱石〔なつめそうせき〕 143
仁明天皇〔にんみょうてんのう〕 189

■は行

白居易〔はくきょい〕 264
蜂飼大臣→藤原宗輔〔はちかいおとど→ふじわらのむねすけ〕
東三条院→藤原詮子〔ひがしさんじょういん→ふじわらのせんし〕
敏達天皇〔びだつてんのう〕 121
広平親王〔ひろひらしんのう〕 37
福田赳夫〔ふくだたけお〕 143
藤原顕光〔ふじわらのあきみつ〕 168, 241, 252, 253
藤原敦忠〔ふじわらのあつただ〕 33
藤原有国〔ふじわらのありくに〕 111
藤原安子〔ふじわらのあんし〕 37, 38, 229
藤原威子〔ふじわらのいし〕 123, 241
藤原胤子〔ふじわらのいんし〕 42
藤原兼家〔ふじわらのかねいえ〕 13, 30, 49, 62, 75, 107, 127, 139, 140, 164, 254, 259
藤原兼輔(堤中納言)〔ふじわらのかねすけ〕 42, 43, 266
藤原兼隆〔ふじわらのかねたか〕 106, 241
藤原嬉子〔ふじわらのきし〕 177
藤原公任〔ふじわらのきんとう〕 54, 55, 73, 75, 130
藤原妍子〔ふじわらのけんし〕 179, 241
藤原賢子〔ふじわらのけんし〕 106, 115
藤原原子〔ふじわらのげんし〕 153
藤原元子(承香殿女御)〔ふじわらのげんし〕 168, 169
藤原惟成〔ふじわらのこれしげ〕 201
藤原伊周〔ふじわらのこれちか〕 133, 173, 239, 240, 255
藤原定方〔ふじわらのさだかた〕 42
藤原実資〔ふじわらのさねすけ〕 130, 131, 157, 221, 244, 252, 253
藤原実頼〔ふじわらのさねより〕 127
藤原俊成〔ふじわらのしゅんぜい〕 180
藤原彰子〔ふじわらのしょうし〕 6, 7, 53, 54, 65, 66, 94, 105, 110, 123, 127, 129, 131, 155, 161, 204, 228, 237, 239, 244, 249, 258, 264, 269, 271
藤原綏子〔ふじわらのすいし〕 127, 169
藤原季英(藤英)〔ふじわらのすえふさ〕 86, 87
藤原祐姫〔ふじわらのすけひめ〕 37, 38, 168
藤原生子〔ふじわらのせいし〕 119

藤原詮子(東三条院)〔ふじわらのせんし〕 110, 254, 259
藤原桑子〔ふじわらのそうし〕 42, 43
藤原尊子〔ふじわらのそんし〕 111
藤原高子〔ふじわらのたかいこ〕 70, 78, 101
藤原忠平〔ふじわらのただひら〕 42
藤原為時(藤為時)〔ふじわらのためとき〕 41, 53, 87
藤原為光〔ふじわらのためみつ〕 240
藤原超子〔ふじわらのちょうし〕 254
藤原定家〔ふじわらのていか〕 75, 179–181, 185, 186
藤原定子〔ふじわらのていし〕 6, 7, 131, 133, 155, 161, 163, 164, 168, 173, 175, 176, 190, 191, 203, 209, 237, 243–245, 264, 268–271
藤原時姫〔ふじわらのときひめ〕 140, 253, 254
藤原時平〔ふじわらのときひら〕 50, 155, 156
藤原時光〔ふじわらのときみつ〕 237
藤原中正〔ふじわらのなかまさ〕 254
藤原宣孝〔ふじわらののぶたか〕 129, 131
藤原惟規〔ふじわらののぶのり〕 59
藤原教通〔ふじわらののりみち〕 106, 119
藤原繁子(藤三位)〔ふじわらのはんし〕 110, 111
藤原褒子〔ふじわらのほうし〕 101–103
藤原道兼〔ふじわらのみちかね〕 106, 110, 111, 240, 241, 254
藤原道隆〔ふじわらのみちたか〕 163, 240, 254, 268
藤原道綱〔ふじわらのみちつな〕 164, 219, 220
藤原道綱母〔ふじわらのみちつなのはは〕 30, 49, 53, 62, 67, 107, 139, 140, 164, 219, 254
藤原道長〔ふじわらのみちなが〕 6, 11, 13, 39, 41, 42, 55, 73, 75, 85, 105, 106, 110, 111, 114, 119, 127, 129–131, 145, 150, 151, 153, 155–157, 161, 172, 173, 177, 179, 204, 208, 221, 228, 237, 239–241, 244, 254, 256, 259, 269, 271
藤原道雅〔ふじわらのみちまさ〕 172, 173
藤原宗輔(蜂飼大臣)〔ふじわらのむねすけ〕 145
藤原元方〔ふじわらのもとかた〕 37, 38
藤原基経〔ふじわらのもとつね〕 19, 204, 205
藤原師輔〔ふじわらのもろすけ〕 37, 110, 256
藤原保忠〔ふじわらのやすただ〕 155, 156
藤原保昌〔ふじわらのやすまさ〕 233
藤原行成〔ふじわらのゆきなり〕 114, 118, 156, 176, 177, 204, 205, 258, 259
藤原良房〔ふじわらのよしふさ〕 204, 205
藤原頼通〔ふじわらのよりみち〕 11, 39, 85, 161

文屋康秀〔ふんやのやすひで〕　115
平城天皇〔へいぜいてんのう〕　22
紅姫（菅原道真の娘）〔べにひめ〕　51

■ま・や・ら・わ行
御匣殿（花山天皇の女房）〔みくしげどの〕　161
源定省（宇多天皇）〔みなもとのさだみ〕　19
源高明〔みなもとのたかあきら〕　18, 49–51
源親行〔みなもとのちかゆき〕　181, 185
源融〔みなもとのとおる〕　18, 19, 74
源博雅〔みなもとのひろまさ〕　159–161
源光行〔みなもとのみつゆき〕　181, 185
源義経〔みなもとのよしつね〕　21
源義朝〔みなもとのよしとも〕　22
源頼定〔みなもとのよりさだ〕　169
源頼朝〔みなもとのよりとも〕　21, 22, 180
源頼光〔みなもとのよりみつ〕　221
源倫子〔みなもとのりんし〕　241
三善清行〔みよしきよゆき〕　160
村上天皇〔むらかみてんのう〕　22, 37, 38, 58, 156, 168, 229, 265, 266
紫式部〔むらさきしきぶ〕　6, 7, 10, 14, 35, 40–43, 45, 49, 52–55, 59, 65–67, 70, 87, 106, 110, 115, 126, 127, 129, 131, 179, 186, 231–233, 235, 247–249, 258, 259, 261–263, 266, 267, 269–271
明治天皇〔めいじてんのう〕　119
元良親王〔もとよししんのう〕　62, 101–103
森鷗外〔もりおうがい〕　140
文徳天皇〔もんとくてんのう〕　204
保明親王〔やすあきらしんのう〕　156
陽成天皇〔ようぜいてんのう〕　19, 78, 79, 101, 204
用明天皇〔ようめいてんのう〕　122
与謝野晶子〔よさのあきこ〕　185
慶頼王〔よしよりおう〕　156
劉希夷〔りゅうきい〕　191
呂不韋〔りょふい〕　78
冷泉天皇（冷泉院）〔れいぜいてんのう〕　37, 38, 105, 168, 208, 254

作品・律令・文書

■あ行
赤染衛門集〔あかぞめえもんしゅう〕　11, 148, 149
石山寺縁起〔いしやまでらえんぎ〕　65, 66
医心方〔いしんほう〕　151
和泉式部集〔いずみしきぶしゅう〕　105
和泉式部日記〔いずみしきぶにっき〕　25, 67, 208

伊勢物語〔いせものがたり〕 27, 58, 63, 68, 70, 71, 78, 101, 102, 122, 148, 149, 172, 189, 204
今鏡〔いまかがみ〕 145
うつほ物語〔うつほものがたり〕 68, 86, 87, 122, 130, 229
栄華物語〔えいがものがたり〕 6, 10, 37, 38, 55, 117, 119, 127, 153, 155, 165, 172, 175, 228, 229, 232, 239, 241, 244
延喜式〔えんぎしき〕 235
大鏡〔おおかがみ〕 19, 37, 50, 75, 155, 190, 201, 204, 253–255
小倉百人一首〔おぐらひゃくにんいっしゅ〕 10, 33, 73, 101, 115, 172, 247
落窪物語〔おちくぼものがたり〕 29, 152, 216, 217, 236

■か行

河海抄〔かかいしょう〕 65, 66, 260, 261
餓鬼草紙〔がきぞうし〕 144, 175
蜻蛉日記〔かげろうにっき〕 30, 49, 53, 62, 67, 82, 107, 139, 164, 219
春日権現験記絵〔かすがごんげんげんきえ〕 144
菅家後集〔かんけこうしゅう〕 50, 51
寛平御遺誡〔かんぴょうのごゆいかい〕 148, 265
九条殿遺誡〔くじょうどのゆいかい〕 256
雲隠六帖〔くもがくれろくじょう〕 263
経国集〔けいこくしゅう〕 58
継嗣令〔けいしりょう〕 171
源氏物語絵巻〔げんじものがたりえまき〕 29, 30, 117
源氏物語湖月抄〔げんじものがたりこげつしょう〕 185
源氏物語大成〔げんじものがたりたいせい〕 186, 187
源氏物語のおこり〔げんじものがたりのおこり〕 65
江談抄〔ごうだんしょう〕 18
古今和歌集〔こきんわかしゅう〕 25, 33, 42, 98, 115, 123, 148, 190, 244, 265
古今和歌六帖〔こきんわかろくじょう〕 46, 97–99
後宮職員令〔ごくしきいんりょう〕 109
湖月抄→源氏物語湖月抄〔こげつしょう→げんじものがたりこげつしょう〕
古今著聞集〔ここんちょもんじゅう〕 151
古事記〔こじき〕 121, 147
古事談〔こじだん〕 18, 145, 189
後拾遺和歌集〔ごしゅういわかしゅう〕 55, 95, 172
後撰和歌集〔ごせんわかしゅう〕 42, 43, 47, 62, 103
権記〔ごんき〕 118, 129, 153, 156, 176, 204, 237, 259
今昔物語集〔こんじゃくものがたりしゅう〕 17, 18, 41, 59, 90, 119, 152, 216, 232

■さ行

左経記〔さけいき〕 177

更級日記〔さらしなにっき〕 45, 71, 233
史記〔しき〕 78
十訓抄〔じっきんしょう〕 159, 161
拾遺和歌集〔しゅういわかしゅう〕 93
拾芥抄〔しゅうがいしょう〕 254
正三位物語〔じょうさんみものがたり〕 68
小右記〔しょうゆうき〕 129, 143, 145, 157, 173, 221, 241, 244, 253, 255
続日本後紀〔しょくにほんこうき〕 175, 189
白造紙〔しろぞうし〕 260
新古今和歌集〔しんこきんわかしゅう〕 180
続古事談〔ぞくこじだん〕 18

■た行

大斎院前の御集〔だいさいいんさきのぎょしゅう〕 235, 236
大徳寺文書〔だいとくじもんじょ〕 215
篁物語〔たかむらものがたり〕 122
竹取物語〔たけとりものがたり〕 68, 70, 71
長恨歌〔ちょうごんか〕 264
勅撰作者部類〔ちょくせんさくしゃぶるい〕 201
堤中納言物語〔つつみちゅうなごんものがたり〕 145
徒然草〔つれづれぐさ〕 215
帝王編年記〔ていおうへんねんき〕 201
土佐日記〔とさにっき〕 93, 147–149
とりかへばや物語〔とりかえばやものがたり〕 228

■な・は行

二中歴〔にちゅうれき〕 254
日本紀〔にほんぎ〕 271
日本三代実録〔にほんさんだいじつろく〕 101
日本書紀〔にほんしょき〕 147, 271
年中行事絵巻〔ねんじゅうぎょうじえまき〕 13, 118
長谷寺験記〔はせでらげんき〕 91
扶桑略記〔ふそうりゃっき〕 18
仏説地蔵菩薩発心因縁十王経〔ぶっせつじぞうぼさつほっしんいんねんじゅうおうきょう〕 81, 82
平安遺文〔へいあんいぶん〕 215, 216
平家物語〔へいけものがたり〕 21–23, 152
平中物語〔へいちゅうものがたり〕 27, 82
本朝文粋〔ほんちょうもんずい〕 18

■ま・や・ら・わ行

枕草子〔まくらのそうし〕 6, 14, 53, 94, 95, 97, 109, 115, 117, 133, 143, 144, 159, 161, 163, 169, 176, 190, 191, 199, 209, 219, 245, 257, 258, 269
万葉集〔まんようしゅう〕 46, 57, 139, 189
御堂関白記〔みどうかんぱくき〕 129, 161, 172
無名草子〔むみょうぞうし〕 66, 67

紫式部集〔むらさきしきぶしゅう〕 247−249, 262
紫式部日記〔むらさきしきぶにっき〕 7, 11, 54, 71, 94, 110, 111, 161, 179, 258, 269, 271
明月記〔めいげつき〕 180
元良親王集〔もとよししんのうしゅう〕 101, 102
薬師経〔やくしきょう〕 156
病草紙〔やまいのそうし〕 144
養老律〔ようろうりつ〕 9
養老令〔ようろうりょう〕 63, 257
論語〔ろんご〕 85
和漢朗詠集〔わかんろうえいしゅう〕 133

寺社・邸宅・地名・その他

■あ行

葵祭〔あおいまつり〕 57, 59
明石〔あかし〕 50, 52, 56, 72, 74, 142, 149, 201
嵐山〔あらしやま〕 27, 72, 73, 75, 119, 285
五十日の祝い〔いかのいわい〕 54, 56, 154, 161
石山寺〔いしやまでら〕 64−67, 89, 234, 236, 238
伊勢〔いせ〕 36, 40, 57, 58
伊勢斎宮→斎宮〔いせのさいぐう→さいぐう〕
戴餅〔いただきもちい〕 94
一条宮〔いちじょうのみや〕 158, 170
石清水八幡宮〔いわしみずはちまんぐう〕 88
飲水病〔いんすいびょう〕 153
宇治〔うじ〕 119, 198, 210, 214, 218, 222, 230, 231, 234, 246
宇治院〔うじいん〕 242
宇治川〔うじがわ〕 210, 234, 238, 285
太秦広隆寺〔うずまさこうりゅうじ〕 71
袿〔うちぎ〕 16, 212, 290, 291
産養〔うぶやしない〕 143, 154, 222, 227
大堰〔おおい〕 72, 75, 76, 216
大堰川〔おおいがわ〕 27, 72, 75, 285
大原野〔おおはらの〕 73, 116, 285
大原野神社〔おおはらのじんじゃ〕 73, 285
鬼殿〔おにどの〕 17, 216
小野〔おの〕 166, 170, 242, 246, 285
蔭位の制〔おんいのせい〕 85
陰陽師〔おんようじ〕 151, 177, 252
陰陽道〔おんようどう〕 8, 62, 236, 256, 258

■か行

垣間見〔かいまみ〕 112, 113, 142, 143, 146, 198, 222, 226, 231, 238
加持〔かじ〕 150, 151
方違え〔かたたがえ〕 8, 27

桂〔かつら〕　72, 285
壁代〔かべしろ〕　13, 289
上賀茂神社〔かみがもじんじゃ〕　57, 285
鴨川(賀茂川)〔かもがわ〕　19, 114, 115, 176, 285
賀茂斎院→斎院〔かものさいいん→さいいん〕
賀茂祭〔かものまつり〕　36, 178
賀茂社〔かものやしろ〕　58
粥杖〔かゆづえ〕　95
河原院〔かわらのいん〕　18, 19, 74, 102
観空寺〔かんくうじ〕　73
北野〔きたの〕　67, 73
北山〔きたやま〕　20, 176, 285
几帳〔きちょう〕　13, 71, 157, 191, 212, 221, 244, 288
祈禱〔きとう〕　76, 79, 151, 166, 229
後朝の文〔きぬぎぬのふみ〕　24－27, 72, 210
行幸〔ぎょうこう〕　28, 58, 116, 132, 265
清水寺〔きよみずでら〕　73, 89, 90, 219, 285
桐壺〔きりつぼ〕　4, 128, 287
蹴鞠〔けまり〕　142, 146
後宮〔こうきゅう〕　4, 29, 68, 69, 102, 127, 128, 131, 167, 169, 191, 192, 225, 235, 249, 264, 269, 287
格子〔こうし〕　12, 35, 113, 158, 288, 289
小袿〔こうちぎ〕　16, 291
鴻臚館〔こうろかん〕　265
弘徽殿〔こきでん〕　32, 35, 287
御幸〔ごこう〕　27, 132, 148
腰結〔こしゆい〕　116, 128
小松引き〔こまつひき〕　92, 94

■さ行

斎院〔さいいん〕　36, 56－59, 80, 235, 236
斎王〔さいおう〕　57, 59
斎王代〔さいおうだい〕　57, 59
斎宮〔さいぐう〕　9, 36, 56－59, 68, 70, 172, 173, 235
催馬楽〔さいばら〕　132－135
嵯峨院〔さがいん〕　73
嵯峨野〔さがの〕　5, 72－75, 285
三条宮(大宮の住まい)〔さんじょうのみや〕　61, 84, 112, 113
三条宮(女三の宮の住まい)〔さんじょうのみや〕　162, 211, 219, 221
紫宸殿〔ししんでん〕　32, 189, 265, 287
褥〔しとね〕　25, 289
蔀戸〔しとみど〕　13, 288, 289
下鴨神社〔しもがもじんじゃ〕　57, 285
除目〔じもく〕　41, 230, 232
守庚申〔しゅこうしん〕　37
常侍〔じょうじ〕　109
寝殿造〔しんでんづくり〕　12－15, 289
簀子〔すのこ〕　158, 242, 289
須磨〔すま〕　48－52, 60, 64, 68, 74, 77, 142, 149, 201, 261
住吉大社〔すみよしたいしゃ〕　56, 102, 146, 147－149
受領〔ずりょう〕　12, 41, 43, 60, 194,

201, 213, 215, 221, 222, 225, 226, 230–233, 254, 268, 269
青海波〔せいがいは〕 28
棲霞観〔せいかかん〕 74
清凉寺〔せいりょうじ〕 73, 74
清涼殿〔せいりょうでん〕 28, 143, 257
宣伝〔せんでん〕 109
僧都殿〔そうずどの〕 17
奏請〔そうせい〕 109

■た行

大安寺〔だいあんじ〕 91
大覚寺〔だいかくじ〕 72–74
大内裏〔だいだいり〕 18, 159, 285, 286
内裏〔だいり〕 8, 10, 20, 28, 32, 37, 40, 50, 61, 68, 69, 73, 108–111, 131, 132, 138, 141, 143, 144, 167, 168, 189, 221, 234, 235, 244, 256–259, 286, 287
大宰府〔だざいふ〕 49, 50, 60, 155, 190, 239, 265
霊屋〔たまや〕 176
筑紫〔つくし〕 88, 190, 247, 263
土御門殿〔つちみかどどの〕 114, 221
堤中納言邸〔つつみちゅうなごんてい〕 115, 266
妻戸〔つまど〕 13, 112, 288, 289
鳥辺野〔とりべの〕 73, 176, 285

■な行

内侍〔ないし〕 109
尚侍〔ないしのかみ〕 40, 109, 116, 120, 127, 167, 192
典侍〔ないしのすけ〕 109, 111
成相寺〔なりあいじ〕 90
二条院〔にじょういん〕 12, 20, 28, 36, 61, 72, 125, 128, 150, 174, 184, 214, 215, 218, 222, 226, 230
二条東院〔にじょうひがしのいん〕 60, 64, 72, 84, 92
女房〔にょうぼう〕 13–15, 28–31, 33, 38, 52–55, 60, 65, 66, 68, 92, 95, 105–111, 124–127, 191–194, 210–212, 228, 234–236, 238–241
塗籠〔ぬりごめ〕 170, 172, 288
子の日〔ねのひ〕 94, 95
直衣〔のうし〕 160, 212, 229, 290
野分〔のわき〕 112–115

■は行

歯固め〔はがため〕 92, 94
長谷寺〔はせでら〕 88–91, 202
東三条殿〔ひがしさんじょうどの〕 13
東山〔ひがしやま〕 73, 285
廂〔ひさし〕 13, 14, 288, 289
単〔ひとえ〕 18, 290, 291
人形〔ひとがた〕 37, 213, 222
火取〔ひとり〕 124, 127
平等院〔びょうどういん〕 161
屛風〔びょうぶ〕 13, 112, 129–131, 206, 212, 221, 289
襖障子〔ふすましょうじ〕 9, 13, 31, 288
平安京〔へいあんきょう〕 16, 17, 57, 58, 73, 114, 159, 175, 194, 216, 219, 220, 237, 285, 286

■ま・や・ら・わ行

真清田神社(ますだの御社)〔ますみだじんじゃ〕 233
三日の夜の餅〔みかのよのもちい〕 36, 139, 210
御薬を供ず〔みくすりをくうず〕 93
御簾〔みす〕 13, 14, 33, 34, 112, 113, 120, 142, 143, 218, 289
御帳台〔みちょうだい〕 126, 228, 289
紫野〔むらさきの〕 59, 73, 285
召人〔めしうど〕 124–127, 211, 212, 222
裳着〔もぎ〕 116, 128, 222
物忌み〔ものいみ〕 151, 234, 236, 237, 258
物の怪〔もののけ〕 36–39, 154, 157, 166
桃園邸(『源氏物語』中の邸)〔ももぞのてい〕 80
桃園邸(実在の邸)〔ももぞのてい〕 18
母屋〔もや〕 13, 14, 18, 289
文章道〔もんじょうどう〕 84, 86
夢占い〔ゆめうらない〕 100, 252
竜頭鷁首〔りょうとうげきしゅ〕 13, 96
六条院〔ろくじょういん〕 83, 84, 88, 92, 96, 100, 104, 112–114, 116, 120, 132, 138, 142, 143, 150, 158, 162, 193, 263
六波羅蜜寺〔ろくはらみつじ〕 176
瘧病〔わらわやみ〕 20, 24, 152